# LES LIENS DE PIERRE

## LES SEPT ÎLES
## TOME QUATRE

## A.R. KNIGHT

# 1

## LA VIE CITADINE

La Cité aux Anneaux méritait bien son nom alors qu'une douce neige parait le soir. Les lanternes allumées donnaient forme aux toits inclinés et aux ombres plaisantes dans les ruelles calmes. La population, si nombreuse, riait et chantait, marchandait et achetait pour finir la journée. Wax, après deux semaines dans la ville, ne sursautait plus aux bruits innombrables, ne fronçait plus le nez aux odeurs alors que les eaux usées se précipitaient vers la mer. Il portait d'épais tissus de Rana, renforcés par des fourrures de Whent, une nouvelle lame forgée à Foti à la hanche, plus épaisse qu'une rapière de Kance et moins susceptible d'attirer des ennuis à Wax. Des bottes touffues et un bonnet de laine complétaient sa nouvelle garde-robe, offerte par la générosité d'Eujo.

La Seconde Reine de Kance marchait à proximité, tous deux retournant vers son navire pour ce que son capitaine, Deux, avait annoncé comme un dîner spécial. Une récente période de douceur, malgré le début de l'hiver, avait ouvert un passage à travers la banquise, du moins selon la rumeur, et ils avaient maintenant une chance de se rendre au nord vers Whent. Une célébration ce soir, et bientôt un embarquement vers cette île rocheuse.

Ni Eujo ni Wax ne semblaient trouver le sourire dans leur lente déambulation. Wax ne pouvait deviner les raisons de la réticence apparente d'Eujo, mais il connaissait les siennes, qui résidaient dans la quête elle-même, dans le fait d'endosser à nouveau le manteau d'un Renouveau et de mettre sa famille et lui-même en danger. Ils avaient à peine survécu à la dernière attaque des démons, sans parler des gardes traîtres de Kance, et les cauchemars des deux hantaient Wax depuis lors.

Combien d'autres allait-il gagner avant que quelqu'un ne prenne le nouveau siège sur le trône de la Blessure ?

Les murmures dans son esprit vacillèrent à cette pensée. Trois skars, de Vis, Foti et Rana, avaient serti leurs petites gemmes dans le collier de Wax, qu'il gardait caché sous ses couches de vêtements. Malgré tous les honneurs accordés aux Renouveau, il avait appris que les îles étaient souvent un endroit désespéré, où les skars n'étaient qu'un bien de plus à voler ou à échanger. Mieux valait les garder cachés, mieux valait éviter de croiser le regard des autres.

Quel contraste avec le casino de Cassignol sur la côte sud de Foti, où Wax avait été fêté, paradé comme une célébrité. Maintenant, des regards inquisiteurs semblaient suivre ses pas, et chaque son portait une menace invisible.

— Ce sera bien de partir, dit Eujo, brisant le silence. Une ville comme celle-ci vous infecte si vous y restez trop longtemps.

— La plupart des choses le font. Wax se libéra de ses sombres soupçons. Ces sentiments pouvaient le saisir quand il était seul dans sa cabine, dans l'obscurité. Maintenant, ici, il avait une image à maintenir. — Je pense que la bière va me manquer cependant. Elle surpasse notre vin doux n'importe quand.

— Vraiment ? J'adore un bon twist à la mangue.

Le cœur de Wax se serra un peu à ces mots. La boisson préférée de Sawi aussi. Du jus de mangue fermenté, épicé avec un peu de citron et un soupçon de sucre. Comme tous les meilleurs vins de Vis, ils les stockaient profondément sous l'eau dans des tonneaux hermétiques, le seul endroit où le vin pouvait se refroidir, se stabiliser suffisamment pour garder sa saveur. Puis, au bon moment, la corde et la bouée marquées de la date appropriée étaient remontées à la surface, percées ou échangées.

— Il vaudrait mieux en trouver pour emporter alors, dit Wax alors qu'ils tournaient dans une rue étroite et en pente. Le dernier bout des quartiers résidentiels de Noctia avant d'atteindre le port proprement dit. — Je n'imagine pas que Whent aura quelque chose de semblable.

— Oh, ils sont plus proches que vous ne le pensez. La Reine avait adopté une tenue très semblable à celle de Wax, cachant sa royauté sous des vêtements standards de Noctia, des bruns ternes, des gris et des fourrures partout. — Un peu de vin de glace est un délice.

— Vous connaissez donc les meilleures boissons des îles ?

— Savez-vous ce que fait une Reine, Wax ?

— Vous m'en donnez une bonne idée.

Malgré tout le temps qu'ils avaient passé ensemble pendant que Deux faisait réparer le *Bord de la Tempête*, Wax et Eujo avaient évité d'aborder leurs passés, leurs vraies vies. Comme si, après les aventures de Rana et leurs quasi-morts, tous deux avaient besoin d'adopter une nouvelle personnalité. Au lieu de cela, ils avaient parcouru la Cité aux Anneaux en essayant des restaurants, en explorant divers magasins et en voyant jusqu'où ils pouvaient pénétrer dans les forteresses Najahn avant d'être remarqués.

Cette dernière idée venait de Torny, un défi de la bandite pour, Wax le soupçonnait, l'empêcher de simplement boire toutes les heures. Tous les quatre — Quik, le frère de Wax, restant distant ces derniers temps — s'étaient fixé des objectifs, comme cette tour du Tenet ou la bibliothèque de cette école, et le premier à réussir une infiltration gagnait, eh bien, plus de bière.

Donc ça n'avait pas vraiment réduit la consommation d'alcool, mais quand on était coincé au port pendant le froid glacial de l'hiver, le divertissement était difficile à trouver. Ce soir, Wax supposait, ne serait pas très différent.

Mais au moins, cela marquerait une fin.

Deux avait dressé une table généreuse, recouverte de plats de Kance auxquels Wax ne s'était toujours pas habitué. L'île, avec sa population aviaire et sa dépendance aux vastes bosquets de baies, aux lierres grimpants et aux tubercules raides, avait un goût bien moins sucré que les fruits gorgés de sucre que Wax aimait. Malgré tout, ce soir, Wax avait du mal à empêcher sa bouche de saliver alors que Deux plaçait une quiche personnelle — cuite avec des œufs frais — sur chaque assiette. Parsemée de flocons de piment rouge et d'asperges, saupoudrée d'oignon vert et fumante, l'offrande suggérait qu'une belle récompense était allée aux commerçants de Noctia ce jour-là.

D'ailleurs, c'était le premier repas depuis plus d'une semaine où tout le groupe était réuni. Bliss et Torny, souvent en binôme, occupaient le côté gauche. Leurs doigts s'agitaient sous la table l'un vers l'autre, Wax ne captant qu'une partie de la conversation mais n'en ayant pas besoin de plus pour deviner les blagues qui volaient de part et d'autre. Des plans, aussi, pour des fêtes ultérieures dans l'une des innombrables réjouissances de Noctia.

Il y a un mois ou deux, Wax aurait gâché ces soirées. La jubilation semblait désormais déplacée, en décalage avec ce qu'ils avaient traversé, avec ce que les démons infligeaient aux îles. Lorsque Wax avait confronté Bliss à ce sujet, elle avait répondu par une rebuffade pleine de défi, signant que s'ils devaient mourir, autant s'amuser maintenant.

Après cela, elle avait cessé de demander à Wax de les accompagner.

À la droite de Wax était assis Quik, plus distant que jamais, mais au moins ne puant plus la déception. Il s'était fait encore plus fantomatique, disparaissant pendant des jours. Deux avait marmonné qu'il avait fallu plusieurs messagers pour retrouver Quik et lui remettre l'invitation. Quant à ce que son frère avait fait, cela faisait partie de l'agenda post-dîner de Wax. Recueillir des informations sur son Gardien égaré.

Eujo, au moins, remplissait l'emploi du temps de Wax d'opportunités moins abrasives. Elle utilisait son rang royal et leur statut mutuel de Renouveau pour obtenir des dîners et des déjeuners avec des Najahns aisés et des citadins, tous ravis de l'occasion d'améliorer leur réputation par la présence des Renouveaux tout en apaisant leur conscience en leur offrant un repas, un cadeau de quelque bibelot inutile, ou une promesse d'aide future si l'un d'eux devenait l'Égide.

Wax retint un sourire alors que les repas, les spectacles et les invitations défilaient. Au début, il avait été nerveux, jusqu'à ce qu'il réalise que tout le monde sur Noctia s'attendait à ce qu'il ne connaisse rien de la société civilisée. Ils s'attendaient à un Vis maladroit, perdu et confus loin de la jungle. Une fois établi, Wax trouva une distraction malicieuse à jouer le jeu puis à détruire cette idée, laissant les hôtes et les autres invités tour à tour offensés ou ravis.

Ces derniers étaient ceux qui donnaient l'invitation suivante, demandant généralement à Wax de faire de même, de prouver que les suppositions de Noctia étaient fausses. Que ces personnes viennent souvent d'autres îles ne surprenait ni Eujo ni Wax.

La Reine de Kance, quant à elle, gardait sa bouche royale fermée, jouant la diplomate. Elle faisait l'éloge de l'île du vent, poussait les marchands et les artisans à envoyer leurs affaires vers Kance, et agissait en tout point comme l'ambassadrice que Wax supposait qu'elle était.

Jusqu'à ce que, tard dans la nuit, ils retournent sur ce navire et s'effondrent dans leurs cabines respectives, se moquant de leurs hôtes inconscients tout du long.

— Alors, tu es prêt ? demanda Quik, tirant Wax de sa quiche et de la rêverie qu'elle avait apportée. Pour reprendre le Renouveau ?

La question venait sans arrière-pensée, l'honnêteté étant la principale monnaie de son frère.

— Elle l'est, dit Wax, hochant la tête vers Eujo, qui fronça les sourcils. Et elle a besoin de Gardiens.

— Ce n'est pas ce que j'ai demandé.

Toute la table le regardait maintenant. Torny, au moins, entrecoupa son regard par une longue visite à son verre de vin, un délicieux mélange de Kance. Bliss imitait le froncement de sourcils d'Eujo. Deux, au moins, offrit un hochement de tête encourageant.

Peut-être que le capitaine ne verrait pas d'inconvénient à rester à quai, une excuse pour éviter les mers hivernales.

— Nous n'avons pas vraiment le choix, n'est-ce pas ? demanda Wax à Quik. Si les autres Renouveaux échouent, alors nous condamnerions le monde en abandonnant.

Les nouvelles à ce sujet avaient été difficiles à déterminer, mais les rumeurs qui persistaient suggéraient qu'aucun Renouveau n'avait la tâche facile. Bien qu'aucune île n'admette que son Renouveau soit mort, il n'y avait pas non plus de leader clair. Personne ne frappait à la porte de Noctia en revendiquant un siège sur le trône.

— Ce n'est toujours pas une réponse.

On pouvait toujours compter sur un frère pour insister sur la vérité.

— Je me suis engagé pour ça, non ? Je suis prêt. Et toi ?

Quik jeta un coup d'œil à sa quiche, comme s'il débattait s'il pouvait en prendre une dernière bouchée avant de répondre. Un rapide soupir indiqua que non.

— Je ne le suis pas. Il hocha la tête après l'avoir dit, le doute fuyant son âme. Je reste ici. Au moins pour un moment.

Maintenant, la table était vraiment silencieuse. Wax, au moins, n'était plus le centre d'attention cette fois. Bliss fut la première à se ressaisir, ses mains lançant une question évidente et colérique.

— Parce que j'ai besoin de m'améliorer, répondit Quik. Les deux dernières îles ont été des désastres. Nous avons à peine survécu, et nous en portons tous les cicatrices. Le Renouveau n'est pas censé être facile, mais nous ne survivrons pas si cela continue ainsi.

— Sauf que maintenant nous avons un navire, contra Bliss. Nous pouvons naviguer directement là où sont les skars. Facile.

— Tellement facile, marmonna Torny. Deux, tu as une autre bouteille ?

— J'y vais. Le capitaine se leva, semblant reconnaissant de l'occasion de s'éloigner.

— Jusqu'à ce qu'un démon attaque à nouveau, ou que

quelqu'un d'autre nous tende un piège et que nous soyons laissés seuls pour perdre, dit Quik. Nous ne sommes pas prêts.

— Tu as entendu Wax, dit Eujo. Il l'est. Mon navire l'est. Nous partons dans deux jours. J'aimerais que tu viennes avec nous.

Quik secoua la tête. — J'ai déjà pris un autre engagement. Je rejoins les Najahn.

Si le silence avait enveloppé la table auparavant, il n'en eut jamais l'occasion maintenant. Bliss frappa la table. Torny jura. Wax et Eujo demandèrent tous deux *pourquoi* et *quoi* puis *comment*. Quik avait des réponses à tout, les donna patiemment, et prit plus de vin quand il arriva, et encore plus après cela jusqu'à ce que les voix soient épuisées et même les doigts de Bliss restent immobiles.

— Tu as fait un serment, dit Wax plus tard, à la proue du navire. Sichi, la lune rose, scintillait au-dessus de l'horizon et jetait un regard amoureux à la Cité Annulaire. Tu le brises.

Quik ne fit aucun geste pour nier les paroles de Wax. — Je fais ce que je pense être juste, Wax. La seule chose qui pourrait nous permettre de vivre.

— Bien sûr, jusqu'à ce que tu te souviennes de ces démons dont tu viens de parler. Quand l'un d'eux attaquera, nous n'aurons pas ton aide.

— Alors reste ici. Laisse-moi devenir plus fort. Nous pouvons obtenir plus de ressources, plus de Gardiens. Marcher avec, sinon une armée, du moins quelque chose qui s'en approche. Un feu que Wax n'avait pas vu depuis trop longtemps anima son frère alors qu'il parlait. Je ne fais pas que rejoindre les Najahn, je vais essayer de les persuader de nous rejoindre aussi. Ce n'est plus suffisant de regarder le Renouveau depuis les tribunes. Ils doivent aider.

— Une voix, une voix de Vis, ne va pas attirer leur attention.

Quik renifla. — Ce n'est pas n'importe quelle voix de Vis. C'est moi, mon frère.

— Même toi, Quik. Wax, cependant, ne voyait rien d'autre que de la détermination. Il avait vu le même regard sur le visage de Pan avant le Grand Sana. Un choix avait été fait, et Wax ne le changerait pas. Alors promets-moi quelque chose ?

— Quoi ?

— Si j'ai besoin de toi, si, d'une manière ou d'une autre, tu entends que j'ai besoin de ton aide, dit Wax, ne croyant pas tout à fait à sa demande alors qu'il la formulait, mais sachant qu'elle était nécessaire malgré tout, que tu viendras.

— Tu penses que je ne le ferais pas ?

Wax posa sa main sur celle de son frère, la serra fort. — Tu m'as demandé si j'étais prêt là-dedans. La vérité, Quik, c'est que la seule façon pour moi d'être prêt, c'est avec vous tous à mes côtés.

— Je le suis. Nous le sommes. Je serai juste absent un moment, c'est tout. Mais quand tu verras ces capes violettes, cette armure noire venir t'escorter chez toi, tu me remercieras.

Si, ne dit pas Wax, ils parvenaient à vivre jusque-là.

# 2

# PREMIER JOUR

Une fine sacoche, son linge et ses gantelets. C'était là tout l'inventaire des possessions de Quik, attachées à sa personne tandis qu'il gravissait les pavés de Noctia dans le givre matinal. Des travailleurs diligents veillaient à ce que les rues restent recouvertes de graviers pour limiter les glissades, un effort dont les bottes kances de Quik, prises à un marin noyé qui n'en aurait plus besoin, lui étaient reconnaissantes. Ces chaussures lui donnaient l'impression d'avoir une seconde peau, mais elles manquaient du poids des Foti. Quik ressentait la même chose pour la plupart des objets kances : élégants, certes, mais trop légers et éphémères pour valoir plus qu'une simple décoration.

Sauf les navires. Les navires étaient aussi rapides et impressionnants que la rumeur le disait.

Les Najahn atteignirent le même point que Quik lorsqu'il arriva à leur portion de la Cité Annulaire. Occupant tout un flanc de falaise, mais bloquant l'entrée d'un grand portail à mi-hauteur du mur du cratère de Noctia, les

Najahn contrôlaient ce que certains appelaient une ville dans la ville. Comme les avant-postes qu'ils dirigeaient sur chaque île, protégeant chaque skar pour les Renouvellements, les Najahn opéraient en dehors des limites habituelles.

Et pas une âme n'osait les défier.

La raison en devint évidente lorsque Quik s'approcha de la première porte. Dehors, fraîchement entrés dans leur service, se tenaient des gardes Najahn dans leur tenue d'apparat complète. Des tabards violets couvraient leur poitrine et leur dos, drapant une armure noire toute en courbes, comme si les soldats étaient des lames vivantes. Dans une main gantée, les quatre gardes devant la porte tenaient chacun une vouge. Les lances étaient presque aussi grandes que les gardes eux-mêmes, leurs pointes recourbées ajoutant de l'utilité à la létalité, capables d'accrocher ou de dévier selon les besoins. Sur leur dos, dans diverses couleurs, reposaient des chakrams, des disques de métal tranchants assez légers pour être lancés et suffisamment redoutables pour garantir qu'on n'en avait besoin que d'un seul.

À côté de ce spectacle, Quik sentait ses propres gantelets se balancer à sa taille. Sur Vis, avec leurs lances artisanales, leurs sarbacanes et leurs arcs, les gantelets et leurs griffes en bois durci semblaient plus que suffisants. Ils pouvaient certes entailler la peau d'un hanoko, mais face à une armure comme celle que portaient les Najahn, Quik se demandait si un seul coup ne réduirait pas ses armes de prédilection en éclats.

C'était pourtant la raison pour laquelle Quik était là. Il avait besoin de meilleur équipement, d'un meilleur entraînement, de tout améliorer pour mériter sa place aux côtés de Wax. Quik devait juste espérer que son frère tiendrait jusqu'à ce qu'il puisse le retrouver, avec tous les Najahn et leur arsenal derrière lui.

Pour franchir la porte, il fallait montrer une lettre et le sceau à l'intérieur, qui accordait à Quik l'entrée en tant que nouvelle recrue. Ce simple papier lui avait été remis plusieurs jours auparavant non loin de ces mêmes murs, où les Najahn tenaient un bureau civil et, avec lui, une chance pour les âmes perdues de la société de trouver une nouvelle voie. Du moins, c'est ce que la femme à l'extérieur avait dit aux passants, déclarant dans son violet et noir qu'ici se trouvait une opportunité de transformer la peur en férocité, la perte en vengeance, et l'horreur en espoir.

Ces mots avaient fait leur effet sur plus d'un.

Quik en compta onze dans la pièce quand il entra, tous debout dans la chambre de pierre spartiate. Une seule bannière Najahn avec l'emblème du Cercle, un chakram doré noir et or en son centre, pendait au mur du fond. Les autres recrues partageaient la nervosité de Quik, regardant soit dans le vide soit tout le monde, balançant d'un pied sur l'autre, ou frissonnant dans le froid. Quik, cependant, perdit ces effets lorsqu'il trouva une place dans le groupe et en fit l'inventaire complet, évaluant sa concurrence comme le ferait tout chasseur et en trouvant une, en particulier, qui n'était pas à sa place.

— Sawi ? demanda Quik, le nom lui échappant à cette vue, mettant un moment à la reconnaître dans la robe violette que Sawi portait déjà. Que... ?

Sawi ne semblait pas partager sa surprise, offrant le même sourire malicieux qu'elle arborait quand elle repérait un fruit caché ou un chemin oscillant à travers la jungle. Les autres recrues, comme Quik, avaient les yeux et les oreilles grands ouverts, regardant autour d'eux comme, eh bien, de nouvelles recrues. Sawi n'avait pas le même air, se grattant légèrement le poignet et s'adossant contre le mur face à la porte. Comme si elle savait à quoi s'attendre, comme si elle n'avait pas été magiquement transportée de Kitaye ce matin même.

Néanmoins, Kitaye considérait que les anciens devaient être respectés, et Quik avait quelques bonnes années de plus que Sawi. L'ancien ordre balaya la confusion du jour et laissa Quik passer directement devant les autres recrues, dont aucune n'était de Vis, pour se rendre directement aux côtés de Sawi.

— Tu as une histoire à raconter, dit Quik, adoptant son ton de grand frère, celui qui obtenait autrefois des réponses rapides d'une bande désireuse d'éviter une punition ou de montrer ses astuces. Alors, raconte. Que fais-tu ici, habillée comme ça ?

— Content de te voir aussi, Quik, répondit Sawi, laissant son sourire s'estomper.

Elle le jaugea. Un coup d'œil que Quik n'aurait pas remarqué si ce n'était la même chose qui se produisait chaque fois que lui, Wax et Bliss entraient quelque part. Les gens à l'intérieur, certains plus avisés que d'autres, ralentissaient leurs mouvements et évaluaient le trio, décidaient s'ils représentaient un risque ou non, déduisaient d'où ils venaient et ce qu'ils voulaient.

Une compétence que Quik avait souvent utilisée sur les bêtes de Vis, mais qu'il lui manquait encore quand il s'agissait des gens.

— Je suis surpris, c'est tout, dit Quik.

— Moi aussi. Tu n'es pas censé être avec Wax ?

— Longue histoire.

Le sourire revint, — Alors peut-être qu'on devra se retrouver un de ces jours pour partager.

Quik plissa les yeux vers elle. — Qu'est-ce qui t'arrive ?

Sawi fit un signe de tête vers la salle, vers les autres recrues qui observaient maintenant le duo. — Quand on ne sera pas en train de jouer pour un public, Quik ?

Le regard noir du chasseur de Vis en direction des nouveaux visages servit à en détourner un bon nombre, mais avant qu'il ne puisse revenir à Sawi, leur instructeur, hôte, commandant - Quik n'était pas sûr du terme à utiliser - entra dans la pièce. Comme les gardes à l'extérieur de la porte, l'homme portait son uniforme complet, cliquetant le long de la pierre dure pour se tenir devant la bannière violette. Il posa sa vouge au sol, appuyant son manche contre son épaule tandis qu'il retirait un étui à parchemin attaché à sa taille.

L'homme commença par nommer chaque personne dans la pièce, confirmant leur présence. Lorsque l'appel se termina, deux noms restèrent sans réponse. L'homme les répéta plus fort, et quand personne ne décida de réclamer un deuxième titre pour soi-même, l'homme les déclara absents. À ces mots, des pas lourds résonnèrent dans le couloir, indiquant que quelqu'un agissait en conséquence.

— Ils se retrouveront bientôt amenés ici pour expliquer leur absence, déclara leur chef, ne montrant aucun plaisir face à la situation. Avec une bonne raison, ils commence-ront la semaine prochaine. Avec une mauvaise, ils se retrou-veront à balayer les égouts pendant un mois.

Il croisa le regard de chacun tour à tour, sans se dérober ni se précipiter.

— Comprenez bien ceci. Le Cercle, les Najahn, sont justes. Équitables. Mais nous ne sommes pas laxistes. Nous portons les îles, et c'est un devoir auquel nous ne pouvons nous soustraire.

Jusque-là, rien d'inhabituel. Quik pouvait admirer l'organisation des Najahn, leur létalité, sans adhérer à leur propagande. Il avait prêté serment à Wax, et il le tiendrait, marchant à la tête d'une armée Najahn pour l'escorter, lui et cette Reine Kance si nécessaire, jusqu'à la Blessure.

— ... et vous vous retrouverez par paires tout au long des rotations, poursuivit l'homme, tirant Quik de sa rêverie. Une année entière peut sembler longue pour apprendre comment fonctionnent les Najahn, comment *vous* fonctionnerez, mais ce n'est qu'une goutte d'eau dans le reste de votre vie au service du Cercle. Chaque Précepte que vous assisterez vous enseignera, et lorsque votre année sera terminée, le domaine le plus adapté à vos talents deviendra votre foyer. Tâchez d'en trouver un que vous appréciez, car il n'y a pas de Najahn plus triste que celui qui n'a pas de véritable passion.

Une véritable passion ? Quik jeta un coup d'œil à Sawi, espérant voir qu'elle pensait la même chose que lui de ces sornettes. En effet, elle ne semblait pas écouter très attentivement, mais pas par moquerie. Elle semblait plutôt plongée dans une profonde réflexion, les yeux plissés et les lèvres serrées.

Que faisait-elle ici ?

Le discours Najahn passa ensuite à des sujets ordinaires, comme la nourriture et les installations. Les bibliothèques ouvertes aux nouvelles recrues, les armureries à visiter pour l'équipement, les terrains d'entraînement pour les exercices. Cela semblait captiver les autres plus intensément que les règles de leur nouvelle vie, ce que Quik aurait trouvé surprenant s'il n'avait pas réévalué leurs tenues.

Jeunes, oui, mais pas riches. Les haillons, les guenilles et les vêtements moisis semblaient être la mode dominante. Filles et garçons portaient de la saleté et de la suie, leurs mains rugueuses témoignant de jours passés à gagner durement leur vie. Vis avait ses pauvres et leurs supérieurs, certes, mais la distance entre eux semblait bien moindre que ce que Noctia propageait.

Jusqu'à cet instant, Quik avait été vaguement dégoûté par toute cette pratique, les mendiants et les désespérés se précipitant dans les rues pour trouver ce qu'ils pouvaient avant qu'un garde Najahn ne les chasse. Maintenant, cependant, il comprenait : les Najahn avaient des tâches à accomplir, qui ne seraient effectuées que par ceux trop perdus pour les refuser.

Il réprima un frisson. Vis n'était pas toutes les îles. Les choses étaient différentes ici.

— Le Serment d'Allégeance est sacré. Ses paroles marqueront votre âme et vous lieront à jamais à notre vocation, déclara l'homme Najahn, son ton changeant pour adopter le même acier qu'il avait utilisé en dénonçant les absents. Répétez après moi.

Quik se retrouva à élever la voix avec celle des autres recrues, leurs paroles emplissant la chambre alors qu'ils répétaient celles de l'homme :

— Je jure fidélité au Cercle, aux Najahn et aux Sept Îles. Je ferai face à nos ennemis, protégerai notre peuple et consacrerai toute ma volonté à servir leurs besoins, jusqu'à ce que Noctia m'accueille dans sa chaude étreinte.

Alors que les derniers mots s'estompaient, le commandant Najahn leur adressa à tous un lent hochement de tête avant d'annoncer la fin de la cérémonie. Ils devaient tous se rendre à leurs baraquements, trouver leurs partenaires et apprendre leur première rotation.

— On se verra plus tard, Quik, dit Sawi en le dépassant rapidement pour se diriger vers la sortie de la pièce.

— Attends, tenta Quik, mais Sawi n'hésita pas un instant, se faufilant entre les recrues qui ramassaient leur équipement et se dirigeaient vers la même porte. Sawi, arrête-toi.

Elle ne le fit pas, disparaissant si vite qu'elle était déjà loin lorsque Quik atteignit le couloir, laissant le chasseur de Vis se faire pousser par ses pairs vers sa nouvelle vie.

# 3
## LE RETOUR DE L'EXILÉE

Torny avait bien choisi son moment, dardant sa langue pour attraper le flocon de neige qui dérivait devant elle, sa fraîcheur soyeuse contrastant avec la chaleur rosée de ses vêtements en cuir de Noctia, recouverts de ceintures et de sacoches. Ses protège-poignets offraient de nombreux compartiments, tout comme les boucles similaires autour de ses cuisses. Est-ce que s'habiller ainsi prenait du temps ? Absolument.

Est-ce que cela lui permettait de se sentir comme la meilleure version d'elle-même ?

— C'est tout, alors ? Les doigts de Bliss s'agitèrent à la droite de Torny tandis qu'elles marchaient dans le port de Noctia en fin d'après-midi. Tu as enfin tout ce dont tu as besoin ?

La neige tombait en une fine bruine parmi les navires, l'agitation régnant en maître alors que tous profitaient de ce temps plus clément pour effectuer un dernier voyage avant que l'hiver ne plonge les îles du nord dans un profond gel. Les porteurs se faufilaient autour des deux jeunes femmes, certains leur lançant des regards réprobateurs que Torny ignorait, comme elle l'avait toujours fait.

— Une bonne Gardienne prend ce qu'il faut, répondit Torny. Tu te contentes peut-être de ce bâton, mais moi, j'ai besoin d'accessoires.

Bliss, qui avait perdu son bâton renforcé par Foti sur Rana, s'était procuré une tige métallique coupée à sa taille. Elle y avait gravé des lignes ces derniers jours, inscrivant des sigles Vis et Kitaye et ajoutant quelques entailles aux extrémités. L'ensemble était adorable : un bâton de destruction personnalisé. Torny n'avait pas le cœur de dire à Bliss que n'importe quel vaurien avec une arbalète pouvait toujours l'abattre sans effort.

Mais tant que Torny serait dans les parages, Bliss n'aurait pas à s'inquiéter de ce genre de choses.

— Et maintenant, tu les as tous ? signa Bliss en retour.

— Presque, répondit Torny. C'est vrai, elle avait rassemblé les couteaux, trouvé un nouveau grappin, reconstitué un stock de divers poisons mineurs et les fléchettes pour les administrer. Tout était bien en place, prêt à affronter les contrées sauvages de Whent. Sauf une chose. Il y a quelque chose que je garde en réserve.

— En réserve ? Comme un trésor ?

— Sûr, pourquoi pas. Appelons ça un trésor.

Torny jeta un coup d'œil vers l'océan en répondant. Bliss avait une façon de lire son visage, et moins elle lui poserait de questions maintenant, mieux ce serait. Sinon, elle pourrait reconsidérer.

— C'est un peu loin, dit Torny. Tu es partante ?

— Tu sais d'où je viens, n'est-ce pas ?

Des randonnées dans la jungle jour après jour. Bliss aurait cette endurance. Torny toussa dans son gant pour cacher sa propre contrariété. Pas à cause de la réponse de

Bliss, non, mais contre elle-même pour avoir posé une question si évidente. Sois meilleure. Ne fais pas d'erreurs.

Ou elle pourrait se retrouver à nouveau sur Foti, à vivre de bric et de broc avec des roches de lave pour gagner son dîner.

Bliss suivait le rythme de Torny alors qu'elles laissaient derrière elles le quartier portuaire de la Cité des Anneaux. Le quartier Najahn se dressait derrière elles, force dominante en ce qui concernait les ombres de l'après-midi. Toutes ces tours impénétrables qui les toisaient depuis les falaises.

Si Bliss savait combien de fois Torny avait jeté un coup d'œil à l'intérieur de ces lieux...

— Où sommes-nous maintenant ? La main de Bliss s'agita à la droite de Torny tandis que le duo montait le long de la rue plus accidentée, les pavés plus lisses au centre offrant un passage aisé aux chariots grondants, aux porteurs et aux moteurs à vapeur qui les faisaient avancer en sifflant.

Grimper dans la Cité des Anneaux signifiait changer le monde autour de soi, une lente transformation des affaires graisseuses du quartier portuaire vers, ici, une bande résidentielle de maisons empilées et de boutiques tranquilles. Les restaurants n'étaient plus ponctués des jurons grossiers des marins sales, mais ciblaient plutôt les familles et les habitants avec leurs spécialités. Une auberge ou deux rompaient la monotonie, désormais remplies de résidents de longue durée alors que les voyageurs trouvaient leurs quartiers d'hiver.

Pourtant, Torny ne s'attardait sur aucun, se contentant de les désigner lorsque Bliss posait des questions. Ce n'était pas là que résidaient ses souvenirs, et Noctia se transformait — même maintenant, dans le froid, la construction et la destruction se poursuivaient – trop rapidement pour laisser place à la nostalgie.

Non, Torny ne se réveilla vraiment qu'au moment où leur promenade les mena vers l'extrémité sud-ouest de Noctia. La Cité des Anneaux occupait cette partie de la plus petite île, suffisamment pour permettre à un marcheur déterminé de s'éloigner des flèches Najahn en une heure de marche.

— D'accord, ça c'est cool, signa Bliss, s'arrêtant avec Torny au Genou de Noctia.

Ce point de repère, signalé par une pierre solitaire portant le nom gravé, s'avançait vers la mer. Un mur gris moussu, moins haut que Torny et parfait pour s'asseoir, entourait la falaise, surgissant là où la dernière maison se terminait et continuant jusqu'à ce que les bâtiments recommencent. La pierre était centrée dans l'espace, et Torny la dépassa pour atteindre le point le plus avancé, attendant un moment que plusieurs enfants comprennent son intention et s'en aillent.

— Assieds-toi, dit Torny à Bliss, faisant signe à la Vis de la rejoindre sur le mur.

De retour vers le Nord, d'ici, la Cité des Anneaux s'étendait le long des falaises rocheuses, un étalement qui, avec le mur monstrueux du cratère à l'Est, ressemblait à une vue coupée en deux. Les navires s'entassaient, beaucoup à l'ancre finale dans les environs modestement protégés du port. Joli, mais le cœur de Torny était ailleurs, et elle sourit quand Bliss ne prit même pas la peine de regarder en arrière vers le côté Najahn.

— Noctia n'est pas que les Najahn, dit Torny. Il y a aussi de belles choses ici.

Les maisons s'étendaient encore le long de la rive sud, se répandant en tranches irrégulières à travers les rochers plus accessibles, tant en haut qu'en bas des falaises. La densité, cependant, n'était pas la même, laissant place à de plus vastes champs à flanc de falaise. Des arbres et des buissons, squelettiques maintenant avec l'arrivée de l'hiver mais envoûtants à leur manière, rampaient le long de la roche. Des terrasses en saillie, construites il y a tant d'années, accueillaient des plantes et des animaux moins aptes à escalader les pentes abruptes, mais si essentiels à la survie de la Cité Annulaire. Comme des prises festonnées, les affleurements couraient le long du bord sud de Noctia jusqu'à l'autre côté de l'île au-delà de l'horizon.

— Tout ici est réel, dit Torny. Les vrais habitants de Noctia. Pas les marchands, pas les marins, pas les Najahn. Mais nous. Moi.

« Ta famille ? »

— Bien sûr, ils sont quelque part par ici.

Ce n'était pas comme si Bliss allait les rencontrer, mais ce n'était pas quelque chose dont Torny avait besoin de parler maintenant. En fait, à en juger par la position du soleil, ils n'auraient plus grand-chose à se dire ce soir.

— Écoute, dit Torny, je sais que c'est une longue marche, mais je voulais que tu voies ça avant qu'on parte. La plupart des gens n'aiment pas Noctia. Ils pensent que c'est un endroit rocheux et laid rempli de gens dangereux, mais c'est comme partout ailleurs, en gros : juste des familles qui essaient de survivre.

« Tu n'as jamais parlé comme ça avant. »

— Le fait d'être chez moi fait ressortir un côté bizarre de ma personnalité. Torny afficha une moue, jeta un coup d'œil en direction du soleil couchant. En parlant de ça, je pense que je vais peut-être passer par là.

« Chez toi ? »

— Ouais. Je ne sais pas quand on repassera par ici. Je

me dis que je devrais dire bonjour. Leur faire savoir que je suis toujours en vie.

Bliss hocha la tête, attendit une seconde, puis hocha à nouveau. « Tu ne veux pas que je vienne avec toi. »

— Ça va être gênant, et long. Peut-être la prochaine fois.

Pour ce qui était de la livraison, Torny estima que la réplique était passée correctement. Pas de tremblement dans la voix, pas de glissement dans son regard. Elle garda ses mains sur le mur de pierre, les pressant contre le gris sale assez fort pour s'assurer de ne pas glisser.

« D'accord », signa Bliss. « On se retrouve au bateau, alors ? »

— J'y serai avant que Sichi ne soit trop haut dans le ciel.

« Tu as intérêt. »

Bliss, comme elle le faisait si souvent, mit fin à la conversation là, se glissant hors du mur, se rattrapant légè-rement sur ses pieds et s'éloignant avec un signe de la main. Torny lui rendit son geste, puis inclina la tête. Bliss ne tournait pas à gauche, en direction de la maison. Au lieu de cela, elle allait à droite, rejoignant les gens qui se diri-geaient vers les affleurements, les maisons, une vie dans laquelle Bliss n'avait pas à fouiner.

Torny prit une route plus basse. Elle avait suivi Bliss pendant quelques minutes, prenant soin de se traîner derrière les habitants et de rester hors de vue. La Vis faisait exactement ce qu'elle devait faire, errant et examinant les bâtiments, les terrassements, les moutons et les poulets en vue. Une fois que Torny eut établi que Bliss n'avait pas de motif caché, la voleuse glissa vers le bas à la prochaine intersection. Les minces lacets descendaient le long des recoins des cavernes, ce n'était pas leur nom officiel mais c'était ainsi que tout le monde appelait les étroites habita-tions construites dans la roche. Soutenues par de lourdes poutres et pas beaucoup plus grandes qu'un petit bateau, les recoins servaient de logement à tous ceux qui ne pouvaient pas se permettre mieux.

Et ce « tous » incluait plus que quelques-uns des anciens amis de Torny.

Heureusement, une autre loi non écrite de la possession d'un recoin de caverne était de garder sa porte fermée. La plupart s'ouvraient vers l'extérieur, directement sur le chemin, de sorte que Torny évita toute rencontre gênante alors qu'elle serpentait plusieurs fois, se rapprochant toujours de plus en plus des vagues qui entraient et sortaient.

Le côté sud de Noctia supportait les caprices coléreux de la déesse, les bas-fonds incrustés de rochers saillants et de tourbillons. Des plages de sable noir offraient des options à ceux qui n'avaient pas grand-chose d'autre pour se divertir, et elles étaient vides maintenant avec le froid de l'hiver. Une journée d'été aurait amené des enfants rieurs, des parents fatigués et des couples à la recherche d'un peu de romance. Aucun navire n'accosterait ici, aucun commerce à part quelques stands de nourriture courageux ne viendrait perturber l'amusement.

Torny repoussa tout souvenir, se concentrant plutôt derrière les plages, sur les cavernes et les anfractuosités trop vieilles et instables pour toute activité soutenue, pour tout foyer. Sauf celui qu'elle allait trouver. Ses bottes crissaient sur les grains rigides tandis qu'elle passait devant quelques badauds bravant les vagues, attirant peu ou pas d'attention. Comme sur Foti, tout le monde ici savait s'occuper de ses propres affaires.

Attirer le mauvais regard pouvait ruiner tant de bonnes choses.

La troisième grotte de marée, un numéro dentelé dont

les surplombs rocheux étaient incrustés de sel, sentait toujours vrai pour Torny, un léger relent de fumée de pipe et de saumure de palourdes bouillies s'en échappant. La bandit jeta un dernier coup d'œil autour d'elle, ne trouva personne sur ses talons, et se glissa à l'intérieur. Quelques pas réchauffèrent l'air avec le confort d'un feu, ces flammes vacillantes dessinant bientôt sur les murs sombres et criblés. Les grottes de Noctia portaient en elles une histoire sinistre, une histoire écrite non pas dans la pureté de la roche de lave noire de Foti ou dans les sédiments compactés des grottes vivantes de Vis — quelque chose dont Torny n'avait entendu parler que par ouï-dire. Au lieu de cela, Noctia offrait un brouet sans vie, comme si quelqu'un avait pris une bouillie rance, y avait jeté de la vieille cendre noire, et avait remué le tout avant de le cuire en briques. Lisse, terne et tout à fait sans valeur, telle était la roche de Noctia.

Moins sans valeur étaient les personnes regroupées autour du feu et dans toute la grotte, une pièce trompeusement grande qui ressemblait à une cuillère s'élargissant à partir de l'étroite entrée de Torny. Plus la caverne s'enfonçait, plus le plafond s'élevait, et Torny pouvait voir jusqu'au sommet grâce aux globes suspendus un peu partout. Les lumières révélaient des hamacs et des lits creusés dans les murs, ainsi que de nombreux coffres verrouillés. Des râteliers au sol contenaient à la fois des armes et des outils d'un certain métier, pratiqué par tous les visages qui réalisaient maintenant qui était arrivé.

— Vous laissez juste les gens entrer comme ça ? demanda Torny en guise d'introduction, dirigeant ses paroles vers l'homme plus âgé accroupi près du feu de camp, le taquinant, comme il semblait toujours le faire, avec un tisonnier en métal. Une nouvelle méthode de recrutement ?

— On a à peine besoin de chercher de nouveaux voleurs ces jours-ci, répondit l'homme, répondant au regard de Torny avec le sien, à une seule dent. Surtout quand ceux qui manquaient reviennent.

Yarvick en disait long avec son regard, notamment le coup de massue de son propre visage, si tordu par des vices inconnus qu'il ressemblait à un enchevêtrement charnu de racines d'arbres se rejoignant. Un bon œil brillait dans le mélange, le second remplacé par une opale, en réalité une skar de Noctia pour ceux assez avisés pour le voir, ou assez profondément impliqués dans les Doigts Agiles pour le savoir. Ses vieux cheveux s'étaient depuis longtemps rata-tinés à l'exception d'une seule mèche épaisse et noire qu'il gardait attachée et enroulée autour de son cou, un serpent sec et fuyant. Le reste de sa personne était enfoui sous une cape si rapiécée que toute tentative d'identifier sa couleur ou son tissu d'origine était depuis longtemps dépassée.

— Qu'est-ce qui te ramène ici, Torny ? poursuivit Yarvick. Tu viens offrir un paiement pour tes dettes, ou j'au-rais dû laisser mes gars t'embrocher dehors ?

— Je suis ici pour un boulot, Yarvick. Torny n'entendait pas, ne voyait pas les mouvements sur les bords de la caverne, mais elle savait que ça se produisait. Elle avait encore quelques phrases pour sauver sa peau, et Torny comptait bien les utiliser. Cette dette ne pouvait pas être remboursée sur Foti, alors je suis revenue pour faire ce qui est juste.

Yarvick rit, d'un rire fort et franc. — Ce qui est juste ? Torny, je me fiche de ce qui est juste. Je me soucie de ce qui m'appartient. Il retira le tisonnier du feu et en leva l'extré-mité orangée. Son œil d'opale capta l'éclat, donnant l'im-pression que son visage brûlait. Et ce qui m'appartient, ce qui m'a toujours appartenu, c'est toi.

# 4
## ENTRAÎNEMENT SUR LE SABLE

L e plongeon fut trop court et Sawi heurta violemment le sable, les cailloux entre les grains s'enchevêtrant dans ses cheveux et ses dents. Ses bras, tendus vers des lianes inexistantes, s'étalèrent largement. Une posture ridicule. Sawi ferma les yeux, retint un juron et attendit la réprimande verbale.

— Tu utilises encore ton instinct, dit la voix de son instructrice, comme prévu. Ami ne ratait jamais une occasion de critiquer. Ce n'est pas Vis. Arrête d'agir comme si c'était le cas.

Sawi se retourna, un mouvement plus difficile dans ces robes najahniennes qu'il n'aurait dû l'être. Elle avait demandé et s'était vu refuser une tenue en cuir najahniennes, Ami déclarant que Sawi ne les avait pas encore méritées. La Vis resterait dans sa robe d'étudiante jusqu'à ce qu'elle sache se débrouiller, un processus qui pourrait prendre un jour, un mois ou une année.

Pour le moment, si Sawi devait deviner, Ami misait plutôt sur cette dernière option.

La femme aux cheveux flamboyants et au visage doré

s'appuyait sur une épaisse lame sombre tandis que Sawi se remettait sur pied, époussetant le sable au passage. Pourquoi s'entraînaient-elles toujours sur la plage en bord de mer était une autre question qu'Ami éludait sans cesse : l'appui, disait Ami lors de la longue descente matinale des marches de pierre, était quelque chose qu'on ne pouvait pas garantir. Apprends à te battre sur ces terribles dunes et tu pourras danser n'importe où.

Sawi voulait argumenter que les chances que la plupart de ses combats se déroulent sur du sable étaient une proposition peu probable, mais Ami refusait de l'entendre. Comme elle refusait d'entendre la plupart de ce que Sawi disait.

— Cette fois, je veux que tu m'attaques, dit Ami.

— Avec quoi ?

— Tes mains.

Sawi cligna des yeux.

— Tu as une épée.

— Merci de me le rappeler. Je vais m'en servir.

Ami fit un grand pas en arrière, tira la lame du sable et saisit sa grande poignée en fer noir à deux mains. La lame elle-même semblait piquée et en mauvais état, l'une des nombreuses armes d'entraînement abîmées gardées ici sur le sable. Une victime, d'après ce que Sawi avait compris, de l'effet dévastateur du sel marin sur les métaux. Néanmoins, émoussée et cabossée, la lame pouvait encore transformer Sawi en chair à pâté.

— Quel est le but de tout ça, exactement ? demanda Sawi. C'est une idée de Gladdring ?

— Gladdring n'est pas ton problème. Attaque, maintenant. Fais-moi tomber.

Sawi soupira et écarta ses pieds nus. Le sable la chatouillait de sa fraîcheur, mais les bottes najahniennes étaient encore pires. Leurs semelles en cuir ne racontaient à Sawi aucune histoire sur l'endroit où elle se tenait, ni sur la force dont elle aurait besoin pour bouger. Les chaussures d'escalade de Vis auraient été meilleures, mais Ami ordonnait sans cesse à Sawi de laisser toutes ces choses derrière elle.

Derrière le duo se dressaient les rochers accidentés de Noctia, fragmentés en cavernes et tunnels à proximité de la mer. L'eau qui léchait occasionnellement les rochers les laissait luisants d'humidité et grouillants de petites créatures. Les mouettes et autres oiseaux se joignaient au chant de l'océan, malgré l'avancée de la journée. Elle avait commencé la matinée avec le choc de voir Quik, et la terminait maintenant avec une épée pointée sur sa poitrine.

Quelle merveilleuse journée.

— Maintenant, dit Ami.

Sawi poussa d'abord vers la gauche, s'orientant vers les vagues et mettant une distance projetant du sable entre elle et Ami. La Gardienne maintint sa position. Un indice sur l'exercice, donc. Pas de poursuite active. Sawi pouvait traîner, pouvait tâter le terrain.

— Un démon ne te laissera pas fuir comme ça, dit Ami alors que Sawi ralentissait, tournant à la limite brune et humide où s'arrêtaient les vagues. Une jetée solitaire s'étendait derrière elle, le vieux bois gémissant à chaque coup de vague. Ils te suivront aussi loin que tu iras et au-delà encore.

— Je suppose que je m'en inquiéterai quand je ferai face à un démon.

Sawi plia les genoux, se pencha et ramassa du sable mouillé. Elle le pressa en une boule friable. Se redressa. Ami, les yeux plissés maintenant, l'étudiait.

Pouvait-elle deviner ce que Sawi avait l'intention de faire ? Probablement.

Ami avait vu le monde, en avait combattu la moitié selon les histoires que la Gardienne avait racontées lors des premières nuits de Sawi ici, avant que leur relation ne devienne si brutale. Avant que Gladdring ne change la donne.

Donnant un nouveau coup de pied dans le sable, frissonnant sous la brise mordante qui passait, Sawi remonta la plage vers l'entrée de la caverne rocheuse. Un lent cercle autour d'Ami, forçant la guerrière plus âgée à tourner avec la cueilleuse de Vis.

Était-elle toujours cela, une cueilleuse de Vis ? Après hier, n'était-elle pas une recrue najahniennes ?

Une question qui valait la peine d'être posée quand Sawi ne serait pas en train d'être testée.

— Tu joues, dit Ami. Ne me fais pas perdre mon temps.

— C'est ma vie qui est en jeu. Je prendrai tout le temps que je veux.

Sawi se lança dans une course bondissante, plus dure et plus épuisante sur le sable qu'elle n'aurait dû l'être, mais la soudaine vitesse mit Ami sur ses gardes. Elle trébucha dans son tour, leva l'épée alors que Sawi modifiait l'angle, plaçant sa trajectoire près de la position d'Ami. Une ligne droite la ferait maintenant passer juste devant la Gardienne, droit vers la limite sud de la mer.

Comme si Sawi pouvait être aussi stupide.

À deux enjambées, alors qu'Ami inclinait l'épée pour ce qui aurait été un embrochage facile, Sawi enfonça son talon gauche et vira brusquement à droite. Un virage difficile dans les robes, impossible dans une armure plus lourde. Le sable vola en une vague, mais un angle qui aurait fait tomber Sawi sur une surface plane tint sur les grains glissants. Le changement de direction de Sawi força Ami à s'ajuster, un tour rapide rendu plus difficile quand la boule de boue de Sawi frappa Ami en plein sur cette joue dorée.

Ami jura, la lame vacillant, lente dans sa poursuite. Assez lente pour que Sawi passe à l'intérieur de sa portée sur la droite d'Ami. Elle attrapa le poignet d'Ami, le trouva et enroula ses doigts autour des gantelets de cuir. Sawi tira, envoyant un coup de pied dans le tibia d'Ami, espérant que les tractions combinées enverraient Ami s'écraser dans le sable.

La Gardienne ne bougea pas. Malgré les tractions de Sawi, ses efforts acharnés, Ami resta bien plantée dans le sable, la boue dégoulinant de son visage. Alors que Sawi tentait une dernière secousse, les yeux d'Ami rencontrèrent les siens, et Sawi y vit sa perte.

— Une tactique intelligente gâchée par la bêtise, dit Ami une heure plus tard autour de chopes de bière dans la tour. — Quand tu as fait ton mouvement, tu aurais dû viser mes yeux, ma gorge. Au pire, tu aurais pu prendre le couteau à ma ceinture pour t'armer.

Les deux étaient assises à une petite table dans une pièce chaotique, éclairée autant par les skars que par les lanternes luisantes sur les murs de pierre. Un unique escalier en colimaçon encerclait l'espace, grimpant vers le haut et débouchant sur un couloir qui menait à quelques gardes loyaux et ennuyés avant de pénétrer dans un territoire Najahn plus ouvert. Les skars, ces petites pierres provenant des îles, étaient disposés en tas plus ou moins grands, chacun enfermé dans une cage de verre bien plus solide qu'elle n'en avait l'air. Sawi le savait, car Annalyse, l'étrange scientifique qui partageait leur espace — et qui devait bientôt revenir avec le dîner — avait fait tester à Sawi la résistance de ces cages.

Elle avait essayé un bâton, un marteau, et même une épée. Sans succès.

— Une création Whent, avait dit Annalyse à l'époque, presque joyeuse. Si Noctia savait ce que nous faisons, ils deviendraient tous fous.

Annalyse disait souvent ce genre de choses. À l'entendre, la tour de Gladdring était un trésor de choses étranges et secrètes. Cela dit, c'était apparemment la raison pour laquelle Ami et son masque doré scellé de skars vivaient ici. Et pourquoi, selon Gladdring, Sawi y vivrait aussi. Elle serait une recrue Najahn de nom, mais pour tout le reste, elle serait l'assistante de Gladdring, ou peu importe comment il voulait l'appeler.

— Les yeux et la gorge ? demanda Sawi. Tu voulais que je te blesse ?

Ami tapota son masque doré, juste là où brillait une émeraude Vis. — Tu ne pourrais pas même si tu essayais. À moins que tes minuscules mains ne puissent briser ma nuque d'un coup.

Sawi jeta un coup d'œil à ses doigts autour de la chope de bière. Minuscules ?

— Le but est de trouver ton instinct meurtrier, Sawi, dit Ami. Tu as dit qu'un démon a failli te tuer, que tu es encore hantée par la proximité de cette expérience. J'essaie de t'apprendre à prendre ces sentiments et à les retourner. Utilise-les pour trouver le contrôle, pour t'assurer de ne plus jamais te sentir aussi impuissante.

Pourtant, elle s'était sentie impuissante presque dès l'instant où le bateau Najahn avait quitté Vis. Loin de ses amis et de sa famille, l'aventure à laquelle Sawi s'attendait ne s'était jamais matérialisée. Au lieu de cela, Gladdring s'était plongé dans l'intrigue et les formalités officielles exigées par les Najahn, laissant Sawi errer seule sur le navire, observée par des yeux curieux et ignorée par des bouches guindées. Ce sentiment l'avait suivie à leur arrivée, lorsque Gladdring avait confié Sawi à Ami et Annalyse, promettant seulement qu'il reviendrait quand il aurait besoin d'elle.

Cela faisait maintenant plus d'une semaine, et depuis lors, les visites de Gladdring avaient été rares et plus destinées à des conversations avec Ami et Annalyse qu'avec Sawi. Non pas que Sawi soit jalouse, non. Non pas qu'elle passait les soirées tardives seule dans sa petite chambre, regardant par l'étroite fenêtre en se demandant si elle n'avait pas fait une terrible erreur. Non, pas du tout. Jamais ça.

Admettre son erreur était un pas que Sawi ne ferait pas. Pas encore.

— Essayer de te tuer ne me fera pas me sentir plus forte, dit Sawi, puis elle continua avant que la bouche d'Ami, qui s'ouvrait, ne puisse énoncer d'autres sagesses douteuses. Ce que je veux, c'est savoir ce que je fais ici, Ami. C'est ça qui va me rendre plus confiante, plus à l'aise. Je suis perdue.

À ces mots, Ami se recula. Hocha lentement la tête. — J'ai connu ça. J'ai été perdue sur cette île pendant près de dix ans, Sawi.

— C'est long.

— Ça passe vite quand tu as assez de bière et une épée à balancer sur des mannequins d'entraînement. Ami rit, mais cela sonna creux. — Je plaisante. C'est aussi long que les rivières de Rana. Elle vida ce qui restait de sa bière d'un seul trait. — Mais tu n'as pas cette chance. Sawi, c'est simple. Tu es ici pour nous aider à comprendre ces choses. Ami fit un geste circulaire avec sa chope vers les skars. — Apprendre à leur parler, à les faire écouter ce que nous voulons. Ensuite, nous les utiliserons pour écraser les démons à jamais.

Trop de questions à démêler. Écouter les skars ? Annalyse et Ami n'avaient pas mentionné cela auparavant, avaient à peine parlé des gemmes durant les jours où Sawi avait été ici. Annalyse ne parlait que de ses inventions, faisait porter à Sawi le pire genre d'équipement pendant qu'elle testait tel ou tel appareil. Ami poussait constamment Sawi vers le terrain d'entraînement. Pas de skars, pas de noble objectif.

Seulement que, sous peine d'avoir la tête tranchée rapidement, Sawi ne devait pas dire un mot de ce qu'elle voyait ici. Même pas à Quik, qu'elle avait déjà laissé tomber ce soir.

— C'est la même tête que j'ai faite quand Gladdring me l'a dit, dit Ami. Il est probablement contrarié que je te le révèle maintenant. Mais il peut aller lécher de la lave. Ami jeta un coup d'œil à sa chope, comme si elle espérait qu'elle se soit remplie entre-temps, mais hélas. — L'homme a raison. Annalyse est un génie, mais ce n'est pas une combattante, et ce sont des combattants qui vont enfoncer ces pierres magiques dans la gorge de chaque démon si j'obtiens ce que je veux.

— Pourquoi moi, alors ? Je ne-

— Tu es loyale, sinon tu ne serais pas ici. Ami balaya la question d'un geste. — C'est la chose la plus importante, Sawi. Parce que ce qui arrive, ce que Gladdring planifie ? Nous ne pouvons pas vaciller, nous ne pouvons pas douter. Quand le moment viendra, le monde aura besoin que nous agissions. Je le ferai, Sawi, et toi aussi.

Sawi cligna des yeux. — Et si je ne le fais pas ?

— Alors tu seras morte. Je te tuerai moi-même.

# 5
## AVANCÉE SOMBRE

Comme tant d'autres dans la longue file derrière et autour de lui, le corps de Svarde racontait une histoire de labeur. Sa barbe, longue et hirsute, s'accordait avec ses cheveux emmêlés tirés en tresses serrées dans son dos. Son armure Whent, plus rigide que les cuirs Foti mais moulée par la même roche qui l'entourait maintenant, grinçait au rythme de ses genoux, ses bras et ses chevilles à chaque pas sur le sol de la caverne. Des douleurs de cent blessures, réelles et fantômes, hantaient ses maux de tête récurrents, un prix gagné sur la plage au sud. Chaque respiration poussait l'air au-delà de ses dents abîmées, son visage n'étant propre que grâce à une mare chanceuse découverte par un éclaireur.

Pourtant, ses mains pouvaient encore tenir ses haches. Sa posture restait droite. Sa voix tonnait avec les meilleurs, là, dans les Ténèbres d'En-Bas.

À ses pieds aussi, griffait sa compagne de longue date, la ferrite à peau de pierre Kivi. Elle soufflait alors qu'ils marchaient maintenant près de la tête de la longue colonne, prenant un tour pour mener l'expédition toujours plus loin.

Devant, des éclairs scintillaient le long des courbes rocheuses, des bougies clignotantes ou d'étranges champignons illuminant les murs de teintes pourpres et bleues. Ces champignons seraient grattés au passage de l'armée, ajoutés aux réserves de nourriture et remplacés par des lanternes martelées.

Comme le disait Jochi, le seigneur de guerre Whent menant cette charge, ce n'était pas seulement une mission, c'était une colonisation. Les mangeurs de roche en avaient assez de céder du territoire aux démons. Au lieu de cela, ils allaient le contrôler.

Les tremblements de ce contrôle pulsaient à travers les bottes souples de Svarde maintenant, le martèlement constant derrière lui alors que les ingénieurs installaient ces lumières, ajoutaient des contreforts aux murs instables et planifiaient des emplacements pour des relais, des auberges, des villes entières dans les plus grandes cavernes. D'où viendraient les gens pour s'installer dans tous ces endroits, Svarde n'en était pas certain, mais ce problème ne déconcertait pas les ouvriers Whent.

Leurs guerriers aussi marchaient avec l'enthousiasme d'une armée conquérante. Alors que l'incursion initiale de Svarde et Maena dans les profondeurs s'était faite avec une urgence silencieuse, les Whent voyageaient en chantant des chansons, en battant des tambours, poussés par une confiance invincible. Le changement, au début, était si saisissant que Svarde se retrouvait à explorer en avant avec Kivi juste pour retrouver cette solitude, ce frisson de l'explorateur.

Il aurait emmené Maena avec lui, mais la capitaine Rana semblait de plus en plus repliée sur elle-même, torturée par une lutte dont elle refusait de parler. Ce n'était que pendant les briefings réguliers de Jochi que Maena s'animait, comme si les défis logistiques inhérents à la conduite de milliers de personnes à travers des grottes sans fin étaient la plus grande fascination de la vie.

— C'est son choix, dit Svarde à Kivi alors que la ferrite reniflait, ses évents orange se fermant dans un jet de vapeur. Je n'aime pas ça non plus.

Les démons, si terribles lors de l'expédition précédente, reculaient face à la puissance des Whent. Arbalètes, lances et armures de roche broyeuse d'os transformaient ces bêtes désordonnées en simple bouillie. Des adversaires plus mystérieux fuyaient ou se retrouvaient criblés de carreaux tirés de loin. Un groupe de ces yeux géants, ces monstres déformant l'esprit, s'était retrouvé bouilli par les grenades Whent, lancées et roulées dans leur domaine avec un effet dévastateur.

Dans l'ensemble, Svarde s'ennuyait presque.

C'était pourquoi lui et Kivi étaient de retour à l'avant, avec seulement les éclaireurs entre eux et de la chair fraîche de démon, ou au moins une découverte intéressante. Ils avaient dépassé le bouclier arachnéen de l'Aegis deux jours plus tôt, ce qui signifiait que chaque pas à partir de maintenant s'étendait en territoire inconnu. Un frisson seulement quelque peu atténué par l'odeur pure de la civilisation mobile et grondante derrière lui.

— Est-ce que c'est ce que tu avais en tête ? Jochi, gâchant la marche plus tranquille de Svarde en tête de colonne, le rattrapa et égala le pas de l'homme aux haches. Ta grande mission, maintenant avec la grandeur appropriée ?

Svarde avait depuis longtemps décidé que détruire les démons avait la priorité sur le maintien d'une quelconque rancune, mais chaque fois qu'il voyait Jochi, le Gardien Foti trouvait difficile d'oublier les épreuves imposées par la main de cet homme. Les Fosses, la bataille de la plage contre ces démons, et les voyages épuisants en chariot entre les deux étaient tous venus sur l'ordre de Jochi.

L'envie d'envoyer la tête de l'homme voler d'un coup de hache devait être modérée, était modérée par une seule chose : Catya.

Voir la toile de l'Aegis apportait un réconfort lointain et chaleureux. Elle vivait encore, quelle que soit la coquille qu'était devenue sa vie. Un signal, aussi, que la mission de Svarde de ruiner les démons et leurs origines restait urgente. Les deux servaient à garder les mains de Svarde stables, à garder sa réponse à la question de Jochi cordiale.

— Si cela sert à massacrer les démons, alors c'est ce que j'avais en tête, répondit Svarde.

Jochi rit. Les deux gardes du corps derrière lui, les mains toujours près de leurs propres lances, ricanèrent aussi. Si ce genre de servilité agaçait Jochi — Svarde aurait frappé n'importe quel suivant agissant ainsi — c'était un mystère. Le seigneur de guerre semblait impassible, se lançant plutôt dans la marche du jour, ou plutôt la marche de la nuit. D'une manière ou d'une autre, les scientifiques Whent qui les accompagnaient, tous volés à la cité universitaire dont Svarde et Maena avaient empêché le saccage, gardaient la trace du temps et, ce faisant, préservaient la sanité d'esprit de l'armée. Les quarts maintenaient les gens en ligne même si la lumière du jour tombait de plus en plus loin derrière.

Pour Svarde, marcher les nuits signifiait moins de gens pressant ses pas. Quelques heures inconscient pendant la journée, roulant dans un chariot équipé de lits, valaient bien le sacrifice. Seuls les officiers recevaient ce traitement luxueux, destiné à les garder plus près de l'action même si l'armée bougeait et travaillait à toute heure. Les autres devaient simplement rattraper pendant leurs moments d'éveil, une perspective plus simple qu'il n'y paraît, étant donné l'allure laborieuse.

C'est ainsi que cela se passait quand chaque pas exigeait une nouvelle lanterne, un arrêt pour quelque observation scientifique ou une exécution de démon.

— Pourtant, tu ne sembles pas en paix, mon ami, dit Jochi. Qu'est-ce qui te trouble ? Notre victoire inévitable ?

— La lenteur à laquelle nous avançons, pour commencer.

Jochi hocha la tête de cette façon sage qu'ont les dirigeants quand ils font semblant de s'en soucier. — Tout a un coût. Plus il y a de gens, plus notre conquête est permanente, plus cela prendra de temps.

— Et quand les fermiers devront retourner à leurs champs, qu'auras-tu alors ?

— L'hiver est long à Whent, et nos découvertes ici rendent déjà ce voyage profitable, dit Jochi en tendant la main à sa droite pour cueillir un champignon violet sur la paroi. Des fragments lumineux tombèrent sur le sol humide de la caverne. Nous apprenons déjà à les cultiver. Imaginez des maisons remplies à la fois de nourriture et de lumière d'un seul coup. Combien avons-nous perdu par peur des démons ?

— Trop.

— En effet. Pourtant, je dois vous demander si vous êtes prêt à en perdre davantage.

Le ton de Jochi changea avec ces mots, captant l'attention de Svarde.

— De quoi avez-vous besoin ? demanda le barbare.

— De direction. Jochi fit un geste vers la longue file de l'expédition, bien que la sinuosité des grottes en cachât la majeure partie. Mes éclaireurs m'informent que ces tunnels partent dans toutes les directions et s'étendent bien plus loin que nous ne pouvons nous le permettre. Vous êtes déjà descendu ici auparavant et sembliez sûr de votre chemin. Comment le saviez-vous ?

Svarde désigna Kivi. — Elle peut entendre les pierres mieux que moi. Elles lui indiquent les chemins les plus chauds, ceux qui descendent encore et encore.

— Quel dommage que nous n'ayons pas plus de ferrites, alors, répondit Jochi en se penchant pour caresser le lézard, mais Kivi renâcla et s'écarta. Jochi rit, à nouveau imité par ses gardes du corps, et se redressa. Elle a toujours le flair, j'imagine ?

Kivi renâcla plus fort. Dégagea de la vapeur.

— Elle sait où elle va, dit Svarde. Vos éclaireurs se sont plutôt bien débrouillés jusqu'ici, cependant.

— Un effort dispersé, bien que vaillant. Je veux que vous preniez la tête avec Kivi. Mes éclaireurs travailleront directement avec vous, faisant la liaison entre vous et nos forces. Mon but est de détruire les démons, Svarde. Étendre nos racines dans les Profondeurs Obscures viendra après. Êtes-vous d'accord ?

— Vous m'offrez une chance de m'éloigner de vous et de tous vos soldats puants ? Comment pourrais-je refuser ?

Cette fois, au moins, le rire de Jochi fut authentique. Cette fois, au moins, ses gardes du corps renfrognés ne le reprirent pas en écho.

La nouvelle affectation prit effet immédiatement, un éclaireur apparaissant au détour du prochain virage avec des sacoches fraîchement remplies à ras bord. La femme, qui avait troqué l'armure lourde de Whent pour des cuirs légers et des ceintures encombrées d'outils, demanda si Svarde pouvait suivre un rythme plus rapide. Quand il acquiesça, ils s'élancèrent à travers les cavernes, Kivi prenant bientôt la tête et choisissant les directions à droite, à gauche, vers le bas et, rarement, de courtes montées pour atteindre des voies viables plus profondément dans l'obscurité.

Après des heures de marche en tête, les vibrations de l'armée de Whent remplacées par l'égouttement de l'eau et le vent creux de la grotte, Svarde s'attendait à trouver l'épuisement traînant à chacun de ses pas. Au lieu de cela, sa marche était aisée, l'armure lourde plus légère sur ses épaules qu'auparavant.

— C'est un signe, dit l'éclaireuse, qui se présenta sous le nom d'Olgata, que vous faites ce pour quoi vous êtes destiné. Ses seules expressions semblaient être un froncement de sourcils sérieux et un sourire bâclé, et ce dernier illuminait la lueur de sa petite lanterne dans leur actuel refuge rocheux. Nous allons faire une halte de deux heures ici. Dormez, puis nous repartirons. Elle fit un geste vers la ferrite. Cette chose peut-elle monter la garde ?

— Elle s'appelle Kivi, et elle montera une meilleure garde endormie que vous et moi éveillés.

— Ça me va.

Olgata jeta un sac de couchage sur le sol dur, posa sa sacoche comme oreiller, et avant que Svarde ne puisse faire de même, ses légers ronflements résonnaient déjà dans la caverne. Svarde aurait souri à ce son, au plaisir d'être à nouveau en tête de sa propre mission.

Il aurait souri, si ce n'était pour les autres bruits plus lointains. Des grognements, des grattements, un seul rugissement comme une forge s'allumant pour la première fois.

Les démons n'étaient jamais loin ici-bas.

# 6

## BATAILLE AU BRUNCH

Un dernier petit-déjeuner en ville. Ils larguaient les amarres dans une heure, mais Eujo voulait un dernier repas hors des confins du navire, aussi agréables fussent-ils. Le restaurant qu'elle avait choisi tenait ses promesses, avec une large baie vitrée surplombant le port. L'endroit dominait l'agitation frénétique, bien que les odeurs et les sons de l'industrie s'y infiltraient encore, donnant au repas matinal une touche âpre, apparemment recherchée par les clients du lieu. Parmi eux se trouvaient des administrateurs, des maîtres de port et des superviseurs, des inspecteurs najahns et des capitaines préparant leurs navires pour un long hiver en cale sèche ou, peut-être, pour une traversée vers le sud en direction de Smythe ou d'une ville sur la côte de Kance.

Quelques-uns, peut-être, se dirigeraient vers Kitaye ou Mottilan.

La pensée de son foyer frappa Wax alors qu'il plongeait sa fourchette — un ustensile qu'il avait appris à utiliser au cours des semaines depuis son départ de chez lui — dans une combinaison d'œufs et de pain. Une tranche de citron l'accompagnait, qu'il suça après qu'Eujo lui eut conseillé que le fruit était une partie nécessaire de toute aventure maritime. Particulièrement pour une destination comme Whent, où de telles délices tropicales étaient difficiles à trouver.

— Parce que ce n'est que rochers et poussière là-haut ? demanda Wax.

Ils étaient assis à une petite table pour deux personnes dominée par des assiettes robustes, des tasses en terre cuite remplies d'un café brutal qui avait plus le goût d'acide que du riche cacao que Wax aurait pu avoir chez lui. Des chaises rigides, un sol de pierre renforcé ici et là par des planches disposées au hasard. Un léger brouhaha alors que les gens passaient en revue les manifestes et les objectifs du jour.

Eujo ramena brusquement son regard vers lui. Ses yeux s'étaient égarés vers la mer. Son esprit, probablement, déjà tourné vers la prochaine aventure. Tout comme le sien.

— J'oublie sans cesse à quel point tu as peu vu, dit Eujo, puis elle grimaça. Désolée, c'est un réflexe. Je n'avais pas vu grand-chose non plus jusqu'à ce que, eh bien, j'y arrive.

— Tu ne parles jamais de ça. Y arriver. Ce que tu veux dire.

Le plus léger retroussement de lèvre. — Un jour, quand nous aurons bu plus de vin, peut-être que je te le dirai. Elle jeta un coup d'œil à sa tasse de café, à son assiette presque vide. — C'était agréable. Merci.

— Quoi, c'est moi qui devrais te remercier. Tu as tout payé.

— Oh, tu me le rendras bien, j'en suis sûre.

Wax rit. — J'essaierai. Quand tu seras l'Aegis, je ferai tes courses.

Eujo pencha la tête, — Tu resterais ? Si je réussis à

monter sur ce trône, tu resterais ici ? Tu ne rentrerais pas chez toi ?

Il avait dit une belle chose et s'était mis dans une situation délicate. S'il y avait une chose qu'il savait ne pas faire face à une telle question, c'était hésiter. Trop facile, alors, de repérer un mensonge, de devenir suspicieux.

— Bien sûr. Si nous arrivons tous les deux jusque-là, j'imagine que je te devrai beaucoup plus que quelques repas, répliqua aussitôt Wax, affichant un sourire sincère.

— Si vous arrivez jusque-là, dit un nouvel homme, serré dans des cuirs de Kance enveloppant un corps mince, un visage étroit barré de lignes blanches entrecroisées. Wax pensa d'abord qu'il s'agissait de cicatrices, mais un regard plus attentif, rendu facile lorsque l'homme posa ses deux mains sur leur table et sourit au couple, révéla qu'il s'agissait en fait de tatouages. — Une question honnête, et j'espère pouvoir y répondre.

Derrière l'homme se tenaient deux autres personnes, toutes deux des femmes, dans des postures suggérant quelque chose de plus hostile qu'une innocente conversation de petit-déjeuner. Comme l'homme, elles portaient des tenues adaptées au service actif, avec des rapières clairement visibles à leurs ceintures. D'où ils venaient, Wax n'en était pas sûr, mais ils avaient attiré l'attention de tout le restaurant, les conversations s'estompant et plus d'un client se dirigeant vers une sortie précoce.

Eujo donna rapidement le ton, lançant un regard furieux à l'homme. — Que font les Vientas ici ? N'êtes-vous pas censés protéger notre foyer ?

— C'est exactement ce que nous faisons, ma Reine. Protéger notre chère île d'une grave erreur.

— Et quelle erreur serait-ce ?

Le venin dans les paroles d'Eujo aurait dû faire frémir

n'importe quel homme ordinaire. Wax voulait grimacer pour le compte du gars, mais le sourire sournois de l'homme balaya le ton d'Eujo aussi facilement que si elle lui avait demandé du beurre frais. Aucune autorité, aucune exigence ne percerait sa carapace.

— Il vaut mieux pour notre île que les skars rentrent chez eux et que leur porteur ne revienne pas, dit l'homme. Vous n'avez pas besoin d'en savoir plus.

Wax repoussa sa chaise et se leva. Il n'avait aucune arme sur lui, rien sauf une fourchette de petit-déjeuner à la main, les traumatismes persistants du démon menaçant d'envoyer des éclairs de peur dans chacun de ses nerfs, mais il serait damné avant de laisser cette ordure mettre ses paroles à exécution. Eujo, cependant, resta assise là où elle était, levant seulement un doigt en direction de Wax.

— Même un assassin comme vous saurait qu'il vaut mieux ne pas faire ça ici, dit Eujo. Il y a plusieurs Najahns à deux tables d'ici. L'un d'eux est déjà parti chercher des gardes. Vous vous condamneriez.

— Un faible prix pour sauver notre île. L'homme leva une main de la table et la posa sur une petite bourse attachée à sa ceinture. Un prix, cependant, que vous pourriez payer. Comme toute Reine le doit.

— Pourtant, elle ne le fera pas.

L'homme retira la bourse. Eujo avait toujours son doigt levé. Wax tenait la fourchette. Il essayait de garder un œil sur tous les trois, les deux femmes se positionnant pour bloquer le chemin le plus facile vers les sorties et les rues pavées à l'extérieur.

— La bravoure est votre domaine, j'en ai peur, dit l'homme en posant la bourse sur la table. Une simple inhalation, et tout ira bien. S'il vous plaît.

Eujo ramassa la bourse. Wax se tendit, aurait fait

quelque chose d'imprudent s'il n'avait pas appris à mieux connaître Eujo, découvrant que la Reine avait une ruse combative. Une ruse qu'elle mit en jeu la seconde suivante, lançant la bourse au visage de l'assassin. Le sac éclata, répandant du sable inoffensif sur la tête déjà tremblante de l'homme.

Wax, alors, mit la fourchette à bon usage.

Il l'enfonça brusquement, les dents rugueuses s'enfonçant dans la main gauche de l'assassin, toujours posée sur la table du petit-déjeuner. Cette fois, l'homme hurla un juron, une réaction plus appropriée. Eujo repoussa sa chaise et commença à se lever tandis que les deux femmes passaient de leurs rôles de soutien à celui d'actrices principales. Toutes deux se saisirent de leurs rapières alors que la foule du restaurant se dispersait.

Atteindre une sortie signifiait se frayer un chemin à travers au moins deux tueurs sans arme. Même Wax n'avait pas ce niveau de confiance téméraire. Au lieu de cela, il fit ce qu'il avait appris à Vis, lors de la bagarre dans la salle à manger avec les brutes de Mottila : Wax se servit de sa chaise comme arme, soulevant le meuble encombrant et le balançant devant lui dans un large mouvement. L'homme à la fourchette réagit en esquivant le coup, atteignant sa main recouverte de sable pour retirer la fourchette, tout en jurant. Son complice hésita, laissant la chaise voler devant lui.

Un coup apparemment raté, mais Wax n'avait pas seulement appris que les meubles pouvaient être une bonne défense. Il avait aussi compris, en perdant cette bagarre, qu'il valait mieux fuir que d'affronter une bataille impossible. Wax conserva son élan, l'amplifiant en tournant sur lui-même, et fracassa la chaise solide contre la fine vitre. La fenêtre fragile et magnifique vola en éclats, projetant des fragments partout.

— Il est temps de partir ! cria Wax, remarquant Eujo et sa propre défense à base de chaise, le dossier s'avérant habile pour accrocher la pointe d'une rapière et la maintenir.

Il fit un pas sur le verre brisé. Il entendit l'avertissement d'Eujo et se baissa, le coup de rapière effleurant l'épaule de Wax et déchirant un trou dans sa belle chemise tissée à Noctia. Une douleur rouge fulgura, Wax utilisant ce feu pour bondir en avant alors que ses skars, reposant dans un collier contre sa poitrine, s'animaient soudain. Leurs murmures s'intensifièrent, le skar de Vis rugissant dans un bavardage frénétique en commençant à s'occuper de l'entaille.

Plus de distractions à repousser alors que Wax plongeait du restaurant vers un toit en pente abîmé en contrebas. Noctia gardait ses toits inclinés, des gouttières menant à des citernes pour récupérer l'eau de pluie et avoir une chance de s'assurer de l'eau potable sur une île aride. Couvertes de givre matinal, les ardoises s'avérèrent être un lieu d'atterrissage glissant, Wax tombant sur le côté et roulant.

Pourtant, il jeta un regard en arrière, espérant voir Eujo, et la trouva, volant comme un oiseau dans le soleil du matin, depuis le restaurant. Son saut échappa de justesse à un coup de rapière, l'épée captant la lumière, et la Reine atterrit sur le même entrepôt que Wax, le rejoignant dans sa chute.

Wax tenta d'agripper le bord du toit, la gouttière rendant un tel arrêt possible, mais le givre annula toute chance. Les doigts de Wax, encore couverts des restes du petit-déjeuner, ne trouvèrent que de la neige gelée. Il passa par-dessus bord, un juron de Vis s'échappant tandis que Wax tombait droit vers la rue. Des pavés auraient dû l'accueillir, et ils étaient bien là, mais le côté gauche de Wax rencontra d'abord des caisses empilées, son épaule rebondissant sur les boîtes en métal et en bois pour le faire tournoyer avant qu'il ne s'écrase sur le sol couvert de neige. La poudreuse blanche, s'accumulant et poussée dans les coins des ruelles comme celle-ci, offrit à Wax un léger coussin, de sorte qu'il se retrouva seulement le souffle coupé, l'épaule douloureuse, et un froid misérable recouvrant toutes les parties de son corps alors que la neige s'infiltrait partout.

Pendant un instant. L'instant d'après, Eujo atterrit sur lui, enfonçant Wax plus profondément dans le banc de neige et provoquant une panique haletante et toussotante. La Reine, comme toujours, garda son sang-froid et roula sur le côté, se tenant debout sur la rue glissante avec une habileté naturelle. Sa main trouva le bras gauche de Wax, le tirant, ainsi que lui, pour le mettre partiellement debout.

— Tu es vivant ? demanda Eujo, continuant de tirer.

— J'espère, toussa Wax.

Eujo tira fort à nouveau et Wax se dégagea du banc de neige, bien que ses pieds n'étaient pas prêts à prendre le relais, et il trébucha directement sur la Reine, tous deux tombant de l'autre côté de la ruelle dans la neige intacte qui les attendait. Un tintement sec retentit à l'endroit où Eujo s'était tenue, un couteau de lancer rebondissant dans la rue.

— Merci, dit Eujo, repoussant Wax. Dans le même mouvement, sa main trouva celle de Wax et l'entraîna le long de la rue étroite. Bouge-toi, Wax. Ce sont des tueurs.

— J'avais compris.

Avec Eujo le tirant, Wax se démena, le skar de Vis faisant sa part pour le maintenir debout. Eujo se faufila à travers le quartier portuaire, esquivant les porteurs, traversant les étals ouverts, et se dirigeant toujours vers la mer, vers son navire.

— Qui étaient ces trois-là ? demanda Wax, trouvant enfin assez d'air pour parler, pour gérer sa propre course.

Cela aidait que, ayant laissé les entrepôts derrière eux, les rues dégagées offraient une meilleure adhérence.

— Les Vientas. Une secte de Kance, répondit Eujo, sautant par-dessus plusieurs cordes tandis que les marins juraient contre leur interférence dans le halage d'un navire vers la cale sèche. Wax suivit, murmurant des excuses au passage. Ils travaillent habituellement pour la Reine.

— N'est-ce pas vous ?

— Deux Reines, Wax. Et ils la préfèrent, elle.

— Pourquoi ça ?

Le navire d'Eujo était en vue, les voiles déjà prêtes à partir. Les caisses de provisions qui encombraient la jetée plus tôt avaient toutes disparu, chargées et prêtes. Deux, le capitaine, devait juste les attendre.

— Parce que je suis un peu rustre ? Comment voulez-vous que je le sache ?

Pour la première fois ce matin-là, Wax perçut quelque chose de faux dans la réponse sèche d'Eujo. L'intonation faillit le faire trébucher, ainsi qu'une plaque de verglas sur la jetée, dans une glissade vers l'eau. Les instincts de Vis gardèrent Wax suffisamment stable pour se rattraper, posant une main sur une corde d'amarrage pour se redresser. Ensemble, ils atteignirent la passerelle du bateau, montant en trombe et criant à Deux de faire partir le navire. Les matelots s'élancèrent au commandement d'Eujo, détachant les cordes et hurlant pour le lancement.

Eujo continua d'avancer en atteignant le pont principal, se précipitant à l'intérieur pour trouver Deux. Probablement pour relater ce qui s'était passé. Wax, quant à lui, s'agrippa à la rambarde et resta simplement debout, s'appuyant sur le bois de Kance. Il regarda en arrière vers le rivage, vit trois silhouettes se détacher parmi les travailleurs, se déplaçant avec une détermination délibérée. Le trio d'assassins s'arrêta en approchant de la jetée, regardant le *Storm's Edge* glisser dans la mer. Wax croisa leurs regards, ne voyant rien d'autre que de la certitude dans leurs expressions sinistres.

La seule satisfaction venait du bandage taché de rouge autour de la main de l'homme. La fourchette, au moins, avait rendu un peu de justice.

Ces trois-là, cependant, marquaient le deuxième groupe de Kance essayant de tuer la Reine de l'île. Et Eujo, Wax le soupçonnait, savait exactement pourquoi.

# 7

## LA TROISIÈME MAIN

La tour du Tenet s'adossait à la falaise, s'étalant le long de la roche comme du lierre grimpant. Des poutres de bois noir soutenaient des pierres empilées qui s'élançaient dans plusieurs directions à mesure qu'elles grimpaient, se croisant et se recroisant tous les quelques niveaux. Les fenêtres, aux formes festonnées se tordant en vitraux teintés, ne laissaient rien deviner de ce qui se passait à l'intérieur. Pas plus que les deux silhouettes qui se tenaient devant l'entrée principale de la tour, une porte unique et étroite à laquelle on accédait non pas par un escalier montant mais descendant, un entonnoir lent depuis le niveau de la rue jusqu'à ses planches bleu océan.

— Vous venez pour votre première visite ? demanda l'une des silhouettes alors que Quik s'approchait, fraîchement vêtu de sa robe violette de recrue Najahn.

On avait donné une heure au chasseur de Vis, mais la ponctualité n'était tout simplement pas exigée à Kitaye. Ici, cependant, les horloges abondaient, leurs tics-tacs frénétiques dirigeant chaque action de Quik avec un nouveau type de stress. Un petit-déjeuner avalé à la hâte, attrapé sur la table réservée aux recrues, et il était parti, rejoignant la cohue. La circulation piétonne, au moins, lui était familière, bien que la carrure de Quik avait tendance à lui faire de la place dans sa jungle natale. Pas ici, où la déférence semblait liée aux robes de chacun et aux écharpes, médailles ou armes portées.

Il avait fallu trois bousculades et des regards noirs à Quik pour apprendre cette leçon.

— Je crois bien ? répondit Quik, se détestant pour son incertitude.

Une promesse parmi tant d'autres qu'il s'était faite et qu'il n'avait pas réussi à tenir. Pour l'instant.

La silhouette se tourna vers l'autre, un homme enveloppé dans une robe Najahn inversée, dont le violet était remplacé par le bleu clair de la porte, et le noir par du blanc. Une épingle dorée, au moins, correspondait aux normes Najahn, bien que Quik n'en ait jamais vu de pareille auparavant : un trou de serrure déformé, comme si quelqu'un avait donné des coups maladroits dessus et avait rayé, tordu la serrure. Un symbole étrange.

Cela dit, ici à Noctia, quelqu'un allait bientôt expliquer à Quik ce que cela signifiait. Probablement avec une bonne dose de mépris et de soupirs.

— Le Tenet est-il prêt ? demanda la silhouette.

— Masayo est dans ses appartements, répondit l'autre silhouette, dont la voix était celle d'une femme Tamas plus âgée. Conduisez-le en haut.

Suivre la silhouette s'avéra plus difficile que Quik ne l'avait prévu, principalement parce qu'une fois la porte franchie, il perdit tous ses repères. La porte elle-même s'ouvrit sans un bruit, ses gonds graissés à la perfection. Au-delà, là où une vue extérieure laissait présager un rez-de-chaussée circulaire avec des escaliers montants et ramifiés, la tour défiait toute logique.

Tout d'abord, Quik ne vit aucun escalier. À la place, il vit une lumière réfractée qui entrait par les quelques fenêtres, les rayons se réfléchissant sur des prismes et rebondissant tout autour dans un arc-en-ciel qui aurait été aveuglant sans ses lignes strictes. En plissant les yeux, en gardant son regard juste à côté des faisceaux, Quik s'empêcha de fermer complètement les yeux.

— Prenez une minute, dit la silhouette. Mais une seule. Dans cette tour, l'adaptation doit être rapide.

Entre les faisceaux se trouvaient des ombres, mais pas vides. D'autres silhouettes se déplaçaient dans ces robes blanches, certaines suivies par des Najahn plus ordinaires en violet et noir. Certaines se hâtaient au niveau de Quik, mais d'autres semblaient s'élever dans les airs, comme si elles marchaient sur la lumière elle-même. En suivant une paire du regard, Quik les vit disparaître au-dessus de lui à gauche, à travers une autre porte qui semblait flotter dans les airs. Elle se ferma avec un clic bien réel. Des paroles décontractées lui parvenaient aussi, des conversations en cours ponctuées de légers bruits sourds lorsque les chaussures frappaient la pierre.

Accrochés aux murs de la pièce, il y avait des tableaux aux contenus amorphes, taches colorées ou non-sens abstraits. L'air à l'intérieur chatouillait, une épice savoureuse rappelant à Quik des œufs et des oignons cuits.

— Vous sentez le petit-déjeuner, dit la silhouette, qui se tenait juste devant. Ce n'est pas important. Concentrez-vous. Votre temps est presque écoulé.

Quik secoua la tête. Stop. Pense comme un chasseur. Utilise tes sens, ce que tu sais.

Le premier indice vint de ces érudits flottants et de leur

façon de marcher. Assurée, mais avec des pas prudents. Pas les grimpeurs insouciants que Quik avait vus dans d'autres tours par ici, les mouvements qu'il aurait lui-même faits sur un escalier normal. Ces pas, aussi, semblaient éviter les faisceaux, se frayant un chemin entre les rayons de lumière.

Quik avança lentement, tendant une main devant lui, à travers l'un des rayons arc-en-ciel. De l'autre côté, là où quelques instants auparavant une silhouette en robe était passée, ses doigts rencontrèrent une corde tendue. Quik jeta un coup d'œil en arrière vers la silhouette et lui dit ce qu'il avait trouvé.

— Pas une corde, répondit la silhouette, bien que son ton marquât son approbation. Un câble spécifique de Kance. Tissé pour détourner la lumière. Pendant la journée, un œil exercé peut discerner leur motif et marcher dessus. La nuit, c'est impossible pour quiconque ne les a pas déjà escaladés.

Maintenant, Quik sentait des regards posés sur lui. D'autres passants remarquaient la recrue, lui laissant de l'espace. Pour échouer ou réussir, Quik n'en savait rien. Il ne pouvait pas s'en soucier.

— Pourquoi ? demanda Quik. Quel est l'intérêt ?

Il sentit plus qu'il ne vit le sourire de la silhouette. — C'est ce que vous êtes là pour apprendre. Vous avez découvert notre premier secret. Beaucoup d'autres vous attendent.

La silhouette, cependant, n'allait pas attendre elle-même. Elle se dirigea vers la droite, contournant l'endroit où un faisceau prismatique frappait le sol de pierre et montant sur un autre escalier de câbles. Quik suivit, réprimant ses propres hésitations et marchant avec ce qu'il espérait être de l'assurance. Pourtant, il ne put s'empêcher de jeter un coup d'œil en bas en faisant le premier pas.

Ses pieds sentirent les câbles, solides et tendus avec peu de mou dès le début. Même en sachant qu'ils étaient là, Quik ne pouvait pas voir leurs contours. Ce n'était pas tant comme s'il marchait dans les airs que comme s'il marchait sur une brume terne, un flou brumeux. Ses bottes apparaissaient assez clairement, mais en dessous, la pierre s'estompait, la lumière semblant incapable de définir la marche.

La porte, à un seul battant comme l'autre entrée en bas — et toutes les portes que Quik avait vues dans la tour jusqu'à présent — s'ouvrit vers l'extérieur, vers eux, lorsque la silhouette tira sur la poignée. L'encadrement de pierre autour semblait conventionnel à côté de l'escalier magique.

De l'autre côté, les bizarreries cédaient la place au pragmatisme. À la gauche de Quik, s'enfonçant dans la falaise, s'étendait un large couloir aux portes blanches comme neige, suggérant la présence de chambres. L'escalier continuait après quelques pas, désormais construit en pierre ordinaire empilée. Des tables et des chaises étaient disposées dans l'espace, quelques-unes occupées par des âmes sirotant du café, la plupart tenant de gros volumes reliés en cuir.

— Un dortoir, dit la forme en se dirigeant vers l'escalier suivant. Si vous avez la chance de rejoindre notre Tenet, c'est ici que vous pourriez vivre. À moins, bien sûr, que Masayo n'ait d'autres projets pour vous.

— Quel *est* votre Tenet ? demanda Quik alors qu'ils commençaient à monter le deuxième escalier. On m'a simplement dit d'aller à cette tour. Rien d'autre.

— La connaissance. L'information. Les détails, répondit la forme en continuant d'avancer. Plusieurs noms, un seul but. S'il se passe quelque chose dans les Îles, nous sommes au courant. Plus important encore, nous savons *pourquoi* cela se produit. Quik crut presque entendre un sourire lorsqu'ils atteignirent la porte suivante. Parfois, nous *sommes* le pourquoi.

Cette description rappelait à Quik les Lira, le groupe de soldats secrets de Kitaye. Une société d'élite destinée à protéger Vis de diverses menaces, les Lira semblaient embrasser toutes sortes de rituels étranges. Non pas que Quik en fût certain : ils ne l'avaient jamais choisi pour rejoindre leur secte obscure et Quik n'avait jamais cherché à les approcher.

Il préférait dormir plutôt que de hanter des cabanes perchées dans les arbres la nuit.

Le troisième étage offrait un autre dortoir et deux bifurcations, sans escalier pour continuer. La forme guida Quik vers la gauche, contournant la partie de l'étage occupée par l'escalier jusqu'à une arche ouverte menant vers le centre de la tour. Au sommet de l'arche, la forme s'arrêta. Elle tendit la main vers la droite et appuya sur une pierre légèrement plus claire que celles qui l'entouraient. Le petit bloc glissa vers l'intérieur, un faible tic-tac commença, et la forme passa.

— Vite maintenant, elle ne vous attendra pas.

Quik obéit, traversant l'arche avant que le tic-tac ne cesse et que la pierre ne retrouve sa position initiale.

— Que se serait-il passé ? demanda Quik.

— Priez pour ne jamais le découvrir. Chaque arche de cette tour est comme ça. Assurez-vous d'apprendre où se trouvent les déclencheurs.

— Ça semble inutilement dangereux.

La forme ricana. — Inutilement ? Ce qui serait inutile, ce serait de laisser notre tour devenir complaisante. Notre devoir exige une vigilance constante, des oreilles et des yeux toujours à l'écoute et aux aguets.

Une façon de garder vos gens sur le qui-vive, alors. Quik

pouvait en comprendre la raison, bien que piéger sa propre demeure semblât un peu extrême.

De retour au puits central de la tour, bien que sans cage d'escalier cette fois, leurs autres options s'épuisaient. Ils auraient pu continuer tout droit vers l'autre aile extérieure, mais la forme se tourna plutôt vers l'arc creusé devant eux dans la falaise. Une autre porte, simple comme les autres, les attendait. Son panneau alternait le bleu et le blanc. De chaque côté se trouvaient des chaises et une table unique. Rien ne portait de décoration à l'exception des murs, à nouveau ornés de peintures d'encre représentant des tempêtes, des mers tourbillonnantes ou des forêts si denses qu'elles en paraissaient noires.

La forme s'avança vers la porte. Frappa une fois. Quik n'entendit aucune réponse, mais la forme ouvrit quand même la porte. Elle fit signe à Quik d'entrer. Le chasseur passa devant, franchissant le seuil de ce qui ressemblait à un bureau piège mortel. Les étagères abondaient, tout comme les tables en bois sombre et lustré. Un lit au fond du bureau, coincé sous le mur de la falaise en pente, semblait soigneusement fait. Un grand bureau d'ambre trônait au centre, couvert de plusieurs piles de parchemins, de livres et d'autres objets divers.

Aucune chaise n'attendait les visiteurs.

Masayo, si elle avait attendu-

L'instinct est une chose difficile à enseigner, tout comme le sens du danger. Quik, cependant, n'avait pas grandi dans une maison cossue. Il avait passé ses années dans une jungle dangereuse, les oreilles et les yeux toujours ouverts aux menaces cachées et évidentes. Le pas qui frappa le plancher de bois derrière lui n'était pas le même que celui que la forme avait fait jusqu'à présent, mais plus silencieux, plus court. L'air se déplaça aussi, une ruée comme si quelqu'un écartait une robe, parfait pour une attaque de côté.

Le chasseur pivota. Planta son pied gauche et se retourna, levant les poings pour bloquer toute tentative de coup. Mieux valait une entaille de couteau sur ses mains qu'un poumon transpercé. Au lieu de cela, Quik se retrouva face à la forme, oui, mais pas tout à fait.

La robe ne couvrait plus un homme indistinct, mais une femme au regard perçant, celle, si Quik devait parier, qui se tenait dehors devant la tour lorsque Quik était arrivé. Dans sa main gauche, la femme tenait un fin stylet. Dans sa droite, une lettre marquée du sceau de Najahn.

Voyant Quik la dévisager, la femme rit une fois. Un rire perçant et bref. Puis elle fit tournoyer le stylet entre ses mains avant de le faire disparaître dans les plis invisibles de sa robe.

— Au moins, ils vous apprennent quelque chose sur cette île, dit la femme. Baissez ces poings, Quik. Je ne vais pas vous tuer maintenant.

Quik prit une longue et lente inspiration tandis que la femme passait devant lui pour se diriger vers le bureau. Elle passa un doigt le long de son bord, puis s'assit de l'autre côté du meuble imposant.

— Pouvez-vous deviner qui je suis ? demanda la femme.

— Est-ce la réponse évidente ?

— L'est-elle, Quik ? Ou est-ce un grand secret ?

De l'assurance. C'était ce qu'elle recherchait, et ce que Quik avait maintenant qu'il avait reconstitué toute cette danse.

— Masayo. C'est qui vous êtes.

— Correct, acquiesça Masayo. Maintenant, pourquoi vous aurais-je joué un tel tour ?

— Parce que vous n'aimez pas les nouvelles recrues ?

Un vrai sourire, pour une fois. — Je n'aime pas les recrues sans espoir, Quik. Heureusement, pour nous deux, vous ne semblez être ni l'un ni l'autre. Masayo tendit la main vers son bureau, prit le parchemin du dessus. L'offrit à Quik. Ceci est pour vous. Votre première mission. Faites-la bien, et il pourrait y avoir un avenir pour vous ici.

— Attendez. C'est tout ? Pas de visite ? Pas d'explication ?

Les yeux de Masayo, d'un gris froid, brillèrent. — La première règle du succès dans ma tour, Vis, c'est de se débrouiller seul. Si vous voulez une visite, sortez et faites-en une. Ensuite, je vous suggère de vous mettre au travail. Ma patience est mince, mais celle du Cercle l'est encore plus.

—Je ne suis qu'une recrue ?

Elle secoua la tête. — Vous êtes un Gardien. Un chasseur expérimenté. Vous serez utilisé comme tel, et récompensé si vous réussissez. Maintenant, arrêtez de gaspiller mon temps et commencez à utiliser le vôtre.

# 8

## LES ASTUCES DU VOLEUR

Torny était allongée sur le seul endroit plat du toit autrement incliné au sommet du navire, couvrant la cabine du capitaine comme un étrange casque. Cet espace plat, à peine plus grand que Torny elle-même et construit en bois de Kance lustré, existait pour les accessoires. Un navire de Kance à vocation plus militaire aurait pu y installer une petite baliste, ou une catapulte de courte portée pour lancer des bombes incendiaires. Eujo n'avait pas de tels désirs — quel dommage — alors Torny pouvait utiliser cet endroit comme un refuge.

Un navire en route avait un esprit différent de celui amarré. Les marins grouillaient, le bruit de la mer était couvert par des appels pour ceci et cela. Des réparations improvisées et des réajustements des voiles exigeaient une attention constante. Même Bliss et Wax se retrouvaient entraînés dans l'action, bien que Wax maintenant, comme il semblait toujours l'être, devait agir avec précaution tout en se remettant d'une nouvelle blessure.

Quels bons Gardiens ils faisaient, laissant leur Renouveau s'approcher des griffes de Kance.

Les yeux de Torny suivirent une mouette battant des ailes au-dessus d'eux, poursuivant leur navire tandis que Noctia restait proche. — Pas de nourriture pour toi, marmonna Torny, puis elle rapprocha son couteau et mordit dans la pomme qui y était fichée. Vieille et amère, mais partir si tard dans la saison signifiait de pauvres choix en matière de produits frais. — Tout ceci est pour moi, l'oiseau.

La pomme pouvait apaiser un estomac grondant, mais elle ne faisait pas grand-chose pour dissiper les raisons pour lesquelles Torny était ici en premier lieu. Les grogne-ments, les menaces et les grondements de Yarvick se répé-taient sans fin, depuis que le chef des Doigts Agiles avait exposé l'avenir de Torny en termes simples et brutaux : accomplir la mission, ou se retrouver traquée à travers les îles.

Son dernier échec avait entraîné l'exil. Celui-ci apporte-rait la mort.

Et le succès ? Qu'apporterait-il ?

Il fut un temps où l'approbation de Yarvick aurait suffi. Torny, comme trop d'autres âmes perdues sur Noctia, s'était retrouvée sous l'emprise de cet homme. La nourri-ture, un abri, un but, et juste ce qu'il fallait de gentillesse attiraient ses cibles. L'entraînement suivait, des paroles acerbes et des bâtons encore plus acérés se manifestant de plus en plus, la poussant, la rendant désespérée d'entendre la gentillesse de Yarvick. D'être dans ses bonnes grâces. De se prélasser dans quelque chose de plus grand qu'elle-même.

Jusqu'à ce que le destin cruel la propulse à Foti. La lave et l'éternelle puanteur d'une forge peuvent éclaircir bien des choses.

Alors pourquoi était-elle revenue ?

— Torny, vous êtes là-haut ? Deux, le capitaine. — J'aurais un service à vous demander qui pourrait nécessiter vos talents.

Ses talents. Tout le monde déteste un voleur jusqu'à ce qu'on en ait besoin.

Trois coffrets en cerisier, tous de la même taille et tous ornés des sceaux royaux de Kance : de l'argent brillant s'enroulant autour d'un diamant bleu. Deux les avait disposés sur la table de la salle à manger — le mess des marins se trouvait plus bas dans le navire — avec un assortiment hétéroclite d'outils que Deux avait déclarés être ce qui se rapprochait le plus de crochets.

— C'est gentil à vous de supposer que je n'ai pas les miens, répondit Torny, bien que ses mains ne s'approchassent pas encore des outils. — Qu'est-ce que c'est ?

— Les traîtres. Leurs plus grands coffres n'étaient pas scellés ainsi, et nous avons donné leurs vêtements. Ceux-ci, cependant, restent verrouillés. Les clés ont dû disparaître avec eux.

— Et vous voulez les ouvrir pour quoi, des objets de valeur ?

Le bandit et le capitaine se tenaient seuls près de la grande table et de ses chaises, dressées comme toujours pour le prochain repas. De grandes fenêtres inclinées offraient une vue sur la mer grise à l'extérieur, se rejoignant en une large bande à l'avant de la pièce. À l'arrière, deux portes simples divisaient le cœur du navire, chacune menant à des couloirs et aux innombrables chambres du vaisseau. Les deux portes, maintenant, étaient hermétiquement fermées.

— Que savez-vous de la royauté de Kance ? demanda Deux. Le capitaine, comme toujours, incarnait le décorum. Uniforme complet blanc et bleu, impeccable. Une casquette qui semblait n'offrir ni chaleur ni utilité. Un sabre à sa ceinture qui, au moins, semblait bien réel.

Il se tenait trop droit.

— Je sais qu'ils aiment se poignarder dans le dos, répondit Torny. — Il y avait beaucoup de bons ragots sur Kance qui circulaient chez moi.

Deux fronça les sourcils, mais acquiesça. — Le poignard serait plus aimable que ce qui se produit souvent. Cela fait bien longtemps que nos deux Reines ne sont plus amies. Des générations.

— Noctia n'est pas beaucoup mieux. Le Cercle n'est qu'un nid de vipères.

— En effet. Et c'est là que vous pourriez trouver notre raisonnement ici. Comme vos puissants de Najahn, les Reines doivent mener leurs traîtrises en silence. La connaissance commune fait les criminels communs. Deux pointa les coffrets. — S'il y a une preuve, des lettres suggérant leurs actions là-dedans, nous pourrions avoir un moyen de...

— Quoi, arrêter ces assassins qui ont failli tuer Wax ? Votre autre Reine va simplement se rouler en boule et mourir de honte ?

Une ligne sinistre marqua la bouche de Deux. — Non. Si ce que nous espérons se trouve là-dedans, Kance la traînera dehors et la jettera du plus haut des falaises, et nous reviendrons pour trouver une nouvelle Reine à sa place.

Brutal, mais après tout, les Îles étaient un endroit brutal. Curieux comme Wax et Bliss semblaient constamment l'oublier.

— Une meilleure que l'ancienne ?

— Qui peut le dire ? Mieux vaut, au moins, tenter sa chance. Deux se déplaça d'un demi-pas vers la gauche, l'observant.

Torny jeta un autre coup d'œil aux coffrets, aux bandes de métal et aux pinces franchement inutiles que Deux avait disposées sur la table. — Une chose, capitaine. Avez-vous votre propre coffret ?

— J'en ai un ?

— Ressemble-t-il à ceux-ci ?

— En effet ?

— Alors que diriez-vous de laisser votre clé ici avec moi. Je promets de ne pas la voler. Vous la récupérerez bientôt. Torny tapota la table une fois. — Le reste devrait suffire.

Deux plongea la main dans son manteau, en sortit un anneau avec plusieurs clés. Il détacha la plus courte et la plus fine du lot et la posa sur la table. — Puis-je compter sur votre honneur pour ne rien cacher de ce que vous trouverez ?

— Vous demandez à une bandit de parler de son honneur ?

— Je le demande à une Gardienne. Un sifflement strident à l'extérieur fit grimacer Deux. Je suis en retard pour des manœuvres autour de la côte nord de Noctia. Quelqu'un reviendra vous surveiller.

— Me surveiller ?

Deux se contenta de hocher la tête une fois de plus, puis quitta la pièce. Torny entendit un clic, un clic très particulier, et suivit le capitaine. Elle essaya la porte que l'homme avait empruntée, la trouva fermée à clé. Elle se dirigea vers l'autre, dont le bouton argenté scintillant brillait impeccablement. La poignée ne tourna pas. Verrouillée aussi.

L'honneur, mon œil. Et dire qu'il parlait de confiance.

Mais, puisqu'elle était enfermée ici, Torny pouvait tout aussi bien se mettre au travail. La tâche de Yarvick signifiait qu'elle devrait garder tout le monde dans ses bonnes grâces. Ça, et Bliss était...

Trop naïve pour survivre sur ces îles sans que Torny ne veille sur elle, voilà tout.

Les coffres offraient un défi intéressant. Tout le monde semblait penser que le crochetage de serrures, l'art du voleur, impliquait un talent magique couplé à une ménagerie d'outils digne d'un collectionneur sournois. En fait, Torny trouva la petite pochette à l'intérieur d'une plus grande à sa taille, toujours à sa taille, contenant les simples outils qui lui avaient sauvé la vie trop de fois pour être abandonnés. La détachant, elle en vida le contenu sur la table. Une lime et plusieurs fines barres de métal mou, immaculées et ordinaires.

Maintenant, la bandit travaillait au toucher. Elle tira une chaise, s'assit à côté du premier coffre. Elle lut ses lignes, ses charnières et l'histoire du trou de serrure. Bien fait, mais trop orné. Le coffre tout entier criait quelque chose offert en cadeau, plutôt que fabriqué pour exceller à garder des secrets. Quelque chose pouvait-il faire les deux ?

Bien sûr, mais dans l'expérience de Torny, la plupart des artisans choisissaient un côté. La plupart des bons voleurs aussi choisissaient une technique. Les brutes se contenteraient de briser le coffre, mais Deux semblait vouloir les garder intacts. Précieux, donc. Ou peut-être contenant quelque chose qu'il ne voudrait pas voir écrasé dans l'acte d'entrée.

Les serrures elles-mêmes, cependant, racontaient l'histoire. Un simple tour de clé. Pas de goupilles, pas de cadrans et de combinaisons comme les Najahn avaient commencé à utiliser - Torny laissa un sourire suffisant se former à cette pensée, les Doigts Agiles ayant été directement responsables de ce changement. Une bonne serrure à clé pouvait être incassable sans force, si l'on ne savait pas comment ces choses fonctionnaient.

Torny tendit la main, prit la clé de Deux. Elle l'inclina, la glissa dans le premier coffre. La clé entra directement, un bon début. Elle commença à la tourner, la trouva bloquée. La remua un peu contre l'intérieur, puis la retira. Mesura les marques sur la clé de Deux. Chacune donnait un indice, que Torny commença à utiliser en limant une de ses barres de métal mou.

Le travail prit des heures, Deux venant ici et là vérifier ses progrès. La nourriture et les boissons allaient et venaient, Torny évitant pour une fois le vin pour garder l'esprit clair. Bliss lui rendit visite aussi, bien que la Vis eut du mal à rester fascinée par le travail de sculpture et s'excusa après seulement quelques minutes. Pas un problème, pas un souci.

Parce que, pendant que ses doigts travaillaient le métal, Torny n'entendait pas les paroles de Yarvick, ne se trouvait pas ramenée au passé.

La nouvelle clé, presque comme celle de Deux à l'exception de quelques légères modifications, servit à ouvrir le coffre. Quelques entailles après cela ouvrirent le deuxième, puis le troisième. Ce qui se trouvait à l'intérieur n'était pas ce que Deux et Eujo voulaient. Trois lettres, mêlées à des babioles aléatoires. Chacune, écrite de mains différentes, adressée à des familles maintenant laissées derrière. Les mots demandaient le pardon, professaient l'amour, la perte et le désir de voir des noms honorés. Des vies qui prenaient un sens en servant leur île dans son plus grand besoin.

— Le plus grand besoin ? dit Eujo, elle et Deux rejoignant Torny à la table alors que la nuit tombait. Ce sont les pires menteurs. Des meurtriers et des traîtres, c'est tout. Eujo laissa tomber les papiers. Jetez-les à la mer, Deux. Laissez leurs noms disparaître du monde. Nous trouverons un autre moyen de prouver sa méchanceté.

La Reine se leva et quitta la pièce d'un pas lourd. Deux tendit la main vers les trois lettres, mais Torny les saisit en premier.

— Je m'en occuperai, dit Torny. Allez faire votre truc de capitaine.

Deux plissa les yeux. — La Reine m'a demandé...

— La Reine a beaucoup de choses en tête. Le Renouveau et tout ça, rétorqua Torny. Vous aussi. Je préférerais ne pas heurter un iceberg pendant que vous jetez les ordures.

Deux ne semblait pas convaincu par l'argument. — Si ces lettres ne sont pas détruites, vous en subirez de graves conséquences.

— Ouais, eh bien, j'ai déjà entendu ça avant. Torny fourra les papiers dans sa sacoche. Elle brandit la clé nouvellement façonnée. Vous devriez envisager de changer les serrures de ces beautés, ou dire à votre forgeron de modifier son style. Trop facile.

Maintenant, Deux avait juste l'air confus.

— Trop de serrures faites par le même serrurier. Un homme n'a qu'un certain nombre d'heures dans la journée pour les fabriquer, alors les clés sortent presque identiques. Torny se leva. Grâce à vous, je parie que je peux ouvrir n'importe quel coffre de Kance en quelques minutes.

— Si vous essayez...

— De graves conséquences, j'ai compris.

Torny s'assit près de la poupe du navire, sur le pont principal près d'un énorme dévidoir autour duquel s'enroulait le cordage de l'ancre. Une lanterne proche lui donnait toute la lumière dont elle avait besoin pour relire ces lettres. Si familières, si semblables aux lettres que Yarvick écrivait au nom de tout voleur tombé en mission. Un avis glissé sous la porte d'une famille, leur disant qu'un fils, une fille, un père ou une mère ne rentrerait pas à la maison. Un réconfort, dirait Yarvick, pour la famille.

Pourtant, chacune de ces lettres donnait un lieu et une personne où la vengeance pourrait être trouvée. Où Yarvick pourrait gagner une nouvelle recrue, ou une faveur à encaisser plus tard. Ce dernier point retint la main de Torny, lui fit garder ces lettres dans sa sacoche.

Wax irait à Kance un jour. Quelqu'un pourrait le remercier d'apporter la clôture. D'une certaine manière, l'idée pourrait faire taire ces voix.

# 9
## LA MARCHE DES MONSTRES

Rares étaient les matins où Sawi ne se réveillait pas au son d'Ami frappant à sa porte, une nouvelle arme incrustée de skars prête à lui être remise. Sawi passait le petit-déjeuner à se familiariser avec les murmures que ces gemmes lui chuchotaient à l'esprit, capable déjà de distinguer les douces et impatientes paroles d'un Vis des sifflements tonitruants d'un Foti. Rana et Kance se situaient entre les deux, l'un soyeux, l'autre glissant, comme s'il se détournait en parlant. Entendre les murmures était cependant la partie la plus facile. Faire vraiment réagir les skars, les réveiller et les faire agir, c'était une tout autre histoire.

Et aujourd'hui, du moins selon Ami, Sawi n'aurait pas besoin d'essayer.

— On sort de cette tour, annonça Ami en brandissant une sacoche déjà remplie de nourriture et d'eau. J'en ai assez, et si tu ne l'es pas aussi, tu te mens à toi-même.

Sawi, enfilant ses robes najahnes violettes à la demande d'Ami, ne pouvait nier qu'une vue au-delà de ces mornes murs de pierre serait délicieuse. Grimper deux fois au

même arbre en une semaine à Kitaye aurait été une déception, ici tout ce que Sawi semblait faire était de monter et
descendre les mêmes marches vers les cavernes basses le
long de la plage.

— Où allons-nous ?

— Gladdring et moi avons eu une discussion,
commença Ami, détournant l'attention de Sawi avant de la
ramener brutalement à la réalité. Non, arrête. Concentre-toi
sur moi, pas sur le Tenet. Tu le verras quand tu seras prête.
Quand je le dirai. Fais attention.

— C'est le cas.

— J'ai été une jeune fille aussi, Sawi, et...

Le regard brûlant de Sawi fut suffisant pour interrompre le sermon d'Ami, la Gardienne basculant plutôt vers
un sourire en coin.

— D'accord, très bien. On dirait que j'ai vraiment ton
attention, dit Ami. Ce qui est une bonne chose, car nous
allons à la Blessure.

Ami avait effectivement aussi une arme pour Sawi, bien
que celle-ci ne portât aucun skar. Une simple lance, rien de
plus qu'une hampe de bois blond avec une tête ébréchée
fixée à l'avant. Sawi l'examina tandis qu'elles traversaient
l'immense quartier najahn, se dirigeant vers le sentier de
montagne qu'Ami disait les mener jusqu'au sommet et de
l'autre côté du cratère. Des flocons de neige tombaient
doucement, sans être trop denses. Noctia semblait sujette à
des rafales de blizzard suivies de jours et de jours de flocons
délicats. La neige semblait toujours se glisser sous les robes
de Sawi, sous ses vêtements de cuir, et la geler de l'intérieur.

— Tu continues à regarder cette lance comme si elle
allait changer, dit Ami alors qu'elles approchaient du

chemin de gravier. Laisse-moi te faire gagner du temps : elle ne changera pas.

— C'est de la camelote.

— Comment le sais-tu ? As-tu déjà combattu un démon avec ?

— Vis a des lances partout. Je sais reconnaître une bonne...

Ami pivota sur son talon droit, l'enfonçant dans l'un des derniers pavés. Au lieu de se tenir légèrement en avant et à droite de Sawi, la Gardienne avait maintenant ses cheveux rouge braise et son visage plaqué d'or contre celui de Sawi.

— Pour une fois, dit Ami, sa voix tombant dans un murmure tranchant, pour une fois, utilise tes connaissances à bon escient. Reste silencieuse, étudie ce qui t'entoure, et au lieu de le rejeter, demande-toi pourquoi.

Sawi lutta pour ne pas lever les yeux au ciel.

— Pourquoi, alors ?

— Parce qu'un novice najahn, le rang que montre ta robe basique sans épingle, n'a pas le droit de porter une vraie arme en dehors de l'entraînement, répliqua Ami. Tu es avec moi, et cette lance est assez vieille pour être une relique, donc personne n'a fait d'histoires. Sinon, un érudit de mauvaise humeur t'aurait assignée aux corvées du réfectoire pendant une semaine.

Sawi jeta un coup d'œil autour d'elle, constatant que les quelques âmes proches du chemin ne leur prêtaient aucune attention. Comme toujours sur Noctia, les affaires étaient en cours et devaient être traitées. Les yeux et les oreilles indiscrets seraient plus faciles à trouver près des ports. Néanmoins, l'idée de récurer des marmites ou de balayer les sols de pierre tachés lui fit froncer le nez.

— Alors pourquoi me la donner du tout ?

— Parce que la Blessure est un endroit dangereux, et je

préfère que tu aies à nettoyer quelques assiettes plutôt que de mourir sous ma surveillance.

La conclusion abrupte d'Ami à la conversation tua toute discussion ultérieure, même lorsque Sawi voulut en savoir plus sur les gravures dans le tunnel traversant l'énorme cratère de Noctia. La curiosité resterait sur sa faim aujourd'-hui, et c'était bien ainsi. Il y aurait beaucoup d'autres distractions, à commencer par la Blessure elle-même, et le juron d'Ami lorsqu'elles sortirent de la grotte pour entrer dans le cratère.

Les légendes devenues réalité frappèrent Sawi d'un déni brutal. Comme si elle ne pouvait pas tout à fait croire ce qui se déroulait devant elle. Une histoire, une fable souvent racontée comme un rituel, exposant les sept dieux et leurs défauts grandissants. Noctia, l'arbitre divin de la mort, de plus en plus en désaccord avec le donneur de vie, Vis. Une rupture des liens, un tournant traître — le traître dépen-dant du conteur de l'histoire et de ses sympathies — et une frappe soudaine. Vis, portant un coup mortel à son homo-logue, créant le cratère et, en dessous, la Blessure avec une dague forgée par Foti.

Ce cratère ressemblait maintenant à une chose vivante, couvert de fleurs de lelune de haut en bas, noires pendant la journée et d'un rose magnifique et étonnant la nuit. Un remerciement, disaient les anciens de Sawi, à Sichi pour sa lumière bienveillante.

Traversant ces fleurs s'étendait un chemin de gravier très semblable à celui qu'elles venaient d'emprunter, à une différence importante près : celui-ci ne se terminait pas dans une grotte ou un avant-poste, mais dans une forteresse. Ami, plus tôt, avait dit à Sawi de s'attendre à des tentes et des gardes. Pas à des murs de pierre, bien que soutenus par des planches dressées, preuve de hâte. Pas non plus à plusieurs casernes érigées sur la poussière grise au fond du cratère. Un réfectoire et d'autres bâtiments semblaient en construction, le froid n'entravant pas le travail rapide.

— Ça empire, fut tout ce qu'Ami dit en observant le développement. Ça empire toujours.

— Tu n'as pas l'air surprise ? demanda Sawi.

— Non..., Ami s'interrompit, ses yeux regardant le travail mais ne le voyant plus vraiment. C'était comme ça la dernière fois. Quand nous sommes arrivés pour accomplir le Renouveau. La Blessure était fortifiée, les démons étaient trop fréquents, mais pas comme ça. Pas de manière aussi permanente.

— Les Renouvellements deviennent plus fréquents, n'est-ce pas ? Peut-être que ça a du sens maintenant d'avoir quelque chose ici.

Ami fronça les sourcils. — Cela signifie que nous manquons de temps.

La Gardienne s'éloigna d'un pas lourd avant que Sawi ne puisse apporter une correction. Certes, les Renouvellements se produisaient plus rapidement — ce qui n'était pas génial ! — mais des années et des années passeraient encore entre chacun d'eux. Ce n'était guère comparable à la situation de Gladdring à Mottilan, où une seule nuit qui tournait mal pouvait signifier sa fin. Ni à la pression que subissait Wax, en course contre six autres pour s'emparer du skar de chaque île.

Mais c'était Ami. Tout avait une importance *capitale*. Chaque jour était *crucial*. Pour l'instant, Ami contrôlait la majeure partie de la vie de Sawi, alors Sawi essaierait, autant qu'elle le pouvait, de voir les choses comme son professeur.

Sawi accéléra donc le pas tandis que le duo se dirigeait vers le fond du cratère.

L'Aegis n'était pas seulement entourée à l'extérieur. Son trône épuré, qui semblait bien trop grand pour sa silhouette fanée et flétrie et ses robes violettes, était flanqué de deux gardes Najahn en armure complète. Ces deux-là, contrairement à la garde habituelle, avaient troqué leurs vouges et leurs chakrams contre de petites épées et d'énormes boucliers. Sawi essaya de comprendre pourquoi jusqu'à ce qu'Ami lui explique : ces boucliers protégeraient l'Aegis jusqu'à ce que d'autres forces abattent les démons.

Et il y avait d'autres forces en abondance. La Blessure, dont l'entaille s'étendait près du trône et se prolongeait bien trop loin de chaque côté, était patrouillée sur toute sa longueur non pas par un ou deux Najahn, mais par l'équivalent d'une escouade entière d'archers. La moitié d'entre eux étaient accompagnés de vouges, leurs lances courbées prêtes à repousser tout ce qui serait trop mortel pour une pluie de carreaux. Des chakrams jonchaient également la zone, empilés en groupes espacés dans toute la zone en dôme où n'importe quel Najahn ambitieux pouvait les saisir et les lancer en un instant.

De la puissance de feu partout.

Après avoir présenté Sawi à la capitaine des vierges au bouclier, la Gardienne abandonna la Vis et se dirigea vers l'Aegis. Sawi était apparemment censée regarder autour d'elle, sentir l'atmosphère du lieu. Comprendre ce pour quoi elle travaillait, qui elle protégeait.

Il était difficile, cependant, d'éprouver de l'empathie pour autant de soldats entièrement recouverts d'armures violettes et noires. Si différents de ses amis et de sa famille restés chez elle, et si peu enclins à accorder à Sawi plus qu'un regard noir ou un coup d'œil confus. Comme si c'était elle l'étrangère ici, dans le lit de ce cratère rocailleux.

Personne n'arrêta Sawi lorsqu'elle se dirigea vers la chose la plus intéressante ici : la Blessure elle-même. La ligne à travers la roche ressemblait à une fissure artificielle, trop droite pour être le résultat des lignes sauvages d'un tremblement de terre, mais si incrustée par l'âge et les batailles qu'elle semblait quelque peu abîmée. Une merveille naturelle profanée, comme un sana aux pétales brisés. Les dégâts avaient cependant leur propre fascination, et la Blessure attira Sawi vers son bord. Elle attendit un espace entre les archers qui patrouillaient, leurs arbalètes pointées par-dessus le bord, et regarda.

La lumière du jour et des torches se combinaient pour projeter une teinte blanc-orangé dans la Blessure, illuminant les lignes de sédiments, quelques insectes grouillants et des marques de griffes. Des taches de sang, certaines bien loin du rouge humain, se mêlaient aux carreaux usés pour témoigner de batailles récentes, de terreurs récentes. Plus profondément, Sawi inclinant la tête comme si elle scrutait l'horizon, l'amenait vers une obscurité grandissante. Un puits sans fond, si noir qu'il rendait chaque ciel nocturne d'une luminosité douce. La profondeur l'attirait, semblant aspirer la chaleur de son corps, son souffle s'arrêtant tandis que ses yeux cherchaient quelque chose, n'importe quoi dans cette obscurité.

Un sifflement retentit, net et clair, mais Sawi le repoussa. Un autre changement de quart, une autre formalité Najahn. Rien de comparable au vide qu'elle voyait, la Blessure exigeant toute son attention. La distance, la taille s'accrurent, repoussant les parois rocheuses, la lueur des torches jusqu'à ce que rien, rien d'autre que ce noir ne puisse être vu.

Seulement, ce n'était pas que du noir. Pas maintenant, plus maintenant. Grandissant là, juste là, si seulement elle pouvait l'atteindre, il y avait un point doré. Une gemme scintillante, de la couleur même du soleil. Et Sawi pouvait l'atteindre, elle le pouvait, elle devait juste essayer. Sa main se tendit, vers cette gemme, ses doigts s'étirant dans l'obscurité.

Lorsqu'elle la toucha, trouva ce point scintillant, il grandit, encouragé par ses efforts. Venant, venant à la surface, venant à elle. Si beau, si parfait, et avec lui, Sawi ne ressentait aucun doute, seulement de la puissance. La force de faire ce qu'Ami voulait, ce dont Kitaye avait besoin, ce que le monde méritait. L'or brillait si fort, se posant sur le bout de son doigt, sa lumière un... un feu.

Le sourire de Sawi s'effaça, son esprit se glaçant alors que la gloire chatoyante se transformait en un orange bouillonnant, un rouge rageur remontant sa main, son bras, la dévorant. Elle commença à crier, à se dégager, seulement pour découvrir que ses pieds glissaient, son bras s'enfonçant encore plus profondément dans—

— Ferme tes putains d'yeux, aboya Ami, la Gardienne saisissant Sawi et la jetant loin de la Blessure, faisant rebondir la rassembleuse de Vis sur la terre.

Les flammes disparurent, l'obscurité s'évanouit, remplacée par des gardes qui se bousculaient et des arbalètes qui cliquetaient. Quelque chose gronda un rugissement furieux en contrebas. Ami n'y prêta aucune attention, venant se tenir devant Sawi, son regard habituel de nouveau sur son visage doré.

— Les démons chassent avec plus que des griffes, dit Ami, ne prenant pas la peine de tendre la main alors que Sawi, son bras intact de toute flamme, se remettait sur pied. Ils déchireront ton esprit, feront n'importe quoi pour te briser. Ne va pas les tenter si tu n'es pas prête. Ami jeta un coup d'œil vers la Blessure, cracha en direction de l'entaille. Et toi, Sawi, tu es loin d'être prête.

La Vis frissonna, se frotta le bras tandis que les arbalètes continuaient de tirer, leurs clics se poursuivant jusqu'à ce que quelqu'un siffle la mort du démon. Ce n'est qu'alors qu'Ami annonça leur départ.

Sautant un dîner proposé, sautant d'autres cours et leçons, Sawi se retira dans sa chambre spartiate. La fenêtre en fente, les draps fins, les murs de pierre n'offraient auparavant que peu de réconfort. Maintenant, leur certitude donnait tout à Sawi. Elle se blottit sous les couvertures, la tête sur l'oreiller malgré l'heure précoce, et serait tombée dans un sommeil cauchemardesque sur-le-champ si un bruit grattant ne l'avait pas fait sursauter. Sa source : une lettre, pâle et propre, glissant sous sa porte. Sur le devant, le sceau de cire d'un certain Tenet.

Gladdring.

# 10
## ROULADE DE RUBIS

Plus ils s'enfonçaient, plus les grottes devenaient sanglantes et marquées par les combats. Les parois naturelles portaient non seulement les marques de griffes et de crocs, mais aussi celles de lames et d'armes que Svarde ne pouvait identifier. Des morceaux de pierre, certains brisés et d'autres aussi nets que s'ils avaient été taillés du plafond de minerai parfait, jonchaient leur chemin, faciles à éviter alors que les tunnels s'élargissaient suffisamment pour que Svarde, Kivi et l'éclaireur Olgata puissent marcher côte à côte.

Cette formation en ligne facilitait également les combats, les démons apparaissant plus fréquemment au fil des heures et des jours qui s'écoulaient. Les monstres se présentaient sous toutes les formes et tailles, mais partageaient une caractéristique plus inquiétante : la peur. Ces démons fuyaient quelque chose de pire, et bien que le trio de Svarde évitât les monstres massifs – l'armée de Jochi s'en occuperait plus tard – une telle esquive n'aurait pas été possible sans la lâcheté aveugle de tout ce qu'ils voyaient.

Svarde exigeait que les plus petits soient abattus, souvent par une frappe bondissante par derrière ou une embuscade de Kivi depuis les hauteurs. Des démons semblables à des scarabées grouillants, des champignons ambulants désemparés, d'étranges horreurs moussues, tous tombaient dans ce qui devint une cadence revigorante : marcher, massacrer, camper, et recommencer.

Avec l'aide de Kivi, le trio creusait un lieu de repos à l'écart de la piste principale, de préférence près d'un bassin d'eau potable. Olgata insistait pour allumer une petite flamme, brûler de la mousse et l'utiliser pour cuisiner ce qu'ils pouvaient fourrager. Elle faisait également bouillir l'eau pour s'assurer que toute boisson soit exempte de maladie. Des pierres empilées et la carrure imposante de Svarde aidaient à empêcher la lumière du feu de se propager, bien que les démons en fuite semblaient à peine s'en soucier.

Les fuites, au moins, indiquaient à Svarde une direction à suivre.

— Trop d'options, répondit Svarde au début, lorsqu'Olgata se demandait quelle branche emprunter. Nous savons que quelque chose effraie les démons. Soit c'est un allié que nous pouvons utiliser, soit c'est un ennemi pire que nous devons détruire.

— Tant que c'est vous qui faites la destruction, avait répondu Olgata.

Malgré ses paroles, l'éclaireur n'était pas en reste au combat. Elle déployait une panoplie de ruses, utilisant une fronde, de nombreux gadgets fabriqués à partir des roches et des mousses environnantes, et deux marteaux de pierre incurvés pour anéantir tous les démons qui échappaient à Svarde. Chaque fois qu'il la complimentait sur sa prouesse,

Olgata ne faisait que s'enfoncer davantage dans sa capuche et se plaindre que Svarde l'avait forcée à agir ainsi.

— Le travail d'un éclaireur n'est pas de tuer, ajouta Olgata ce matin-là, après qu'ils eurent écrasé un quatuor errant de démons arachnéens, frêles et cracheurs. Je n'aime pas la violence.

— Alors vous vous êtes embarquée dans la mauvaise expédition.

— Je veux aider mon île tout autant que vous.

Svarde pouvait respecter cela. Il respectait davantage la compréhension d'Olgata que les principes devaient être mis de côté lorsque le danger l'exigeait. Là où ils allaient, le pacifisme ne fonctionnerait pas.

Vers midi, ils débouchèrent dans une autre chambre avec un bassin, celle-ci regorgeant de champignons violets et orange. Des chapeaux de champignons fins et hauts surgissaient entre des enchevêtrements de racines noueuses. L'eau au-delà bouillonnait vers le fond, une source faisant son entrée. Il n'y avait qu'une seule sortie, la grotte s'enfonçant plus profondément devant eux.

Un endroit idéal pour déjeuner.

— Nous faisons une pause ici, annonça Svarde, son propre estomac grondant déjà à cette pensée. Malgré le fourrage, malgré les démons qu'ils osaient manger, ils devraient bientôt trouver leur objectif ou attendre et se ravitailler avec l'armée de Jochi. Une longue pause.

Olgata définissait les deux types d'arrêts, courts et longs, comme des occasions de grignoter et de reprendre son souffle, ou de nettoyer, préparer et planifier. Ici, avec peu de risques de surprises et une chance non seulement de remplir les outres d'eau mais aussi de se laver du sang des batailles matinales, Svarde pensait que quelques minutes supplémentaires pourraient les aider à pousser plus loin dans la soirée.

Cela pourrait même les mener là où ils devaient aller. Ce foutu monde ne pouvait pas être beaucoup plus profond, n'est-ce pas ?

Olgata ne discuta pas et le duo alterna les plongeons dans l'eau, enjambant les champignons pour entrer dans le bassin froid. L'air de la grotte gardait toujours une moiteur terreuse, maintenant une température semblable à celle d'une journée de printemps à Foti, moins les geysers occasionnels crachant de la vapeur dans la pierre. Bien que le bain ne fût pas une caractéristique importante de son île natale, où la saleté et la crasse accumulées semblaient porter un certain honneur, Svarde constatait que ses coupures et ses callosités guérissaient plus vite lorsqu'elles étaient libérées de la saleté quotidienne. De plus, les bains marquaient mieux les jours que tout le reste, donnant un sens de progression tandis qu'Olgata inscrivait sur sa carte grandissante la distance entre chaque bassin.

Les réserves d'eau étaient essentielles pour une armée en mouvement.

Les éclaireurs secondaires de Jochi trouveraient ses signes sur les parois de la grotte, ceux qu'elle gravait avec ses marteaux de pierre et ses ciseaux pointus. Ceux-ci guideraient les forces de Whent après eux, et—

Le grognement de Kivi fit se retourner Svarde, l'eau du bassin ondulant avec son mouvement. Il n'était pas allé assez profond pour nager, mais des algues glissantes recouvraient les roches ici et même un tour désinvolte fit perdre l'équilibre à Svarde. Il agita les bras dans un grand éclaboussement, secoua l'eau pour entendre un bruit différent, un bruit familier :

Un rire de Rana.

Caressant la tête de pierre de Kivi, les yeux brillants de gaieté alors qu'elle se tenait au-dessus du petit feu d'Olgata, se trouvait Maena. L'euphorie initiale de Svarde se tempéra aussi vite qu'elle était venue, l'apparence générale du capitaine prouvant qu'elle n'était pas une avant-garde, une force marchant rapidement venue à leur secours : l'uniforme Whent de Maena, fourni avec son grade, portait des déchirures et des éraflures partout. Sa ceinture de sabre tenait à peine, et Svarde remarqua rapidement qu'elle ne portait qu'une seule chaussure.

Aucune sacoche en vue, et le visage de Maena portait les marques de quelqu'un qui avait survécu grâce à ce que ses mains pouvaient trouver.

En parlant de trouver, Olgata avait disparu. Svarde en savait assez pour ne pas s'inquiéter, cependant. L'éclaireur avait probablement entendu Maena approcher et s'était éclipsée, prête à frapper depuis les ombres si cela s'avérait nécessaire.

Après tout, un démon pouvait prendre presque n'importe quelle apparence. Et après le monstre voleur d'esprit que Svarde avait vu la dernière fois qu'il était descendu dans les profondeurs, il ne pouvait qu'être d'accord avec l'éclaireur.

— Maena ? demanda Svarde en sortant de la mare à grands pas. Ses haches étaient posées près du bord de l'eau. Ses cuirs et autres équipements restaient près du feu. Ses deux mains trouvèrent les manches et levèrent les lames. Que fais-tu ici en bas ?

— Je m'ennuyais, dit Maena, continuant de caresser les écailles de Kivi. Le lézard renifla à nouveau, confus. Ils étaient trop lents là-haut. Tu allais récolter toute la gloire.

— La gloire ?

— Tu sais ce que je veux dire.

Svarde devait se concentrer pour se frayer un chemin à travers les champignons. Les enchevêtrements de champignons chatouillaient ses pieds, leur douceur contrastant agréablement avec la roche poussiéreuse. Cette concentration, cependant, signifiait qu'il ne pouvait pas accorder aux paroles de Maena l'attention qu'elles méritaient, car elles étaient étranges.

— Je ne comprends pas.

— La fin des démons, ce pour quoi nous travaillons tous. La raison pour laquelle nous sommes ici. Je veux être là quand ça arrivera. Maena sortit son sabre de son fourreau et le fit tournoyer une fois dans l'air tandis que Kivi reculait. Je veux être celle qui le fera. Détruire la chose qui a fait tant de mal.

Svarde hocha la tête. Cela, au moins, ressemblait davantage à la capitaine Rana. — Toi et moi ensemble.

Maena se contenta de lui sourire, puis regarda autour du feu pendant que Svarde s'habillait. — Il n'y a que toi et Kivi ici ?

Svarde hésita. La tromperie n'était pas son fort, alors plutôt que de mentir, il choisit une tactique différente.

— Tu as l'air mal en point, dit Svarde. Où est ta sacoche ?

— Je l'ai perdue. Ces fichues grottes, tu sais ?

— Tu es venue seule ?

— Tous les autres étaient trop lents. Rasslebeck et Pennifer, ils voulaient rester avec l'armée. Là où c'est plus sûr.

Ce n'étaient pas le Rasslebeck et le Pennifer que Svarde connaissait, mais peut-être avaient-ils changé. Cela faisait des jours maintenant, et la dernière plongée dans le Sombre en Dessous avait été éprouvante. Svarde utilisait ses cicatrices pour continuer à foncer. D'autres pouvaient les voir comme une raison de ralentir.

Svarde fit un geste vers la mare. — Alors profites-en pour te nettoyer, Maena. Nous ne sommes pas pressés.

— Ça, je pourrais bien le faire.

Maena déboucla son ceinturon. Svarde tendit la main vers un chapeau de champignon grillé — Olgata les avait cuisinés pendant que Svarde prenait son premier bain — et avait le champignon carbonisé et farineux dans la bouche quand Maena se mit à courir, sauta, et plongea tout habillée dans la mare. L'eau éclaboussa et Svarde recracha son champignon, prêt à bondir sur ses pieds pour la suivre, quand la capitaine Rana refit surface avec un rire sauvage. Sa voix résonna le long des parois de la grotte, rebondissant vers on ne sait où.

Kivi renifla. Ces échos auraient des conséquences.

Néanmoins, Maena s'éclaboussait. Elle se lavait, ainsi que sa tenue en lambeaux, et Svarde mangeait. Les minutes passèrent, et Olgata ne réapparut pas. Quelque chose d'autre le fit.

Ils arrivèrent avec un glissement régulier, un lent frémissement comme du sable frottant contre la pierre. Deux démons, leurs longs corps construits non pas d'écailles mais de gemmes scintillantes semblables à des rubis. Les pierres captaient la lumière du feu, mettant en valeur des opales disséminées parmi le rouge. Svarde, abandonnant une fois de plus son déjeuner, se leva et souleva ses haches, étudiant les démons.

La paire ne se déplaçait pas comme des serpents, mais plutôt comme du liquide, rampant en une seule masse vers Svarde, Kivi et leur feu. Ils se balançaient et se reformaient, avançant presque en se dandinant. Aucune arme, aucune griffe, aucune bouche visible.

— Quel genre de monstre êtes-vous ? demanda Svarde aux créatures qui rampaient vers lui.

— Le genre qui veut jouer ! cria Maena depuis la mare. Brise-les, Svarde. Réduis-les en miettes. Ou attends et je le ferai bientôt.

La capitaine commença à patauger vers la rive. Trop loin pour arriver à temps. Svarde jeta un coup d'œil à ses haches, essayant d'imaginer ce qui se passerait s'il testait leurs métaux forgés par les Foti contre une véritable pierre précieuse. En briser une ici mettrait le Gardien dans une mauvaise posture.

— Kivi, à toi de jouer, dit Svarde, reculant d'un pas près du feu et cherchant des yeux une autre option.

Le ferrite prit l'invitation de Svarde au pied de la lettre, se précipitant littéralement vers la gauche et se jetant sur la bête de pierre rubis la plus proche. Kivi attaqua avec sa gueule, sa mâchoire s'élargissant pour révéler des dents grinçantes prêtes à broyer la pierre en une délicieuse poussière. Le démon ne réagit pas du tout, sauf pour frémir quand Kivi mordit dans sa partie avant. Au lieu de reculer lorsque les dents de Kivi trouvèrent prise, le démon avança d'un coup, sa masse se regroupant et grimpant par-dessus et autour de la tête de Kivi pendant qu'elle mâchait.

— Recule ! cria Svarde, décidant que ses haches valaient la peine d'être perdues pour la vie du ferrite.

Le guerrier Foti les leva toutes les deux, fit deux grandes enjambées vers le ferrite qui se débattait, disparaissant maintenant dans le monticule de rubis. Svarde bondit, vola, et abattit ses deux haches sur la créature. Les têtes mordirent dans les rubis, des étincelles jaillirent, des frissons remontèrent le long des bras de Svarde. Les têtes des armes tinrent bon, mais elles ne s'enfoncèrent pas non plus, Svarde frappant et roulant sur le dos du démon de pierre précieuse. Le monstre continua d'avancer tandis que Svarde se remettait sur pied.

Seulement pour voir le second, sa peau de pierre d'un rouge foncé avec le feu dans son dos, fondre sur lui sans un bruit.

# 11

## MER RAPIDE

Pour quelqu'un habitué aux eaux calmes et limpides de l'anse tropicale de Kitaye, naviguer entre les icebergs et leurs petits frères, tandis que les vagues s'agitaient et que les vents glacials soufflaient, faisait que Wax s'agrippait à la rambarde de proue du navire à deux mains. Les gants en cuir, ajustés et offerts par Deux à Bliss, Torny et Wax comme cadeau de départ, s'avéraient nécessaires pour atténuer le froid mordant. Il en allait de même pour les épais manteaux laissés par les gardes traîtres de Kance.

— Quand rentrons-nous chez nous ? signa Bliss, recroquevillée à côté de Wax. Elle gardait ses mains sans gants pour faciliter les gestes, mais les enfouissait dans son manteau après chaque signe.

Contrairement à Wax, Bliss semblait avoir le pied marin.

Mais elle n'avait pas les skars qui s'agitaient dans sa tête. Le collier de Wax, sculpté par les Najahn et désormais toujours autour de son cou, contenait les trois pierres. Elles pressaient leur chaleur contre sa poitrine, et avec cette proximité venait un murmure confus, comme si Wax espionnait plusieurs conversations à la fois. Dans des langues qu'il ne connaissait pas. Discutant de choses qu'il ne pouvait imaginer.

Malgré tout, il les avait suffisamment déchiffrées maintenant pour les reconnaître à leurs murmures. Plus encore, par ce qui les excitait. Le skar Vis restait plutôt silencieux maintenant, bien que les douleurs persistantes de Wax depuis la fuite de Noctia le fassent marmonner. Le skar accélérait la guérison, mais il ne faisait pas tout à fait de miracles, ne pouvait pas remettre Wax d'aplomb en un jour.

Cela dit, s'il l'avait fait, peut-être que les skars Rana et Foti seraient encore plus bruyants.

Les deux gemmes semblaient se livrer une bataille acharnée, se disputant toutes deux au sujet des icebergs et de la manière habile dont le *Storm's Edge* les évitait. Le skar Rana bondissait chaque fois que Wax posait les yeux sur l'eau, comme s'il déclarait que Wax pourrait traverser l'océan à la nage avec son aide. Qu'il serait bien plus en sécurité parmi les vagues glacées que sur le rapide navire. Et qui sait, dans des eaux plus chaudes, peut-être que le skar pourrait vraiment l'aider à traverser tout cet océan.

Le skar Foti donnait des conseils opposés, hurlant à Wax de s'approcher de ces icebergs flottants pour qu'il puisse les réduire en miettes, transformer les banquises en rien de plus que l'eau sur laquelle elles flottaient. Que cette action gèlerait Wax aussi sûrement que la glace que le skar exigeait de détruire n'était pas une préoccupation. Wax avait vu ce mépris de première main en combattant un démon dans le marais du nord de Rana : le feu du skar Foti avait eu raison du monstre tout en manquant de cuire Wax jusqu'à l'os.

— Si je gagne, je ne pourrai jamais rentrer chez moi, dit Wax. C'est une pensée étrange, n'est-ce pas ?

— Triste, je pense, signa-t-elle.

— Tu n'as pas d'autres idées pour sauver le monde ?

— Svarde en avait une.

Le vieux Gardien Foti ? Il avait mentionné quelque chose à propos du Noir d'en Bas, trouver la source du démon, mais Wax n'avait rien entendu sur l'homme depuis qu'il avait quitté Vis. Il avait essayé de se renseigner à Noctia, mais si Svarde était jamais arrivé dans la ville, il n'avait pas été jugé digne d'être mentionné. Qui sait, peut-être que l'homme avait essayé et était mort comme tous les autres.

— Quoi, tu vas aller trouver une grotte et disparaître ? demanda Wax.

— Elle n'irait pas loin, dit Torny, s'immisçant dans la conversation avec plusieurs tasses de thé chaud. Pas sans notre aide.

— Et comment m'aideriez-vous dans une grotte ?

Le manteau Kance de Torny engloutissait la petite bandit, à tel point que la vapeur de sa tasse de thé masquait son visage. Ses mains, invisibles sous les manches du manteau, ne laissaient que le bout des doigts sur la tasse argentée. La bandit, cependant, était d'humeur joyeuse depuis plusieurs jours depuis leur départ de Noctia, moins amère et plus enthousiaste qu'avant.

Une leçon, pensa Wax, qu'il pourrait apprendre.

— Eh bien, je te montrerais tous les champignons vénéneux pour que tu ne les avales pas, dit Torny, et quand Bliss commença à signer une objection, Torny continua de parler. Tu essaierais évidemment de sauter dans toutes les mauvaises mares aussi, donc je t'en empêcherais. Sans parler de la cuisine, que j'ai goûtée, et...

Wax rit et secoua la tête. Il se détourna de l'extérieur tandis que Torny continuait de taquiner et de provoquer Bliss. Levant sa tasse de thé en guise de remerciement, le Renouveau de Vis fit une lente promenade vers la cabine supérieure du navire, se faufilant devant un marin qui sortait pour débarrasser la glace des voiles et du gréement. Un travail brutal, celui-là.

À l'intérieur, à l'abri du vent, Wax laissa tomber sa capuche. Les skars, eux aussi, se turent alors que le péril mortel disparaissait de la vue, lui permettant de respirer.

— Wax, tu tombes bien, dit Eujo, passant à côté de lui en se dirigeant vers la salle à manger avant. Comme d'habitude, la Reine arborait une rude élégance, ses robes Kance bleu argenté s'associant à une posture stricte exigeant le respect. Viens avec moi.

Wax la regarda alors qu'Eujo continuait d'avancer. Pas de question, juste un ordre. Une habitude qu'Eujo n'avait pas quittée, même pendant leur séjour à Noctia quand il semblait que son mur de glace fondait, petit à petit. Elle était revenue sur le navire, cependant, comme si être entourée de son équipage et de Deux lui rappelait qui elle était. Maintenant, elle rôdait sur le navire, déterminée à agir et, n'en trouvant aucune, se tendait comme un hanoko entouré de chasseurs.

Alors Wax avait passé ses journées principalement à l'extérieur, évitant Eujo et sa langue acérée.

— De quoi avez-vous besoin ? demanda Wax en suivant Eujo dans la salle à manger austère. Ce qui semblait autrefois si luxueux n'avait maintenant que peu de caractère, le bois raffiné et les murs propres n'offrant pas grand-chose à aimer. Au moins la fenêtre donnait une belle vue sur le ciel gris. Le petit-déjeuner ?

— J'ai déjà pris le mien. Eujo se dirigea vers la tête de la table, faisant signe à Wax de s'asseoir au pied. Deux dit que nous ne sommes qu'à une journée de la côte sud de Whent. Les vents nous permettent de faire bonne route. Ce qui signifie que nous devons utiliser le temps qu'il nous reste.

— J'imagine que vous avez une idée. Vais-je l'aimer ?

— Tu sais aussi bien que moi que l'aimer n'a pas d'importance. Si nous voulons être des Renouveaux efficaces, Wax, alors nous devons utiliser les skars.

— Vraiment ? Je pensais que l'Aegis se contentait de rester assise sur le trône.

Eujo prit un air renfrogné et posa ses deux mains sur la table. — Wax, tu ne prends pas ça au sérieux.

— Ouais, eh bien, j'ai froid et j'ai encore mal. Les skars n'arrêtent pas de parler non plus. Comme s'ils étaient agités.

— Donc tu les entends.

— Pas toi ?

Eujo porta la main à son poignet droit, où un bracelet d'argent ornait sa peau avec des emplacements pour sept skars. Quatre y reposaient déjà : Kance, Vis, Foti et Rana. Elle passa un doigt sur les gemmes en hochant la tête.

— Ils veulent travailler, Wax. Je pense qu'on devrait les laisser faire.

Wax rit. — D'après ce que je devine, mon skar Rana veut me jeter à l'eau.

— Exactement. Un léger sourire malicieux.

— Oh, maintenant tu veux que je me noie ?

— Je veux que tu le diriges. Avec moi. Utilise le skar et vois ce qu'il peut faire.

La salle à manger ne s'avéra qu'un préambule, où un marin leur apporta du thé chaud destiné à les réchauffer pour l'étape suivante. Eujo récupéra sa cape, et avant que Wax ne puisse vraiment comprendre ce qu'Eujo voulait, ils étaient de retour dehors sur la proue du navire. De nouveau le vent, les vagues fouettantes, la glace glissant à gauche et à droite tandis que le navire Kance filait.

— Chaque fois que j'ai utilisé un skar, dit Wax, j'ai suivi la direction de la pierre. Je ne le contrôle pas. C'est un animal.

— Ça change aujourd'hui.

— Tu sais comment ?

Eujo pinça les lèvres. — Comme pour tout le reste, il faut lui montrer qui commande.

Eh bien, ça allait être amusant. Au moins Torny et Bliss s'étaient réfugiées à l'intérieur, donc personne à part quelques marins s'occupant des voiles ne serait témoin de la bravade d'Eujo.

— D'accord, montre-moi comment on fait, dit Wax, puis il fit un grand pas sur la droite.

— Kance d'abord, dit Eujo. Je le connais le mieux.

Elle fit pivoter le bracelet pour que la gemme argentée brille sur le dessus, au plus près du dos de sa main. Elle ferma les yeux, la cape de fourrure frémissant dans le vent cinglant autour d'elle. Wax voulait faire une blague, quelque chose pour briser le moment, mais rien ne lui vint à l'esprit. Pas que ça importe : Eujo semblait trop concentrée pour s'en soucier.

La raison se fit connaître quand les voiles du navire se tendirent, un gonflement soudain qui fit se précipiter les marins pour relâcher la tension, empêcher la toile de se déchirer. Le vaisseau fila en avant, et quelqu'un à l'intérieur jura assez fort pour surpasser le bruit de l'océan. La glace et l'eau défilaient, Wax s'agrippant à la rambarde pour se stabiliser, tandis qu'Eujo, sa main gauche serrée sur le bracelet, semblait totalement imperturbable.

Trop de minutes passèrent avant que les voiles ne se

détendent. Le navire bondissait sur les vagues, frôlait les icebergs dans des manœuvres frénétiques. Les marins s'agitaient, échangeaient leurs postes dans des remplacements chaotiques à mesure que leurs muscles se fatiguaient. Durant tout ce temps, Wax s'accrochait à la rambarde, observant, le froid faisant couler des larmes sur son visage. Jusqu'à ce qu'enfin, la lumière déclinant vers l'après-midi, Eujo ouvre les yeux, les joues rouges, respirant comme si elle venait de se balancer à travers la jungle.

— Ça va ? demanda Wax, relâchant sa prise persistante.

— Bien, dit Eujo, sa voix s'estompant. J'ai… j'ai essayé de lui dire quoi faire et il n'a pas écouté, Wax. Le skar m'a crié dessus. Elle regarda le bracelet, fronça les sourcils. Je ne comprends pas ce qu'il dit, bien sûr, mais il n'était pas content. Pas jusqu'à ce que je me détende. Jusqu'à ce que j'arrête d'essayer de lui dire quoi faire et que je le laisse se déchaîner.

— Alors il a trouvé les voiles tout seul ? Tu as vu ce qu'il a fait ?

— Je l'ai senti. Eujo caressa le skar, presque affectueusement. Il m'a protégée du vent. Comme cette cape, mais plus fort. Puis il est venu pour moi.

Wax avait ressenti les mêmes sensations. Le skar Foti, après avoir fait exploser le démon Rana, avait tendu la main vers Wax, saisi son souffle comme pour le voler. Même la pierre Vis le rongeait si les blessures étaient assez graves.

— Et alors ? demanda Wax. Tu dis que tu ne peux pas le contrôler, qu'il a sa propre volonté, qu'il n'a pas peur de nous boire s'il le peut. On savait déjà tout ça.

— Je ne pense pas que ce soit si simple. Ils veulent des choses, Wax. Ils nous aident, et peut-être qu'ils nous blesseront si on les laisse faire. Mais je ne sais pas pourquoi.

Un autre rire. — Tu penses que les skars ont un agenda,

Eujo ? Ce ne sont que des pierres. Des pierres incroyables, mais ce n'est pas comme s'ils complotaient quelque chose.

Eujo ne partagea pas le rire. — Tu en es sûr ? Le Cercle dit que les skars sont des morceaux des dieux. Si c'est vrai, alors peut-être que les dieux sont toujours vivants en eux.

— Tu deviens mystique, Eujo.

— Notre monde est en train de mourir, Wax. Il est envahi, détruit, déchiré. Se tourner vers quelque chose de magique pourrait être notre seule chance.

La Reine se retourna pour regarder l'océan et Wax suivit son regard. À l'horizon, une ligne grise montait et descendait. Whent, presque un jour complet en avance sur le programme. Cette vue n'apporta pas beaucoup de réconfort au Renouveau de Vis.

— Tu sais ce dont je me souviens de toutes ces légendes, Eujo ? marmonna Wax.

— Quoi donc ?

— Les dieux se sont entretués.

# 12

## PIÈGE DANS LA TOUR

Un chasseur traquant sa proie n'avait rien de nouveau. Trouver ses traces, apprendre les aliments préférés de la créature, ses habitudes, où elle dormait, Quik avait fait ces choses d'innombrables fois. Masayo, le Troisième Précepte de la Main et chef de Quik pour sa première rotation Najahn, avait insisté sur le fait que l'espionnage serait à peu près la même chose.

Elle avait menti.

Quik essuya le thé renversé sur la table cabossée du réfectoire, le chiffon déjà trempé par une douzaine d'autres mini-catastrophes. Il y en aurait une douzaine de plus avant la fin de ce service. Le réfectoire, construit dans une falaise inférieure de Noctia et bénéficiant d'une vue sur l'océan à l'ouest, vantait son style par sa taille imposante. Plusieurs centaines de tables s'entassaient dans cet espace au sol en bois, soutenu par le bas pour se projeter dans les airs. Ces tables, flanquées de bancs, accueillaient les masses baveuses du Najahn.

Pour une institution si honorable, pour des soldats et

des érudits si bien formés, ils se transformaient tous en malotrus une fois assis.

Sur Vis, un bon repas était quelque chose à valoriser, à savourer. Faire tomber une orange ou une mangue exigeait de nettoyer le fruit et, si on ne le mangeait pas soi-même, de l'offrir à un animal de compagnie ou de le déposer dans un panier de compost. Ici, l'abondance invitait à des habitudes putrides, un mépris effréné couvrant les sols, les tables et les chaises.

Pourtant, Quik gardait la bouche fermée. Il suivait les ordres du chef d'équipe, un homme qui avait trop bu de son propre café et semblait lancé dans une quête frénétique pour garder le réfectoire étincelant de propreté. Une tâche impossible, mais Quik ne se souciait pas de dire le contraire à ce visage écumant. Mieux valait, comme l'avait conseillé Masayo, garder les yeux ouverts pour saisir une opportunité.

Si une chance se présentait pour Quik de s'approcher de la tour de Gladdring, d'y entrer, il pourrait abandonner à jamais les corvées de réfectoire.

À cette pensée, tout comme dans le bureau de Masayo, Quik fronça les sourcils. Son seul public était une autre table, une autre éclaboussure de lait et de beurre. Le vol était le domaine de Torny. Mieux valait que cela reste ainsi. Ses doigts étaient faits pour les armes, pas pour la furtivité.

Quik avait prévu d'être subtil avec Sawi. Essayer de la rencontrer, voir si elle l'aiderait, mais la cueilleuse avait disparu. Elle avait évité leur unique rendez-vous prévu, un lieu et une heure échangés lors d'une rencontre surprise dans la rue, et bien que Quik se soit efforcé de se rendre à cet endroit chaque jour depuis, pas une seule fois la Vis n'avait tenu parole. Pour l'instant, c'était une cause perdue.

L'espoir, cependant, vint près de la fin du service, alors

que le réfectoire passait du petit-déjeuner au déjeuner. Une commande tardive de petit-déjeuner arriva, livrée par un érudit harassé portant l'épingle du Précepte du Commerce de Gladdring. Les flèches et les sacoches entrelacées ne brillaient pas beaucoup dans la grisaille hivernale, mais tandis que Quik essorait son chiffon dans un énorme tonneau sale — déversé plus tard dans la mer dans un spectacle spectaculairement dégoûtant — il remarqua le froncement de sourcils de l'érudit et ses bras minces.

— Vous aurez besoin d'aide pour porter tout ça, dit Quik alors que les cuisiniers se mettaient en action, faisant sauter des œufs dans des poêles en fer et sortant des oignons de sacs sur le point d'être rangés. J'ai le temps.

L'érudit leva les yeux vers le visage de Quik, les promena le long du tablier taché protégeant la robe Najahn de Quik. Le froncement de sourcils se transforma en une ligne curieuse, suivie d'un hochement de tête.

—Je pense que vous avez raison sur ces deux points. Si vous proposez votre aide, je serais ravi de l'accepter.

Pendant leurs longues promenades sur Foti, quand Torny jacassait sans cesse sur sa vie de bandit, elle revenait souvent sur le fait que la confiance et la gentillesse étaient deux grands outils, souvent oubliés, dans l'arsenal d'un voleur. Faire croire à quelqu'un qu'on était à sa place, ou qu'on avait de bonnes intentions, et les portes s'ouvriraient sans avoir besoin de clé.

Quik déploya cette maxime pendant qu'ils attendaient la nourriture, posant des questions sur la journée de l'érudit, ses devoirs, pourquoi il avait fini dans la tour du commerce. Toutes les défenses que l'érudit aurait pu ériger furent désarmées lorsque Quik expliqua qu'il était une nouvelle recrue, essayant simplement d'apprendre comment fonctionnait le Najahn. Quand l'érudit se lança dans une diatribe beaucoup trop longue et détaillée sur les négociations commerciales inter-îles, Quik s'efforça de cacher son propre sourire.

Il avait gagné son entrée. Et Torny avait raison : c'était vraiment très satisfaisant.

À la décharge de l'érudit, le repas aurait été impossible à porter pour lui seul. Trois paniers et un plateau de service remplis d'omelettes et d'accompagnements. Quik s'empara de celui-ci et passa deux paniers sur ses épaules, laissant à l'érudit un semblant de dignité avec le troisième.

L'érudit continuait à bavarder, prenant les réponses monosyllabiques de Quik comme des invitations à poursuivre, tout le long du chemin jusqu'à la tour du Commerce. Quik hésita en entrant par la porte normale en bois et métal noir, s'attendant à une autre énigme à l'intérieur comme pour la Troisième Main. Au lieu de cela, des couloirs normaux, bordés de tapis pourpres et d'œuvres d'art suspendues, l'accueillirent. L'érudit tourna brusquement à gauche, montant les escaliers niveau après niveau. Quik essaya de mémoriser les détails, de garder un œil à chaque palier pour repérer d'éventuelles choses que Masayo pourrait trouver précieuses.

Tout ce qu'il vit, c'étaient d'autres érudits, tout ce qu'il entendit, c'étaient des murmures sur des accords commerciaux, des questions sur le déjeuner ou le dîner, et les plaintes habituelles sur le froid à venir.

Le savant dirigea Quik vers ce qui ressemblait à une salle de réunion, décorée de contrats commerciaux encadrés et dominée par une grande table unique. Des chaises aux coussins violets bordaient l'épaisse planche de bois sombre, marquée du sceau de la Tour du Commerce en son centre. Quik installa la nourriture sous la direction du savant, ce dernier laissant ses doigts collants s'emparer de quelques en-cas au passage.

— Vous pouvez retrouver votre chemin tout seul, n'est-ce pas ? demanda le savant lorsque Quik eut terminé, l'homme étant déjà assis près de la tête de table. Nous allons bientôt commencer et je n'ai vraiment pas le temps de vous raccompagner.

— Je peux le trouver.

Le savant agita les doigts vers la porte. — Vous pouvez disposer, alors. L'homme sembla se reprendre alors que Quik se tournait pour partir. Et bienvenue au Najahn. Merci pour votre aide.

Vous voyez ? Tout le monde ici n'est pas si absorbé par ses propres pensées au point d'être impoli.

Quik ferma la porte derrière lui, s'engageant dans un couloir offrant deux options : à sa droite se trouvait le court chemin de retour vers les escaliers périphériques qu'il avait empruntés pour arriver ici. Une sortie directe, et pas le moins du monde intéressante. Au lieu de cela, Quik fit quelques pas lents vers le centre de la tour. En chemin, il se redressa, essayant d'effacer toute curiosité de son visage.

Il appartenait à cet endroit, à cette tour, à ce lieu. Il le devait, pour gagner du soutien pour son frère.

Se rappeler l'objectif principal de Quik eut un effet particulier, allumant une certaine flamme. Marchant avec plus de détermination, Quik passa devant une paire de savants sans être interpellé, atteignit le centre de la tour et réalisa qu'il était arrivé à l'étage supérieur. La seule direction possible était vers le bas.

Un escalier en colimaçon descendait au milieu de la tour, assez large pour que plusieurs personnes puissent y circuler de front, et s'arrêtant sur des paliers à chaque niveau. Quik fit le trajet avec précaution, ralentissant le pas suffisamment pour bien observer les différents étages qu'il traversait, mais sans trouver de réponses. Les Najahn s'affairaient, beaucoup vaquant à leurs propres occupations tandis que d'autres escortaient des marchands ou des ambassadeurs des autres îles. Rien ne semblait secret, rien ne méritait un examen plus approfondi.

Quik n'envisagea pas de forcer des portes ou d'essayer celles qui étaient fermées. Il pouvait prétendre être un espion, mais les compétences pratiques d'un voleur dépassaient ses capacités.

Ce qui signifiait qu'il atteignit le rez-de-chaussée et le couloir menant à la sortie de la tour sans aucune preuve. Rien à rapporter à Masayo, et donc rien pour aider son frère. Cependant, les escaliers continuaient vers le bas, et dans la première chose intéressante qu'il découvrit, Quik réalisa que le bruit des conversations et de l'agitation ne montait pas des niveaux inférieurs.

Les dortoirs, peut-être, pour les gens vivant dans la tour. Ou quelque chose qui méritait son attention.

Face au simple fait de partir sans rien, choisir de descendre les escaliers était une décision facile à prendre.

Des différences se firent évidentes dès les premiers pas en dessous du niveau principal de la tour. L'art, d'abord, se raréfiait. La pierre semblait plus froide, les marches moins usées. Le premier niveau confirma qu'il s'agissait bien d'un dortoir, quoique moins peuplé que celui de la Troisième Main. La confusion initiale de Quik trouva sa réponse dans le bâtiment lui-même, dans sa fonction. Les commerçants seraient en déplacement, logeant sur des navires ou sur les îles pour conclure des affaires. Pas autant de personnes n'avaient besoin de rester à Noctia.

Les escaliers continuaient, et Quik aussi. Du moins jusqu'à ce qu'il aperçoive le palier suivant.

Deux chaises, une table. Assis là, des cartes sales s'abattant sur la surface entre eux, se trouvaient des gardes. Vouges et chakrams. Au-delà, un unique couloir partant quelque part. Plus d'escaliers en dessous.

Qu'est-ce qu'un commerçant aurait besoin de protéger ?

L'adrénaline monta et Quik lutta contre l'envie de se baisser. Ceci, ici, était une chance. Un endroit. Mais comment passer ? Que pourrait-il dire aux-

Une voix porta jusqu'à lui. Venant du couloir et montant les escaliers, se rapprochant. Sawi. Annonçant une réunion avec Gladdring à laquelle elle serait en retard si elle ne se dépêchait pas. Une autre voix répondit, légère et rieuse, déclarant que Sawi obtenait enfin ce qu'elle voulait. Quik, à mi-chemin dans les escaliers et n'ayant pas encore attiré l'attention des gardes, fit demi-tour.

Seulement pour trouver une femme aussi grande que lui barrant son chemin. Son visage brillait d'or, une plaque attirant l'œil de Quik loin de ses bras croisés, de son froncement de sourcils. Incrustés là, scintillant contre leur hôte, se trouvaient trois skars. Un Vis vert, reconnut Quik. Et un Foti rouge. Mais l'ambre ?

— Vous vous êtes perdu ? demanda la femme.

Quik essaya de trouver un mensonge, quelque chose qui aurait du sens. Il balbutia, — Je livrais de la nourriture.

— Personne n'a commandé de nourriture ici en bas. Essayez encore.

— À l'étage. Je me suis perdu.

Les yeux de la femme se plissèrent. Une main commença à descendre vers une dague à sa ceinture. En bas, Quik entendit des chaises glisser, les gardes se levant.

— Quik ? dit Sawi, faisant son entrée en bas. Que fais-tu ici ?

Quik se retourna. Son assurance de chasseur se perdant

dans une situation qu'il n'avait jamais vécue auparavant, pour laquelle il n'avait jamais été formé. Masayo, maudite soit-elle, n'avait pas dit à Quik quoi faire si tout s'effondrait.

— Oh, médita la femme, cela devient intéressant. Quik, pourquoi ne viendriez-vous pas avec moi. Quand Sawi aura fini sa petite discussion, nous pourrons décider quoi faire de vous.

Quand Quik essaya de protester, quand il répéta son histoire de livraison de nourriture, Sawi ne put que grimacer. Elle put seulement dire qu'il ne serait pas blessé s'il ne faisait rien de stupide. Qu'elle était désolée qu'ils ne se soient pas rencontrés plus tôt, mais qu'elle devait vraiment partir maintenant.

— Vous, par contre, vous restez, dit la femme, poussant Quik dans le couloir. Et je peux vous garantir que vous allez passer un bon moment.

# 13

# CIBLE DE LA FÊTE

Whent ne faisait pas bonne première impression. Malgré son impatience de quitter le rapide navire Kance, Torny ralentit néanmoins sa marche vers le flanc du navire alors qu'ils approchaient du port de la cité rocheuse. Situé à l'est d'une grande plage, l'accostage offrait une longue vue dégagée sur un carnage.

Des trous noircis défiguraient les sables enneigés. Des tours brisées se dressaient en ruines, leurs briques et mortier éparpillés comme les jouets d'un enfant. Au-delà, des bâtiments ravagés par le feu laissaient leurs carcasses calcinées exposées aux morsures de l'hiver, peu de gens s'affairant à les réparer. Le seul espoir venait de l'académie de la ville, sa splendeur nichée dans la falaise surplombant le port et apparemment épargnée par le désastre qui avait frappé ses voisins.

— C'est sinistre, signa Bliss en rejoignant Torny.

Toutes deux avaient des sacoches sous leurs capes Kance, leurs bottes de marche prêtes. La cape aidait à dissimuler l'attirail d'outils de Torny, épargnant à la bandite toute question gênante. Ses deux vies se réunissaient ici, mais plus Torny pourrait retarder cela, mieux ce serait. Une dette envers Yarvick serait mieux effacée sans que l'équipage de Vis n'en apprenne jamais l'existence.

Et si le chef des bandits avait les bonnes informations, le journal qu'il recherchait se trouverait quelque part dans cette ville. Quelque part de chic.

Deux guidait le *Storm's Edge* lentement, les matelots s'affairant avec leurs homologues du côté de Whent pour amarrer le bateau. Le quai, contrairement à ceux de Noctia et, eh bien, partout ailleurs, était construit en pierre, avec d'énormes briques grises taillées reposant dans la mer. Quand les bottes de Torny touchèrent la jetée, elle la sentit plus solide que certains sols qu'elle avait foulés. Cela, couplé à la sensation de tangage qui la frappait chaque fois qu'elle quittait la mer pour la terre ferme, rendit la voleuse instable pour ses premiers pas.

Bliss, sautillant et totalement imperturbable, ne fit aucun effort pour épargner ses moqueries.

— Attends un peu, rétorqua Torny alors que le duo se dirigeait vers le rivage, un jour tu seras nulle dans quelque chose, et je serai là, prête.

— Ça n'arrivera pas.

Une Vis arrogante, celle-là. Aussi, un tour à laisser derrière. L'excuse de Torny avait fonctionné à Noctia, mais leur raison d'être les premières à débarquer ici n'était pas le tourisme mais le travail. Découvrir où se trouvaient les skars de Whent, puis trouver le meilleur moyen d'y arriver. Eujo et Wax seraient en train de ranger leurs affaires, de prendre des dispositions pour Deux et le navire, puis viendraient à terre plus tard pour découvrir l'accueil que Whent réservait aux Renewals.

Un accueil que Torny devait améliorer.

— Alors, où allons-nous maintenant ? signa Bliss alors qu'elles entraient dans le port proprement dit.

L'hiver et une taille plus modeste rendaient les quais presque déserts, seules deux autres caravelles de Whent reposaient dans le port et aucune ne semblait prête à prendre la mer. Une taverne solitaire affichait sur sa fenêtre givrée qu'elle rouvrirait au printemps. Des caisses et des barils portaient un manteau neigeux suggérant une longue période d'immobilité. Au-delà des entrepôts silencieux, une rue de gravier les appelait.

— Si tu veux connaître un endroit, normalement je dirais d'aller dans les bars, dit Torny alors qu'elles avançaient en crissant vers les premiers bâtiments brûlés. Mais je suppose que cet endroit manque de bonne humeur. Il semblait aussi à moitié désert pour sa taille. Attaque ou non, le nombre de cheminées en activité suggérait une ville à moitié vide. À la place, utilisons ce que nous avons.

— Qu'est-ce que c'est ?

— Deux Renewals, et l'une d'elles est une reine.

Torny utilisa cet argument pour traverser la ville proprement dite — un endroit délabré partagé entre des efforts de reconstruction désordonnés et des familles hébétées essayant de préparer à manger — et se diriger vers l'académie nichée dans la falaise surplombante. Cependant, en s'approchant, Torny obliqua sa direction, se dirigeant plutôt vers de plus grandes maisons et un quartier plus aisé situé à côté de l'institution d'enseignement.

— Tu ne parles pas beaucoup, signa Bliss.

— Je réfléchis. Je planifie. Tu sais, toutes ces choses qu'une voleuse doit faire.

— Une voleuse ? N'es-tu pas une Gardienne maintenant ?

— Plusieurs casquettes, Bliss.

Torny incarnait aussi cette philosophie à ce moment-là, essayant de se remémorer les détails que Yarvick lui avait donnés. Des informations, disait-il, recueillies auprès d'un malheureux ancien bandit qui avait accepté la mission du journal avant le retour de Torny. Celui-là avait réussi à localiser l'emplacement avant de se faire prendre les mains dans le sac après un dîner. Un rapide voyage aux Fosses et une longue mort dans la souffrance s'en étaient suivis.

Telle était la vie des voleurs à Whent.

La description transmise par Yarvick fonctionnait assez bien, guidant Torny au-delà de domaines clôturés et en pente pressés contre la roche. La plupart s'étendaient sur un jardin touffu avant le bâtiment proprement dit, toute la beauté hivernale alors que la neige s'amoncelait sur les branches nues des arbres et les buissons rachitiques. Des oiseaux chanteurs, insouciants de la quasi-annihilation de leur foyer, sautillaient et gazouillaient. Le vent semblait y faire exception, se levant en rafales inattendues pour couvrir les pépiements de rugissements claquants. Une myriade de carillons résonnait aussi à chaque fois, scintillant dans les fenêtres et les entrées en arc de pierre, comme pour répondre aux éléments.

— C'est celui-là, dit Torny à voix haute, se reprenant face au regard curieux de Bliss. Je veux dire, c'est un bon endroit pour essayer.

— Essayer quoi ?

— D'obtenir nos informations.

La cible de Torny avait trois niveaux, tous en couches ascendantes et contractantes, comme un gâteau fabuleux. Après le rez-de-chaussée, chaque niveau commençait par un balcon circulaire, des balustrades blanches qui portaient probablement du lierre en été offrant des barrières nues à une vue dégagée. Des arches et des murs occasionnels saillaient le long de ces niveaux, divisant le pourtour en espaces privés, certains couverts et d'autres non. Exactement comme la description de Yarvick.

Et l'endroit avait déjà une foule.

Contrairement aux dockers et aux maçons qui s'efforçaient de réparer la ville, les gens qui flânaient ici semblaient avoir les mains douces. Même en ignorant les deux gardes à l'entrée — Torny aurait bientôt une histoire à leur raconter — les personnes au-delà se déplaçaient avec l'air affecté des privilégiés, un pas flottant sur un sol déneigé. À l'intérieur, quelqu'un jouait de la musique, un instrument à cordes interprétant un morceau avec une habileté trop raffinée pour les soirées de pub et les répétitions improvisées.

— C'est définitivement ce que nous cherchons, murmura Torny. Reste tranquille, Bliss. Je m'occupe de parler.

« Ça ne devrait pas être un problème. »

Torny transforma son rire en un demi-sourire. Bien sûr que Bliss jouerait le jeu. C'est ce qui la rendait si géniale. Elle la suivrait dans n'importe quelle aventure stupide. Le défi, cependant, serait d'éloigner Bliss quand Torny devrait passer aux choses sérieuses. Ou peut-être qu'éloigner n'était pas le bon mot.

Était-ce mal d'utiliser ses amis ? Même si cela signifiait sauver sa propre vie ?

Les deux gardes arboraient des manteaux Whent, d'épais pardessus bruns descendant jusqu'à de gros piolets à leur taille, comme s'ils pouvaient à tout moment partir ouvrir une mine. L'un fumait la pipe tandis que l'autre sirotait une tasse fumante de quelque chose, probablement du thé. Derrière eux, une porte en bois marquait l'entrée de la propriété. Déjà, Torny sentait des regards curieux posés sur elle depuis le bâtiment. Les gens d'un endroit comme celui-ci étaient toujours à l'affût d'un nouveau drame, d'un nouvel intérêt.

La richesse n'achetait que des vies ennuyeuses.

— Salut, lança Torny, s'attirant des regards vides.

— Nous avons déjà donné pour les efforts de reconstruction, répondit le premier garde, le plus grand et fumeur de pipe des deux. Si vous avez besoin de plus d'aide, cherchez ailleurs.

Torny hocha la tête, jetant un coup d'œil vers la ville endommagée. — Oui, c'est assez clair que votre ville a besoin de plus d'aide, mais ce n'est pas pour ça que je suis là. Le garde ne répondit pas, se contentant de plisser les yeux. — Voyez-vous, je suis une Gardienne. Elle aussi. J'ai pensé que votre patron aimerait savoir que deux Renouvellements viennent d'arriver dans votre ville.

— Des Renouvellements d'où ? Il fait trop froid pour naviguer.

— Pas pour une Reine Kance. Vous savez qu'elles peuvent éviter la glace comme si c'était un caillou dans un champ.

—Alors où est-elle ?

— Elle s'occupe de choses plus importantes. Dites à votre seigneur ou dame qu'ils peuvent avoir les deux plus grandes stars de l'île chez eux ce soir. Tout ce que ça leur coûtera, c'est de la nourriture, de la boisson et un bon feu pour nous réchauffer les mains. De quoi chasser le froid de la mer, vous voyez.

Le garde ne bougea pas. Ses yeux restèrent plissés. — Si elle vient ici, elle pourra confirmer ce que vous dites et peut-être qu'on pourra discuter.

Torny serra les lèvres. Elle essaya de trouver la prochaine chose à dire. Jouer la carte de la royauté aurait dû faire l'affaire. Du moins, c'est ainsi que ça se passait dans toutes les histoires.

« Y a-t-il un autre endroit ? » signa Bliss à Torny, attirant le regard curieux du garde. « Si tu ne peux pas obtenir ce que tu veux, essaie ailleurs. Rends-les jaloux. Ma mère faisait ça tout le temps avec les commerçants. »

— Bon point, dit Torny, se retournant vers le garde. Mon amie et collègue Gardienne ici présente sent, comme moi, que vous n'êtes pas d'humeur à jouer les hôtes. Je suppose qu'on va aller demander à l'académie à la place. Voir s'ils sont prêts à accueillir les sauveurs du monde pour une nuit.

Le garde rit. — L'académie ? La plupart d'entre eux sont partis avec Jochi. C'est aussi vide que la ville. Ils ne vous aideront pas.

— Jochi ?

— La raison pour laquelle la ville est si déserte. Le seigneur de guerre a décidé de partir pour une marche insensée dans les Ténèbres d'En-Bas. Il a emmené la plupart de nos gens en âge de se battre. Une croisade pour sauver le monde, à ce qu'il disait. Le garde secoua la tête, ricanant. — C'est à ça que servent les Renouvellements, j'ai dit, quand il m'a demandé. Pas question que j'aille *chercher* plus de démons.

Ah, une ouverture. C'était toujours mieux quand la cible vous donnait elle-même la clé.

— Alors vous pensez que les Renouvellements sont importants ? demanda Torny.

— Bien sûr, c'est juste que... le garde s'interrompit, jetant un coup d'œil par-dessus son épaule vers la maison. — Écoutez, vous ne mentez pas ? Vous ne cherchez pas autre chose ?

Bliss secoua la tête. Torny passa à l'attaque, — Vous

n'êtes pas obligé de nous laisser entrer maintenant. Nous reviendrons, Renouvellements et preuves à l'appui. Faites passer le mot, et je vous jure que vous et votre seigneur passerez pour des héros.

— Si vous mentez, ça me coûtera mon travail.

— Si je dis la vérité et que vous nous laissez dans la rue, ce sera tout aussi grave, rétorqua Torny. Puis elle claqua des doigts, fit volte-face et retira la capuche de Bliss. — Est-ce qu'elle a l'air d'une Whent pour vous ? C'est une Gardienne Vis. Ici même, en chair et en os.

Les deux gardes eurent du mal à contester l'évidence. Ils donnèrent à Torny quelques heures d'avance, lui disant de revenir avec les Renouvellements vers l'heure du dîner — l'après-midi, déjà, tirait à sa fin — et la propriété serait prête à leur réserver un accueil approprié.

— Tu vois ? dit Torny tandis qu'elles retournaient d'un pas vif vers les quais. Facile.

« Grâce à moi. »

— Une héroïne a toujours besoin de son acolyte, acquiesça Torny.

« Ce n'est pas ce que je voulais dire. »

Torny se contenta de rire, laissant son esprit revenir à la propriété, aux étages, et à l'endroit où, dans cette immense demeure, un certain journal pourrait bien se cacher.

# 14

## ESPION DU CERCLE

Le Tenet s'estompa. Sawi observa Gladdring tout au long du long déjeuner, où, mis à part quelques questions de pure forme sur Vis et à quel point elle trouvait Noctia supérieure, Sawi fut ignorée. Les divers érudits et officiels présents, huit en tout, semblaient bien plus intéressés à placer leurs mots auprès du Tenet, débitant un babillage aléatoire dans sa direction pour obtenir un hochement de tête approbateur ou, mieux encore, une remarque qualifiant leur idée de bonne, leur proposition d'intelligente, leur initiative dans le meilleur intérêt des Najahn.

Observer Gladdring travailler en dehors des pièges désespérés et mortels de Mottilan emmena Sawi sur une voie différente de celle qu'elle avait prévue. La rencontre surprise avec Quik, elle l'avait repoussée dans la même partie de son esprit où elle stockait tous les sentiments persistants pour Wax, sa famille, sa culture. Un endroit à ne visiter que lorsque les étoiles apparaissaient et que Sawi était sa seule confidente. Au lieu de cela, Sawi passa son temps à retourner des questions, des offenses et le grief général qui l'avait imprégnée dans les jours depuis son arrivée dans cette ville désolée. On lui avait promis l'aventure, pas des expériences et des raclées gracieuseté d'Ami et Annalyse. On lui avait dit de rester loyale, de faire confiance au fait que Gladdring avait de grandes choses en réserve pour elle, et jusqu'à présent, la plus grande chose que Sawi avait vue était la qualité de la bière.

Noctia pouvait au moins produire une bonne bière.

L'espace de réunion choisi par Gladdring fonctionnait bien pour amplifier son effet : parsemé le long des murs et du sol de divers bibelots venus de toutes les îles, l'endroit rappelait à Sawi et à tous ceux qui entraient exactement où ils se trouvaient, le Tenet du Commerce. La scène ainsi dressée, Gladdring l'utilisait pour dresser ses invités les uns contre les autres, les poussant à de plus grandes concessions ou sur des plateformes plus risquées, où il démolissait ensuite leurs plans en public, sans tout à fait les humilier mais en enseignant aux Najahn présents comment atteindre des objectifs à première vue impossibles.

— Ne vous contentez pas d'obtenir le riz de la saison prochaine de Rana, mais obtenez aussi toute leur laine de première qualité, suggéra une fois Gladdring, poussant sa cible, un homme en sueur portant trop de robes, à s'exclamer qu'une telle demande serait trop coûteuse. — Seulement si vous ne trouvez pas ce qu'ils valorisent le plus.

— Et comment suis-je censé faire ça ? Une question directe me ferait chasser de leur ville sous les rires.

— Demandez aux capitaines de raiders quand ils viennent dans notre port. Découvrez ce qu'ils cherchent avec leurs cotres, et obtenez-le. Achetez tout à leurs cibles et gardez-le en otage. Puis, quand ils cèderont, retournez-vous et exigez des frais de ces mêmes cibles pour notre protection. Tout le monde y gagne, mais surtout nous.

Gladdring garda ses mains en clocher tout du long, les pièces et les jeux se mouvant derrière ses yeux. Des hochements de tête et des murmures d'approbation se répandirent autour de la table, sur quoi Gladdring se tourna vers le suivant qui reçut un nouveau problème à éviscérer. Pendant tout ce temps, Sawi mangea et écouta, attendant sa chance, qui ne vint pas avant que le déjeuner ne se termine et que le Tenet ne renvoie tous les autres de la pièce. Il fit signe à Sawi de s'approcher, de s'asseoir sur une chaise proche.

— Pas de raison de crier à travers la table sans toutes ces voix bavardes, dit Gladdring tandis que Sawi se déplaçait.

— Ils travaillent pour vous, n'est-ce pas ? demanda Sawi. Si vous ne les aimez pas, pourquoi les garder ?

— Toutes sortes de raisons, la plupart politiques. Ce sont tous le fils de quelqu'un, la fille d'un ambassadeur. Des faveurs sur des faveurs. Il soupira. Sawi, je suis désolé de vous avoir entraînée dans ce jeu. Je ne peux qu'imaginer à quel point les arbres de Vis doivent sembler plus délicieux en ce moment.

— Ils sont mieux que la boîte de pierre dans laquelle vous m'avez mise.

— Une boîte avec un lit et un oreiller est bien meilleure que certaines.

Sawi choisit de boire son eau plutôt que de répondre. Le liquide froid ici la choquait toujours, si différent des gouttes de pluie chaudes ou du doux jus de coco qu'elle aspirait chez elle. Lequel était le meilleur ? Elle pourrait, à contre-cœur, donner celui-ci à Noctia.

— Les Najahn dirigent Noctia, le Cercle dirige les Najahn, et Fassle dirige le Cercle, commença Gladdring, sa voix tombant dans un registre traînant de professeur.

Fassle a deux Adeptes travaillant sous lui, avec le reste d'entre nous, les Tenets, un cran en dessous. C'est une hiérarchie, et une hiérarchie immuable. Tout ce que je fais peut être interdit, détruit ou coopté par Fassle selon son bon vouloir.

— S'il est au courant, vous voulez dire.

Gladdring cligna une fois des yeux, puis retroussa une lèvre. — Donc vous n'êtes pas une novice.

— Je travaille avec vous depuis un certain temps maintenant.

— Alors oui, oui, vous avez raison. Quand j'avais peu de skars et encore moins de personnes travaillant avec moi, Fassle avait peu de chances de découvrir. Peu de risques même s'il découvrait que je jouais avec les pierres précieuses. Tous les Tenets ont leurs propres incursions. Gladdring plongea la main dans sa robe, en sortit la pierre d'ambre. Ami avait dit que c'était la source de la capacité de Gladdring à influencer une salle, un skar Tamas. Pourtant, notre aventure devient trop grande. Nous faisons trop de progrès. Les gens le remarquent.

Cela nous laisse deux options, Sawi. Soit je peux aller voir Fassle et demander son approbation, cédant ainsi tout contrôle à lui. Ce que Fassle ferait d'un tel contrôle, je n'en suis pas sûr, bien qu'il soit tellement investi dans le maintien de l'ancien ordre que je doute que ses actions soient utiles. Plus probablement, les skars seraient rangés, vous seriez renvoyée chez vous, et ma position serait remplacée par quelqu'un de plus malléable.

— Ils vous tueraient.

Gladdring haussa les épaules et continua à faire tourner la pierre d'ambre entre ses doigts. — C'est la bonne décision. Je représenterais une menace, surtout si je commençais à vanter le potentiel des skars comme armes contre les démons. Fassle déteste toutes les menaces, particulièrement celles qui impliquent le peuple.

— Pourquoi ?

— Perdre le pouvoir est le cauchemar de tout despote, Sawi. Fassle croit que la seule façon dont il sera renversé, c'est si Noctia, tous les Najahn, se soulèvent contre lui.

Sawi secoua la tête et regarda à nouveau son eau comme si elle y trouvait un quelconque réconfort. Rien de ce que disait Gladdring ne semblait être une révélation, rien ne la laissait perplexe ou choquée. Au contraire, tout semblait vain.

— Pourquoi me racontez-vous tout ça ? demanda Sawi.

— Parce que tu vas m'aider à détruire Fassle de la manière qu'il n'attend pas, répondit Gladdring. Avec ton aide, nous allons manipuler ceux qui lui sont proches, déchirer son pouvoir, et quand le vide sera exposé, je le comblerai. Alors, rien ne nous empêchera d'utiliser les skars pour défendre les îles.

— Sur Vis, je disais tout le temps à Wax — mon ami — qu'il devenait fou. Sawi s'attendait au regard confus de Gladdring et l'obtint. Il parlait comme vous d'une grande aventure. Mais quand on le pressait, il n'avait que des intuitions. Un trésor, des miracles, quelque chose d'incroyable si on pouvait juste faire toutes ces choses difficiles. Vous êtes pareil.

— Les rêveurs sont vraiment maudits, répliqua Gladdring. Néanmoins, j'ai quelque chose que votre ami n'avait pas : le pouvoir. Le vrai pouvoir. Celui qui vous renverra à Vis dès que vous refuserez ma demande.

Une menace, mais probablement pas du genre que Gladdring pensait. Être renvoyée à Vis signifierait plus de jours ensoleillés, plus de cellule de pierre ni d'étranges séances avec Ami. Sawi aurait des fruits frais, des repas et des amis. Ses parents, ses frères et sœurs. Un retour à une vie bien vécue.

Mais elle manquerait l'aventure. Combien cela valait-il vraiment ?

— Quel est votre plan ? demanda Sawi.

Ça ne pouvait pas faire de mal de le découvrir.

La chambre du Cercle se trouvait à l'intérieur de l'immense flèche centrale Najahn. Les visiteurs, dont Sawi faisait partie, étaient escortés vers une zone de visualisation en hauteur et on leur rappelait, à plusieurs reprises, de rester silencieux. Toute remarque, cri ou perturbation entraînerait un bannissement immédiat, ou pire. Ils la fouillèrent, ne trouvant ni dagues, ni fléchettes, ni flèches.

Ils ne questionnèrent pas et ne prirent pas la pierre d'ambre du collier autour de son cou.

Sawi commença à comprendre le plan plus vaste de Gladdring alors qu'il expliquait son plan plus restreint, à partir du moment où le skar toucha sa peau. La pierre d'ambre parlait différemment des pierres élémentaires qu'elle avait déjà essayées, mais ses murmures n'étaient pas si étrangers, si surprenants. Toutes ces séances avec Ami avaient préparé Sawi à l'explosion dans son esprit, aux douces questions qui flottaient chaque fois qu'elle regardait quelqu'un.

À présent, Sawi s'appuyait sur le bord du promontoire, des lanternes entourant l'espace envoyaient leur lumière orange-dorée vers la table circulaire au centre. Là, Fassle était assis, paré de bijoux d'or sur des robes noires. Son couple d'Adeptes, masqués de la tête aux pieds dans un tissu violet, occupait les chaises voisines. Tant de vêtements ne pouvaient pas être confortables, mais le couple ne bougeait pas, ne faisait pas un bruit tandis que Fassle poursuivait ses affaires ordinaires.

Gladdring et les autres Tenets, du moins ceux sur Noctia, remplissaient la salle du Cercle. Ils écoutaient Fassle décrire l'augmentation des attaques de démons et les contre-mesures des Najahn. Il évoquait une nouvelle paix négociée entre Whent et Rana après que la première eut sauvé une flotte poursuivie par des démons. Les rumeurs venant de Kance, quant à elles, suggéraient que l'ancienne Reine n'aimait guère sa jeune et populaire homologue.

— Nous ne pouvons pas avoir une fracture sur cette île, pas maintenant, dit Fassle, d'une voix rauque et sournoise. Je compte sur ce groupe pour utiliser les pressions dont vous disposez pour étouffer leurs querelles internes.

Le skar de Tamas fournissait des commentaires plus intéressants. Sawi se concentra d'abord sur Fassle, déclenchant chez le skar un bavardage excité. Sawi ne pouvait pas comprendre les mots, mais des impressions les accompagnaient, tout comme les pulsions agressives du skar de Foti ou le désir de sauter, de voler de la pierre de Kance. Ici, les poussées venaient avec des humeurs, les humeurs de Fassle.

L'ennui accompagnait ses mots, pas un soupçon d'inquiétude alors qu'il parlait de la trêve, des conflits internes de Kance. Rien ici ne méritait un réel intérêt de la part de Fassle, une vraie préoccupation.

— Maintenant, le dernier point de ce matin, dit Fassle, et il laissa tomber le papier, posant ses mains à plat sur la table en bois dur. Le skar de Tamas s'anima différemment, faisant s'emballer le cœur de Sawi. On dit qu'un seigneur de guerre de Whent a rassemblé une grande force et l'a envoyée dans les Ténèbres du Dessous. Ils tentent, selon nos amis sur cette île, de trouver la source des démons et de les arrêter. Fassle fronça les sourcils. Un objectif noble, mais insensé. Sacrifier tant de vies alors qu'un Renouveau bat son plein est un terrible désastre. J'ai demandé à l'ambassadeur de renverser cette débâcle. Je vous supplie tous d'essayer de faire de même. Nous devons soutenir le Renouveau, pas ces croisades sans espoir.

Et voilà. Le skar donnait son conseil suffisant et inintelligible. Fassle était un lâche, prêt à tout pour garder son pouvoir. En parcourant du regard les autres dans la pièce, Sawi découvrit, grâce au skar, que ces sentiments n'étaient pas partagés. D'autres Tenets avaient le skar révélant leur déception dans des murmures étouffés. Même les gardes en poste semblaient abattus par l'annonce de Fassle.

Gladdring voulait que Fassle soit détruit. Ceux présents dans cette salle semblaient prêts à le voir déposé. Mais comment, comment amener ces gens à agir selon leurs sentiments ? Comment transformer un silence misérable en une rébellion active ?

Sur ce point, au moins, Sawi avait une idée.

# 15
## VIEUX OS

En tant qu'homme, Svarde se retrouvait rarement en train de voler. Ce n'était tout simplement pas quelque chose qui arrivait au barbare, avec ses fourrures épaisses, ses armures, ses haches et son comportement qui éloignaient tout contact de ce genre par peur de perdre la vie ou un membre. Cependant, lorsque la forme mince et rapide d'Olgata percuta le côté de Svarde et les emporta tous les deux au-delà de la masse rubis qui attaquait, Svarde pardonna immédiatement l'éclaireur et entreprit de se relever, une fois de plus, sur le sol poussiéreux de la grotte.

Le plongeon d'Olgata les envoya contre la paroi sinueuse de la caverne, à l'opposé du lac et de la plupart de l'action. Tandis que leur proie rouge ne se retournait pas tant qu'elle n'étendait son être ondulant et chatoyant dans leur direction, la mêlée de Kivi prit un tour plus intéressant. Le ferrite, libéré par la charge rugissante de Svarde, utilisait sa vitesse pour danser autour de la créature, fonçant et mordant avec une férocité aléatoire. Des rubis broyés coulaient des lèvres de Kivi comme du sang gelé.

Svarde n'eut pas le temps d'en voir plus, car il avait des haches à balancer et un démon à combattre. Alors qu'Olgata filait sur la droite de Svarde, remontant le tunnel, apparemment à quatre pattes, Svarde lui-même accaparait toute l'attention du démon. Il lui lança une malédiction bien sentie et frappa de ses haches la masse de rubis qui s'approchait. Presque la moitié de sa taille, le démon fonça droit vers le ventre de Svarde.

Ou du moins, c'est ce qu'il fit jusqu'à ce qu'il rencontre les deux lames de Svarde. Chaque hache, aiguisée par l'artisanat de la pierre de Whent, mordit dans les rubis dans un fracas d'étincelles. Les doigts de Svarde s'engourdirent sous le choc vibrant, tandis que des éclats rouges captaient la lumière des torches pour devenir une neige cramoisie scintillante. Le démon arrêta son avancée, comme surpris de rencontrer une quelconque résistance.

Une chance que Svarde ne laissa pas passer.

Il fit un pas vers la gauche, revenant en cercle vers le tunnel, gardant un œil sur Olgata, qui avait abandonné sa fuite et avait maintenant sorti son burin et son marteau. Le démon se remit de son hésitation, tournant sa masse gonflée pour suivre Svarde, exposant son dos — ou son avant ? Cette chose avait-elle vraiment l'un ou l'autre ? — à Olgata pour qu'elle frappe.

Tailladant de ses haches, arrachant des morceaux à chaque coup, Svarde vit l'éclaireur faire son mouvement. Il vit aussi une forme différente suivre l'éclaireur, une qu'il mit un moment à reconnaître tant sa présence était étrange : Maena, les vêtements trempés et dégoulinants, entrant dans la bataille avec son sabre dégainé. Elle suivait le rythme d'Olgata, venant derrière l'éclaireur. La lumière des torches derrière elles les plongeait toutes deux dans une ombre noire, à l'exception du sabre.

Le démon de rubis vola l'attention de Svarde, attaquant bas vers les pieds de l'homme. L'attaque arriva lentement, et Svarde choisit de sauter, un demi-saut l'amenant sur la masse brillante du démon. La peau de pierre précieuse s'avéra glissante à l'atterrissage, le saut un mauvais choix qui fit glisser les pieds de Svarde et le fit tomber lourdement sur le dos du démon. Ses deux haches glissèrent de ses mains plaquées contre la peau dure et lisse.

— Dépêchez-vous ! cria Svarde, le cri aussi comprimé que ses poumons.

Ce mouvement donna à Olgata son temps, et l'éclaireur enfonça profondément son burin, le frappant presque dans le même mouvement avec son marteau. Des morceaux volèrent, et Svarde sentit le monstre frissonner. Il voulut rugir de victoire, mais là, encore une fois, il y avait Maena qui rôdait derrière Olgata. L'éclaireur avait son marteau levé pour un second coup, ce qui serait le dernier coup alors que le démon inversait ses appendices balayants, et derrière elle, le capitaine Rana se dressait.

De si près, à quelques enjambées l'un de l'autre, Svarde vit un éclat dangereux dans les yeux de Maena, un reflet sur les écailles du démon projetant à la fois l'éclaireur et sa poursuivante dans un rouge crépusculaire. Le sabre s'orientait vers le ventre d'Olgata, commençant à s'élancer.

— Maena, grogna Svarde, mais Olgata interrompit sa tentative au burin au dernier moment. Le sabre passa en un éclair sur le côté droit de l'éclaireur, frappant une excroissance de rubis que Svarde ne pouvait pas voir, seulement entendre.

Maena fouetta le sabre d'avant en arrière, frappant avec assez de force pour faire jaillir des étincelles à travers la caverne. Son sabre en subit le plus gros, la lame s'ébréchant et se brisant jusqu'à ce que, alors que Svarde se poussait du démon et tombait sur le côté, tout ce qui restait au capitaine Rana n'était qu'un éclat de métal dentelé. Cet éclat faisait une arme discutable contre le démon, sa courte portée échouant alors que le démon repoussait Maena en arrière.

Un faux pas, une frappe mal placée, et le capitaine serait dévoré.

— Par ici, dit Olgata, d'une voix d'un calme absolu. Ils ne nous auront pas dans l'eau.

— Comment peux-tu le savoir ? demanda Svarde, se relevant une fois de plus du sol dur, se dirigeant vers le bassin.

Kivi renifla, son accord donnant confiance à Svarde malgré le silence de l'éclaireur. Le ferrite, son propre duel apparemment terminé sur un match nul, dépassa Svarde en courant et sauta dans le bassin. Loin d'être une plume légère, Kivi commença à couler, un processus qui ne s'arrêta que lorsque ses battements rapides et son élan le portèrent vers la paroi de droite, où le ferrite escalada le côté et se réfugia au plafond.

Svarde suivit, rejoignant Olgata et bientôt Maena au bord du bassin et au-delà. L'éclaireur faisait du sur-place, les exhortant tous à aller plus profond. Svarde et Maena obéirent, embrassant une fois de plus le froid. À travers tout cela, tandis que Svarde jurait comme un charretier, Maena ne faisait que rire, agitant les restes de son sabre comme un trophée hilarant.

— Ils n'essaieront pas, affirma Olgata alors que Svarde l'atteignait près du centre du bassin. Regardez.

En effet, les démons relevèrent le défi d'Olgata et s'enfuirent. Les deux se métamorphosèrent jusqu'au bord du bassin, touchant l'eau et les plantes ondulantes avant d'arriver à une décision partagée de partir. Sans un bruit, sans aucun moyen de communication que Svarde puisse voir, les deux monstres défigurés déplacèrent leurs corps gélatineux et scintillants et remontèrent le tunnel, vers la surface et, éventuellement, l'armée de Jochi.

— Il faudra les prévenir, dit Olgata alors que les deux démons partaient.

— Ils s'en sortiront, rétorqua Maena, jetant enfin sa lame inutile dans l'eau. Encore quelques coups de marteau et au lieu de démons, ils auront une fortune en rubis. Maena se retourna, éclaboussa Olgata, s'attirant un regard noir de la capitaine Rana. D'ailleurs, comment vas-tu les prévenir ? Courir tout le chemin du retour ? Laisser Svarde continuer sans toi ?

— Je serais juste..., commença Svarde, mais Maena l'éclaboussa.

— Je ne te parle pas, dit Maena, lançant un sourire fou à Svarde. Olgata, je t'ai posé une question. Comment ? Quel est ton plan, éclaireur ? Tu ne peux pas t'en sortir en plaquant quelqu'un cette fois.

Olgata, ruisselante, ne répondit pas. Au lieu de cela, elle nagea près de Maena, sortit de la piscine. Elle brandit la torche pendant que Svarde et Maena la rejoignaient.

— Comme dit la capitaine, marmonna Olgata tandis que le trio se tenait debout, Kivi s'agrippant au plafond de la grotte au-dessus de leurs têtes. Ils s'en sortiront. Allons-y.

On pourrait penser que l'errance dans les grottes deviendrait lassante. Pourtant, la roche offrait d'infinies permutations. Plus Svarde s'enfonçait, plus il découvrait de variations, des dents lisses pendantes aux flaques semblant surgir de nulle part, lovées dans la pierre accueillante. Le chemin sinueux montait et descendait, serpentait de gauche à droite, se ramifiait et se terminait en cul-de-sac, forçant à rebrousser chemin ou à se faufiler.

Ces derniers se faisaient plus rares maintenant, notamment parce qu'ils avaient une piste claire à suivre : les écailles de rubis n'étaient pas seulement une peau dure, elles se détachaient abondamment alors que les monticules serpentant migraient à travers les tunnels. Tous les quelques pas, on trouvait quelques taches rouges reflétant la lumière de la torche dans un scintillement, les guidant.

Personne n'avait besoin de demander pourquoi ils devaient suivre les démons : les monstres venaient de l'endroit même où Svarde voulait se rendre. Où que ces monstres émergent, c'était la porte que Svarde devait fermer. Avec ses mains, ses haches, ou sa vie si nécessaire. Les autres devaient ressentir la même chose, car personne n'objecta ni ne suggéra une autre voie.

La route de rubis, comme Maena plaisanta une heure après le début de leur nouvelle marche, s'élargit dans une autre caverne, celle-ci ayant un aspect différent des espaces plus naturels qu'ils avaient trouvés auparavant.

— Creusée, nota Olgata, et Svarde ne put qu'acquiescer.

Les murs ici n'avaient pas l'effet lissant de l'eau, mais portaient plutôt une entaille aux bords plus droits, la pierre sous-jacente mise à nu par un marteau, une pioche, ou quelque chose de plus gros. Le sol était lisse, avec peu de roches manquantes, comme si quelqu'un l'avait balayé. De l'autre côté, plusieurs grands tunnels descendaient, avec un autre presque directement à la droite de Svarde et restant au même niveau. Étalés sur le plafond et dans des alcôves sculptées le long des murs se trouvaient des grappes de mousse luisante, leur bioluminescence crachant un bleu céruléen dans la pièce, juste assez brillant pour projeter des ombres partout où quelque chose se trouvait.

Ces ombres se répandaient partout, car la chambre était loin d'être vide. Kivi renifla un avertissement et Svarde dégaina ses haches alors qu'ils regardaient autour d'eux. Olgata recula même d'un pas, laissant Maena prendre sa place à côté du Foti. La raison : des corps, nombreux. Les formes immobiles et déchiquetées — Svarde pouvait dire, même dans la faible lumière, qu'il ne s'agissait pas d'une armée bien équipée face à la défaite — gisaient immobiles dans toutes les positions, montrant les séquelles rigides d'une mauvaise bataille. Entre eux, comme des faveurs éparpillées pour les morts, se trouvaient des tas de rubis. Des morceaux gisant en amas non naturels, inertes.

— Je suppose qu'on sait ce qui est arrivé aux autres limaces, marmonna Maena, dépassant Svarde et se dirigeant vers le premier corps. Regardez celui-ci. Il a eu toute la poitrine enfoncée.

Avec Kivi s'accrochant à son escalade au plafond, une position d'embuscade idéale, Svarde rejoignit Maena dans l'inspection macabre. La capitaine Rana avait raison, l'homme — clairement un homme — avait subi un coup mortel. Pourtant, en regardant de près, essayant de trouver des armes ou un indice au-delà des haillons délavés sur l'origine de l'homme, il remarqua d'autres bizarreries.

— Il a pris un coup, mais on dirait qu'il ne l'a jamais senti, dit Svarde, pointant une hache vers la tête de l'homme. Éclairé par le bleu étrange, les yeux fermés de l'homme et sa bouche close et droite suggéraient un sommeil paisible plutôt qu'une mort soudaine et douloureuse. Soit ça, soit c'est le mort le plus paisible que j'ai jamais vu.

Maena s'agenouilla près du corps, passa une main le long de la jambe couverte du pantalon de l'homme, traçant ce qui ressemblait à une coupure terrible. — Il n'y a que de l'os là-dessous. Une entaille comme celle-ci aurait dû le tuer aussi. Maena fronça les sourcils, tapota deux fois la jambe du mort. Le truc, c'est que je ne me souviens pas que ces limaces avaient des épées.

Olgata, derrière le duo et toujours debout à l'entrée, sifflota. — Ce n'est pas un endroit normal. Utilisez vos nez. Autant de corps devraient puer la mort. Il devrait y avoir des asticots sur chacun d'eux, même ici-bas.

— Je déteste le dire, dit Maena en se levant, mais je pense que l'éclaireur a raison. Mais si ces gens sont morts depuis longtemps, alors qui a éliminé les limaces ?

Svarde examina deux autres corps, trouvant les mêmes preuves. Plusieurs blessures qui auraient dû terrasser une personne, aucune n'étant une conséquence probable d'un combat contre les limaces. De plus, des armes abondaient sur le sol, beaucoup tranchantes et bien entretenues. Ne suggérant pas qu'elles traînaient dans l'obscurité sans propriétaires. Questions sur questions, et finalement répondues de la manière que Svarde détestait le plus.

Le reniflement de Kivi les alerta, un souffle urgent faisant pointer les haches de Svarde. Le rire de Maena, désespéré et confus, suivit. Olgata, toujours à l'entrée du tunnel, jura et recula d'un pas. Elle aurait dû courir.

Car les maudits morts se levaient tout autour d'eux, et si les limaces étaient un indice, ces os ne seraient pas amicaux.

# 16

## SORTIE NOCTURNE

Avant Noctia, Wax aurait abordé la préparation d'une soirée sauvage et sophistiquée dans un domaine — bien qu'il n'ait même pas su ce qu'était un domaine à l'époque — de la même manière qu'il l'aurait fait pour un festin autour d'un feu Kitaye : sans le moindre souci. Eujo avait vite fait de briser ces rêves dans la Cité des Anneaux, emmenant Wax, Bliss et Quik directement acheter des vêtements plus appropriés pour le type de civilisation qu'une Reine s'attendait à apprécier. Ces étoffes plus fines, selon l'estimation de Wax, avaient tendance à être douces bien que fines, aérées mais difficiles à garder propres et en bon état.

Il valait bien mieux porter un tissu grossier et ne pas se soucier de ce qui pouvait lui arriver, puisqu'on pouvait en fabriquer un autre avec des lianes au hasard le lendemain.

Néanmoins, il voyait maintenant l'utilité de ces préparatifs, alors que leur quatuor traversait la ville en cette soirée en direction du domaine. Torny était revenue en sautillant avec l'invitation qu'elle avait obtenue, offrant à Wax et Eujo autre chose que de se morfondre sur le bateau pour la soirée. Deux avait déclaré que lui et les matelots pouvaient profiter d'une pause dans leurs divertissements, passer du temps à nettoyer le navire, à préparer des sacoches pour le voyage terrestre vers l'endroit où se trouvaient les skars Whent. Eujo avait pris ça comme un signe et avait poussé tout le groupe dans leurs chambres, exigeant une tenue élégante, et ils en étaient ressortis, vêtus de fourrures chaudes et de beaux atours en dessous.

Debout près de la rampe menant au quai, Wax résista à l'envie de rire en voyant sa sœur dans une vraie robe. Elle semblait assez mal à l'aise, se tortillant sous le manteau qu'Eujo avait choisi pour elle, tirant sur le tissu soyeux comme s'il s'agissait de sève d'arbre collante. Torny n'était pas beaucoup mieux lotie, bien que si la bandite pensait que personne n'avait remarqué les outils qu'elle avait dissimulés sous son manteau trop grand, Wax allait devoir la décevoir.

Cela dit, Eujo n'avait rien dit, pas plus que les gardes à l'extérieur du domaine à leur arrivée, alors peut-être que les secrets de Torny le resteraient.

— Une fois à l'intérieur, dit Eujo alors qu'ils franchissaient le portail, la tête haute et l'air confiant selon les instructions de la Reine, nous nous séparerons. Sauf Bliss. Reste avec Torny, pour que tu puisses, euh...

« J'ai compris. »

— Elle sait se débrouiller, dit Torny alors que Wax s'apprêtait à dire la même chose, le laissant adresser un regard reconnaissant à la bandite.

— Bien, dit Eujo alors qu'ils continuaient sur une large allée pavée, bordée de buissons joliment recouverts de neige fraîchement pelletée. Des torches vacillantes éclairaient le chemin, leurs flammes se reflétant sur le sol blanc. Le but est de chercher deux choses ici. Premièrement, où se trouvent les skars Whent et tous les conseils pour les trouver. Deuxièmement, des provisions et des chariots pour le voyage.

— Vous ne pouvez pas simplement acheter tout ça, ma Reine ? demanda Torny.

— Après tout ce que j'ai dû abandonner pour vous trois, non, je ne peux pas.

Wax sourit. Les deux femmes avaient repris leur joute verbale acérée. En fait, depuis le rouleau sur Rana. Les sous-entendus s'étaient toutefois adoucis. Une fois que Torny avait réalisé qu'Eujo n'avait pas toujours été de la royauté, n'avait pas toujours eu les bonnes choses de la vie servies sur un plateau, les piques avaient cessé d'être aussi directes.

Le domaine scintillait dans la nuit naissante, tout comme son allée. S'élevant contre la roche, l'édifice jaune brillait de ses nombreuses torches, chantait avec la douce musique s'élevant de l'intérieur, et bouillonnait du rythme des conversations. Sur les différents balcons, Wax distinguait des gens qui se mêlaient sans manteau malgré le froid. De la fumée s'élevait des gobelets et des bouches, tandis que les corps semblaient en mouvement constant, comme si tenir une conversation pendant plus d'un instant ou deux était de mauvais goût.

Une large colonnade soutenant une dalle de pierre marquait l'entrée du domaine, leur arrivée provoquant une ondulation parmi les invités qui s'y tenaient. Les salutations fusèrent, menées avec le plus d'entrain par une certaine Denia Sedred, leur hôtesse qui se présenta comme telle en s'avançant vers eux d'un pas large et ample. Des pierres précieuses — pas des skars, mais similaires dans leur éclat — scintillaient sur elle, constituant apparemment l'ensemble de sa tenue, aucun manteau n'étant nécessaire. Au claquement de langue d'Eujo, Wax ferma la bouche, juste à temps pour que Denia passe un bras autour de ses épaules, puis de celles d'Eujo.

— Et voici nos invités d'honneur de la soirée ! annonça Denia, face au domaine et à la foule assemblée, dont la plupart semblaient déjà empourprés par les boissons bleu-blanc dans leurs verres. Des Renouvellements, et deux d'entre eux ! Kance et Vis, déjà assez rares en soi, et encore plus en hiver, sont ici. Je vous prie de les accueillir, et profitez-en !

Une acclamation peu enthousiaste s'éleva, beaucoup d'invités retournant à leurs conversations, leurs amuse-gueules saisis sur des plateaux. Denia donna une dernière tape dans le dos de Wax et d'Eujo avant de tournoyer à l'intérieur, comme si un tel accueil aurait dû suffire à ouvrir la voie aux réjouissances.

— C'était quoi ça ? demanda Torny derrière eux.

— Un début, répondit Eujo. Dispersez-vous. Trouvez des conversations, obtenez du soutien. Vous connaissez le boulot.

— Bien sûr, Altesse.

Avant même qu'Eujo n'ait fini de lever les yeux au ciel, Torny, avec Bliss sur ses talons, avait disparu à l'intérieur du domaine.

— Tu te sens à l'aise ? demanda Eujo à Wax, qui observait le paysage de la fête. Prêt pour une autre de ces soirées ?

— Habillé comme ça ? Wax jeta un coup d'œil à son manteau ridicule. Eujo, regarde-moi faire.

Face à son regard sceptique, Wax s'éloigna. Il saisit d'abord un verre sur le stand le plus proche. Une gorgée confirma qu'il s'agissait de vin de glace sucré, pas si différent du truc à la pêche de Vis. Tenant le verre, Wax se dirigea vers un groupe sur la droite, un trio équipé de diverses pipes, dont la fumée s'élevait en cercles au-dessus de leurs têtes.

Un simple tour, qu'il avait appris avec des feuilles bien plus vicieuses chez lui.

Avec une demande et une démonstration, Wax s'incrusta dans leur cercle, riant et défiant les autres de faire des ronds de fumée comme les siens. L'inévitable échec se transforma en curiosité puis en histoires, tant de la part de Wax que des invités à leur tour, Wax veillant à entrecouper ses propres bouffées de questions.

Il apprit l'existence des géants de feu qui incendiaient la ville, du Seigneur de guerre Jochi et de sa quête pour traquer la source même de ces démons. À propos de l'académie et de ses manières de plus en plus secrètes ces derniers temps, comment plus de Najahns semblaient être dans la ville qu'auparavant, bien que l'hiver ralentisse tout cela bien sûr. Un Tenet, en particulier, venait juste de partir avec un chercheur de renom et des caisses d'inventions.

— Tout ça sous prétexte, dit l'un des joueurs de cornemuse, qu'on avait besoin d'elle pour un projet colossal. C'était il y a des semaines et des semaines, et nous n'avons plus eu de nouvelles depuis.

L'homme prit une longue gorgée, avalant d'un trait, tandis que Wax soufflait trois autres anneaux de fumée dans le ciel limpide.

— Comme si Noctia avait le droit de nous prendre nos meilleurs éléments quand bon leur semble.

— N'est-ce pas leur droit, pourtant ? demanda un autre, une personne si emmitouflée dans des fourrures que Wax ne pouvait dire s'il s'agissait d'un homme, d'une femme ou d'un hanoko. Sans eux, nous serions à la merci des démons.

— Ah oui ? Et où étaient-ils la dernière fois, alors ?

— Probablement en train d'empêcher un autre groupe de débarquer sur nos côtes.

Les deux continuèrent à s'affronter tandis que Wax s'éclipsait, se faufilant à l'intérieur pour attraper quelques délicieuses viandes et fromages qu'il ne pouvait identifier. La grandeur du domaine se poursuivait au-delà de la porte, avec des cheminées crépitantes disposées parmi les salons, des escaliers s'enroulant sur les côtés, et un trio jouant des flûtes d'argent et des tambours au centre. Les fêtards déambulaient en groupes amorphes, tous se déplaçant comme si la musique, douce et lente, exigeait un mouvement perpétuel. Wax ne put repérer Bliss et Torny, mais Eujo tenait salon juste à côté des musiciens, une demi-douzaine de personnes bombardant la reine de questions.

Elle l'aperçut et Wax leva son verre, un toast qu'elle lui rendit.

Un second tour de boissons et de conversations renseigna Wax sur les skars, leur emplacement au milieu d'un gigantesque filon d'or au nord. Un site protégé de l'exploitation minière par, oui, les Najahn, au grand mécontentement d'un autre homme de Whent.

— Les richesses qu'ils gardent là-bas pourraient sauver notre île, se plaignit l'homme à ses compagnons qui acquiesçaient.

De quoi, Wax n'en était pas sûr, mais il ne fallait jamais presser quelqu'un à une fête sur ses arguments. Ça n'en valait pas la peine. Il lança tout de même une question en l'air, s'enquérant des chariots, du transport, de tout arrangement nécessaire pour le voyage, et ne reçut qu'un rire en réponse.

— Si tu n'as pas amené les tiens, tu vas avoir des problèmes, dit le même homme. Jochi a pris tout ce que la ville avait pour son escapade. Ce sera tes bottes ou une longue attente.

— Et ça prendra combien de temps ? La marche ?

— Une semaine ? Plus ou moins, selon le froid et ce que tu peux supporter, répondit l'homme. Whent n'est pas un petit endroit. Et on dit qu'il y a des démons dans les plaines maintenant, avec Jochi qui a pris tous nos soldats. Mieux vaut rester sur vos gardes pendant le voyage.

Les heures défilèrent, les verres se vidèrent, et le groupe ne semblait jamais s'arrêter. Wax transforma des histoires en promesses, obtenant finalement des concessions de plusieurs Whent fortunés pour emprunter plus de fourrures, quelques bêtes de somme hirsutes, et même deux bouteilles d'alcool fort dont le propriétaire insistait qu'ils en auraient besoin pour survivre au froid. Tout cela, et il se retrouvait encore seul sur un balcon, contemplant la ville désolée, sirotant un verre d'une nouvelle tournée, chaud et délicieux.

— Tu sembles bien t'amuser, dit Eujo, la boisson empêchant Wax de sursauter. Tes histoires se répandent là-bas. Plus que les miennes.

La Reine le rejoignit à la balustrade, sa silhouette d'une manière ou d'une autre ne semblant pas un mélange de froid et de sueur comme celle de Wax. Elle scintillait exactement comme elle l'avait fait depuis le moment où ils avaient quitté le navire, parfaitement dans son élément à tous égards.

— Je ne pensais pas que c'était un concours, répliqua Wax. C'est seulement parce que tu te retiens, cependant.

— Me retenir ?

— Bien sûr. J'ai entendu une partie de ce que tu as dit là-bas. Tu ne leur racontes pas les vraies histoires.

Eujo jeta un coup d'œil à son verre, puis tourna son regard vers la ville.

— Tu veux dire que je viens de là-bas.

— Pire, si je l'imagine correctement.

— Kance n'est pas que diamants célestes et vols dans les cieux, non.

— Vis n'est pas non plus que fruits et fleurs.

Wax tendit le bras et fit tinter son verre contre celui d'Eujo.

— Tant que nous n'oublions pas ça, je pense que nous irons bien.

— Au moins, ta maison n'essaie pas de te tuer.

Eujo sourit en parlant.

— Je parie qu'elle est tellement en colère.

— Elle ne pourra pas te toucher une fois que tu seras l'Égide. Juste quelques skars de plus et tu y es.

Un hochement de tête. Le silence.

— Quelqu'un d'autre pourrait y arriver en premier, cependant, offrit Wax à la nuit. Nous sauver tous les deux de ce trône de pierre.

Eujo lança un regard en direction de Wax.

— Que ferais-tu alors ? Tu rentrerais chez toi ?

— Je ne vais pas y penser avant que ça n'arrive. Ce n'est pas ma façon de faire. Vivre l'instant présent, tu sais ?

Wax afficha son sourire arrogant, facile à trouver avec le vin.

Eujo lui rendit la pareille et rit :

— J'imagine qu'avec des vies comme les nôtres, ce serait une erreur de faire autrement.

Un son résonna d'en bas, un léger tintement, comme l'un des nombreux carillons éoliens de la ville. Eujo et Wax se retournèrent, se penchèrent par-dessus la balustrade pour jeter un coup d'œil, et Wax se retrouva avec sa main sur celle d'Eujo. Ni l'un ni l'autre n'avaient leurs gants par peur de laisser tomber leurs verres, et ce contact, juste à ce moment-là, était différent de toutes les fois où ils avaient couru, combattu, nagé ou cherché ensemble. Wax sentit sa texture, sa vie dans cette étreinte momentanée, et dans le regard qui suivit, Eujo pour une fois incertaine, vulnérable, réelle.

Du moins, jusqu'à ce que des cris suivent, des cris de colère, dénonçant un voleur.

# 17
## LE SEUL CHOIX

Pour toutes les fois où il avait senti le sable entre ses orteils, Quik n'avait jamais apprécié le chatouillement des grains derrière des barreaux gris ternis. Le fracas des vagues sur sa gauche, au-delà des arches de roche noire bordant les nombreuses grottes côtières de Noctia, fournissait un arrière-plan sonore, leur rage en accord avec la sienne. Pourtant, Quik réservait sa colère pour ses doigts, pressant le sable et le déversant en petits tas, comme il le faisait depuis des heures maintenant.

Avec le dernier regard d'excuse de Sawi, les gardes d'Ami et de Gladdring avaient saisi Quik et l'avaient traîné, puis déposé ici dans cette cage de sable. Se débattre, comme l'avait souligné Ami, aurait été inutile. Les gardes avaient des lames, tout comme Ami, et Quik n'était pas assez important pour les Najahn pour qu'on remarque sa disparition. Mieux valait, selon Ami, attendre et voir.

La chance, les possibilités, tout favorisait les vivants.

Jusqu'à présent, attendre et observer n'avait apporté à Quik rien de plus que de la frustration. La cage verrouillée s'était avérée suffisamment solide pour résister à ses tentatives de l'ouvrir, et Quik avait essayé chaque barreau. Creuser sous la barrière — Ami n'avait pas laissé de garde, seulement une vague remarque disant qu'elle le reverrait plus tard — révéla que le sable à cette profondeur n'était qu'une fine couverture, et à moins que Quik ne puisse s'aplatir comme une feuille de jungle, il ne pourrait pas se faufiler entre la roche dure et les barreaux métalliques. La cage montait également jusqu'au plafond de la grotte, empêchant tout grimpeur habile de s'échapper.

En d'autres termes, Quik était coincé, et c'était nul.

Tandis qu'il pétrissait le sable, d'autres pensées faisaient des incursions audacieuses dans sa colère naissante. Tout d'abord, pourquoi, pourquoi Sawi l'avait-elle simplement laissé là dans l'escalier ? Elle aurait pu trouver n'importe quelle excuse, plaider pour l'innocence de Quik — que Quik ne soit pas innocent n'avait pas vraiment d'importance, la loyauté comptait plus — mais elle avait simplement continué. Comme si Quik était un ancien ami, maintenant une source d'embarras.

Certes, Vis avait ses cercles sociaux. Les amitiés changeaient avec le temps. Mais celles-ci avaient des *raisons*. Cela semblait si soudain, si aléatoire, si dévastateur.

Deuxièmement, qu'était même cet endroit ?

Masayo et sa Troisième Main n'avaient pas donné beaucoup d'indices à Quik lorsqu'ils l'avaient assigné à cette mission particulière, mais si le résultat était un probable voyage vers une prison en bord de mer, Quik devait croire qu'elle l'aurait averti. Il était, après tout, un nouveau Najahn. Une recrue en formation. Ce ne pouvait pas être la façon habituelle dont les choses se passaient.

Alors quelle était la réponse ? Pourquoi un Précepte commercial construirait-il une cage ici dans le sable, apparemment patrouillée par une ancienne Gardienne énergique ?

Et troisièmement, peut-être le plus pressant à mesure que la journée s'achevait, que mangerait-il ?

Il y avait de petits crabes et des insectes rampant dans le sable, bien que peu s'aventuraient si loin de l'eau. Quik aurait pu essayer d'attraper une des mouettes, bien que la perspective d'en manger une sans feu lui retournât l'estomac. De l'eau douce, au moins, avait été laissée dans une gourde. Leur unique concession.

— Appréciez-vous votre nouvelle demeure ? demanda Ami, avançant du tunnel comme une reine guerrière. Elle portait une torche, l'utilisa pour allumer deux autres appliques fixées aux parois rocheuses. Une nécessité étant donné la lumière déclinante. Quik lutta pour ne pas tressaillir lorsque la lueur plus vive révéla le visage d'Ami, son quart inférieur recouvert de plaques. — J'admets que ça manque de commodités, mais je vous le dis maintenant, ce que nous avons en haut n'est guère mieux.

Après avoir détourné le regard du visage d'Ami, il examina ensuite son équipement. Elle avait une épée — standard de l'arsenal Najahn, à son avis, bien que la poignée semblât plus grande que la plupart — et, sur son dos, ce qui ressemblait à une grosse bûche. La Gardienne lut dans ses yeux, baissa l'épaule et laissa tomber la bûche dans la poussière. Quand elle se redressa, Ami arborait un sourire qui glaça le sang de Quik plus que n'importe quel regard noir qu'il ait jamais vu.

— Au moins c'est doux, dit Quik.

— Qu'est-ce qui est doux, le sable ? Ami sortit la clé de la cage d'un anneau attaché à sa taille, l'inséra dans la grande serrure en laiton et fit tourner les mécanismes. — J'aurais pensé que vous y seriez habitué, sur

Vis. Un sable plus agréable qu'à Noctia, si je me souviens bien.

— Vous avez raison.

La porte de la cage s'ouvrit. Quik se leva, se pencha en avant et s'élança vers l'ouverture. Il fit deux pas avant qu'Ami n'ait sorti la lame, pointée exactement là où Quik s'empalerait. Le chasseur essaya de s'arrêter, se jeta sur la droite pour heurter les barreaux de la cage à la place.

Il n'avait jamais vu quelqu'un dégainer une lame aussi vite. Cela dit, sur Vis, presque personne n'utilisait d'épées. Peut-être que Quik devrait revoir ses attentes.

— Maintenant, je comprends que vous soyez contrarié, dit Ami, gardant l'épée sortie, bien qu'elle en laissât tomber la pointe. Une ouverture potentielle que Quik ne se souciait plus d'exploiter. La mort entre ses mains viendrait trop facilement sans sa propre arme. — Je serais en colère aussi. Je l'étais, il n'y a pas si longtemps, quand je me suis retrouvée presque dans votre position. Elle tapota la lame contre les barreaux, le son résonnant perdu dans les vagues. — Puis, j'ai décidé de faire quelque chose d'utile.

— Comme quoi ? Quik se plaça face à Ami, épousseta le sable de ses jambes. Ils lui avaient au moins laissé sa robe, bien que le sable s'accrochât au lin et le rendît rugueux. — Donner à Gladdring ce qu'il veut ?

— Sauver le monde, Quik. Sauver le monde.

Le plan de sauvetage du monde d'Ami semblait commencer par tabasser Quik. Elle lui donna la bûche, un geste gentil qui se révéla bientôt être un piège. Le bois avait du poids, pouvait sans doute causer des dégâts, mais Quik n'était pas de Mottilan. Il n'avait aucune expérience dans le combat avec un gros bâton.

Comparé à ses gantelets, utiliser la massue donnait l'impression qu'il avait trop bu de vin de pêche.

Pire encore, Ami avait clairement fait comprendre que leur duel n'était pas censé être un combat équitable. Avec son épée, elle avait fait reculer Quik près du fond rocheux de la cage. Elle entra, ferma la porte — sans la verrouiller — derrière elle. Elle tenait maintenant l'épée à deux mains, la tournant de façon à ce que Quik puisse comprendre pourquoi sa garde avait pris du volume.

— Je vais te dire quelque chose, maintenant, qui signifiera ta mort si jamais ça se sait, dit Ami, son ton suggérant à quel point cela était peu probable. Cette lame, et ce rondin, ont des skars incrustés. Ces skars, bien utilisés, peuvent faire la différence entre vaincre les démons ou mourir face à eux. Ami leva les yeux de son épée et fit un signe de tête vers le rondin. Tu peux l'entendre ?

Quik essaya de feindre la surprise, sans succès. Bien sûr qu'il avait entendu le skar murmurer dès que ses mains avaient touché le rondin. Différent du skar Vis qu'il avait tenu auparavant, un grondement plus épais et plus lent, mais qui touchait son esprit de la même manière. Celui-ci, plutôt que de chercher les égratignures et les plaies de Quik, semblait s'intéresser à sa posture, son mouvement, son poids et sa force. Quand Quik se penchait en arrière ou levait le rondin, le skar s'excitait, semblant supplier Quik de le laisser se déchaîner avec le mouvement.

Jusqu'à présent, Quik avait ignoré la gemme. Il avait espéré qu'Ami ne savait pas ce qu'elle avait fait.

— Oh, dit lentement Ami quand Quik ne donna pas de réponse claire. Tu n'es pas novice dans ce jeu.

— Assez novice, répliqua rapidement Quik. Seulement...

— Arrête. Tu n'es pas un menteur assez habile pour que ce soit intéressant. C'est bien que tu saches ce que ça fait, un skar. Ami fit un pas de plus dans la cage. Cinq grandes enjambées les séparaient maintenant. On peut sauter les premières étapes. Passer directement aux choses sérieuses.

— Les choses sérieuses ?

— Défends-toi, Vis. Utilise le skar.

Enfin, quelque chose que Quik comprenait. Alors qu'Ami se lançait dans une charge, ses pieds bottés glissant dans le sable, Quik abaissa le rondin dans un large mouvement. Assez lentement pour que la vitesse d'Ami aurait dû l'amener directement sur la trajectoire du rondin. Un coup assommant.

Le skar bourdonna, excité, demandant sa chance. Quik le lui refusa.

Quand Wax avait cédé au skar Foti avec ce démon Rana, tout avait pris feu. Qui sait ce qui pourrait arriver maintenant ? S'il n'avait pas besoin d'utiliser le skar, pourquoi s'embêter ?

La Gardienne n'arriva pas à temps. En fait, elle n'arriva pas du tout. À son deuxième pas, juste au moment où son élan aurait dû l'amener à une perte certaine, la Gardienne donna un coup de pied, sauta. Dans une armure et un équipement beaucoup trop lourds. Au lieu de basculer en avant dans une chute inutile, Ami s'éleva dans les airs, évitant le coup de Quik et presque Quik lui-même.

Quelqu'un qui n'aurait jamais vu un skar auparavant, qui ne comprenait pas leurs possibilités, aurait pu être tué sur-le-champ. Quik saisit l'impossible et réagit, plongeant dans son élan et transformant le coup croisé en un véritable tourbillon. Le rondin passa en sifflant du côté gauche de Quik alors qu'Ami atterrissait juste derrière le chasseur, Quik laissant le poids de la massue le faire pivoter.

Une fois de plus, le skar supplia. Une fois de plus, Quik refusa.

Ami balaya son épée vers le bas et la droite, la lame

rattrapant le rondin. Rattrapant, et arrêtant. Pas comme si Quik avait frappé un mur, où la vibration, la force auraient dû briser le bois. Non, plutôt comme si Quik avait frappé sa massue dans un épais tas de miel. Son arme resta collée à la lame de Maena, l'arrêt si complet, si total qu'il envoya Quik tomber sur la droite dans le sable.

Néanmoins, il avait encore une main sur la lanière du gourdin, un cuir brun assez résistant pour supporter sa traction. Quik tira de sa main droite, arrachant le gourdin de la lame et le ramenant dans ses bras.

— Et tu n'es pas un mauvais combattant, dit Ami. Bien. Ce premier saut ? Kance. Le blocage ? Le même skar que dans ton gourdin, de nos amis du nord.

— Qu'est-ce que tu veux dire ? demanda Quik, se relevant, le sable coulant de ses vêtements. Tu utilises les skars pour combattre ?

— Oh, bien plus que ça. Ami agita la lame d'avant en arrière. Ce faisant, son tranchant prit la même lumière que les torchères : vive et chaude. Ils vont tout changer, Vis. Absolument tout.

Elle balaya la lame à travers le sable. Des étincelles blanches et brûlantes, des grains en feu volèrent dans l'air, se dirigeant vers Quik. Il recula, glissa, vit et sentit ces étincelles atterrir. Ses robes fumaient et il lâcha le rondin, roulant pour essayer d'éteindre les petits feux. Au moment où il finit, il entendit un cliquetis singulier, la porte se fermant.

Ami, le rondin récupéré et en sa possession, se tenait à nouveau à l'extérieur.

— Je suis contente que tu ne sois pas qu'une recrue de Najahn, dit Ami, croisant les bras. Tu nous aideras tellement plus de cette façon.

— Je ne comprends pas, essaya Quik, tentant de garder

la confusion désespérée hors de sa voix. Pourquoi me fais-tu ça ?

— Parce que Gladdring est la seule chance que nous ayons de faire voir les choses correctement à tous vous autres imbéciles. Tu n'es pas de son côté. Ami commença à se détourner. Tu devrais réfléchir à ça. De quel côté tu es. Fais le bon choix assez rapidement, peut-être que je ne te tuerai pas en premier.

# 18

## PAGES PRIVÉES

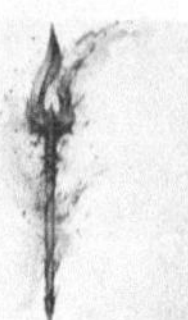

Un journal intime. Yarvick voulait un journal intime et Torny allait le lui procurer, au diable tout le reste. Enfin, alors que Torny jetait un coup d'œil pour s'assurer que Bliss la suivait de près en entrant dans la propriété, peut-être pas tout.

Mais les dettes devaient être remboursées, en particulier une dette comme celle-ci.

La propriété mettait en avant sa position huppée dès l'entrée, avec une profusion de portes et d'escaliers. Des gens s'agitaient partout, et bien que Torny ait évité les premiers groupes, ignorant quelques questions curieuses sur leur identité, les boissons et les amuse-gueules étaient trop tentants pour les ignorer, trop précieux pour leur déguisement.

— Prends-en un, dit Torny en attrapant un gobelet sur un plateau et en tapotant celui de Bliss une fois qu'il fut dans la main de la Vis. Assure-toi d'avoir l'air de t'amuser.

« Je ne m'amuse pas ? »

— Tu t'amuses ?

Bliss plissa le nez et plissa les yeux. Elle était tellement hors de son élément ici que Torny aurait ri si cela n'avait pas risqué d'attirer l'attention. Bliss avait au moins l'air d'une invitée. Eujo s'en était chargée, comme toute reine se doit. Une robe élégante — Bliss avait choisi du vert — et un épais manteau qui devrait quitter ses épaules avant que la sueur ne marque son visage.

D'ailleurs, Torny devait aussi se débarrasser de son propre manteau, mais pas trop loin.

« C'est intéressant ? » signa Bliss entre deux bouchées de beignets de crabe. « Noctia était différente. »

— On n'était pas les invités d'honneur là-bas.

Pas qu'ils le soient ici non plus. Wax et Eujo absorbaient cette énergie, les deux Renewals attirant plus de regards que leurs Gardiens. Quelques personnes tentèrent timidement d'engager la conversation avec Bliss et Torny alors qu'elles sirotaient leurs boissons, mais Torny les chassa en suggérant une discussion sur les entrailles des démons et leurs nombreuses utilisations.

Bliss étouffa un rire lorsque le duo innocent et absurdement chic verdit et marmonna une excuse pour s'enfuir.

« Pourquoi as-tu fait ça ? Hilarant, mais pourquoi ? »

— Parce qu'on a du travail à faire, Bliss.

Encore une tête penchée, encore une question. Bien sûr, Torny révélerait la mission en temps voulu, quand l'objectif semblerait assuré. Pour l'instant, elle devait continuer à chercher. Yarvick avait dit que le journal serait un trésor personnel, probablement évident. Un livre usé, brun et simple, cousu de fil sur la tranche. Soit dans la bibliothèque, soit dans la chambre de l'hôte.

Pas que Torny sache où trouver l'un ou l'autre.

« À qui allons-nous parler, alors ? »

— Par ici, dit Torny, en se dirigeant vers l'arrière de la propriété, là où elle se heurtait à la roche et continuait. Les bibliothèques, avec tous leurs livres, avaient tendance à être au rez-de-chaussée. Avec un peu de chance, ce serait pareil ici. Je pense qu'on trouvera de meilleures infos dans les livres.

« Les livres ? » signa Bliss, suivant le rythme de Torny et agitant rapidement les doigts devant son visage. « Quoi ? »

— Tu sais, ces choses avec du papier. Des mots. De l'écriture.

« Je sais ce qu'est un livre. J'essaie juste de... »

Torny tendit le bras, attrapa le bras de Bliss qui signait et la tira sur la gauche, juste devant un serveur incapable de voir le duo qui approchait avec plus de plateaux de boissons dans les bras.

— Fais attention, lança Torny, bien qu'elle l'adoucit d'un clin d'œil. Crois-moi, tu n'as pas envie de parler à ces gens.

« Pourquoi ? »

— Parce qu'ils sont ennuyeux, voilà pourquoi. Torny ralentit en approchant de l'arrière de la propriété, au-delà du joli groupe de tambours et de flûtes. Droit devant ne semblait pas être la bibliothèque mais les cuisines, à en juger par l'air chaud et les délicieuses odeurs qui en sortaient. Je parie qu'aucun d'entre eux n'a jamais combattu un démon.

« Est-ce nécessaire pour être intéressant ? »

— Dans mon livre, oui.

En regardant à droite, la propriété s'enroulait autour d'un large patio ouvert avec de nombreuses portes menant à une véranda extérieure. Des salons, des tables et des chaises séparaient plusieurs statues — typique de Whent d'avoir des sculptures en pierre à l'intérieur comme à l'extérieur — dans un espace manifestement destiné aux fêtes et qui remplissait parfaitement son rôle maintenant, presque tous les sièges étant occupés par des mondains bavards.

« Qu'y a-t-il d'autre dans ton livre ? Pour être intéressant ? »

Torny prit ensuite à gauche, vit des escaliers montant contre le mur du fond. Devant eux et près du groupe se trouvait un petit jardin aménagé, comme pour contrebalancer les statues sans vie. Une fontaine murmurait, chose qu'on ne trouverait jamais sur Noctia, assoiffée d'eau. Des plateaux de boissons et d'amuse-gueules. Des gens qui préféraient converser en mouvement.

Derrière eux attendait une opportunité. À mi-chemin du côté gauche se trouvait un couloir, et vers l'entrée, bien que sur le côté, une arche ouverte sur une pièce plus sombre. Des secrets et plus encore.

— Ne sois pas ennuyeuse, répondit Torny à la question de Bliss, abandonnant son verre vide et le remplaçant par un autre alors qu'elles longeaient la moitié gauche.

L'opportunité du couloir s'évanouit à leur approche, avec un valet de pied posté à proximité. Lorsque Torny s'approcha, l'homme, vêtu de lin brun grossier, se réveilla comme une créature émergeant de sa torpeur, commençant par un reniflement et trouvant Torny avec des yeux à moitié morts. L'homme marmonna une excuse à propos de la famille uniquement autorisée là-bas, et n'insista pas davantage quand Torny haussa les épaules et continua son chemin.

« Tu ne penses pas que la bibliothèque pourrait être par là ? »

Torny ricana : — S'il y a une chose que je sais sur les gens qui vivent dans un endroit comme celui-ci ? C'est qu'ils aiment se pavaner. Ils ne cacheront pas la bibliothèque s'ils en ont une.

« Tu connais beaucoup de choses sur les riches ? »

— J'ai grandi sur Noctia, répondit Torny, comme si cela devait suffire à répondre à la question.

Noctia, la petite île centrale, où tous ceux qui étaient quelqu'un finissaient par venir une fois qu'ils réalisaient que les Najahn détenaient tout le pouvoir. Ils arrivaient, distribuaient leurs cadeaux pour obtenir leurs demeures rocailleuses, puis, s'ils échouaient à gagner la faveur du Cercle, se demandaient où tout cela était passé, disparaissant en peu de temps.

Une partie de leurs affaires, inévitablement, finissait entre les mains de la bande de Yarvick.

La pièce sombre à gauche de l'entrée offrit à Torny ce qu'elle voulait : l'odeur pénétrante de livres moisis, une littérature longtemps conservée et peu lue. Elle ne put cacher son sourire à mesure qu'elles s'approchaient, ne le laissant glisser que lorsqu'un homme entra avant elles, portant une boisson et un tome qui lui appartenait.

— On dirait que tu avais raison, signa Bliss alors qu'elles se baissaient pour passer sous une arche aux lignes dures de Whent gravées dans son surplomb ondulant.

Le dieu de la pierre était le plus ennuyeux, tous ses dessins revendiquant des côtés droits, des proportions égales et un bon sens implacable. Pas de chaos là, ni ici non plus : les premiers pas de Torny dans la bibliothèque révélèrent des lampes à faible luminosité, des fauteuils rembourrés et des étagères austères garnies de livres rangés par ordre alphabétique, dos visibles. Pas un seul volume laissé sur les deux bureaux, ni à cheval sur une chaise à moitié lu. Pas de papier non plus pour prendre des notes spontanées. La créativité laissée à dépérir dans son foyer.

Au moins les fenêtres offraient quelque chose d'utile : grandes et lumineuses, donnant directement sur la cour.

Pas de patio ici, pas de curieux fumant la pipe et se demandant ce qui pourrait bien se passer à l'intérieur.

Ce qui laissait l'homme. Lui, une âme mince et petite, semblait ignorer les deux dames qui le suivaient tandis qu'il prenait place dans un fauteuil, ouvrait le tome qu'il avait apporté et poussait le soupir satisfait de quiconque trouve du réconfort dans un endroit où il y en a peu.

Bliss ne prêta pas autant attention à l'intrus, passant directement devant Torny et regardant les livres avec un émerveillement surréaliste. Torny recompta mentalement les verres qu'elles avaient bus — un et demi — et en déduisit que Bliss ne pouvait pas être ivre, alors qu'est-ce qui expliquait le ravissement bouche bée sur son visage ?

— Ça va ? demanda Torny, se débarrassant de sa fourrure sur une chaise. Se retournant, elle retira le manteau de Bliss pendant que la femme lui répondait par signes.

— Je n'ai jamais vu autant de livres au même endroit.

Torny n'en crut pas ses yeux. La bibliothèque n'était pas si grande. Elle en avait vu de plus grandes même dans de modestes propriétés de Noctia. Mais peut-être que Vis était différente ?

— Quoi, vous n'avez pas de bibliothèques chez vous ?

Bliss secoua la tête. — Pas vraiment. Certains ont des livres, mais c'est trop humide. Ils tombent en morceaux. Alors on utilise d'autres choses. Des chansons, la mémoire, des gravures.

— Eh bien, profites-en alors, parce qu'on ne va pas rester longtemps ici.

— Ah non ?

La petite bibliothèque offrait un autre grand avantage : une opportunité facile de trouver sa cible. Sans auteur, le journal avait été rangé tout au bout de l'étagère la plus éloignée, niché contre le mur extérieur avec un certain nombre d'autres journaux. La reliure en ficelle confirma la découverte, les petits fils pendant au bout du livre comme une vigne trop développée.

Torny s'en approcha, confirmant que l'homme semblait absorbé dans son livre, tandis que Bliss explorait un volume sur les skars et leur premier découvreur. Demion ou quelqu'un comme ça, si Torny se souvenait bien de son histoire. Elle avait déclenché le compte à rebours de la mort de l'Aegis. Quel héritage.

S'accroupissant, Torny dégagea doucement le journal de ses voisins. Assez mince pour signifier que tenir un journal n'était pas une grande habitude de la cible de Yarvick — le chef des bandits n'avait pas précisé à qui appartenait ce journal, seulement que Torny devait le trouver et le rapporter sans le lire. Comment, cependant, Yarvick pourrait prouver que Torny ne l'avait pas lu était, eh bien, une question ouverte.

Elle pouvait, au moins, ouvrir la couverture. Voir si l'âme bienveillante révélerait des secrets sur la première page.

Sous une agréable lueur orangée, avec les battements légers du groupe en arrière-plan, Torny ne put cacher son sourire. Ah, voilà pourquoi Yarvick voulait tant ce journal. Un souvenir, une mémoire et plus encore dans ces pages, chacune écrite par un nom singulier appartenant au seul enfant du chef des bandits, un fils perdu depuis longtemps. Torny commença à tourner davantage les pages, les parcourant rapidement pendant que l'homme lisait et que Bliss trouvait un livre pour elle-même.

Si Torny pensait pouvoir s'emparer du livre et filer de la fête, elle serait partie depuis longtemps. Au lieu de cela, son double rôle signifiait qu'elle devrait tuer le temps ici, sinon elle serait remarquée en sortant. Une Gardienne abandonnant ses Renouvellements attirerait des regards qu'elle ne voulait pas. Alors, à la place, elle lut.

Une histoire se dévoila là, une histoire de tragédie et de trahison, de morale perdue et retrouvée, la fuite d'un amant vers le nord avec un jeune homme grandissant à travers chaque entrée, un homme qui regrettait d'avoir perdu son père tout en comprenant pourquoi il avait dû le perdre.

— Choix intéressant.

Torny leva les yeux, vit l'homme, le tome abandonné et debout maintenant, l'observant avec des yeux bien trop méfiants pour une remarque anodine. Il était temps d'inventer un mensonge et de voir s'il fonctionnerait.

— Il avait l'air différent, proposa Torny. Je voulais voir de quoi il s'agissait.

— Vraiment ? fit l'homme en faisant un pas de plus. Avez-vous donc vu de quoi il s'agissait ?

Torny fit passer le journal dans une seule main, l'agitant comme si elle allait le remettre à sa place d'un moment à l'autre. — On dirait un journal intime. Vous l'avez lu ? Est-ce intéressant ?

Derrière l'homme, Bliss avait remarqué la conversation, avait reposé son propre livre sur l'étagère et se tenait debout, cherchant une réponse dans les yeux de Torny. Une réponse que Torny ne pouvait pas lui donner à cet instant, à cet endroit.

— J'espère bien que non, du moins pas pour vous, dit l'homme. Pour moi, en revanche, c'est tout.

Torny sentit le soupir avant qu'il ne vienne. — Vous n'êtes pas... si ?

— Je le suis, bien que je me demande quelle en est la signification ?

— Les passés, mon vieux. On ne peut pas y échapper. Torny leva le journal. — Je peux l'emprunter un moment ?

Des yeux plissés. — Quoi ? Pourquoi ?

— Mieux vaut que vous ne sachiez pas, mon pote. Faites-moi confiance.

— Je ne vous fais pas confiance. Pas du tout.

Torny avait un couteau dans les plis de sa robe, d'autres dans son manteau près de la chaise. Le sortir mettrait rapidement fin à la fête. D'un autre côté, se bagarrer avec le fils de Yarvick aurait le même effet. Elle avait besoin d'une autre solution.

— On dirait qu'on est dans une impasse, dit Torny. Parce que je ne partirai pas sans ça.

— Et je ne vous laisserai pas partir avec, l'homme tourna à moitié la tête vers la sortie de la bibliothèque, prit une inspiration pour ce qui allait être un mot particulier que Torny ne connaissait que trop bien.

Alors elle le frappa, de sa main faible, dans le ventre. L'appel aux gardes qui allait venir se transforma en un juron étouffé tandis que l'homme se pliait en deux.

— Il est temps de partir ! lança Torny à Bliss, qui prit ces mots et en fit la chose la plus inappropriée.

Faisant un pas, Bliss ramassa une chaise et la lança contre la fenêtre, la brisant. D'un coup, un exploit impressionnant de force et de stupidité. Bliss continua sur sa lancée, enfilant son lourd manteau et jetant celui de Torny à la voleuse, qui l'attrapa de sa main libre pendant que le fils de Yarvick se remettait.

— Qu'est-ce que tu fais ? dit Torny, en poussant le jeune homme dans une autre chaise et en suivant Bliss dans la nuit froide.

« Tu as dit d'y aller, alors on y va », signa Bliss alors qu'elles couraient à travers la pelouse. « On ne pourrait jamais retraverser la fête. »

— Mais ton frère ? Eujo ? Ils ne vont pas aimer ça ? Tu aurais dû me laisser partir seule.

Bliss ne répondit pas alors que les premiers cris se faisaient entendre dans la nuit, elle ne réagit pas non plus lorsqu'elle et Torny escaladèrent le petit mur entourant la propriété et s'engouffrèrent dans les rues de la ville, se dirigeant vers le bateau d'Eujo. Ce n'est que lorsqu'elles furent bien loin du domaine, toute poursuite devenue vaine, que Bliss s'arrêta, se retourna et prit une profonde inspiration.

— Pourquoi ? haleta Torny en la rattrapant, le journal bien à l'abri dans sa veste. Pourquoi aides-tu une voleuse ?

Dans la lumière rosée de Sichi, Bliss signa une seule raison :

« Parce que tu ne m'as jamais abandonnée. »

# 19
## TRAHISON POIGNARDÉE

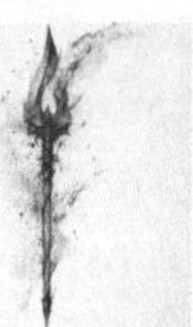

Selon Gladdring, Sawi avait réussi parce qu'elle ne savait pas comment jouer le jeu. Après sa première visite au Cercle, Gladdring avait aidé Sawi à trouver les bons moments et les bons endroits pour croiser « par hasard » d'autres Préceptes, des assistants et des Najahn proches de Fassle et de son couple d'Adeptes. Avec une nouvelle tenue, sa robe arborant le sceau du Précepte du Commerce traversant les îles et quelques filigranes d'or, Sawi se promenait comme si elle était, sinon de la royauté, du moins quelqu'un bien au-dessus du rang habituel. Les têtes qui s'inclinaient et les portes qui s'ouvraient la plaçaient dans les couloirs quand les cibles sortaient de réunions, dans des restaurants exclusifs quand les officiels s'installaient pour un repas, maintenant avec une invitée surprise. Bientôt, Sawi se débrouilla seule, trouvant les mêmes parallèles avec une secte Vis dont elle avait été exclue : une chasse, une mise à mort, la récompense.

La première fois, une interruption matinale du café avec un secrétaire du Précepte naval du Najahn, fut accompagnée de maladresse, de confusion quant à la manière exacte dont Sawi était censée sonder les faiblesses de la loyauté de Fassle. Elle se tenait derrière l'assistant dans la file menant au comptoir, les secondes pour faire un mouvement s'amenuisant dans le café bondé.

Jusqu'à ce que le skar Tamas prenne la parole.

Comme les autres skars, ses idées se présentaient davantage sous forme d'impressions parmi les murmures. Moins des ordres discrets et plus des envies de parler de telle manière, de titiller telle chose. L'assistant, selon le skar, semblait nerveux, regardant autour de lui comme s'il soupçonnait d'être observé. Une ouverture, peut-être.

— Tout va bien ? demanda Sawi.

Un sourire fugace et un hochement de tête. — Très bien.

La voix tremblait. Le skar Tamas bondit sur ce que Sawi pouvait déjà percevoir.

— Vous tremblez presque, dit Sawi en fronçant les sourcils. Qu'est-ce qui ne va pas ?

Un rapide coup d'œil à gauche et à droite, un geste peu convaincu de la main comme pour balayer le monde. — Je ne comprends pas comment tout le monde peut être si calme. Les démons sont partout. Ils attaquent tous les jours. Combien de temps avant qu'ils ne percent jusqu'ici ?

Et voilà, la source. Pas surprenant, mais quelque chose qu'elle pouvait utiliser. Sawi sympathisa, comme elle avait vu Gladdring le faire tant de fois à Vis, lors des réunions. Faire sentir à la personne qu'on l'écoute, qu'on se soucie d'elle, et quand on l'a de son côté, passer à une demande. Ils ne feraient que vous rendre la pareille pour le service que vous avez déjà rendu, en leur prêtant une oreille attentive, une épaule sur laquelle pleurer.

Elle fit cette demande quelques minutes plus tard, à une petite table à l'extérieur et masquée des oreilles indiscrètes par la cavalcade matinale des chariots. Noctia grondait toujours, rugissait toujours, une gêne si l'on voulait dormir, une aubaine si l'on voulait de l'intimité.

— Pourquoi Fassle n'en fait-il pas plus ? répondit l'assistant, confus. Que pourrait-il faire de plus ?

— Beaucoup, mais il ne le fait pas.

La confusion se transforma en curiosité. L'assistant hocha la tête vers son médaillon. — Que sait Gladdring ?

— Vous le saurez bientôt. À condition que vous puissiez garder l'esprit ouvert.

— Si Gladdring a un moyen d'arrêter les démons, il aura plus que ça. L'assistant fit tournoyer sa tasse de café fumante, la vapeur s'élevant dans le matin froid et gris. Plus que mon soutien, aussi. S'il a une réponse au problème des démons, la moitié de ces gens passeront de son côté, au diable Fassle.

Des mots audacieux. Gladdring, cependant, fut ravi de les entendre lorsque Sawi lui rapporta la conversation. Fassle était plus vulnérable que prévu, ce qui signifiait qu'ils devaient agir vite. Pas question de rester assis à jouer la lenteur. Sawi commencerait maintenant. Cet après-midi même. Plus question de jouer avec Ami et Annalyse. Ils avaient quelqu'un de nouveau à utiliser.

Sawi n'avait pas besoin de demander pour savoir qu'il s'agissait de Quik, ni pour savoir qu'il serait plus en sécurité dans leur donjon d'essai de skar qu'ici, où les couteaux s'aiguisaient.

— Puis-je lui parler ? demanda Sawi lorsque Gladdring eut fini de relayer le plan et les personnes à rencontrer. À Quik, je veux dire ? Il devrait savoir.

— Il n'est pas votre affaire. Gladdring eut au moins la grâce de paraître désolé, son corps se penchant pour poser une main sur l'épaule assise de Sawi. Faites cela bien, et il échappera à tout mal. Échouez, et cela n'aura de toute façon plus d'importance.

Les heures et les jours s'embrasèrent après cela, s'écoulant en discussions ciblées, rassemblant des soutiens murmurés de l'un à l'autre et à un autre jusqu'à ce que Gladdring décide, près d'une semaine plus tard, que le moment était venu d'accélérer la cadence. D'entrer dans la phase finale.

— N'allons-nous pas trop vite ? argumenta Sawi alors qu'ils se rencontraient, une fois de plus, dans le bureau encombré de la tour de Gladdring. Ils disent qu'ils nous soutiennent, mais...

— Et le skar est d'accord ? Gladdring fit un geste vers le joyau autour du cou de Sawi.

— Il l'est. Pour autant que je comprenne, en tout cas.

— Alors nous n'avons pas besoin de plus. La vitesse est importante, Sawi, car la nouvelle se répandra si ce n'est pas déjà fait. Fassle le découvrira, et il agira. Nous devons frapper les premiers, ou tout perdre.

Le grand plan de Gladdring culminait en un rassemblement, que Sawi organisa par des notes passées et des horaires chuchotés. Une chance de montrer les skars, leur potentiel. Sawi le ferait, et après, Gladdring et Ami arriveraient, prêts à mener le groupe excité dans une rébellion rapide. Fassle serait évincé avant le dîner, Gladdring installé au dessert, et le Najahn commencerait sa campagne soutenue par les skars contre les démons à l'aube.

Simple, efficace.

Déclencher un coup d'État contre Fassle n'était pas quelque chose à faire ouvertement, alors Gladdring installa Sawi pour la poussée finale dans un endroit étrange près des quais du Najahn, une maison bizarre cédée à Gladdring à la suite, selon le Précepte, de la compréhension des propriétaires de ce qui pourrait arriver de mal en le contrariant. Quand Sawi arriva, seule, le bâtiment n'avait personne pour l'accueillir, juste une porte non verrouillée au bout d'une allée et une multitude de meubles aux coussins cramoisis à l'intérieur. Des bouteilles de vin, ouvertes et non, étaient éparpillées dans l'espace, des gobelets et des verres avec elles. Des restes de nourriture occupaient des assiettes sur diverses tables d'appoint, comme si une fête avait été dispersée sans avertissement.

Ce qui, connaissant Gladdring et la colère probable de Fassle, était peut-être le cas.

Ce que cela faisait d'être au bout d'une ficelle, dansant au gré des exigences de Gladdring.

*Nettoyez-le. Préparez-le. Vous aurez une heure.*

Les instructions que Gladdring avait données dans une lettre remise à Sawi alors qu'elle déjeunait, accompagnées des indications pour s'y rendre. La descente de la falaise avait pris la majeure partie de ce temps, et maintenant elle se précipitait, rangeant les bouteilles et les verres dans l'étroite cuisine située à l'arrière du bâtiment. Des assiettes aussi, dont quelques-unes se brisèrent lorsqu'elle les jeta dans l'évier.

Elle ne s'arrêta qu'une seule fois pour se demander pourquoi elle était là et quel était le but de tout cela. Pourquoi Sawi, une collectrice de Vis, était coincée dans cet endroit étrange à nettoyer le désordre de quelqu'un d'autre.

La réponse, comme si souvent ces derniers jours, vint avec la voix même de Gladdring :

*Sauvez nos Sept Îles.*

Si Wax pouvait affronter un danger sans fin en empruntant la route du Renouveau, alors Sawi pouvait supporter un peu de travail. Elle pouvait accueillir les Tenets louches, leurs aides, les ambassadeurs qui arrivaient un par un, à des intervalles soigneusement planifiés. Chacun frappait à la porte, prononçait le mot de passe choisi par Gladdring, et entrait.

Le dernier arriva près de trente minutes après le premier. Encapuchonné de noir, le visage grave lorsque Sawi ouvrit la porte. L'une des Adeptes de Fassle, la seule ouverte à la persuasion.

— Maintenant que vous êtes là, dit Sawi, suivant les lignes, les étapes comme Gladdring l'avait indiqué, nous pouvons commencer.

— Où est Gladdring ? demanda l'Adepte, d'un ton sec et effrayé. C'est bien son œuvre ?

— Il est occupé à mettre en œuvre le plan, répondit Sawi. Celui que je m'apprête à vous révéler à tous.

Quinze en tout, commandant des centaines, peut-être des milliers. Tous rassemblés sur des canapés et des chaises poussiéreux, écoutant et murmurant tandis que Sawi décrivait qui irait où, livrerait quoi, menacerait qui. Elle lisait les notes que Gladdring lui avait données la veille, une fois qu'ils avaient assuré la participation probable. Des questions surgissaient, et Sawi les écartait toutes avec une phrase unique, poussée par le skar Tamas toujours autour de son cou.

— Faites confiance au plan, répétait Sawi encore et encore, et chaque fois elle sentait les murmures du skar s'éclaircir. Quiconque elle s'adressait soupirait, hochait la tête, ou simplement arrêtait de discuter et se réinstallait dans le coussin.

À la fin, Sawi se leva et déclara la séance terminée. Elle lut la dernière ligne, essayant de trouver la gravité appropriée : — Allez et sauvez ensemble nos Sept Îles.

Cela sonnait parfaitement. Personne ne le remit en question. Tous semblaient engagés, le skar Tamas écoutant à nouveau le désir de Sawi et le projetant sur les gens, exactement comme Gladdring l'avait dit, exactement comme Sawi avait appris à le faire.

Le skar, cependant, ne fit rien lorsque la porte du bâtiment s'ouvrit violemment. Lorsque des Najahn en armure noire, voulges à la main, entrèrent dans la pièce. Lorsque Fassle lui-même, dans des robes pourpres, noires et or si immaculées qu'elles semblaient irréelles, les suivit.

— Et les voilà, annonça Fassle à la foule figée. Mes traîtres, tous réunis. C'est si gentil à Gladdring de vous avoir tous rassemblés pour moi. Saisissez-les.

Sawi recula tandis que les Najahn la dépassaient, s'emparant d'une foule soudain larmoyante, protestant, blême. L'Adepte s'agenouilla sur-le-champ, implorant le pardon, mais Fassle tendit la main, accepta une courte lame d'un capitaine Najahn, et mit fin à la vie de l'Adepte d'un seul coup net. Le sang s'accordait avec les coussins, les cris ne s'arrêtèrent que lorsque Fassle menaça que toute autre démonstration recevrait le même traitement.

Aucun Najahn ne vint pour Sawi. Ils bloquaient les sorties tandis que d'autres venaient escorter les autres, un par un dans un défilé incessant de damnés. Pendant tout ce temps, Fassle observait avec un sourire d'araignée, satisfait et suffisant. Pourtant, lorsque le dernier partit, un pauvre aide qu'il fallut porter après qu'il se fut évanoui de peur, Fassle et son capitaine de garde ne suivirent pas. Au lieu de cela, Fassle évalua Sawi tandis que le capitaine de garde la foudroyait du regard à côté de lui, la voulge toujours dégainée et au garde-à-vous.

— L'apprentie de Gladdring, dit Fassle, examinant Sawi de la même manière que Gladdring le faisait souvent : un maître jugeant ses outils. Il prétend que vous avez exécuté ses ordres avec habileté. Êtes-vous d'accord ?

Un millier de scénarios s'étaient joués dans la tête de Sawi pendant l'exode, beaucoup se terminant dans la même mare sanglante qui continuait de s'étendre sur le sol, bien que le corps de l'Adepte ait été enlevé. Aucun ne commençait par Fassle lui posant une question, encore moins une comme celle-ci.

— J'ai... fait ce qu'il m'a demandé, répondit Sawi, le dos contre le mur de pierre. À sa droite se trouvait un canapé, devant, entre elle et Fassle, reposait la chaise sur laquelle elle s'était assise pendant le discours. Tout semblait trop ordinaire, trop terne comme endroit pour mourir. Il voulait que je trouve des gens ouverts à ses idées.

— Et vous l'avez fait. Fassle hocha la tête, puis fronça les sourcils. Beaucoup trop, je pense. Il plongea ses yeux dans les siens, soutenant son regard. Pourquoi ? Pourquoi vous ont-ils écoutée ? Était-ce le skar ?

Jusqu'où allait le savoir de Fassle ?

Quoi qu'il en soit, Sawi se sentait sur un tronc flottant, un faux pas la condamnant. Ceci, ceci concernait maintenant sa vie. Gladdring était probablement mort. Plus rien à gagner désormais à le protéger, lui et ce qu'il avait fait.

— Le skar ne fait que croître. Il ne crée rien.

Quant à ce que ce skar faisait maintenant, la pierre Tamas ne donnait que des murmures calmes et prudents. Comme si elle ne pouvait pas saisir les intentions de Fassle. Parfait.

— Donc l'argument de Gladdring était persuasif, médita Fassle. Il tambourina de sa main droite contre ses robes propres, puis fit un grand pas par-dessus la mare de sang, s'assit sur la chaise près de Sawi et lui fit signe de s'asseoir sur le canapé. Donnez-moi son plan, alors, Vis. Je voudrais savoir ce qui cause l'agitation parmi mon peuple, afin que je puisse l'écraser.

# 20

## LE ROI MORT

Les cadavres restaient entre eux. Des morts silencieux. Svarde, Maena et Kivi demeuraient immobiles, observant les formes se dresser autour d'eux. Certaines se tenaient debout, d'autres s'asseyaient, tandis que d'autres encore remuaient, le visage dans la terre. Les raisons étaient aussi variées que les façons dont on pouvait mourir dans Les Sept Îles, bien que Svarde remarquât une nette tendance vers les causes physiques : griffes déchirantes, membres manquants, os brisés de manière horrifiante et, à ce stade, tout à fait ordinaire. À quel point la vie de Svarde était-elle déformée pour qu'il voit tout cela et ne ressente rien d'autre que de la reconnaissance ?

Combien de fois aurait-il pu ressembler à ces corps crasseux ?

— Et maintenant ? cria Olgata depuis le tunnel une fois que les cadavres eurent cessé de bouger, devenant d'étranges obélisques au milieu du sol de la grotte jonché de rubis. Je n'ose pas partir sans prévenir Jochi.

Svarde ne voulait pas non plus avancer avec cette force

terrible dans son dos. Tout ce qui combattait les démons ne pouvait pas être entièrement mauvais, mais les démons pouvaient aussi se battre entre eux. Et si ces choses ne prenaient que le temps de se réveiller, se préparant à bondir ? Ou à le plaquer, à agripper les chevilles de Svarde ? Tout était mauvais, tout était horrible.

— Alors va, répondit Svarde, sa voix rauque résonnant en écho dans le silence de la chambre. Assure-toi que Jochi soit au courant.

Olgata n'attendit pas un second avis, ne laissant qu'un froncement de sourcils à Maena avant de s'élancer. Ses pas ne faisaient aucun bruit et les morts ne semblaient pas s'en apercevoir.

— Tu te débarrasses d'un autre allié ? demanda Maena, les mains libres et semblant avoir besoin d'une arme. Ce n'est pas très malin.

Kivi renifla au-dessus d'eux. Pas un accord, mais une question.

— Choisis un tunnel, répondit Svarde. On te suivra. Espérons que ces choses ne nous embêtent pas.

— Et si elles le font ?

— On en abattra autant qu'on pourra.

Maena rit.

— Je ne suis pas sûre que ça marchera.

— Je ne suis pas sûr qu'on s'en souciera de toute façon.

Kivi grimpa au plafond, la poussière de roche tombant en pluie fine parmi les corps tandis qu'elle se déplaçait. Les cadavres accueillirent cette douche grise comme ils accueillaient tout le reste : sans réaction.

— Alors qui y va en premier ? demanda Maena. Toi ?

La question de la capitaine avait une intonation rieuse, cachant un peu de danger dans le ton. Un défi et un doute à la fois, comme si elle n'était pas sûre que Svarde devait y aller, mais savait qu'elle ne le *devait* pas. Un changement par rapport à la Maena que Svarde avait connue, qui avait tendance à se jeter dans des situations mortelles avec à la fois des plans et du savoir-faire.

Svarde devrait se contenter de la force.

Soulevant ses haches, essayant de garder un œil partout, Svarde suivit la ligne de Kivi d'un seul pas. Ses bottes craquèrent sur la pierre, un seul rubis s'échappant de sous ses semelles et glissant au loin. Svarde retint son souffle, écouta, regarda.

Rien.

D'accord. Peut-être que ces choses attendaient vraiment juste les démons. Peut-être qu'elles s'en fichaient.

Deux pas, trois, et Svarde s'approcha du centre de la chambre. Kivi avait choisi le tunnel de gauche parmi les trois options, celui qui descendait dès le départ. Au centre de la chambre, avec peu de morts juste autour de lui, Svarde se dirigea dans cette direction. Il jeta un coup d'œil pour voir que Maena, elle aussi, avait commencé à bouger, suivant la route de Svarde.

— Tu me copies ? demanda Svarde.

— Si il y a des pièges, tu les as évités jusqu'à présent. Ça semble seulement logique.

Des pièges. Une chose de plus à craindre, bien que Svarde vît peu d'occasions de fosses cachées ou de fléchettes parmi les parois rocheuses. Difficile à installer dans un endroit comme celui-ci. Néanmoins, alors qu'il se dirigeait vers le tunnel de gauche, il gardait les yeux scrutant de haut en bas, à la recherche de menaces grandes et petites. Ce qui, peut-être naturellement, amenait Svarde de plus en plus vers les yeux noirs sans paupières et la peau grise, les orteils, sur ceux qui manquaient de bottes, noueux et pourtant pas putréfiés.

Comme si quelque chose maintenait ces choses, ces gens, figés dans le temps une fraction de seconde après leur mort.

Un juron derrière lui le fit se retourner, Svarde voyant Maena regarder une carcasse debout sur la droite. Un homme entièrement debout, bien que manquant la majeure partie de son torse gauche, pointait un bras. Pas vers les vivants, mais vers le tunnel de droite. Ses yeux vides se fixèrent sur Maena, puis sur Svarde, une rotation si lente et déterminée qu'elle en était mécanique.

Svarde aurait peut-être frissonné, bien qu'il ne l'admettrait jamais.

— On ne peut pas vraiment appeler ça une énigme, dit Maena. Tu penses qu'on devrait le suivre ?

— Je ne veux pas mécontenter ses amis. Tu veux passer devant ?

— Pour que tu puisses m'abattre avec cette hache ? Je ne crois pas.

— Quoi ?

Maena, cependant, fit un signe de tête vers le cadavre.

— Allons-y, Gardien.

Le reniflement de Kivi brisa la conversation, le ferrite se faufilant au-dessus de Svarde et se dirigeant exactement là où le cadavre pointait. Alors que le ferrite passait au-dessus de la tête du corps, le cadavre bougea, alignant ses pas vers le tunnel. Apparemment satisfait de la direction prévue par Kivi. Ce qui soulevait une toute autre question.

— N'y pense même pas, dit Maena alors que Svarde hésitait. On ne se sépare pas. Pas dans ces tunnels, à moins que tu ne veuilles que les démons se régalent.

Sur ce point, au moins, la capitaine avait raison. Ensemble, ils suivirent le cadavre.

Le tunnel choisi se détacha rapidement des attributs

habituels d'une grotte. Ce qui aurait été des parois naturelles à quelques pas dans l'autre direction comportait maintenant des appliques, quoique fabriquées avec peu de savoir-faire, le fer utilisé ayant été fondu à partir de minerais de rebut. Le sang Foti de Svarde frémit à la vue du métal piqueté, qui contenait maintenant des touffes de mousse luminescente. Néanmoins, des traces noircies par la cendre derrière les supports laissaient deviner un passé inflammable.

Le sol, lui aussi, avait vu ses pires aspérités lissées. Normalement, des rochers épars et des pics étranges rendaient toute promenade en grotte périlleuse. Pas ici, où un tunnel plus de deux fois plus large que l'envergure de Svarde présentait les mêmes défis topographiques qu'une rue ordinaire de Noctia. Kivi se laissa même tomber au sol pour en profiter, car le plafond du tunnel avait été laissé intact avec ses saillies et ses aspérités naturelles.

— Quelqu'un entretient tout ça, murmura Maena tandis qu'ils marchaient derrière le cadavre. Elle et Svarde étaient restés silencieux, armes prêtes, jusqu'à ce qu'ils quittent la pièce sans autre poursuite : apparemment, les cadavres avaient leur chef et n'avaient besoin de rien d'autre. Combien d'années faudrait-il pour creuser un tunnel comme celui-ci ?

— Beaucoup trop, répondit Svarde, et il le pensait vraiment.

Les opérations minières Foti, et Svarde devait croire que celles de Whent étaient similaires, reposaient largement sur le métal et la main-d'œuvre, brisant les roches à coups de pioches quand les ferrites ne daignaient pas aider à creuser plus profondément sous la surface. Aménager une mine pour qu'elle soit aussi belle que celle-ci serait, eh bien, tout simplement impensable.

Personne ne paierait pour ça, personne ne s'en soucierait.

À moins que.

La réalisation survint au moment où le tunnel s'élargissait pour donner sur le début, et seulement le début, d'un endroit immense, un endroit qui n'aurait pas dû exister, un endroit leur barrant la route par une gigantesque porte traversant la caverne. Svarde ne put s'empêcher d'ouvrir lentement la bouche, bouche bée devant la masse grossière et bancale qui se dressait devant lui. La base, si Svarde pouvait vraiment la discerner, semblait être un mélange de métal et de pierre, une construction hâtive pour former deux dalles aussi rapidement que possible. Une grande ligne courait au milieu, depuis les pointes dentelées du haut jusqu'au bas qui effleurait à peine le sol, où d'autres piques de fer se dressaient vers eux, comme une gueule terrifiante. Cette ligne coupait la caverne en deux, coupait la porte en deux, et elle s'élargit lorsque le cadavre tendit vers elle le même bras qui était resté droit tout ce temps.

— Est-ce que ce sont... ? demanda Maena, sa voix à peine audible.

— Je crois bien que oui, dit Svarde. Je pense qu'on est arrivés au mauvais endroit.

—Ou au bon, justement.

Tous deux observèrent la porte s'ouvrir, s'attardant sur les formes blanches et grises plaquées sur l'extérieur, au-dessus et en dessous des dents métalliques. Au début, Svarde n'avait pas pu distinguer ce qu'elles étaient, mais rapidement c'était devenu clair : tachetés, usés par le temps, mais clairement des os, empilés et écrasés contre la porte. Certains pouvaient être humains, mais la plupart semblaient étrangers, avec des lignes ondulantes ou des mâchoires massives, des serres à plusieurs griffes ou une seule. Hachés, tranchés, battus et brisés, avec des morceaux de mortier gris enfoncés entre eux.

— J'ai vu des cimetières, dit Maena tandis que les portes finissaient de s'ouvrir, balayant vers l'extérieur et les frôlant presque avec les dents, mais rien de tel.

— Ce ne sera pas la pire chose qu'on verra aujourd'hui.

Il y a certaines choses qu'on sait, tout simplement.

Le cadavre reprit sa marche en avant. Maena, Svarde et Kivi suivirent, Maena restant juste derrière le barbare. Ses mains, heureusement, étaient libres de tout couteau, épée ou autre instrument de meurtre aléatoire.

Ces pensées sombres étaient difficiles à chasser alors qu'ils suivaient le cadavre dans ce qui avait peut-être été une ville autrefois, mais ressemblait maintenant davantage à un mausolée. La caverne s'élargissait au-delà de tout ce que Svarde avait vu jusqu'à présent, bien que des bâtiments remplissent l'espace : des formes strictes et brutales arborant les lignes dures de la pierre taillée avec un aspect laqué, comme si les bâtisseurs avaient voulu que chaque coin, chaque côté brille sous la lumière bleu argenté émanant de la mousse omniprésente. Des trous sombres offraient des fenêtres, mais dans un seul sens.

Des yeux suivaient-ils Svarde tandis qu'il marchait, les bâtiments grandissant et rétrécissant à ses côtés dans un enchevêtrement rappelant une ville qui se développait trop vite pour elle-même ? Les poils dressés sur sa nuque, la sécheresse dans sa gorge étaient-ils le fruit de son imagination ou une réelle menace ?

Le cadavre, pour sa part, n'expliquait rien. Maena et Kivi restaient silencieuses, cette dernière renonçant même à ses grognements habituels.

Ils passèrent devant des places ouvertes, des devantures de magasins dont les enseignes avaient depuis longtemps disparu sous la poussière. Des fontaines à sec. Des escaliers vides, des tables de pierre désertes. Pourtant, nulle part la mousse ne poussait sauf dans des parcelles contrôlées, nulle part l'eau ou les mauvaises herbes ne proliféraient librement. Comme si la ville avait conçu sa propre dessiccation.

Enfin, bien que Svarde ne puisse dire s'il avait marché pendant une heure ou un jour, ils atteignirent des marches larges mais peu profondes. Une vingtaine environ menant à un bâtiment, non, pas un bâtiment, un...

— Qu'est-ce que c'est que ça ? demanda Svarde alors que le cadavre continuait à monter les marches.

Contrairement à la ville de pierre, leur destination apparente manquait de lignes strictes, de structure en blocs. Au lieu de cela, ses extrémités s'enroulaient de chaque côté, frôlant la pierre. Des sigles couraient sur toute la longueur grise et poussiéreuse, lignes noires sur une surface par ailleurs ardoise. Le vernis marquait les contours d'une porte en forme de flèche pointue, la pointe s'élevant bien au-dessus de la tête de Svarde. Au sommet du bâtiment, quelques cylindres, peut-être des cheminées, montaient en biais vers le plafond de la caverne et disparaissaient dans la roche.

— Je sais qu'il vaut mieux ne rien supposer ici, dit Maena, sa voix toujours basse. J'ai l'impression qu'on nous observe et qu'on nous entend.

— Tu n'es pas la seule.

— On suit cette chose ?

Svarde hocha la tête. — On est venus jusqu'ici.

Ce n'était guère un cri de guerre Foti courageux, mais Svarde ne pouvait pas faire mieux. Ils gravirent les marches en silence, rattrapant le cadavre à la porte en flèche. Le corps meurtri se mit de côté et fit un geste vers l'intérieur.

— Tu ne vas pas plus loin, hein mon gars ? dit Maena au cadavre, dont la bouche, une chose blafarde qui ne s'était peut-être pas ouverte depuis plus d'années que Svarde n'en avait jamais vécues, ne bougea pas. Apparemment non.

Svarde, les mains toujours sur les manches de ses haches, ouvrit la marche. Immédiatement, de chaque côté, il ne remarqua rien. Pas de bancs, pas de chaises, pas de tables ni de drapeaux. Ces sigles, aux lignes surnaturelles, continuaient cependant à l'intérieur et sur le sol. Aucune colonne ne brisait l'espace, aucun mur, seulement un vaste vide menant à un unique puits de lumière perçant depuis le haut.

Cette lumière argentée, comme si Sichi avait perdu ses couleurs, se déversait sur une âme solitaire assise. L'homme était assis au repos, tenant à deux mains la garde d'une épée massive mais laide. Avec ses extrémités effilochées dépassant de son corps en métal noir, l'épée ressemblait moins à l'œuvre d'un artisan qu'à une fureur sauvage incarnée dans... Svarde ne pouvait pas distinguer, à plusieurs pas de distance, de quel métal la lame était forgée.

L'armure de l'homme, le couvrant de la tête aux pieds, était plus facile à identifier. Une fabrication ancienne, antique maintenant. Rigide et lourde, datant de l'époque où les humains devaient affronter des démons au quotidien. Un fait que Svarde connaissait car c'était Foti qui avait fabriqué l'armure, Foti qui en avait préservé la connaissance autour de la Grande Forge, au cas où de tels bastions mobiles seraient à nouveau nécessaires.

— Salut, dit Maena, et Svarde lui lança un regard noir, agitant la main pour qu'elle se taise. Si l'homme dormait, inutile de le réveiller. Un effort que Maena ignora. — Joli endroit que vous avez là. Vous pouvez nous dire ce que c'est ?

L'homme grinça, sa tête, masquée par un casque orné, comme la porte, de petites colonnes faites d'os volés et mortaisés, se levant pour fixer sur eux son néant.

— Bienvenue, dit l'homme, sa voix un vent glacial, un murmure âpre. Bienvenue dans le cauchemar sans fin.

# 21

## JEU DIVIN

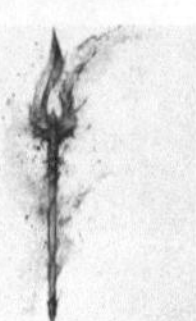

Un Gardien et une voleuse. La seconde partie de ce rôle, issue du passé de Torny mais ne s'y cantonnant malheureusement pas, se manifesta rapidement lorsque Wax et Eujo quittèrent le balcon pour retrouver une fête en plein chaos. Un jeune homme avait interrompu le battement des tambours du groupe en criant à propos d'une agression, d'une fenêtre brisée et d'un cambriolage. Les fêtards retrouvèrent vite leur sobriété, les couples et les groupes se cherchant les uns les autres, s'assurant que leurs biens et leurs corps étaient intacts.

Wax alla même jusqu'à tâter son collier, vérifiant inutilement que ses skars étaient toujours en place, leurs murmures flottant déjà à la périphérie de son esprit.

— Nous devrions partir, chuchota Eujo alors que leur hôtesse commençait à rassembler les invités, couvrant les cris acerbes par un appel contrôlé à se réunir au milieu du rez-de-chaussée. Si c'est Torny que nous avons vue, ils vont se retourner contre nous.

Wax renifla avec dédain.

— Se retourner contre nous ? Si c'était Torny et Bliss, pourquoi est-ce qu'ils...

— Parce que tes Gardiens sont comme toi, Wax. Tu ne le sais pas ?

— Sur Vis, tu n'es pas responsable si ton frère fait quelque chose de stupide.

Eujo prit une profonde inspiration, du genre qu'elle semblait prendre souvent en présence de Wax, le genre qui annonçait généralement un sermon imminent. Wax pouvait deviner de quoi il s'agirait : quelque chose à propos de sa position qui lui donnait des responsabilités, comment il devrait arranger les choses, et ainsi de suite. Eujo semblait adorer lui faire la morale, comme si Wax ne connaissait rien à la société civilisée sans ses leçons.

Pas que cette fête resterait civilisée bien longtemps.

Eujo se dirigea vers l'escalier en colimaçon tandis que le jeune homme, invité par Denia, se lançait dans son récit. Deux jeunes femmes patrouillant dans la bibliothèque, cherchant des livres à voler et trouvant un vieux journal de famille. Un journal qui devait, selon les déductions du jeune homme qui commençait à jouer pour son public intéressé, contenir un secret valant la peine d'être connu. Quand il avait essayé de les arrêter, les viles voleuses l'avaient bousculé. Plutôt que de prolonger le combat, effrayées sans doute par l'homme une fois qu'il aurait repris ses esprits, le duo avait brisé la fenêtre et s'était enfui.

— Alors nous devons les poursuivre ! cria un auditeur, avant de réaliser ce qu'il venait de dire et de se reprendre un instant plus tard. Les gardes devraient, en tout cas. Où sont-ils ?

— Les bons sont partis avec Jochi, dit quelqu'un d'autre, son verre s'agitant dans une vague colérique. Le seigneur de guerre nous a rendus vulnérables, il nous a livrés aux vautours !

Un vacarme éclata à ces mots, des cris fusant de toutes parts tandis que les cocktails et pire encore faisaient leur effet sur la foule. Wax remarqua qu'Eujo avait arrêté sa descente, se rapprochant plutôt de lui. Le bruit, la tension, poussèrent Wax à reconsidérer sa remarque : partir maintenant semblait effectivement être la meilleure option.

La raison avait quitté les lieux.

— Je ne pense pas avoir envie de me mêler à ça, dit Eujo. Y a-t-il un autre chemin ?

— Le balcon ? C'est un saut, mais faisable. Ou est-ce trop pour la royauté ?

— Avant même de porter une robe comme celle-ci, je pouvais me déplacer sur n'importe quelle île céleste. Allons-y.

Ce qu'était une île céleste, Wax l'ignorait et n'avait pas le temps de demander. À la place, Eujo tirant sur son bras, ils battirent en retraite vers le balcon et la nuit froide au-delà. La rambarde invitait au saut, la neige en contrebas offrait un bon endroit pour atterrir. Wax évalua sa tenue, les beaux vêtements qu'Eujo lui avait fait porter — que Wax trouve ces vêtements inconfortables semblait sans importance — et lui demanda si elle se souciait qu'ils soient ruinés.

— Il y en a des centaines d'autres comme ça, répondit Eujo. J'y vais en premier.

— Je vous suis, dit Wax, et Eujo n'attendit pas.

Malgré sa robe, la Reine fit deux pas mesurés, puis s'éleva, prit appui sur la rambarde et se lança dans l'air éclairé par les torches. Elle ne plongea pas, ne fit pas de roulade, ni ne tomba dans un abandon désespéré comme Wax s'y attendait. Au lieu de cela, Eujo glissa vers un atterrissage en douceur. La neige se souleva en un accueil plai-sant à son contact, et Wax ne sortit de sa stupeur que lorsqu'il se rappela ce qu'Eujo avait en sa possession : le skar de Kance, prouvant une fois de plus sa valeur.

— Tricheuse, marmonna Wax, puis il se prépara à son tour.

Seulement pour s'arrêter lorsqu'une main lourde se posa sur son épaule.

— Une façon inhabituelle de quitter une fête, vous ne trouvez pas ? demanda une voix rauque, plus âgée.

Wax se dégagea du bras, se retourna pour voir l'homme dans l'épais manteau gris d'un garde. Au-delà de la main ouverte, le garde en avait une seconde sur le pommeau d'une large lame reposant contre sa taille substantielle. Un feu sombre brillait dans les yeux de l'homme, une rougeur sur son visage. Une vie disparue qui revenait.

Pour un moment, en tout cas.

— Ça avait l'air un peu agité en bas, répondit Wax, reculant vers la rambarde. Il tendit les jambes, un petit saut sur la rambarde et il serait libre. On s'est dit qu'on allait partir plus tôt.

— Je ne pense pas que vous allez faire ça. Tout le monde se rassemble en bas. Il y aura des questions. Le garde bougea, révélant un deuxième homme derrière lui, tout aussi âgé et tout aussi ravi d'avoir l'occasion de faire autre chose que regarder leurs employeurs manger, boire et danser. Colby est un bon tireur à l'arbalète. Vous ne ferez pas le saut.

— Vous tireriez sur un Renouveau pour rien ?

— C'est Whent en hiver, mon garçon. Ce qui se passe est ce que nous disons. Ce serait dommage si vous vous brisiez le cou dans une mauvaise chute. Le garde bougea à nouveau, maintenant contre le côté du balcon, mais toujours à portée du bras de Wax. Son ami, Colby, avait une vue dégagée et, en effet, tenait une arbalète prête. Vous pouvez soit livrer votre Gardienne et son amie voleuse, soit payer leur prix.

— Quelle justice. Qui dit que...

— Nous le disons, le coupa le garde. Éloignez-vous maintenant, ou il vous tire dans la jambe. Voyons jusqu'où vous pourrez courir alors.

D'accord. Les mots ne suffiraient pas ici. Wax pensa qu'il pourrait faire un salto arrière — bien que l'atterrissage ferait mal — mais l'arbalète pourrait rendre le mouvement fatal. Retourner à la fête ne serait pas beaucoup mieux. Même s'ils ne le tuaient pas tout de suite, il n'y aurait aucun moyen de partir sans livrer Torny.

Wax retint un froncement de sourcils, se baignant plutôt dans une autre bouffée froide et enfumée. Cette voleuse aurait beaucoup à expliquer une fois qu'il l'aurait rattrapée.

Cette pensée ardente déclencha un nouveau murmure, vif et vicieux. Un marmonnement sans sens exhortant Wax à agir, à céder à sa frustration et à laisser le skar gérer les choses.

— Allez. Encore trois secondes, et vous serez blessé dans le meilleur des cas, dit le garde.

Peut-être que le skar avait raison. Un peu d'éclat, un effet de surprise, et Wax pourrait sauter par-dessus la balustrade. Facile, comme avant. Colby et son arbalète n'auraient aucune chance.

— Vous ne m'emmènerez nulle part.

En parlant, Wax céda au skar, la pierre brûlante reposant contre sa poitrine.

Le corps du Renouveau tua le froid, rempli d'une chaleur

ardente. Comme être sur la rivière de lave Foti, ou peut-être à l'intérieur. La vision de Wax se brouilla, les murmures du skar Foti devinrent un cri rageur, lançant des syllabes percutantes que Wax ne comprenait pas, à rien, à tout. L'air miroita, le garde commença à poser une question, quand le sol, les murs, les deux gardes autour de Wax s'embrasèrent.

Un instant, c'était un balcon agréable éclairé par deux torches jumelles. L'instant d'après, un brasier tourbillonnant, se propageant depuis Wax vers l'immense domaine. Le feu ondulait et se tordait comme une chose vivante, les flammes bondissant le long d'un vent surnaturel pour s'emparer des œuvres d'art, des meubles, de la foule venue voir un Renouveau mis au pas. Colby et son arbalète disparurent derrière un brasier écumant bleu et orange, le cri de quelqu'un atteignant Wax à travers la rage étourdissante du skar.

Il sauta. Non, tomba. Ses mains, dans une panique pure, agrippant la balustrade derrière lui et tirant Wax dans une chute raide. L'instinct le sauva à la fin, transformant Wax en une roulade, épargnant son épaule d'un impact mortel, sa tête d'un pire encore. L'atterrissage grésilla, la neige amortissant sa chute avant d'exploser en vapeur. Wax gela instantanément au contact de l'humidité froide et brûla avec la colère cinglante du skar, son désir de jeter encore plus de feu sur tous ceux qui pourraient menacer Wax maintenant ou jamais.

Non. Non. Désespérément non.

Wax essaya de se concentrer, de repousser le skar. Il trouva une source dans ses doigts, plongeant dans le sol gelé sous la neige fondue. La terre ferme servit de centre, ses yeux aveuglés par le feu trouvant du réconfort dans le brun foncé.

— Lève-toi, les mots fervents d'Eujo. Il faut partir, maintenant.

Elle tira Wax sur ses pieds, un mouvement maladroit rendu pire par ses jurons sifflants face à sa peau brûlante, aux bords roussis de son manteau. Alors qu'il retrouvait son équilibre, Wax regarda en arrière, suivant les cris, les appels à l'eau, à l'aide de toute sorte.

La raison était impossible à manquer : le domaine, pas seulement le balcon, brûlait. Les beaux couloirs, leurs ouvertures en arc à l'origine de tant de nuits calmes et merveilleuses, crépitaient d'une mort orange. La cendre rencontrait déjà la neige qui tombait. D'autres corps copiaient le mouvement de Wax, sautant des balcons pour atterrir dans des chocs sourds sur les bancs de neige. Encore plus fuyaient par les portes principales du domaine, traînant leurs partenaires, leurs instruments, ou leurs derniers verres indispensables avec eux.

— Wax, dit Eujo, glaciale comme toujours, tu as fait ça, et ils viendront te chercher. Notre temps est écoulé.

Pas encore. Wax repoussa la terreur, la culpabilité, la confusion et se tourna vers l'autre murmure dans son esprit, la curiosité bouillonnante du skar Rana. Si le skar Foti pouvait créer du feu, alors Rana devrait pouvoir faire de l'eau, éteindre le feu.

Alors fais-le.

Wax poussa l'ordre vers la pierre. Souhaita, ordonna, exigea que le skar Rana tire de l'eau du ciel, de la neige, de n'importe où et éteigne les flammes. Pourtant, la pierre ne répondit pas, ses murmures restant le même marmonnement qu'avant.

— Ça ne marche pas, dit Wax alors qu'Eujo le tirait d'un pas en arrière, la Reine tirant sur son bras. Le skar Rana n'écoute pas.

— Ce ne sont pas des outils, répondit Eujo. Ce sont des morceaux des dieux, Wax. Ils feront ce qu'ils veulent.

—Je ne voulais pas qu'il brûle tout le bâtiment !

— Ce qu'*ils* veulent, Wax. Nous ouvrons la porte, nous leur donnons une chance, ce qui se passe ensuite dépend d'eux.

Les mots, le raisonnement brisèrent l'espoir de Wax, l'éteignirent dans la logique froide d'Eujo. Le domaine brûlait. Il l'avait incendié, et il ne pouvait pas l'éteindre. Rester plus longtemps signifierait la mort, la prison, ou quelque chose de pire. Leur seul espoir, le seul espoir du Renouveau, était de fuir.

Et enfin il le fit, suivant Eujo au-delà des portes abandonnées dans la ville, tandis que derrière eux le bâtiment brûlait vivement.

# 22

## LE SKAR DU SCIENTIFIQUE

Ils partageaient le petit-déjeuner sur le petit ponton qui s'avançait dans l'océan depuis la cachette secrète du Tenet. Pour le quatrième jour consécutif, Annalyse était descendue peu après que le soleil eut entamé sa course à l'horizon, avait déverrouillé la cage de Quik et l'avait conduit près de la mer, lui offrant des galettes d'avoine fraîches et des œufs. Au début, elle l'avait fait avec un couteau à ses côtés, une arme qu'Annalyse avoua plus tard savoir à peine manier. Elle l'avait abandonné par la suite, faisant confiance à la parole de Quik qui lui avait promis de ne pas essayer de la maîtriser ou de s'enfuir.

Ce n'est pas que Quik n'y pensait pas, ni qu'il ne passait pas la plupart du temps, en mangeant ces galettes d'avoine, à évaluer la distance entre le ponton et la masse rocheuse noire qui s'enfonçait dans l'océan. Nager autour l'amènerait directement aux quais de Najahn, où les travailleurs l'aideraient à s'échapper. Le timing, cependant, devrait être parfait.

Sinon, vu l'état dans lequel Ami avait mis son corps, Quik se noierait après quelques brasses.

— Elle te fait travailler dur ? demanda Annalyse le premier jour, une question évidente destinée à briser ce qui avait été un silence nerveux.

La scientifique — son propre titre pour elle-même — semblait avoir du mal avec la conversation décontractée, un trait que Quik remarqua chaque fois qu'il essayait d'orienter leurs discussions vers la vie d'Annalyse, son passé, ses intérêts et ses passe-temps. Plutôt que de répondre, elle avait l'habitude de détourner le regard, de marmonner quelque chose de vague et de revenir à Quik avec une question directe après l'autre.

— Elle n'est pas paresseuse, répondit Quik.

— J'espère bien. Nous faisons un travail important.

Travail. Annalyse utilisait beaucoup ce mot aussi, comme si écraser de petits démons avec des skars ou danser des duels sur les dunes était le genre de choses qui apporterait la paix et la prospérité aux Îles. Ami, au moins, ne se distrayait pas avec ces notions ridicules, fixant l'objectif de chaque jour et poussant Quik jusqu'à ce qu'il soit atteint, un processus qui avait tendance à le laisser ensanglanté, meurtri et épuisé.

Au moins maintenant, il savait qu'il se réveillerait pour quelque chose d'agréable.

— Quelle est la fin ? demanda Quik. Avez-vous assez de skars pour que les Najahn gagnent simplement ? Allez-vous tous les former ?

Une bonne question. Quik pouvait le dire parce qu'Annalyse s'illuminait chaque fois qu'il touchait quelque chose de juste. Ses mains s'agitaient, comme si elle voulait saisir un jouet invisible et le montrer. Une dichotomie : Quik dans son lin usé mangeant avec le contrôle d'un chasseur, tandis qu'Annalyse portait quelque chose que Quik ne pouvait décrire que comme des poches et des ceintures, toutes attachées à diverses sacoches. Parfois, Annalyse plongeait la main dans l'une d'elles, en sortait un étrange appareil en laiton ou en argent, et décrivait comment il pourrait, un jour, fonctionner avec un skar pour créer quelque chose d'incroyable.

Beaucoup de possibilités, mais peu de réalisations concrètes jusqu'à présent.

— Si nous faisons ça correctement, ils n'auront pas à le faire, dit Annalyse. Nous fabriquerons des armes si simples, si faciles que n'importe qui pourra les utiliser. N'importe qui pourra assurer sa propre sécurité.

Elle parlait avec une telle conviction aveugle que Quik avait presque honte de la contredire.

— Sur Vis, nous ne laissons pas n'importe qui tenir les lances, dit Quik, trempant ses doigts couverts de petit-déjeuner dans l'eau. Il faut être assez âgé, assez responsable. C'est un honneur.

— Que se passe-t-il quand le danger s'en prend à quelqu'un qui n'en a pas ?

— Le reste d'entre nous les protège.

— Et si vous n'êtes pas là ?

Quik secoua la tête.

— Alors ils ont fait le mauvais choix.

Annalyse leva un seul doigt.

— Tu vois, c'est ce que je dis. De cette façon, avec ceux-ci, ils n'auront pas à s'inquiéter. Ils n'auront pas besoin de ta lance.

— Et les Rana ? Ne les utiliseront-ils pas lors de leurs raids ? Ne pourraient-ils pas blesser beaucoup plus de gens ?

— C'est à ça que servent les Najahn, Quik. Quiconque abuse de ces armes se retrouve en cellule.

Quik renifla.

— Ou au fond de l'océan.

Annalyse détourna le regard, laissant la brise marine ébouriffer ses cheveux emmêlés. Le tueur de conversation, ce regard. Chaque fois que les choses devenaient trop réelles, trop au-delà de l'invention, des possibilités, elle faisait ça.

C'est sans doute ce que pouvait faire le fait d'être enfermé dans la tour d'un Tenet.

Il était temps d'adopter une tactique différente.

— Pourquoi fais-tu ça ? demanda Quik, et ce n'était pas la première fois. Cela fait presque une semaine que tu descends ici chaque matin avec de la nourriture.

— Tu n'aimes pas ça ?

— Si, mais, Quik hocha la tête en direction des grottes, j'ai été beaucoup utilisé. Je veux savoir pourquoi.

Un sourire sincère.

— Parce qu'il n'y a pas beaucoup de gens à qui parler. Gladdring ne me laisse pas quitter la tour, il pense que je pourrais avoir des ennuis. Les autres Tenets ne savent pas que je suis ici, ce que nous faisons. Tout est secret, alors j'ai les gardes, j'ai Ami, Annalyse rit. Ami, tu sais, la meilleure conversationnaliste du monde. Sawi était correcte, mais elle semblait toujours vouloir être ailleurs. Et maintenant toi.

Quik avait déjà essayé la voie de Sawi auparavant, trouvant que c'était une impasse à maintes reprises. Annalyse se contentait de dire que Sawi et Gladdring avaient leurs propres affaires, des choses qu'elle ne connaissait pas. Ce qui laissait Quik lui-même, et sa potentielle évasion.

— Donc je suis amusant à qui parler ? demanda Quik.

Un sourire malicieux.

— Regarde ta concurrence.

Il dut rire à cela, un rire qui s'éteignit lorsqu'il remarqua un navire arrivant à l'horizon, faisant une boucle depuis l'Est. Probablement un galion Foti.

— Combien de temps allez-vous encore me garder ici ? demanda Quik. Jusqu'à ce que je sois mort ?

— Ou alors nous irons assez loin pour tout révéler. Et ce sera la fin.

— Maigre consolation, Annalyse.

— Tu dis ça comme si je n'étais pas prisonnière moi aussi. C'est ce que font les rêves, Quik. Ils prennent, prennent et prennent encore jusqu'à ce qu'il ne te reste plus rien.

Ami interrompit le repas quelques minutes plus tard, descendant pour annoncer qu'elle avait un nouveau fiend, de nouveaux skars à tester. Annalyse accueillit l'interruption sans enthousiasme, grimaçant et articulant silencieusement un « désolée » à l'intention de Quik. Ce geste resta gravé dans l'esprit de Quik tout au long du trajet sur le quai, à travers le sable, sous les grottes, jusqu'à une seconde cage plus petite, nouvellement garnie d'une créature qui se débattait.

Ressemblant un peu à un scarabée velu, le fiend voletait de barreau en barreau, sa silhouette de la taille d'un enfant semblant incapable de se poser plus d'une seconde ou deux.

— Il est rapide, dit Ami en tendant à Quik une massue noueuse, bien qu'avec une poignée métallique familière le long de son manche inférieur. Équipée de plusieurs skars, la poignée bourdonna lorsque Quik s'en saisit, des murmures s'éveillant dans son esprit. Le but n'est pas de le tuer, mais de le ralentir. Arrête-le si tu peux.

Ils étaient passés du simple massacre à des compétences plus raffinées maintenant. Annalyse appelait cela de la finesse, un moyen d'étendre l'utilité des gemmes. La scientifique se tenait maintenant derrière Quik et Ami, son éternel papier et son crayon de charbon prêts à consigner les observations.

Les murmures indiquèrent à Quik quels skars la massue possédait : Foti, déjà grondant pour commencer, pour frapper. Rana, un léger murmure bouillonnant qui ne s'excitait que lorsque Quik regardait vers l'océan. Et celui prévu pour le test d'aujourd'hui : un skar Kance, s'agitant dans sa tête comme si Quik avait bu trop de café.

— Fais-le sans entrer dans la cage si tu peux, continua Ami. La Gardienne, comme toujours, était habillée pour la bataille. Comme si chacune de ses journées était une guerre, et qu'elle ne serait jamais prise au dépourvu. Je veux voir la portée.

Quik acquiesça, se concentrant sur le skar Kance. Même s'il était obsédé par l'évasion, par l'idée de se libérer de sa propre prison, ces tests forçaient toujours son attention. Ami avait montré d'emblée que tout manque d'attention lui vaudrait une gifle, une entaille, une punition brutale. Alors il regarda le fiend-scarabée voltigeant, envoya son impression, ce qu'il voulait, que le monstre arrête son vol et s'écrase au sol, directement au skar Kance murmurant.

La massue sembla se réchauffer dans ses mains, l'air autour de Quik prenant une teinte électrique, comme si un orage approchait. Les murmures du skar Kance perdirent de leur définition, devenant un grésillement flou et excité. Le scarabée bondit à nouveau, la fourrure brune tachetée s'écartant pour révéler des ailes irisées dans un autre voyage infructueux à travers sa cage.

À mi-chemin, seulement quelques battements plus tard, Quik sentit le skar se déclencher. Comme une expiration rapide, une ruée quitta le corps de Quik et atteignit le scarabée, projetant l'insecte dans une spirale latérale. Le fiend heurta le sable, rebondit, se redressa alors que Quik essayait de garder sa concentration, ses yeux se brouillant tandis que le skar Kance tourbillonnait l'air autour de lui en un entonnoir rapide et ciblé vers le fiend.

— Continue, ordonna Ami.

Le skar écouta quand Quik l'exhorta à continuer, les rafales enveloppant le scarabée, le poussant dans la terre. Pressant le fiend qui se débattait contre le sable. Quik se sentit étourdi, réalisant qu'il essayait de respirer sans y parvenir alors que le skar Kance poussait tout l'air autour de lui vers le monstre.

— Ne t'arrête pas, poursuivit Ami. Écrase-le, maintenant.

Un autre ordre, une autre frappe du skar, même alors que Quik tombait en avant, ses jambes ne pouvant plus le porter. Ami le rattrapa d'une main, continuant à l'exhorter.

— Arrête, Ami, cria Annalyse, soudainement et avec plus de colère que Quik, dans les fragments confus de sa conscience privée d'air, n'en avait jamais entendu. Nous avons ce dont nous avons besoin. Laisse-le partir.

— Nous devons connaître la limite, Annalyse. Mais Ami relâcha Quik, le laissant tomber dans la poussière. Lorsque le chasseur perdit de vue le scarabée, le skar se détendit, revenant à son agitation. Il respira, goûta à nouveau l'air salé et doux. Sentit le crachat dégoûté d'Ami frapper le sable près de lui. Si nous ne savons pas quand un skar, ou si un skar, tuera la personne qui l'utilise, nous ne connaissons pas les limites.

— Peut-être que nous n'avons pas besoin de les connaître. Annalyse posa ses mains sur le dos de Quik, passa un bras sur son épaule et l'aida à se lever tandis que le chasseur aspirait une respiration après l'autre. Le but de tout ceci est de sauver des vies, pas de les dépenser.

— Un pour mille, Annalyse. Un pour un million, répondit Ami, puis soupira. C'est bon. Gladdring veut nous voir de toute façon. Quelque chose se prépare. Laisse le Vis se reposer.

Annalyse fit exactement cela, guidant Quik vers sa cage, l'y installant. Quik s'allongea sur le sable, laissant ses poumons fatigués se reconstituer. Il entendit Annalyse revenir, dire qu'il avait laissé une partie de son petit-déjeuner. C'était là, qui l'attendait. Elle verrouilla la porte, s'éloigna avec un doux au revoir.

Quand Quik se redressa, il vit l'assiette, les gâteaux restants. Niché parmi eux, enveloppé dans du papier plié, se trouvait une gemme turquoise, un skar Vis. Sur le papier, griffonné en lettres rapides, il y avait un mot :

*Reste en bonne santé, reste en vie.*

*- Annalyse*

Pourtant, alors que Quik prenait le skar dans sa main, entendant ses murmures réconfortants, il eut une idée différente.

# 23
## FUITE VERS LE NORD

Incroyable comme c'était différent de courir avec quelqu'un d'autre plutôt que seule. Naviguer dans des rues inconnues, dévaler des ruelles au hasard, franchir des obstacles et semer les poursuivants étaient toutes des compétences que Torny maîtrisait aussi bien que sa respiration, des aptitudes que Yarvick lui avait martelées encore et encore avant de la laisser entreprendre ses premières missions. Des compétences qui s'effondraient rapidement quand elle devait garder un œil sur la personne particulière qui la suivait.

Bliss glissait et dérapait sur les routes glacées au-delà du domaine. Ses bottes lui permettaient de garder un certain équilibre, mais la Vis n'avait aucune expérience sur la glace et cela se voyait. Chaque fois que Torny tournait à un coin de rue, chaque fois qu'elle disait à Bliss de sauter, de se faufiler à travers une mince ouverture dans une clôture, la voleuse devait s'arrêter, se retourner et rattraper la Vis avant qu'elle ne s'étale par terre.

Cette fuite maladroite ne les aidait pas non plus à rester discrètes. La ville n'était pas exactement ce que Torny aurait appelé peuplée — une bonne partie ayant été incendiée lors de la récente attaque des démons, l'ambiance devait être morose — mais il y avait suffisamment de gens dehors en cette fin de soirée, s'occupant des réparations, cherchant de la nourriture, ou simplement regardant le ciel sombre et neigeux, pour que la paire ne manque jamais de questions criées ou de regards curieux.

En somme, un moment pourri pour le vol.

Le journal, cependant, gardait son poids dans la poche de son manteau. Le succès pansait bien des maux, et Torny, dans ces brefs moments de stabilité en courant le long d'une avenue ou derrière un bâtiment, imaginait l'approbation, les compliments, la gentillesse que Yarvick lui montrerait enfin quand elle lui rapporterait le livre. Une douceur dont elle avait été privée depuis trop longtemps, silencieuse dans son impossibilité mais maintenant alléchante dans son opportunité.

Peut-être un problème à considérer à un moment où elle ne serait pas en train d'esquiver un chariot, d'éviter le regard soufflant d'un bœuf, ou de choisir une nouvelle route sur des chemins inconnus.

— Où allons-nous ? signa Bliss quand Torny ralentit, arrivant sur une grande place circulaire. En son centre brûlait un feu de joie, un phare dans la nuit et le dépositaire des choses trop endommagées pour être sauvées. — Ou courons-nous au hasard ?

Plusieurs personnes couvertes de cendres qui avaient abandonné leurs manteaux de fourrure à la chaleur du feu jetaient des débris sur le brasier tandis que des charrettes filtraient ici et là pour ajouter aux tas. Personne ne prêtait attention au duo, et sans le chœur des gardes à leurs trousses, Torny estima qu'elles pouvaient faire une pause.

— Je voulais aller au *Bord de la Tempête*, dit Torny. Il

s'avère que c'est difficile de naviguer dans cette ville dans l'obscurité.

Pas totalement vrai, mais une explication plus simple que de détailler comment aller directement à la destination la plus évidente était une erreur. Les gens du domaine comprendraient vite, s'ils ne l'avaient pas déjà fait, qui étaient Torny et Bliss. Ils se précipiteraient d'abord vers le *Bord de la Tempête* dans une recherche frénétique, puis se disperseraient lentement quand ils ne trouveraient personne. C'est alors qu'il y aurait des trous dans la patrouille, un moyen de se faufiler, d'atteindre le navire, et—

— Wax comprendra, signa Bliss, apparemment en lisant l'inquiétude sur le visage de Torny alors qu'elles restaient debout au bord de la place, regardant les braises jaillir à chaque jet. — Il te fait confiance.

— Après ça ? J'en doute.

— Tu as tes raisons.

— Ça ne veut pas dire qu'il les comprendra. Ça ne veut pas dire que j'ai raison non plus. C'est un choix que j'ai fait, Bliss. Je ne vais pas le fuir.

Bliss prit le bras de Torny, une prise trop serrée pour de l'affection, plus celle pour empêcher une captive de s'enfuir.

— Tu ne vas pas abandonner tout ça pour un livre, n'est-ce pas ?

— Que sacrifierais-tu pour une chance de retrouver ta vie ?

— Je ne comprends pas ?

— Ce livre est mon ticket. Il paie une dette. Torny tâta à nouveau, trouva le journal. Exactement là où il devait être. — Quand je le rapporterai, je serai pardonnée.

— Et nous ? Mon frère ? Ton serment ?

Jongler avec les dettes. Rien de nouveau là-dedans.

— Je trouverai un moyen de le rembourser aussi. De tout régler.

— Tu y crois.

Pas une question. Torny apprécia cela. Bliss n'était pas une naïve attendant de se faire arnaquer, bien qu'elle l'ait peut-être été à Foti. Plus maintenant. Au moins quelque chose que Torny avait fait pour la Vis. Maintenant, elle pouvait rendre un dernier service à Bliss et la laisser s'échapper sans rien de pire.

— Allons-y, dit Torny. Faisons le tour jusqu'à l'eau. Ils seront bientôt au navire.

Cette fois, elles marchèrent. Bliss gardait son équilibre, Torny maintenait leur rythme contrôlé, et les gens qu'elles croisaient perdaient leur curiosité. Juste une autre paire perdue dans les ruines.

La plage n'apportait pas beaucoup de réponses. Plus glaciale que la ville, le sable parsemé d'éclats scintillants. Un mystère résolu lorsque Torny et Bliss s'approchèrent d'un monticule plus brillant que tous les autres, trouvant une étrange pierre d'obsidienne à sa tête et un éclat vitreux en dessous. Bliss le toucha, déclara que le verre était une version bosselée de ce qu'elles pouvaient trouver sur le *Bord de la Tempête*.

— Les démons empirent de plus en plus, dit Torny. Maintenant ils peuvent faire ça ?

— Ce n'est pas si mal. C'est presque joli.

Torny rit. — Bliss, comment fais-tu ça ? Transformer chaque situation en quelque chose de meilleur et de plus lumineux qu'elle ne devrait l'être ?

Au début, Torny l'aurait appelé de l'innocence, un manque de connaissance sur la sinistralité des îles. Bliss n'avait plus cette excuse, et pourtant elle persistait, déterminée à la fois à réussir et à ne pas perdre son âme en le faisant. Admirable, et presque irritant.

— Parce que je suis une Vis, Torny. Je suis une chanceuse. Je ne perdrai pas ça.

— Même en regardant ça ? Torny pointa le verre, l'obsidienne. — Qu'est-ce qui va se passer quand ces choses seront partout ?

Bliss haussa les épaules, les épaules fourrées bougeant à peine sous l'épais manteau. — Ils ont tué celui-ci. À quel point cela pourrait-il être grave ?

Torny tourna la tête vers la ville en ruines. — Je pense que c'est ta réponse.

— Ils reconstruiront. Tout comme nous l'avons fait.

Un autre argument commença à se former dans la bouche de Torny pour s'éteindre aussitôt. Il n'y aurait aucun moyen de la changer, pas comme ça. Et était-ce si mal, d'avoir un peu d'espoir pour une fois ?

— Allez, dit Torny, rentrons. Doucement et en silence. On verra s'ils sont partis.

Les gardes n'étaient jamais arrivés. Sur le chemin vers le navire, Bliss montra la lueur orangée qui se reflétait sur les falaises à l'arrière de la ville, exactement là où se trouvait le domaine. Un brasier gigantesque, que Torny remercia de leur avoir sauvé la peau. Quelle que soit la bonne fortune qui l'avait provoqué, Torny lui en était reconnaissante.

Cependant, cette gratitude s'évanouit rapidement lorsqu'ils trouvèrent leurs amis à bord du *Storm's Edge*, Eujo et Deux en train de remplir des sacoches tandis que Wax se tenait à la proue du navire, le regard vitreux et stupéfait. Bliss se précipita à ses côtés et commença à signer frénétiquement, pendant qu'Eujo coinçait Torny et exigeait des explications.

La Reine retrouva son allure majestueuse, mais Torny

décela une légère fissure dans la mâchoire, les yeux et la bouche d'Eujo. Un lien, là, entre deux voleuses.

— Tu comprends, commença Torny, les deux femmes dans la cabine de Torny pendant que la voleuse rassemblait ses effets essentiels, les outils et les couteaux nécessaires pour survivre où qu'elles aillent. Tu sais ce que c'est que d'avoir une dette.

— Celle que je dois à Kance est plus grande que toutes celles que tu pourrais avoir, dit Eujo, bloquant l'étroite porte de sortie. Elle avait troqué ses beaux habits de soirée contre un pantalon et une chemise plus épais, ainsi que des bottes de randonnée. Un indice que Torny devrait faire de même. Je sacrifie tout pour rembourser cette dette. Tu as failli réduire à néant tous ces efforts ce soir.

Torny secoua la tête.

— Ils n'auraient pas fait de mal à deux Renewals. Vous êtes en sécurité.

— Deux Renewals *concurrents* ? Tu es aussi cynique que moi, Torny. Parier sur leur bonté est un mauvais choix.

La sacoche pleine, Torny se leva et fit face à Eujo. Elle afficha un sourire sardonique et croisa les bras.

— Le pari a payé.

Et maintenant, pour le deuxième acte de la pièce, elle laissa son sourire disparaître pour adopter une expression sérieuse.

— Si tu veux que je parte, je partirai. Mais c'était mon seul boulot. Je ne vous mettrai plus jamais en danger, toi ou Wax.

— C'est facile à dire maintenant que tu as retourné toute une île contre nous.

Torny ricana.

— C'est l'hiver. Le temps que la nouvelle se répande, on aura terminé ici.

Torny fit un signe de tête vers les bottes.

— J'imagine que ça veut dire qu'on va marcher ?

— Deux dit que la glace sera trop épaisse pour naviguer autour du côté nord de l'île. Donc on va faire de la randonnée.

— Longue et froide.

Cette fois, c'est Eujo qui sourit.

— Trop froid pour une voleuse ?

— Je n'ai jamais dit ça.

— Alors finis de te préparer. On part ce soir, avant que les gens que tu as royalement énervés ne décident de venir nous chercher.

— Donc je suis toujours ta Gardienne ?

Comme si elle imitait Torny, Eujo laissa son sourire se transformer en un regard noir.

— Jusqu'à ce que je trouve quelqu'un de mieux. Ne fais pas de conneries, voleuse, ou je te livrerai moi-même à ces mangeurs de cailloux.

Selon Deux, leur départ commença peu après minuit, bien avant que l'énergie de leur fuite du domaine ne s'épuise. Wax restait silencieux, ses yeux se tournant souvent vers le manoir encore en flammes au loin, mais au moins il marchait. Torny ouvrait la voie, guidant à nouveau le quatuor, maintenant alourdi par leurs sacs, à travers la plage jusqu'à l'extrémité ouest de la ville avant de bifurquer vers le nord. Les rues étaient enfin désertes, ne laissant personne pour entraver leur progression, encore moins des gardes à la recherche de voleurs.

En matière d'évasion, Torny classait celle-ci parmi les plus fluides qu'elle ait connues, bien qu'elle ait du mal à en tirer de la fierté. Après qu'Eujo eut mentionné le skar de Wax et l'incendie qui en avait résulté, Torny ne pouvait pas vraiment s'en attribuer le mérite. Elle ne tombait pas non plus dans le malaise silencieux comme Bliss et son frère. Eujo, au moins, semblait comprendre qu'elle ne pouvait pas tout contrôler : continuer la quête, ne pas s'attarder sur les désastres.

Tout comme une bonne voleuse, ou quelqu'un qui devait maximiser chaque opportunité, aussi mince soit-elle.

À son extrémité nord, la ville s'étiolait en remontant une pente qui débouchait enfin sur la vaste plaine de Whent. L'obscurité nuageuse ne laissait rien voir d'autre qu'une neige tourbillonnante et venteuse au-delà. La route, au moins, était jalonnée de solides poteaux de pierre enfoncés dans le sol tous les quelques pas pour garder les voyageurs sur la bonne voie dans la tempête. Un sentier qui, selon le seul gardien aux portes, un homme somnolent trop endormi pour enregistrer le choc de leur départ à une heure si étrange, les mènerait à travers toute l'île s'ils le souhaitaient.

— Et les skars ? demanda Eujo. Est-ce qu'il nous y mènera ?

— La Faille Dorée ? répondit l'homme. Allez tout droit, ne tournez pas une seule fois, et vous y arriverez. Ou plutôt, vous pourriez y arriver.

— Pourriez ?

— Il y a des démons là-bas, c'est sûr, mais c'est encore pire si vous ne voyagez pas avec un groupe plus important. L'homme jeta un coup d'œil hors de son poste de garde, niché près des grandes portes en bois et d'une forêt de torches. Pas assez nombreux, et à pied en plus ? Vous risquez de geler ou de mourir de faim avant d'atteindre le Najahn.

— On s'en sortira, rétorqua Eujo. Ouvrez la porte.

Avant d'avoir volé le journal, Torny aurait peut-être

protesté. Suggéré de trouver une charrette, un bœuf ou quelque chose pour les tirer. Maintenant, alors que l'homme secouait la tête et ouvrait grand les portes, révélant la toundra venteuse, Torny resta silencieuse.

Chaque boulot avait son prix.

# 24

## LA REQUÊTE DE L'ASSASSIN

Que vous apporte la loyauté ?

Sawi se répétait cette question sans cesse dans sa nouvelle cellule. De pierre, petite, avec des barreaux. Haut dans une tour que Sawi n'avait pas vue de l'extérieur — les gardes désignés par Fassle l'avaient déplacée par des tunnels et des escaliers étroits, des passages secrets conçus pour tenir les yeux curieux à l'écart. Un banc avec un matelas moisi, un pot sale en dessous pour ses besoins corporels et pas grand-chose d'autre. La fenêtre semblait encore plus petite que l'ancienne, à peine plus grande qu'une assiette maintenant.

Pas de vitre non plus, laissant le froid hivernal souffler librement sur ses vêtements soudain si minces.

Fassle les lui avait pris aussi : pas de robes Najahn pour une prisonnière, pas de skar Tamas non plus. Seulement ce qui devait être un sac à grain dans une vie antérieure et les sandales les plus fines et les plus délabrées jamais imposées à des pieds. Rien de plus, tout en moins. On l'avait jetée dans la cellule en lui disant d'attendre, puis on l'avait lais-sée là.

Les heures s'écoulaient lentement, avec Sawi, ses regrets, et pas grand-chose d'autre. Elle avait déjà eu deux repas, si l'on peut appeler repas du pain rassis, des fruits moisis et de la neige fondue. Toute tentative d'exprimer son mécontentement était accueillie par le silence. Pas même un haussement d'épaules.

Au moins, supposait Sawi, les gardes ne semblaient pas y prendre plaisir. Ils ne la battaient pas, ne se moquaient pas d'elle, se contentant de ne rien dire au-delà des instructions nécessaires et de la laisser seule.

Pendant un moment, Sawi essaya de se projeter mentalement à Vis, argumentant que rester chez elle aurait signifié des regrets constants, se demandant pourquoi elle n'avait pas saisi cette nouvelle chance quand elle s'était présentée. Elle se revoyait parmi ces arbres, grimpant haut et touchant presque le ciel, les oiseaux.

Wax avait une cape de Renouveau. Pas question qu'ils l'emprisonnent, pas quand, comme l'avait dit Fassle, Noctia et les Najahn protégeaient le monde. Sawi n'avait pas un tel levier, n'avait pas un tel—

— Alors la Vis a fait des siennes.

La voix avait une familiarité étrange, comme si quelqu'un essayait d'imiter l'accent de Vis, celui de la famille de Sawi, sans vraiment y parvenir. Elle appartenait à un homme élancé qui ne portait pas de robes Najahn, mais des vêtements propres, gris et bleus. Plusieurs chaînes d'argent s'enroulaient autour de son cou et de ses oreilles, une parure que Sawi reconnut comme étant de Kance. Pas de violet et de noir nulle part. Pas un Najahn, alors ?

— Qui êtes-vous ? demanda Sawi.

— Quelqu'un qui voit les problèmes et cherche à en tirer profit. Je m'appelle Livier, et je suis à la recherche de ma reine.

— Quoi ?

Livier, plutôt que de répondre à la question de Sawi, hocha la tête comme si elle avait répondu à la sienne. Il tendit une main, un bandage serré sur sa paume, et la passa le long des barreaux. — Fassle pense que vous n'êtes pas complice des actions du Renouveau de Vis. J'espérais le contraire, mais hélas.

— Encore une fois, quoi ?

Livier enroula ses doigts autour du barreau. Une prise lâche, puis serrée, comme s'il agrippait le cou d'un poulet. — Le Renouveau de Vis et notre Reine voyagent ensemble, pour leur plus grand malheur. Une erreur causée par plusieurs personnes qui ont échoué de la façon la plus misérable qui soit.

— Vous continuez à parler par énigmes.

— Et peut-être que les Vis sont exactement aussi simples que le reste des îles le croit.

Sawi se leva, frappa les barreaux assez vite pour atteindre et saisir la main de Livier, plaquant son poignet contre le métal.

— Si je pousse là-dessus, je vais le casser, gronda Sawi. Ma journée a été, comment avez-vous dit, bordélique, et vous ne me plaisez pas. Dites ce que vous voulez, ce que j'y gagnerai, et ensuite on pourra en finir avec cette danse.

Livier siffla. Pas un son effrayé, et son regard ne vacilla pas. Il laissa sa main dans la prise de Sawi, détendu.

— Au moins, vous êtes prête à prendre des initiatives, dit Livier. Et je crois que vous avez du temps à perdre. Des saisons et des saisons, selon Fassle. Les Najahn n'aiment pas beaucoup les traîtres une fois qu'ils sont attrapés.

— Vous ne dites toujours rien qui m'intéresse.

Sawi luttait pourtant pour empêcher les mots de Livier de se refléter sur son visage, pour garder ses nerfs de glace.

Des saisons passées dans cette cellule ? Elle se flétrirait. Perdrait l'esprit. Rejoindrait les cris de folie occasionnels venant d'ailleurs dans la tour, des sons qui ne se taisaient que lorsque les gardes s'ennuyaient assez pour les faire cesser.

Pas une mort, une vie, destinée à une Vis.

— Alors que diriez-vous de ceci, dit Livier. Confirmez mon intuition. Vous connaissez le Renouveau de Vis, n'est-ce pas ?

— Pourquoi voulez-vous savoir ?

— Parce que ma Reine pense que votre Renouveau peut la protéger. Il ne le peut pas. Pas de ce qui arrive.

Sawi cligna des yeux. Elle lâcha la main de Livier et fit un pas en arrière dans sa cellule.

— Qu'est-ce qui arrive ?

Livier hocha la tête, un mouvement lent, comme s'il avait décidé maintenant d'accorder à Sawi un certain respect formel.

— Kance a deux Reines. Leur règne est toujours instable par conception. Aucun pouvoir ne devient trop confortable. Cependant, une Reine a décidé que l'autre n'avait plus besoin de vivre. Des assassins sont en jeu, plus dangereux que n'importe quel démon. Si le Renouveau de Vis voyage avec leur cible, sa vie pourrait bien être perdue.

Tout enfant de Vis grandissait en apprenant à ne pas faire confiance à une seule source. Bien que cette leçon tendait à s'accompagner de mensonges sur des fruits frais, un bon itinéraire de vigne, ou la taille du poisson pêché pour le dîner, la prudence face aux affirmations extravagantes fit que Sawi plissa les yeux, tapotant un doigt sur sa cuisse alors qu'elle se tenait au centre de la cellule.

— Donc, quoi, au beau milieu d'un Renouveau, vos Reines décident de s'entre-tuer ?

— Le chaos offre souvent des opportunités.

— Alors vous êtes, quoi, le pote de l'autre reine ? Vous essayez de la prévenir ?

— De la protéger. Livier prit un air sévère à ce mot. C'est aller trop loin que de faire cela maintenant, avec tant de danger. Et si Kance revendique l'Égide, alors le problème de ma Reine est de toute façon résolu. Elle cède à l'agression.

— Elle va faire tuer Wax ?

Livier pencha la tête. — Wax ? C'est le nom du Renouveau ?

Merde. Sawi se mordit la lèvre et balaya son erreur. Le skar de Tamas l'avait nourrie ces dernières semaines, lui chuchotant émotions et intentions à l'oreille. Sans lui, elle se sentait perdue, incapable de naviguer dans le brouillard conversationnel de Livier.

Il fallait battre en retraite, alors. Voir si elle pouvait repartir de zéro.

— Donc vous voulez trouver la reine, votre reine. Vous voulez que je vous aide pour ça ? demanda Sawi. Parce que je ne sais pas où ils vont. Je ne suis pas une Gardienne.

— Je le vois bien. Nous connaissons leur destination. Avec un peu de chance, les tempêtes aminciront suffisamment la glace pour que nous les rattrapions. Non, ce pour quoi je suis ici, ce que je veux savoir, c'est ce qui importe à votre Renouveau. Ses amours, ses peurs. Pouvez-vous me le dire ?

C'était stupéfiant de voir à quelle vitesse la curiosité pouvait se transformer en dégoût. Sawi aurait appelé les gardes sur-le-champ si elle pensait qu'ils viendraient.

— Même si je le pouvais, pourquoi le ferais-je ?

— Pour une raison très simple, Sawi. Quand nous trouverons notre Reine, il semble que votre Renouveau essaiera de se mettre en travers de notre chemin. Quand il le fera, nous aurons besoin de quelque chose pour le convaincre de nous laisser tranquilles. De nous laisser faire notre travail et la protéger. Cette chose, cette corde, qui sauvera sa vie... Je pense que vous pouvez me la donner.

Donc Livier n'était pas venu ici sur un simple pressentiment. Il avait des informations, et Sawi le voyait maintenant dans sa posture. Ce n'était pas un homme à la pêche aux réponses, mais quelqu'un qui en avait la plupart et avait juste besoin d'un petit peu plus. Pire encore, ses bras relâchés et son léger sourire en coin suggéraient qu'il était prêt à faire ce qu'il jugeait nécessaire pour l'obtenir.

— Vous n'essayez pas de blesser Wax ? demanda Sawi, doutant qu'elle puisse lui faire confiance, mais ayant besoin de poser la question malgré tout.

— Pourquoi ? Pour une fois, Livier semblait véritablement offensé. Je vis dans ce monde. Kance aussi. Nous avons besoin d'un Aegis, et Wax pourrait être le prochain. Cependant, tout le monde n'a pas ces scrupules.

Une réponse manipulatrice ? Oui. Une réponse qu'elle pouvait contester ? Non. Que pouvait faire Sawi de toute façon ? Se faire torturer ou manipuler pour rien ? Peut-être que ce type prendrait ce qu'elle dirait et ferait vraiment ce qu'il proposait, l'utiliserait pour garder Wax en sécurité.

Dans tous les cas, Sawi serait toujours ici dans la cellule. Au moins de cette façon, elle ne serait pas blessée.

— Sa sœur est une Gardienne, dit Sawi. Elle est muette et féroce. Si vous l'avez de votre côté, Wax fera ce que vous voulez.

Livier hocha la tête. — Autre chose ? Pour sa sécurité, vous comprenez.

Sawi hésita. Une lueur. Une chaleur malsaine se répandit dans son ventre à cette pensée, sachant que la pensée allait devenir action, mais elle ne pouvait pas arrêter les mots. La cellule était trop petite, la pierre trop froide. Elle ne pouvait pas rester ici, pas un instant de plus que nécessaire.

— Moi. Dites-lui ce qui m'arrive, et il oubliera votre reine, dit Sawi. Nous...

— N'en dites pas plus, Livier fit un autre signe de tête, celui-ci plus formel, un marché conclu. Je suis sûr que Fassle saura faire preuve de clémence si le Vis Renouveau le demande. Je ferai la même offre avant que nous ne prenions la mer. Un sourire complet, aussi sincère que le reniflement précédent. Merci, Sawi. Vous avez peut-être sauvé de nombreuses vies aujourd'hui.

Pourtant, aucun réconfort ne vint avec le froid après le départ de Livier. Seulement les cris, seulement le vent, seulement ses pensées qui s'assombrissaient de plus en plus.

# 25
## LE PREMIER GARDIEN

Dans un monde ravagé, ils étaient deux. Au milieu du désespoir, de la destruction et de la violence, ils étaient deux à avoir laissé derrière eux les cendres et le sang dans l'espoir de quelque chose de meilleur. Ils ont volé et lutté, combattu et fui à travers Les Sept Îles, alors une ruine sauvage au milieu du chaos des dieux mourants et des démons sauvages. Épée et poignard, corde et hache, Demion et son Gardien ont traversé les montagnes, les plaines et les rivières tandis que quatre longues années s'écoulaient.

Leur objectif est né par accident, une découverte fortuite dans les hautes montagnes de Kance. Une pierre argentée scintillante et ses murmures, fragments de ce que les dieux avaient jadis prononcé lorsqu'ils vivaient, quand tous les gens n'étaient que des moucherons face à la grandeur. Demion, alors simple survivante, devina ce que signifiaient ces doux fragments.

Les dernières réflexions d'une divinité morte.

Les skars, comme on les appela par la suite, renfermaient du pouvoir. Aléatoire, certes, mais suffisant pour faire pencher la balance entre les hommes et un monde hostile. Demion recruta son ami, un homme plus habitué à creuser la roche pour créer des abris dans les cavernes qu'à manier ces mêmes outils contre des monstres.

Quand l'espoir a peu de prises, il s'accroche à ce qu'il peut.

Six skars, et le dernier les amena à Noctia, au centre du cratère, l'immense entaille de la Blessure. Le duo, marqué par les batailles et meurtri, descendit, aidé maintenant par des suiveurs, comme le sont souvent les légendes. L'espoir de Demion s'avéra contagieux, d'autant plus quand elle faisait suivre ses discours de massacres alimentés par les skars, repoussant les démons ou les détruisant complètement.

De longues cordes firent descendre le duo, des échelles dans les profondeurs. S'accrochant à la roche, Demion et son Gardien rattachèrent leurs cordes et descendirent plus loin, plus profondément dans l'obscurité. Leurs suiveurs, des soldats aux forgerons, des tisserands aux bûcherons, posèrent leurs pieds sur les nœuds derrière eux. Des chants retentissaient, mêlés ici et là au fracas des lames sur la chair tandis que les démons montants trouvaient leur fin. À travers tout cela, Demion utilisait les skars, leur feu, leur vent et leur roche pour dégager leur chemin.

— Jusqu'à ce que nous arrivions ici, dit le Roi Mort, alors que Svarde et Maena se reposaient, avec Kivi qui grignotait des morceaux de roche tombés à proximité. Ce n'était alors qu'une caverne, et pas une grande. Demion et moi avons suivi les grottes jusqu'au bout. Là, nous avons trouvé la dernière lumière de Noctia, son skar, et avec lui, la source des démons. Elle a pris le skar, m'a dit de tenir jusqu'au bout, de construire un réduit pendant qu'elle sécurisait la surface. Ensuite, avec toute l'humanité derrière elle, nous marcherions ensemble pour mettre fin aux monstres.

— Ça n'a pas marché, n'est-ce pas ? dit Maena, croquant dans une pomme séchée.

— Comme je l'ai dit, il est facile de trouver l'espoir. Plus difficile de le réaliser. Le Roi Mort, toujours assis sur le dais rugueux tenant l'épée, casque et armure enfilés, les regarda fixement. Nous avions des provisions qui descendaient, des gens aussi, les acheminant. La Blessure est devenue notre route tandis que nous creusions cet endroit, le transformant, sinon en ville, du moins en foyer. Le poing gauche de l'homme, libéré de la garde de la lame, frappa doucement sa cuisse. Je m'en souviens encore. Le choc quand les cordes sont tombées. L'une après l'autre, elles s'effondraient dans notre poussière, coupées d'en haut.

— Demion vous a abandonnés ? demanda Svarde.

— L'a-t-elle fait ? Je ne sais pas. Vous êtes les premiers de la surface que je rencontre depuis ce jour-là. Nous avons envoyé des émissaires, des groupes, tenté notre chance, et tous ont échoué à revenir. Le Roi Mort soupira, un son creux. L'espoir meurt vite ici-bas. La vie n'est pas faite pour durer dans l'obscurité. Quand il est devenu clair, après des saisons et des années, que Demion ne reviendrait pas, que nos vies étaient dépensées à bloquer les démons, nous avons essayé. Ceux d'entre nous qui restaient, nous avons essayé d'y mettre un terme.

L'homme ajusta sa prise sur l'épée dentelée, soulevant sa masse imposante d'une fraction au-dessus du sol.

— Nous avons trouvé ceci. J'ai trouvé ceci. Un éclat du poignard de Vis, et en lui, un pouvoir sur la mort et la vie ensemble.

Cette phrase suscita mille questions, mais Svarde les retint. Il se concentra plutôt sur sa gourde d'eau. Quelque chose dans le ton de l'homme laissait entendre qu'il n'avait pas eu l'occasion de raconter cette histoire depuis long-temps, que l'interrompre maintenant serait une grave offense.

Pas un risque à prendre avec quelqu'un prétendant avoir la maîtrise des corps jonchant les cavernes au-delà.

— Au début, une bénédiction. Puis, une malédiction. Chaque ami que je me faisais, leurs enfants et les enfants de leurs enfants devenaient moins que des souvenirs. Les démons, la maladie, de simples accidents ont transformé ma famille, car c'est ce que nous sommes devenus, en outils. Des corps à jeter contre le flot incessant. Je les manie comme vous pourriez remuer vos doigts, un ordre exécuté sans résistance, avec une force aveugle, jusqu'à ce que tout ce qui reste soit mis en pièces.

— D'accord. Maena leva un doigt, inclinant la tête. Vous avez cette lame, elle peut prendre les morts et les faire faire ce que vous voulez. Pourquoi ne réveillez-vous pas tous ces démons que vous tuez pour les faire marcher contre les leurs ?

Le Roi Mort se tourna vers la lame. — Comme des doigts, ai-je dit. Peut-être que quelqu'un d'autre pourrait trouver un moyen, mais je ne peux pas franchir ce fossé. Un démon mort m'est aussi inaccessible qu'à vous, mais amenez-moi assez près du corps d'un humain, et je le sens qui attend.

— Donc vous êtes resté assis ici, à tergiverser, tout ce temps ? demanda Maena, sa pomme terminée et remplacée par une confusion colérique. À construire votre porte d'os, avec les démons juste là ?

— Nous avons essayé. Plus d'une fois, nous nous sommes frayé un chemin jusqu'à la source, et plus d'une fois nous avons tenté de les détruire avec ce que nous avions. Haches, pierres, lames, nos méthodes se sont avérées inefficaces. Alors je me suis à nouveau tourné vers les derniers mots de Demion, de garder cet endroit, et j'ai fait ce qu'elle demandait.

— Pas très bien.

— Hé, commença Svarde, mais le cliquetis et le tintement de l'homme qui se levait le coupa.

— Un homme mort fait un piètre combattant, dit le vieux guerrier. Un corps brisé encore moins. Nous avons affronté les démons du mieux que nous pouvions, mais notre nombre diminue. Ils passent souvent maintenant, et bientôt il ne restera plus rien pour leur barrer la route. Svarde perçut une note presque joyeuse dans la voix de l'homme. Je m'y rends moi-même, maintenant, pour me tenir à la porte et attendre la fin que je mérite.

— Alors vous abandonnez ? Maena cracha sur le côté. Lâche.

Le Roi Mort ne prit pas la peine de répondre, passant devant Maena de son pas lent. Les épaisses bottes de métal résonnaient dans l'habitation à chaque pas. À la sortie de la pièce, alors que Svarde rangeait son propre repas, l'homme s'arrêta, la lourde lame maintenant en équilibre sur son épaule.

— Voulez-vous voir pourquoi ? demanda le vieux guerrier. Voulez-vous voir la source de tout cela ?

— Nous sommes ici pour y mettre fin, alors ouais, allons-y, répondit Maena.

— Elle a raison, ajouta Svarde. Nous avons des amis en chemin. Ensemble, nous...

— Vous trouverez ce que nous avons trouvé, le coupa le Roi Mort. Un dernier regard sur notre horreur implacable.

Il continua par la porte voûtée, descendit les marches et s'éloigna.

— Pas très encourageant, ce type, hein ? demanda Maena, suivant l'exemple de Svarde et se préparant à marcher. On pourrait penser qu'il serait content de nous voir.

— Demion vivait il y a des centaines d'années. Svarde glissa ses haches à sa taille. Il repoussa l'épuisement, les douleurs continuelles qui accompagnaient chacun de ses mouvements. Il est ici depuis si longtemps. Se souvient-il même de ce que c'est d'être heureux ? D'apprécier quoi que ce soit ?

—Rien à perdre, alors. Autant y aller.

Svarde jeta un coup d'œil vers Maena alors qu'ils commençaient à suivre le Roi Mort. — Tu n'as pas l'air d'être toi-même, Maena. Qu'est-ce qui ne va pas ?

La capitaine Rana ricana, un son qui fit renifler Kivi de surprise. — Tu ne vas pas me croire, Svarde, mais être presque tué une douzaine de fois en l'espace d'une saison change une personne. Se faire aspirer l'âme par un démon peut modifier ta perspective, ton esprit. Ça rend les choses un peu embrouillées. Elle fit un geste désordonné en direction du Roi. Mais je suis toujours là où ça compte. Quand ces démons viendront, je serai aussi tranchante que les meilleurs.

—Je ne comprends pas ?

Maena, cependant, se contenta de rire et suivit.

Un guerrier ancien à l'esprit fragmenté, résolu à trouver son dernier repos dans l'obscurité, une capitaine Rana instable capable de tout à tout moment. Voilà ses alliés ici, à la dernière étape. Svarde trouva Kivi, se baissa pour caresser la tête de pierre du loyal ferrite.

— Toi et moi, on va devoir rester près l'un de l'autre, marmonna Svarde au lézard. Ne fais rien de stupide, et tu pourrais t'en sortir vivant.

Quant à lui-même, alors que Svarde suivait les deux autres à travers la cité morte, qu'est-ce que ça importait. La seule chose qui pourrait lui apporter un petit sourire, un peu de bonheur, c'était l'armée de Jochi, et de savoir qu'elle pourrait rapporter à Catya la nouvelle de leur fin grandiose, et de la délivrance que Svarde lui apporterait enfin.

# 26

## LA MARCHE DANS LA NEIGE

Singulier comme l'excitation, la colère et la volonté de vivre pouvaient s'éteindre en quelques heures, se muant en une fatigue menaçante tandis que Wax avançait pas à pas sur le sol dur, marchant vers le nord dans la vaste toundra de Whent. La neige, soufflée par le vent, cinglait une route bordée uniquement de poteaux enfoncés profondément dans la terre. D'une certaine manière, le vent empêchait les congères de devenir trop profondes pour être franchies. D'un autre côté, l'air était comme des lames s'enfonçant dans sa peau.

Eujo et Torny semblaient moins affectées, leur sang plus chaud résistant mieux au froid hivernal. Wax, sa capuche fourrée lui battant les yeux, jetait des coups d'œil au duo tous les quelques pas, à la fois par envie de leur apparente résilience et pour s'assurer qu'il ne s'était pas égaré dans le blanc. Les mésaventures de la nuit avaient aussi alourdi les jambes de Wax, un fardeau que la glace accrochée n'aidait en rien à alléger.

Les skars, cependant, faisaient valoir leurs avantages.

D'abord vint Vis, sa brillance turquoise servant de revitalisant continuel, guérissant les membres gelés de Wax, sa peau desséchée et ses pieds cloqués. Lui et Eujo passaient leurs skars de Vis à leurs Gardiens, répartissant les bienfaits pour maintenir leur quatuor en mouvement. Partageant aussi le voyage, il y avait les skars de Foti et leur chaleur infinie, petites poches ardentes que Wax tenait dans sa main, posait contre sa poitrine, ou laissait même tomber dans une botte juste pour raviver un peu de vie dans un pied traînant.

— On aurait dû en prendre une douzaine, dit Torny alors que la matinée s'étirait vers midi, pas que l'un d'entre eux puisse vraiment le dire : la tempête de neige aveuglante du jour rendait toute notion de temps impossible. Personne ne nous aurait arrêtés.

— Jusqu'à ce que le prochain Renouveau arrive et se retrouve sans aucune chance, répliqua Eujo. Ce ne serait ni juste, ni bon pour les Îles.

— Je déteste comme ce qui est bon pour les Îles ne semble jamais être ce qui est bon pour moi.

— Ce domaine a brûlé pour vous, dit Wax, parce qu'il était bon pour les îles que nous survivions.

— Bliss et moi étions déjà parties à ce moment-là.

Wax lança un regard noir à la bandit, auquel Torny répondit par un haussement d'épaules. La langue acerbe de la bandit semblait toujours viser les autres, un trait que Wax n'avait pas remarqué jusqu'à présent, jusqu'à ce que Torny fasse passer ce qui s'était passé la nuit dernière pour un acte aléatoire, un mauvais choix, et pas de sa faute.

Au moins, la colère montante servait à repousser le froid, donnant plus de vigueur à ses pas.

— Nous ne serions pas ici comme ça si tu avais gardé tes mains propres, dit Wax.

— Tu n'en sais rien, rétorqua Torny. Je n'ai pas vu de

chariots à vendre. Ni de bêtes pour les tirer d'ailleurs. Ce seigneur de guerre les a tous emmenés sous terre. On aurait marché de toute façon.

— Avec de meilleures provisions et des amis derrière, au lieu d'ennemis.

— Si ces gens sont tes amis, Wax, tu devrais en trouver de meilleurs.

— On aurait pu les utiliser, Torny, intervint Eujo, son ton royal ajoutant une logique de fer. Ils nous auraient aidés pour leur propre intérêt. Pas des amis comme toi et Bliss, mais des amis que nous aurions appréciés.

— Bien sûr, jusqu'à ce qu'ils vous poignardent dans le dos.

— La seule à poignarder dans le dos là-bas, c'était toi, marmonna Wax.

— Qu'est-ce que tu dis, Renouveau ? Tu as dit quelque chose ?

Bliss se pencha sur sa gauche, saisissant le bras de la bandit et forçant Torny à la regarder. Ses doigts s'agitèrent, la neige rendant trop difficile pour Wax de saisir. Pas que ça importait, il pouvait en comprendre l'essentiel : calme-toi Torny, arrête de te comporter comme une idiote, et ainsi de suite.

La même conversation qu'elle avait eue avec Wax maintes et maintes fois, quand il avait trop bu de vin de pêche ou était tombé amoureux de son propre ego.

Une femme de bon sens, Bliss. Sans elle, toute cette aventure se serait effondrée il y a longtemps. Il aurait abandonné, serait retourné sur Vis, profitant d'un beau soleil matinal. Le doux prix de consolation de l'échec.

Le soir apporta un répit, la tempête de neige ralentissant suffisamment pour révéler quelques rochers regroupés juste à côté de la route. Une pancarte y était accrochée avec de sinistres distances placardées sur son panneau laqué, indiquant qu'ils avaient parcouru moins de la moitié d'une journée de progrès à leur rythme terrible. Une semaine jusqu'à leur objectif semblait maintenant plus proche de deux, bien plus longtemps que les rations qu'ils avaient emballées.

— Faire demi-tour ? répondit Torny à la question de Wax alors qu'ils se blottissaient sous les pierres, les dalles en saillie ressemblant à des pétales de fleurs de granit s'élançant vers le ciel. Ils nous tueront.

— Mieux vaut ça que mourir de froid ici, dit Wax. D'ailleurs, peut-être que si tu leur rends le journal, ils... eh bien, ils te tueront probablement quand même.

— Exactement.

— Il n'y a pas de retour possible. Eujo hocha la tête vers Bliss, qui avait fouillé autour des bases des pierres pour trouver des herbes, des arbustes et des mauvaises herbes séchées. Elle les avait empilés, avec l'aide des autres, et avait maintenant un petit feu en train de démarrer. Bliss a raison. Nous sommes ici, nous sommes des Renouveau, et ce voyage ne se terminera pas tant que l'un de nous ne sera pas assis sur le trône de la Blessure.

— Ou nous serons tous des statues gelées, dit Torny. Je suppose qu'ils pourraient prendre le journal alors. L'arracher de mes doigts glacés.

— Voilà une idée, médita Wax.

— Une meilleure serait de dormir. Manger. Prendre le repos que vous pouvez, parce que nous devrons marcher plus vite demain, dit Eujo, puis elle agita une main dans l'air, comme si elle surfait sur la brise. Le vent faiblit. Ce sera un voyage plus facile.

— J'espère bien, parce que mes jambes sont sur le point de tomber, dit Torny. Bliss, donne-moi un coup de coude quand quelque chose sera cuit. Quelqu'un me réveille pour mon tour de garde.

Wax renifla. — Tu penses que quelqu'un cherche à voler quelque chose ce soir ?

— Pas un voleur, dit Torny dans sa sacoche, le sommeil s'emparant déjà de ses mots.

— Whent a plus de menaces que la neige et la glace, ajouta Eujo, fixant les flammes grandissantes que Bliss attisait. Torny a raison. Nous allons établir un tour de garde.

— Alors je prendrai le premier quart, dit Wax. Je ne suis pas fatigué de toute façon.

Après avoir grignoté un peu — le froid semblait voler autant l'appétit que la chaleur — Eujo et Torny cédèrent à leurs rêves. Bliss s'approcha et s'assit à côté de Wax, le feu luisant contre leurs dos. La toundra s'étendait devant eux, une obscurité sans fin sous un ciel nuageux. Pas d'étoiles, pas de paysage, et peu de sons hormis le bruissement décroissant du vent.

— Je sais que tu es fâché contre Torny, signa Bliss, rentrant sa main dans sa poche entre chaque geste. Elle avait une raison, Wax.

— Je m'en doute. Wax adopta le langage des signes, épargnant à sa voix de respirer davantage d'air mordant. Je parie aussi que ça ne vaut rien comparé à l'Égide.

— Pour elle, si.

— Alors elle doit revoir ses priorités.

Bliss fronça les sourcils, une expression difficile à discerner dans l'ombre. Elle se retourna, creusant un trou morose dans le sol avec ses yeux. Wax garda les siens fixés au loin, essayant d'imaginer une jungle là-bas, des lianes pour se balancer. Sawi sous le soleil d'été.

— Elle n'est pas qu'une Gardienne, signa Bliss après plusieurs minutes.

— Je sais. C'est une voleuse.

— Ce n'est pas ce que je veux dire. Tu sais que ce n'est pas ce que je veux dire.

Le savait-il ? Wax examina le visage de sa sœur, ses yeux clairs et son regard vif. Pas une personne effrayée, une personne soumise, une personne se demandant qui et ce qu'elle était. Non, Bliss semblait être exactement là où elle voulait être. Il dirigea son regard vers la forme endormie de la bandit, rejouant les signes de Bliss.

Elles passaient du temps ensemble, Bliss et Torny. Partout où le groupe s'arrêtait, ces deux-là avaient tendance à s'éclipser. Bien après que Wax et Eujo aient abandonné la bière, Torny faisait encore boire des pichets à Bliss, qui signait de manière de plus en plus maladroite. Elles revenaient d'une autre nuit à Noctia en parlant de toits escaladés, de vues aperçues non destinées aux yeux ordinaires. Un certain type d'aventure que Wax connaissait bien.

— Tu penses savoir de quoi tu parles, signa Wax en fronçant les sourcils. Crois-moi. J'y suis passé. Ça semble réel, comme la meilleure chose que tu connaîtras jamais.

— C'est la meilleure chose que j'aie jamais connue.

— D'accord, mais Bliss, tu es jeune. Tu n'as jamais vécu quelque chose comme ça avant.

— Oh, parce que tu es une sorte d'expert ?

— Eh bien, Sawi...

Bliss secouait déjà la tête avant que Wax ne finisse de signer le nom. — Tu l'as quittée. Ce n'est pas ce que Torny et moi avons.

— Nous avons grandi, Bliss. Tout comme toi. Torny est bien, mais elle va se blesser ou se faire tuer avec ses tours. Je ne veux pas que tu finisses de la même façon.

— Dit le frère qui a demandé à sa sœur de venir pour

cette chose. Bliss se leva. Je suis désolée que tu ne puisses pas être heureux pour moi, que tu sois amer, parce que s'il y a une chose que j'ai apprise ces dernières semaines, c'est que tout peut se terminer à tout moment. Je vais trouver mon plaisir, peu importe ce que quiconque dit.

Bliss se retourna, marcha près de Torny et s'installa sur le sol, rabattit sa capuche sur sa tête, et n'offrit rien de plus à Wax. Un au revoir froid, qui n'était en rien apaisé par les skars chuchotant dans sa tête. Les pierres, ces rebuts des dieux, n'offraient aucun conseil, laissant Wax débattre avec lui-même, argumenter avec des visions contre l'obscurité.

Il avait fait ses choix, Bliss pouvait faire les siens. De retour sur Vis, Wax n'avait jamais jugé Bliss, Quik, ou quiconque pour leurs romances, leurs aventures. Pourquoi commencer maintenant ?

Parce que sa vie, leurs vies dépendaient d'esprits sobres et de cœurs vaillants ?

La toundra ne donnait aucune réponse.

# 27

# LE RETOURNEMENT DU TRAÎTRE

Ses mains saignaient, les ongles arrachés. Ses bras portaient des égratignures, certaines saignantes et d'autres en train de cicatriser. Son dos était marqué par les entailles laissées par les barreaux de la cage, son trou n'étant pas tout à fait assez profond pour une évasion sans heurts.

Pourtant, Quik se tenait au-delà des barreaux, un homme libre, bien qu'en territoire ennemi. Il n'était pas seul : le skar de Vis continuait de lui murmurer des paroles réconfortantes, un son que Quik connaissait bien et auquel il s'était fié pendant les heures frénétiques qui avaient suivi le déballage de la note d'Annalyse. La guérison du skar maintenait Quik en forme alors que l'après-midi avançait, le poussant à creuser bien après qu'Ami ou Annalyse auraient dû revenir. Qu'elles ne soient pas revenues était une question en soi, une question à laquelle Quik résolut de répondre après avoir fait la chose importante et quitté la terrible tour du Tenet.

Le réseau de grottes près de la mer n'était pas grand, avec ses quelques chambres s'étirant à partir d'une seule ouverture côté mer. Toutes ces chambres se terminaient par des cages comme celle de Quik, les deux autres contenant des démons attendant leur chance de danser avec les skars. Au centre du réseau se trouvait un escalier de pierre, qui ramènerait Quik dans la tour et la vie najahn. La seule autre option aurait été de plonger en espérant que les vagues ne le projettent pas contre les rochers de la falaise, un geste insensé pour un homme qui savait qu'il n'était pas le meilleur nageur des Îles.

Sur Vis, on n'avait pas besoin de vivre dans l'eau.

L'escalier, donc. Un chemin difficile à grimper en silence, avec peu de couverture. Néanmoins, le chasseur s'approcha avec autant de discrétion qu'il put rassembler, s'accrochant aux ombres sous la roche sombre tandis que la mer faisait écho à ses grondements habituels. Les cheveux et la peau de Quik portaient la sécheresse de l'eau salée, un inconfort raide enfin mis de côté, avec un but. Ces marches l'appelaient, et sans formes ni sons au-dessus, Quik prit la première.

Marcher sur autre chose que du sable pour la première fois depuis des jours fit chanceler Quik, le poussant à tendre le bras et à saisir la rambarde étroite de sa main gauche, sa droite occupée par le skar. La pierre glaçait ses pieds nus, mais tenait bon, une sensation merveilleuse après si longtemps d'incertitude sur le sable mouvant. Une autre marche, montant et tournant dans l'étroite spirale, grimpant le long du forage jusqu'à la base de la tour.

Le niveau le plus bas marquait le laboratoire d'Annalyse. Ou était-ce celui de Gladdring ? Quik chassa la question, émergeant dans la pièce circulaire éclairée par des torches à travers l'entrée, la spirale se relâchant en une courbe langoureuse se terminant par une plate-forme plane. Là, éparpillés partout, attendaient les coffres, les artefacts, les merveilles. Quik se surprit à les fixer, n'ayant jamais vu la pièce auparavant, sauf un bref coup d'œil alors qu'ils l'avaient traîné, captif, ce premier jour.

À l'époque, il était occupé par des préoccupations plus immédiates.

Quik promena son regard sur les skars, les dispositifs, notant chacun d'eux et leur nombre. Il y a quelques jours, beaucoup de ces constructions métalliques, ces armes et outils avec des incrustations sculptées auraient été des mystères. Maintenant, il cataloguait leurs emplacements, leurs fonctions, les skars disposés à côté pour leur utilisation. Plus de skars de Vis et de Foti que la plupart. Rana et Kance semblaient les moins nombreux. Cela correspondait à ce que Quik supposait : l'île du vent gardait les Najahn aussi loin que possible, tandis que Rana était un désastre perturbé par les démons.

Il écouta et n'entendit aucune voix, ne sentit aucun tremblement de pas silencieux sur le sol de pierre et de bois. Quik resta accroupi, se frayant un chemin le long du périmètre de la pièce, ses yeux toujours levés, guettant toute arrivée surprise.

Cette attention lui valut une chance de se cacher derrière une étagère de skars lorsque la porte au-dessus, reliée par un autre escalier en pente, s'ouvrit brusquement et deux voix familières cascadèrent dans la pièce.

— On en prendra autant qu'on peut et on partira, dit Ami, sa voix tendue par une panique réprimée. Gladdring peut les retenir assez longtemps.

Des pas, bruyants. Plus d'une personne.

— Les retenir avec quoi ? Annalyse, la deuxième voix. C'est un bavard, pas un combattant.

— Alors il leur cassera les oreilles avec son blabla.

Le duo atterrit lourdement sur le sol central, Annalyse

avec deux sacoches sur les épaules. Ami en cuir, une lame sur l'épaule. La scientifique, les mains tremblantes et le visage pâle, se figea un long moment, jusqu'à ce qu'Ami tende le bras, tire une sacoche de l'épaule d'Annalyse et commence à la remplir au hasard.

— Non, on ne peut pas juste prendre n'importe quoi, dit Annalyse, écartant d'une tape le premier dispositif, ce qui ressemblait à un marteau avec un skar incrusté dans le manche, des mains d'Ami. Seulement les pierres elles-mêmes. Ce sont elles qui feront la plus grande différence.

— Alors mets-toi au travail.

La porte au-dessus trembla. Quelqu'un cria. Ami jura.

— Tant pis pour la langue de Gladdring, marmonna Annalyse, chargeant les sacoches avec plus de skars que d'objets, les petites gemmes facilitant le transport. Prends ceux-là. Les Foti sont les plus avancés.

Ami prit l'autre sacoche, fit un pas vers les skars Foti, et s'arrêta lorsque Quik se leva. Se révéla. Le choix fut facile, l'analyse d'un traqueur concluant qu'il serait de toute façon découvert bientôt, et qu'il valait mieux ne pas recevoir l'épée d'Ami dans le ventre en conséquence. Même ainsi, même avec ses mains larges et vides — à l'exception du skar Vis toujours serré dans sa droite — Ami avait dégainé sa courte épée en fer granuleux et l'avait pointée avant que Quik ne puisse dire un mot.

Il déglutit à la place.

— Comment t'es-tu échappé ? demanda Ami, Annalyse lançant à Quik un regard tout aussi perçant mais ne s'arrê-tant pas de faire ses bagages.

Toujours à propos des priorités, celle-là.

— J'ai creusé, répondit Quik. Que se passe-t-il ?

Ami fronça les sourcils, l'amère perspective de ques-tions auxquelles elle savait qu'elle ne répondrait pas. Quik s'était trouvé une fois ou deux dans cette situation lui-même, bien que ses sympathies soient plutôt faibles en ce moment.

— Fassle a découvert ce que Gladdring faisait et il fait le ménage, dit Ami. Choisis, Vis. Avec nous ou contre nous ?

Quik jeta un coup d'œil à Annalyse. Ami le remarqua. La porte trembla à nouveau. Quelque chose de dur la frappait.

— S'ils nous attrapent, ils nous tuent, dit Ami, puis elle trouva un sourire narquois, une idée. Ils te tueront probablement aussi, juste pour avoir su ce qui se passait ici.

— Masayo m'a envoyé faire exactement ça, répliqua Quik.

— Bien sûr qu'elle l'a fait, dit Ami en pressant l'épée contre le ventre de Quik, la pointe s'enfonçant dans sa peau. Elle n'est pas là maintenant. Choisis.

Annalyse s'arrêta alors, son regard vitreux croisant celui du chasseur. Il n'y trouva, comme toujours, aucun calcul, aucune ruse, aucune haine, aucune peur. Seulement un désir désespéré de sauver un travail précieux. Un travail qui, Quik le *savait*, pourrait faire la différence contre les démons.

Il en avait assez vu pour en être sûr.

— Donne-moi la sacoche, dit Quik.

Ami remplaça l'épée par le sac aussi vite qu'elle l'avait dégainée, et Quik remplit la sacoche de skars d'un geste ample. D'abord les Foti, puis les Rana, attrapant les appareils qu'Annalyse lui indiquait. Pendant ce temps, Ami remonta en courant les escaliers vers la porte, qui se fissurait maintenant sous les coups de hache. La Gardienne visa un coup, enfonça l'épée dans un nouveau trou et la retira.

Le cri leur parvint clairement. Annalyse retint son souffle. Quik continuait d'empiler les skars.

— Vous avez presque fini ? cria Ami d'en haut. Cette porte va s'effondrer.

— Nous en avons assez, dit Annalyse, rejoignant Quik près des escaliers et exigeant de jeter un coup d'œil dans sa sacoche. Mais, Ami, comment allons-nous nous échapper ?

— C'est toi le génie, trouve quelque chose !

Annalyse jeta un coup d'œil à Quik.

— En bas, dit le chasseur. Ça nous donnera plus de temps.

Ami approuva, sautant de l'escalier au moment où la porte volait en éclats. Les soldats de Najahn hurlaient de se rendre, ne recevant en réponse que le bruit de pas qui s'éloignaient alors que le trio dévalait l'escalier en colimaçon. Sans aucune porte, sans aucune défense, la descente des marches ne leur donna pas autant de temps que Quik l'aurait espéré, mais le sable offrait des options.

— Séparons-nous, dit Quik en arrivant en bas, une seconde idée se formant tandis qu'il parlait. Ils devront choisir quelles traces suivre.

— Seulement pour nous acculer, répliqua Ami. Nous pouvons mieux les retenir en groupe, toi et moi en ligne, Annalyse derrière.

— Nous ne ferons ni l'un ni l'autre, intervint Annalyse avant que Quik ne puisse ouvrir la bouche à nouveau. Suivez-moi. Nous allons utiliser les skars.

La scientifique pivota sur ses talons et s'élança à travers le sable, vers la mer. Quik se retourna pour la suivre, sentit la lame d'Ami lui barrer à nouveau la poitrine.

— Garde-la en sécurité, elle et ces skars, dit Ami, Quik inclinant la tête. Elle est le meilleur espoir de ces Îles, et tu le sais.

— Que vas-tu...

Ami retira l'épée, frappa Quik avec le plat de la

lame. — Je ne sais pas nager, bon sang. Allez-y. Je vais les retenir ici.

Quik acquiesça, ses jambes se mettant déjà en mouvement. Un sacrifice courageux ou stupide, Ami pouvait faire ce qu'elle voulait.

Annalyse courut droit sur la plage jusqu'à la jetée, une main fouillant dans la sacoche. Alors que Quik la rattrapait, Annalyse sortit trois saphirs de sa sacoche, en lança un au chasseur, qui l'attrapa de la main gauche, ajoutant les murmures aqueux aux marmonnements continus du skar Vis.

La jetée grinça tandis qu'Annalyse expliquait son plan, les vagues léchant autour d'eux. Gris au-dessus, un vent glacial promettant des eaux glacées. Aucun navire à l'horizon, aucun sauvetage si les courants les emportaient au large.

— Où est Ami ? demanda Annalyse, interrompant son explication pour regarder par-dessus les larges épaules de Quik. Elle ne nous a pas suivis ?

— Elle... commença Quik, puis s'interrompit alors que le bruit d'acier s'entrechoquant résonnait depuis le rocher.

— Non. Annalyse essaya de contourner Quik, mais le chasseur l'attrapa par l'épaule. Lâche-moi, Quik. Je ne la laisserai pas mourir pour nous.

— Tu ne le fais pas. C'est son choix. Quik analysa la situation, en trouva la raison. Réfléchis, Annalyse. Si ces soldats nous voient sauter dans la mer, ils sauront où nous allons. Nous n'aurons aucune chance. Elle nous en donne une.

Annalyse relâcha sa pression, recula sur ses talons. D'un geste vif, elle retira ses lunettes et les fourra dans sa sacoche. — Alors allons-y. Suis-moi.

Comme elle pouvait changer vite. Quik n'avait pas tout à fait assimilé le choix d'Ami, la Gardienne jouant à nouveau son rôle, et voilà qu'Annalyse acceptait la nouvelle situation et sautait de la jetée dans les vagues. La scientifique jura en sautant, un petit cri étouffé englouti par la mer glacée.

Pendant une seconde qui parut interminable, Quik scruta les vagues agitées à la recherche d'un signe, se demandant si le courant, le poids de la sacoche ou les vêtements d'Annalyse l'avaient entraînée sous l'eau. Une main perça la surface en premier, suivie de sa tête, ses cheveux s'étalant comme une pieuvre dans l'eau sombre. Ses pieds se débarrassèrent de ses bottes, entamant une nage rapide vers le sud et l'ouest.

Du côté de l'escalier, dans ces grottes, Quik entendit plus de métal qui s'entrechoquait, entendit la voix d'Ami lançant défi après défi. Elle ferait payer cher leur victoire à ces Najahn.

Il pouvait faire demi-tour, maintenant. Porter cette sacoche et attendre dans l'ombre qu'Ami tombe, ou la frapper par derrière. Être acclamé en héros par Fassle, s'assurer le soutien de Najahn pour son frère.

— Allez ! appela Annalyse, ballottée par les vagues déjà si loin. Une nageuse douée, ou un skar puissant. Quik ?

Ami avait raison. Les inventions d'Annalyse accomplissaient des miracles, pouvaient faire basculer le pouvoir des démons vers le peuple. Elle devait survivre, elle devait prospérer, et elle n'aurait pas beaucoup de chances de faire l'un ou l'autre, recherchée et seule.

Mais si on demandait à Quik pourquoi il plongea dans la mer à cet instant, pourquoi il embrassa l'excitation soudaine du skar Rana pour pousser chacun de ses mouve-

ments en avant et le propulser à travers l'eau, la réponse
serait simple :

Une amie dans le besoin.

# 28

## LUEURS DE MINUIT

Monter la garde, pour être franche, c'était l'enfer. Chaque seconde que Torny passait assise, le dos tourné au petit feu, les yeux fixés sur le lointain obscur, portait le poids des possibilités : toutes ces choses qu'elle aurait pu faire à la place, comme lire le journal et découvrir si Yarvick était un aussi mauvais père qu'il était un chef de bandits. Aiguiser ses armes ou bricoler ses outils de voleuse ferait trop de bruit, exigerait trop de concentration pour être un bon garde.

Du moins, c'est ce que Sledge avait répété à Torny, à plusieurs reprises, lors de leurs voyages à travers les horribles étendues de Foti.

Au moins, Whent offrait une meilleure température. Torny préférait un vent glacial et un manteau épais aux journées torrides et aux nuits étouffantes de Foti. La toundra gelée et les congères, bien qu'ennuyeuses, offraient des pas plus feutrés que la dure roche de lave, sans parler de la lave elle-même et de sa tendance à faire fondre quiconque n'était pas prudent.

À part ça, la nuit profonde de Whent était aussi pourrie

que celle de Foti, avec peu de choses hormis les agitations de Torny pour la maintenir éveillée.

Ça, et la conscience que Wax, et même Bliss, pourraient l'exclure du groupe si elle s'endormait. Couplé au vol et au désastre qui s'en était suivi en ville, Torny estimait que sa balance de Gardienne penchait dangereusement du mauvais côté.

Alors, quand une étrange lumière teintée de vert s'éleva à l'horizon, comme une étoile qui aurait perdu sa place dans le ciel nuageux au-dessus, Torny la vit et remercia Noctia pour cette distraction. La lumière grandissait lentement, comme une bougie trouvant sa mèche et s'épanouissant dans toute sa brillance. Cette croissance signifiait que la lumière se rapprochait peut-être, et Torny vit maintenant son reflet sur le sol enneigé au loin. Au-delà de la portée d'un arc, au-delà de pouvoir distinguer quoi que ce soit, mais assez proche pour justifier une réaction.

La bandite se leva et la lumière s'arrêta. Elle vacillait là, un feu follet dans la nuit, mais ne s'approchait pas davantage. Torny fouilla sa mémoire à la recherche d'informations sur Whent, sur ce qui pouvait attendre dans ses étendues glacées, mais ne trouva rien. Pas qu'elle s'attendait à des révélations : Whent n'avait jamais été une étape dans ses voyages, pas de raison de se renseigner sur sa faune.

Car c'était bien ça qu'elle fixait maintenant, non ? De la faune ? Torny laissa sa main dériver vers l'une des deux dagues à sa taille, cachées sous la fourrure de son manteau descendant jusqu'aux chevilles. La lumière pouvait appartenir à un démon, mais Torny pensait qu'un monstre se serait simplement précipité dans le camp. L'hésitation du point vert suggérait de la prudence, l'instinct médiateur de la nature.

Torny pencha la tête, leva sa main libre et fit un léger signe à la lumière.

Wax et Eujo n'avaient pas discuté des règles de la garde, pas de paramètres ou de détails sur ce qui valait la peine de réveiller l'équipe profondément endormie. Ils avaient marché dur toute la journée, avec peu de repos la nuit précédente, donc Torny n'était pas surprise que les trois autres dorment si profondément. Elle avait été dans le même état avant qu'un Wax presque délirant ne la secoue pour son tour de garde. Avec une autre journée difficile à venir, briser la sérénité pour une lueur inoffensive semblait un mauvais choix.

À son signe, la lumière oscilla. Un balancement, vraiment, d'avant en arrière avant de se stabiliser à sa place.

— D'accord, maintenant tu te fous de moi, marmonna Torny.

Elle ne pourrait pas s'asseoir, se détendre ou penser à autre chose tant que la lumière flotterait là, rendant le choix facile : s'approcher, résoudre le mystère, et soit réveiller les autres pour des renforts, soit revenir rassurée et prête à finir son tour de garde.

Néanmoins, Torny dégaina ses dagues.

La lumière du feu s'éteignit rapidement alors que Torny s'éloignait du camp, le rose de Sichi faisant peu pour percer les nuages. Quelqu'un de moins habitué à travailler dans la pénombre aurait pu trébucher, sentir la nuit l'oppresser, mais Torny accepta la grisaille, les ombres sur les ombres tandis qu'elle marchait avec une prudente détermination.

Un voleur, comme le disait Yarvick, devait se lier d'amitié avec la nuit, car ils se verraient souvent.

La lumière rebondissait à l'approche de Torny, la lueur verte montant et descendant, oscillant de gauche à droite, comme si un petit enfant la tenait et ne pouvait rester immobile. Aucun bruit hormis la lente brise — un changement calme par rapport à la tempête de la veille — et aucune odeur perceptible. Une nuit aussi silencieuse que Torny en ait jamais entendu. Suffisamment pour que la lumière verte captive toute son attention.

Elle rétrécissait à mesure que Torny approchait, l'aura floue autour du noyau vert diminuant jusqu'à ne sembler guère plus large qu'une main lorsque Torny s'approcha à quelques pas. En dessous, la toundra restait intacte sous une couverture de neige. Pas de traces, bien que toutes celles laissées auraient vite disparu avec les flocons en mouvement.

— Qu'es-tu ? demanda Torny à la lumière émeraude. Un tour ? Suis-je en train de rêver ?

La lumière répondit. Elle oscilla vers elle. Torny leva le pouce de la garde de sa dague, tendit la main vers la lueur. Un contact, au moins, pourrait lui dire de quoi était faite la lumière. Du feu, une lueur magique, autre chose —

Le point lumineux clignota. Vif, dur, suffisamment pour faire plisser les yeux de Torny et la faire reculer d'un pas. Ses yeux captèrent une silhouette derrière la lueur, noire et large, sculptée et imposante. Elle cligna des yeux, seulement pour que la lueur clignote à nouveau.

Cette fois, elle entendit la neige bouger. Quelque chose se précipita vers elle.

Torny jura, s'apprêta à lancer une dague mais se ravisa : abandonner une arme ici sans remplacement sûr semblait une mauvaise idée. À la place, elle se retourna, la torsion venant facilement dans la neige, vers le camp, vers les renforts.

Et vit que le feu orange déclinant avait deux amis, un point rose et un bleu de chaque côté, se rapprochant rapidement du trio endormi.

— Debout, bande d'idiots ! hurla Torny en courant, la lueur verte clignotant à nouveau derrière elle.

Son premier cri provoqua quelques mouvements. Le second fit se redresser Bliss.

Torny n'eut pas l'occasion d'en pousser un troisième.

Quelque chose serpenta et attrapa sa cheville droite, envoyant Torny s'étaler en avant. Son visage heurta la neige molle, glissa tandis que la bandite se tordait, poussant sur ses poignets tenant les dagues pour se retourner. Le visage gelé, Torny leva les yeux vers la lueur verte au-dessus de son visage. Elle s'abaissa en une courbe, s'intensifiant à nouveau pour révéler une gueule descendante, des rangées de dents acérées derrière des lèvres noires gercées. Une peau marbrée s'élevait au-dessus de la bouche, un mélange de creux et de bosses mis en évidence par l'ombre.

Mûr, du moins, pour un coup de poignard.

Torny leva ses deux dagues pour contrer les crocs, leurs pointes s'enfonçant dans la lèvre avant que le monstre ne puisse refermer sa mâchoire. La créature émit un gargouillis à l'impact, suivi d'une toux humide accompagnée de sang chaud lorsque les dagues de Torny trouvèrent le cartilage. Tandis qu'il se cabrait, Torny eut enfin sa réponse : un tentacule en pente reliait la lueur verte à son hôte.

— Jolie lumière pour une vilaine bête, lança Torny en enfonçant ses talons dans la neige et en s'appuyant sur sa main gauche pour se relever.

Elle ne put que recevoir un coup violent sur son flanc gauche. Torny roula et s'étala, la neige obstruant son nez, sa bouche et ses oreilles. L'instinct et une poigne meurtrière lui permirent de garder ses dagues en main, Torny s'appuyant déjà sur le sol pour tenter de se relever.

Les jurons de Torny trouvèrent désormais des partenaires venant du camp, Wax et Eujo ajoutant leurs propres invectives à ce qui était devenu une nuit absolument merdique. Que Torny ait pu réussir à voler le journal pour finalement se faire dévorer par un lézard cauchemardesque de la toundra semblait tellement injuste, et que deux Renouvelés puissent connaître le même sort après tout ce qu'ils avaient traversé, eh bien, Torny n'avait pas le temps de mesurer cela sur sa balance cosmique de justice.

Le monstre était de nouveau sur elle, sa lumière verte donnant à Torny des indices sur ses coups et ses morsures. Elle recula, une lente et glissante évasion accompagnée de larges entailles de dagues. La bête reculait chaque fois qu'un couteau s'approchait, une prudence que Torny pensait pouvoir exploiter.

Ses pieds heurtèrent un banc de neige moins profond, ses bottes trouvant enfin un appui parmi les herbes gelées et les rochers. Le monstre la poursuivit, la danse verte et les dents derrière elle à hauteur de Torny et s'approchant rapidement pour une attaque. La bandite avait reculé auparavant, sans doute le ferait-elle à nouveau.

Ah, les ennemis simples. Qu'ils étaient agréables.

Torny passa d'un mouvement de retraite à une résistance, pliant les genoux. Elle bondit en avant et à droite alors que la bête dirigeait la lueur verte vers elle. De sa main gauche, Torny balaya une dague vers le bas et au loin. Le monstre tressaillit, la lueur verte glissant vers la gauche de Torny, les dents s'éloignant du danger. Torny, cependant, ne s'était pas retirée du jeu cette fois, se frottant plutôt contre le flanc gauche de la bête. Dans les ombres émeraude, Torny distingua les trois pattes, chacune se terminant par un pied large semblable à un nénuphar. Plusieurs fois sa taille, certes, mais maladroit et fait pour surfer sur la neige.

Le monstre agita sa patte avant gauche vers elle.

Une attaque qui aurait pu fonctionner si Torny avait été à distance, mais elle frôla l'épaule contre la peau lisse et humide, et la patte gauche rata sa cible, laissant à Torny une large ouverture pour un double coup de dague. Les couteaux firent leur office, se glissant dans ce que Torny espérait être le ventre du monstre. De nouveau un gargouillis humide, un glissement gémissant, la neige portant maintenant des taches plus sombres que la nature ne l'avait prévu.

Tout bon bandit aurait suivi une telle attaque d'un coup fatal, et Torny essaya. La neige déjoua son mouvement, l'agressivité rencontrant une surface glissante, perturbant l'élan de Torny alors que le monstre s'éloignait en rampant. Si la chose avait tenté une contre-attaque rapide, ses dents auraient pu trouver la tête de Torny comme un en-cas facile. Au lieu de cela, la bandite se stabilisa pour voir la lueur verte fuir rapidement.

— C'est ça, fuis, lança la voleuse avant de se précipiter vers le camp.

Le temps passé sur Foti et Rana avait dû faire du bien au trio, car tous trois étaient debout, armes à la main. Bliss et Eujo avaient encerclé leur ennemi, échangeant des coups et esquivant des contre-attaques maladroites. Les monstres semblaient avoir misé sur les attaques surprises, car même Wax paraissait assez stable dans son duel en tête-à-tête, la lame de fortune de l'homme de Vis tenant la lumière bleue vacillante à distance.

En quelques secondes, Torny sauta sur le dos de la bête de Wax, l'ombre plus facile à trouver avec le feu en arrière-plan. Une fois de plus, elle utilisa ses couteaux comme des griffes, les enfonçant et les retirant dans une course déchirante et grimpante sur la malheureuse créature. Tout comme son propre ennemi, la nouvelle bête toussa, se retourna et s'enfuit, laissant Torny rouler devant Wax.

Cette fois-ci, elle réussit à atterrir sur ses pieds, terminant dans une pirouette.

— Très joli, dit Wax, jetant un coup d'œil pour voir Bliss et Eujo achever leur propre créature. La prochaine fois, que dirais-tu de nous prévenir un peu plus tôt ?

— Pense plutôt que je vous ai laissé dormir le plus longtemps possible.

La blague de Torny aurait pu bien passer si Eujo n'avait pas pointé sa rapière vers l'obscurité. L'épée attira leurs regards là où la nuit aurait dû être solide, là où plusieurs dizaines de lumières dansaient dans toutes les couleurs.

— Ils se déplacent en meute, dit Eujo, aussi sérieuse que d'habitude, en ramassant sa sacoche. Nous devons bouger.

— Oh vraiment ? demanda Torny en jetant la sienne sur son épaule. Tu ne veux pas tous les combattre ?

— Ce n'est pas le réveil auquel je m'attendais.

— Alors on court, dit Wax. Criez quand vous aurez besoin d'un skar. On continue jusqu'à ce qu'on ne puisse plus.

Torny se mit en ligne avec les autres, sprintant à travers la neige sombre, laissant le feu et les rochers derrière eux. Indemne, gelée et sentant déjà ses muscles brûler, Torny trouva néanmoins le souffle de maudire la nuit, la garde et toute cette foutue Île.

# 29

## BAVARDAGES D'ÉVASION

Ensanglantée, jurant, et dépouillée de tout ce que Sawi avait connu d'Ami à l'exception de ce masque doré. C'est ainsi que la Gardienne est apparue à l'étage de Sawi, poussée devant la cellule de la Vis vers une cellule voisine. Sawi, avalant sa bouillie de midi avec une fine cuillère en bois, regarda Ami passer, écoutant la Gardienne descendre ses ravisseurs avec une ligne vicieuse après l'autre — lâches, sycophantes aveugles, chiens sans mère, et plus encore — jusqu'à ce que le trio de Najahn qui la traînait verrouille les barreaux et s'éloigne en ricanant.

Ami se tut rapidement. Sawi finit son repas, fit passer le riz gras avec de l'eau stagnante avant de se blottir contre ses barreaux avant, l'épaule près du coin. Elle entendit Ami marmonner. Des jurons discrets, certes, mais plus encore : des propos de stratégie, des plans et des probabilités.

Les Najahn, confiants dans leurs propres cellules et l'apparente invulnérabilité de la tour, faisaient des rondes occasionnelles mais passaient leur temps près de la cage d'escalier. Avec des tables, des chaises et des cartes à jouer, les gardes pouvaient tuer le temps de leurs quarts dans un confort relatif. Leurs rires et leurs piques résonnaient ici et là, une bonne main suscitant un cri, un coup sur la table.

Personne n'espionnait un couple de prisonniers condamnés.

— Que s'est-il passé ? demanda d'abord Sawi, assez fort pour être entendue autour de la cellule.

Les murmures d'Ami cessèrent à ce son. Un silence hésitant.

— Sawi ? C'est toi ?

— Tu ne m'as pas remarquée en arrivant ?

— J'étais un peu occupée. Et ils m'ont amoché l'œil droit.

Sawi grimaça par sympathie. Au moins sa capture s'était faite sans violence. La grimace se transforma en un froncement de sourcils dur. Capturée deux fois maintenant. D'abord par les brutes Mottilan sur Vis, et maintenant ici. Une habitude dangereuse, qu'elle devrait corriger.

Ami demanda et Sawi raconta son histoire, le rendez-vous arrangé de Gladdring et l'embuscade de Fassle. Il n'y avait rien à cacher : Fassle avait déjà toutes les informations dont il avait besoin, c'était un test de loyauté, une chance de voir si Sawi se retournerait face à une offre tentante. Elle avait défendu les idéaux de Gladdring, du moins ceux qu'elle pensait qu'il défendait — les skars sauvant les îles — et évité un couteau qui l'attendait au cou.

Pour le moment, en tout cas. Fassle lui avait épargné la vie pour mettre Sawi dans une cellule en attendant un procès.

— Un spectacle, rien de plus.

— Un spectacle ? demanda Sawi.

— Fassle veut tirer tous les bénéfices de toi. Ils vont nous traîner devant les Najahn, nous proclamer traîtres, et nous tuer lentement, dit Ami. Les Najahn aiment prétendre qu'ils sont civilisés, mais quand ça devient sérieux, ils sont aussi brutaux que n'importe lequel d'entre nous.

— Nous ne ferions jamais quelque chose comme ça sur Vis.

— Oh, non. Vous jetez juste vos criminels dans la jungle où ils rencontrent la maladie ou les griffes d'un félin. Tellement mieux.

Sawi voulait dire qu'au moins Vis donnait une chance à une personne, mais ce n'était pas vrai, pas vraiment. L'exil était permanent, et survivre seul dans la jungle, sans outils, sans abri... Svarde y arrivait sur le flanc d'une falaise avec un ferrite, mais le barbare Foti faisait partie des rares exceptions.

— Tu n'as pas l'air déprimée, dit Sawi, un peu d'espoir s'allumant dans les tons désinvoltes d'Ami et s'y accrochant. Tu penses qu'il y a une autre solution ?

— Il y a toujours une autre solution.

— Et c'est ?

— Attends juste.

Sawi l'entendit alors, alors qu'Ami terminait ses mots. De l'effort. Une respiration difficile.

— Qu'est-ce que tu fais ?

Ami ne répondit pas. Sawi arrêta de parler, écouta plus attentivement. Un son de sciage, silencieux et net. Du métal contre du métal. Les minutes s'écoulèrent tandis qu'Ami travaillait, les gardes jouaient. Des flocons de neige égarés dérivaient par la fenêtre, Noctia succombant à une autre tempête hivernale. Sawi se pelotonna, tira la fine couverture de son lit et se recroquevilla dans le coin, attendant une chance.

— Lève-toi, chuchota Ami, sa voix proche, trop proche.

Sawi se réveilla en sursaut, ses yeux se fixant sur ceux d'Ami, une ombre avec une lanterne allumée scintillant derrière elle. Ce regard faillit faire crier Sawi, un désastre évité quand Ami plaqua une main sur sa bouche. La Gardienne arborait un sourire malicieux, comme si elle savait exactement ce que Sawi regardait, car que pouvait-ce être d'autre ?

Le visage d'Ami semblait coupé en deux, la partie à sa droite où son masque reposait normalement exposée comme un nid blanc et rouge grouillant, pulsant de cicatrices, de veines et de tissus en relief. Encadré par les cheveux de flamme emmêlés de la Gardienne et ses yeux perçants, le spectacle suffisait à dissiper le sommeil de Sawi et à la mettre debout.

C'est alors seulement que Sawi comprit qu'Ami se tenait hors de sa cellule, là dans le couloir.

— J'ai scié à travers, chuchota Ami, répondant à la question évidente. Le masque a juste l'air d'être en or, mais il peut arrêter le coup d'une lance.

Sawi vit le masque brillant dans la main droite d'Ami. Son bord portait des bavures, des poils dentelés qui laisseraient sans doute une égratignure sur tout doigt égaré. La main gauche d'Ami se serra en un poing serré, se détendit alors qu'elle révélait le secret à Sawi.

— Ils m'ont laissé le garder quand j'ai dit que je mourrais sans, dit Ami. Imbéciles.

— Tu vas mourir, alors, non ? Mourir ?

Ami plaça le masque contre sa peau. Elle poussa avec une grimace, les yeux fermés. Douleur. Des filets rouges s'ouvrirent, coulèrent sur sa joue alors que ces bavures trouvaient prise. Le métal aussi, s'insérant dans des points que Sawi ne voyait ni ne voulait imaginer.

Les démons faisaient d'eux tous des monstres.

— Qu'est-ce que c'est que ça ? vint une voix, la même qui avait apporté le déjeuner à Sawi. Le Najahn ne tenait pas de vouge — les quartiers trop étroits — mais avait une épée courte dans une main et une lanterne dans l'autre. Je pense que tu devrais être dans ta cellule, Gardienne.

Ami, le poing serrant ce skar, se leva avec un frisson. Le dos tourné au garde, seule Sawi vit la femme redresser ses épaules, ses jambes. Ne portant rien de plus qu'une tunique en lambeaux et un pantalon, Ami ressemblait beaucoup à une personne prête à massacrer des centaines, comme un hanoko qui aurait trouvé sa proie.

— Je fuirais si j'étais vous, offrit Sawi au garde, qui se contenta de sourire.

— Mes amis arrivent par l'autre côté, dit le garde au dos d'Ami. Tu n'as nulle part où aller, et tout ce que tu gagnes maintenant, c'est une bonne raclée. Le Cercle se moquera de ton apparence pour l'exécution, alors épargne-toi cette souffrance.

—Je ne crois pas, marmonna Ami, les mots ressemblant presque à un grognement.

— Comme tu veux.

Le garde ajusta sa prise et balança son arme vers la tête d'Ami, la poignée en avant. La lanterne de l'homme oscilla bas et en arrière, une cible alors qu'Ami esquivait et pivotait d'un seul mouvement. Elle tendit la main droite alors que le coup du garde sifflait au-dessus de sa tête, saisissant la poignée de la lanterne allumée et la forçant, ainsi que la main gauche du garde, vers le haut. La lanterne bascula sur sa simple charnière, s'écrasant contre le bras du garde et explosant en éclats de verre brûlants.

Un juron interrompit la riposte du garde, coupé net lorsqu'Ami, tout près de l'homme, lui asséna un coup de genou gauche dans l'estomac. L'épée cliqueta sur les pierres, un son accompagné d'un bruit sourd lorsqu'Ami saisit le garde plié en deux et lui fracassa la tête contre les dalles. L'homme s'effondra, et Ami repoussa d'un coup de pied les fragments brûlants de la lanterne avant de se pencher, d'arracher les clés de la cellule de la ceinture de l'homme et de les lancer à travers les barreaux à Sawi.

Quelqu'un qui n'aurait pas passé des semaines à s'entraîner avec Ami aurait pu être stupéfait par sa vitesse, aurait pu fixer les clés avec incrédulité alors qu'elles s'immobilisaient près du pied de Sawi. La Vis se contenta de siffler, ramassa le trousseau et se dirigea vers les barreaux. Plusieurs clés, dont une seule assez longue pour s'adapter à la serrure de la cellule, rendaient le choix facile.

Moins évidente était la réaction d'Ami lorsque les compagnons du garde arrivèrent en trombe par la gauche, lames dégainées et lançant des défis. À présent, d'autres prisonniers de l'étage avaient aussi trouvé leur voix, appelant à être libérés ou envoyant des quolibets à leurs geôliers désemparés.

Ami glissa une sandale usée sous la lame tombée du premier garde et la fit sauter, l'attrapant de la main droite. Simultanément, elle pressa sa main gauche contre sa plaque faciale, la retirant pour révéler la skar Vis de nouveau à sa place habituelle. Les deux gardes, côte à côte dans l'étroit couloir, observèrent ces deux mouvements avec des regards écarquillés et déglutissant.

— Prêts ? demanda Ami au duo, se mettant en position, lame en avant, debout au-dessus du garde inconscient.

Les deux gardes se regardèrent. L'un fit un pas en arrière. L'autre posa sa lanterne au sol et saisit son épée courte à deux mains.

— Retourne dans ta cellule, dit-il, le tremblement dans sa voix démentant tout message, et nous ne parlerons pas de ceci à Fassle.

— Et si vous alliez dans ma cellule, et que vous ne voyiez pas vos tripes ce soir ?

La serrure céda net, Sawi ouvrit la porte de la cellule. Les deux gardes tournèrent les yeux vers elle, et à cet instant, Ami en profita. Elle se rua sur le garde de devant, plantant son pied gauche et se lançant dans une estocade. Le garde utilisa sa prise à deux mains pour dévier frénétiquement le coup, un mouvement que Sawi apprécia jusqu'à ce qu'elle voie l'enchaînement d'Ami : la Gardienne laissa le coup dévié traverser l'épaule gauche du garde, droit vers le second soldat. Ami elle-même suivit la poussée avec une charge d'épaule, faisant basculer le menton du premier garde en arrière alors même que sa lame frappait en plein dans la poitrine du second soldat.

Ami lâcha l'épée qui avait porté l'estoc, libérant l'arme alors que le premier garde tentait de se reprendre. Au moment même où il ramenait sa lame, Ami le frappa à la gorge, juste entre son plastron de cuir et son menton relevé. Il toussa, les yeux écarquillés, son arme tombant tandis que ses mains tentaient de reprendre son souffle. Ami acheva la mise à terre avec un coup de pied sec à la cheville gauche de l'homme, le faisant tomber, suffocant, sur le sol de pierre.

— D'accord, dit Sawi, contemplant le carnage. Le soldat poignardé avait une main sur l'épée plantée dans sa poitrine, tirant sur la garde. Tu ne te donnais vraiment pas à fond avec moi.

— Je ne voulais pas te tuer, répondit Ami, se penchant pour ramasser une autre épée tombée. Allons-y.

— Et les autres prisonniers ? Sawi agita les clés, faisant un signe de tête vers les appels à l'aide. On pourrait...

— Certaines personnes ont leur place ici. Nous ne connaissons que nous-mêmes.

— Alors, ne devrions-nous pas partir ?

 

— Prends de l'équipement, Sawi. Autant que tu peux. Il n'y a pas encore d'alarme, mais il y en aura une bientôt. Nous devons être parties d'ici là.

Ces mots percèrent un voile frénétique, Sawi réalisant à cet instant qu'une véritable évasion était en cours. Ce n'était pas une simple bagarre amusante, mais une fuite. Une chose dont Sawi ne savait rien, sauf qu'elles seraient traquées, recherchées, poursuivies.

— Où allons-nous aller ? demanda Sawi, réprimant sa soudaine confusion en faisant ce qu'Ami demandait, abandonnant les bottes trop grandes mais s'emparant d'un couteau et du cuir du soldat inconscient.

— La Cité des Anneaux ne couvre pas tout Noctia, dit Ami, gardant son épée volée bien visible au cas où l'un des gardes voudrait faire un geste. Aucun ne le fit, tous deux gémissant, jurant, pleurant sur le sol. Il y a des endroits que les Najahn ignorent.

Il ne pouvait pas y en avoir beaucoup sur l'île principale. Aucun, non plus, que les Najahn négligeraient en poursuivant deux prisonnières comme elle et Ami.

— Ils nous trouveront.

— Nous aurons un peu de temps pour réfléchir, répondit Ami, puis jura. Sawi, si tu veux rester ici, fais-le. Moi, je pars.

Quand Ami passa devant elle, vêtue d'un assemblage hétéroclite de garde Najahn, Sawi n'hésita pas. Il y avait des questions, il y avait des problèmes, mais là où Ami allait, il n'y aurait pas de barreaux ni de pierre. De l'air frais et une chance seraient suffisants.

# 30
## LES PORTES

Sept tourbillons, comme des étoiles arrachées du ciel et mêlées de sang. Ils tournoyaient dans les profondeurs, bien plus bas mais tellement plus près que Svarde n'aurait pu l'espérer. Le Roi Mort les avait guidés depuis la cité désolée, au-delà de ses rangs immobiles, le long du tunnel central aux parois acérées ornées d'os de démons, jusqu'à un précipice surplombant un vaste bassin sombre. Aussi grand qu'une mer, ses extrémités se perdaient dans l'obscurité sous un plafond dentelé. Des mousses luminescentes en mouchetaient les bords, formant un contour flou suffisamment brillant pour révéler les formes errantes qui nageaient librement ou, à en juger par les ondulations à la surface, se déplaçaient en dessous.

— Des démons, dit le Roi Mort en plantant sa lame dans la roche à leurs pieds.

Sur les flancs du précipice, une pente abrupte rendue plus praticable par des crânes et des lambeaux de peau putréfiée racontait l'histoire d'un siège, d'une défense longtemps tenue et maintenant abandonnée. Svarde n'avait pas besoin de demander pourquoi : trop de ces os appartenaient à des humains.

— Attendez, dit Maena en s'avançant aux côtés du roi et en pointant du doigt. Les démons viennent de là ?

— Naissent, émergent, voyagent. Choisissez le terme qui vous plaît, mais oui. Ce sont leurs lieux de naissance, et ils sont tous différents.

— Ils m'ont l'air identiques, dit Svarde, formant une ligne avec le Roi et Maena.

— Alors regardez de plus près.

Le Gardien Foti s'exécuta, s'accroupissant et tentant de percer le voile de l'eau. En scrutant ces profondeurs... Oh. Ce qui semblait être sept cercles rouges était maintenant différent, les couleurs n'étaient pas les mêmes, bien que proches. Celui-ci avait une teinte violette sur les bords, tandis qu'un autre arborait une rayure plus sombre, presque noire, parsemée de taches blanches comme des étoiles.

— Leurs couleurs ne sont pas les mêmes, conclut Svarde à voix haute, et il entendit Kivi renifler en signe d'approbation.

— Pourquoi, nous ne pouvons que le deviner, dit le Roi Mort. Demion et moi n'avons pas trouvé de raison, et aucun démon n'a cherché à l'expliquer. Pourtant, il y en a sept. Que nous ayons sept îles, sept dieux, semble trop parfait pour être une coïncidence. D'une main gantée, le roi pointa une pente éloignée sur la droite, où plusieurs démons élancés escaladaient la roche. Ils émergent, et ceux qui ne se noient pas finissent par trouver leur chemin jusqu'ici. Nous les détruisons, ou ils passent au travers jusqu'au filet de Demion.

— Les petits, en tout cas, dit Maena. Il y a des démons bien pires dans les vagues.

Le Roi acquiesça lentement dans un cliquetis métallique. Il y a de grands trous en dessous. Creusés jusqu'à l'océan par, je crois, des démons désespérés de se libérer.

— Ah ouais, vous êtes allé voir vous-même ? Fait une petite baignade ?

Svarde lança un regard réprobateur à Maena, mais la capitaine ne lui prêtait pas attention. Elle continuait d'être si désinvolte, si insouciante, si imprévisible.

— J'ai envoyé quelqu'un de mort depuis longtemps pour être mes yeux, répondit le Roi, imperturbable.

— J'imagine que ça marche. Maena s'accroupit aux côtés de Svarde. Alors, quel est le plan ? On dirait qu'on ne peut pas tirer une flèche sur le tourbillon, ou bien ?

— Nous avons essayé les flèches. Les pierres. Les corps. Rien ne tient. Les portes ne sont pas affectées.

— Les portes ? Vous leur avez donc donné des noms ? demanda Svarde.

Les trois démons élancés avaient atteint la même hauteur que le précipice et se dirigeaient maintenant vers Svarde, Kivi et les autres. Il tendit la main en arrière, cherchant ses haches. Prêt à les dégainer quand les monstres s'approcheraient.

— Portes, portails, seuils, dit le Roi. Quelle importance ? On ne peut pas les fermer, et les démons continuent d'arriver. De plus en plus vite. Ta quête est impossible, Gardien. Mieux vaut se fortifier et se défendre. Espérer que tes amis là-haut puissent concevoir assez d'armes, tenir assez de skars pour repousser les démons.

— C'est sinistre, marmonna Maena.

— Mais réaliste, dit Svarde en se levant et en dégainant ses haches. Jochi a les ingénieurs, l'expertise. Nous pouvons reconstruire la ville, la tenir. Puis trouver un moyen de boucher les tunnels. Si nous ne pouvons pas obtenir la victoire, nous pouvons au moins empêcher la défaite.

— Vous parlez tous comme des perdants. Maena ramassa une pierre, marcha jusqu'au bord du précipice, arma son bras et lança le rocher de la taille d'un poing. Le projectile vola, frappa le démon de tête à sa tête bosselée. La créature à six membres trébucha, glissa sur une vieille cage thoracique et roula jusqu'à un plongeon satisfaisant. Nous sommes venus jusqu'ici. Faisons en sorte que ça compte.

Svarde s'apprêtait à répondre à la capitaine Rana, à dire qu'ils pourraient s'établir et essayer de nouvelles choses, essayer d'utiliser l'armée de Jochi et son expertise pour attaquer ces portes avec quelque chose de différent. Il avait le discours grondant prêt à sortir, mais le laissa s'éteindre alors que le bassin en dessous d'eux bouillonnait, sifflait, se troublait.

— Ils reviennent, gronda le Roi Mort. Chaque fois, ils sont plus nombreux. Ils utilisent l'eau et la terre. Il fit un grand pas en arrière, dégageant sa lame. Ils nous ont déjà dépassés auparavant, jusqu'à la Blessure.

— Qui ça, « ils » ? demanda Maena, ne suivant pas le recul du Roi Mort pour continuer à regarder par-dessus le bord.

Svarde, lui, pensait savoir, et qu'elle le savait aussi. Les deux démons restants sur la pente arrêtèrent leur avancée au bruit, regardant vers la mer. Kivi laissa échapper un sifflement inquiet de ses évents. Du métal jaillit, noir, brûlé et défiant. La construction, une chose à roues et à lames aussi large que le tunnel que Svarde venait de parcourir, surgit de la mer et s'élança sur les os, les broyant dans sa progression grinçante. Des réservoirs arrondis sur ses côtés projetaient des geysers brûlants, libérant un air ardent qui brûlait la peau de Svarde jusqu'ici.

Les deux démons hurlèrent. Svarde recula d'un pas.

— Oh, c'est encore ces gars-là, dit Maena en grimaçant alors qu'elle rejoignait la retraite. Ils ne sont pas géniaux.

Les deux démons réagirent de la même manière que les humains, se mettant à courir rapidement vers le précipice. Leur avancée rapide ne dura que trois courtes secondes jusqu'à ce que la construction métallique émette un bruit métallique, comme le marteau d'un forgeron frappant le fer forgé. Un énorme carreau noir jaillit, transperçant le premier démon comme Svarde aurait pu embrocher une fourmi avec la pointe d'un couteau. Un second suivit, achevant les démons élancés et marquant leur chute contre la pente rocheuse avec ces piliers de métal.

— Pas bon, dit Svarde, mais il ralentit sa retraite alors qu'ils atteignaient le bord du précipice. Mais si nous voulons les retenir, cette pente nous donne un avantage. Nous ne devrions pas l'abandonner.

Le Roi Mort leva sa grande épée, la tenant à deux mains, mais continua de reculer, en montant et s'éloignant. — Ils ne feront que nous détruire d'en bas. Les virages du tunnel nous serviront mieux.

— Je suis d'accord avec tête de métal, dit Maena. Les espaces étroits doivent être difficiles pour cette chose. Allons-y.

Le Roi Mort se retourna en atteignant l'entrée du tunnel, accéléra le pas et disparut vers son armée de morts-vivants. Maena le suivit. Svarde hésita. Le bruit métallique avait ralenti. Peut-être que le véhicule n'était pas capable de gravir la pente. Peut-être qu'ils pourraient tenir ici après tout et donner à l'armée de Jochi le temps d'arriver, de construire des défenses plus loin dans le tunnel.

C'était maintenant une campagne militaire, pas une simple expédition.

Le Gardien Foti tomba à genoux, utilisa ses coudes pour ramper en avant sur la roche. Kivi renifla derrière lui, posant une question.

— Des renseignements, répondit Svarde. Nous devons savoir ce qui arrive, s'ils peuvent nous atteindre.

La machine métallique n'était plus seule. En regardant par-dessus le bord, Svarde entendit et compta deux autres de ces choses s'élevant des profondeurs pour s'échouer sur les crânes et les os. L'eau bouillonnait encore, et la raison devint claire lorsque de plus petites nacelles se frayèrent un chemin entre les machines massives, des nacelles comme celles qui s'étaient écrasées sur la plage près de la cité de Whent.

Les sommets de fer bouillonnaient et éclataient, cliquetaient et tournoyaient. Ils s'ouvrirent un par un, et à mesure qu'ils le faisaient, des choses que Svarde n'avait jamais eu besoin ni envie de revoir émergèrent. Des têtes d'obsidienne, des corps brûlant d'un feu bleu. Seulement ceux-ci ne maniaient pas les longs fléaux que Svarde avait vus auparavant, mais tenaient plutôt des marteaux et portaient des sacs noirs brûlés le long de leurs corps, les côtés solides produisant des étincelles chaque fois qu'ils touchaient la peau brûlante.

— Maintenant, à quoi servent-ils ? marmonna Svarde, seuls ses yeux et ses cheveux hirsutes dépassant.

La réponse vint quand une autre porte s'ouvrit, une écoutille au milieu, le sommet de la première machine. Il en sortit le plus grand de ces géants brûlants que Svarde ait jamais vu, son obsidienne rehaussée d'un liseré argenté. Sa tête tourbillonnait et flashait, des étincelles et des braises traçant des lignes que tous les autres, près d'une douzaine maintenant, se tournèrent pour regarder. Quand il eut fini, son public lui renvoya des éclairs à son tour, un spectacle qui aurait été éblouissant s'il n'avait pas rempli Svarde d'une terreur sinistre.

Les créatures se retournèrent, ouvrirent ces sacs et commencèrent à en sortir de fines barres. Des poutres solides, du genre que Svarde pourrait voir dans une forge Foti. Leur but devint vite évident lorsque les monstres les martelèrent dans les os, brisant les restes vieillis pour enfoncer les barres dans la roche en dessous. À chaque placement, les démons faisaient un pas de plus, puis répétaient le balancement.

— Des traverses, dit Svarde à Kivi, le ferrite rampant bas près de lui. Ils construisent une échelle pour leurs maudites machines.

Il jeta un coup d'œil vers le tunnel. Une charge rapide maintenant, pendant que les démons étaient distraits, pourrait les briser. Pourrait leur donner une opportunité. Mais les lâches avaient fui.

— On fait ce qu'on peut, pas vrai ? demanda-t-il au ferrite.

Kivi renifla.

Svarde se leva, se tenant droit sur le précipice. Ce faisant, le démon en tête, toujours en train de regarder depuis sa machine, tourna ce grand visage d'obsidienne dans sa direction. Les autres démons suivirent son regard, arrêtant leurs marteaux. Derrière, la mer bouillonnait, écumait.

— Retournez d'où vous venez, maudites créatures, cria Svarde. Ce monde ne vous appartient pas.

Le démon en tête renvoya quelque chose, un crachat d'étincelles inintelligible.

— Vous m'avez entendu, hurla à nouveau Svarde. Vous êtes loin de chez vous, et la route devant vous sera pavée de vos corps.

Le cri fit rougir son visage, fit monter la colère, l'énergie que Svarde nourrissait toujours au premier plan. C'était le genre de chose pour laquelle il était fait, pas se faufiler dans des tunnels ou dépérir sur le flanc d'une falaise. Combattre l'ennemi pour sauver ses amis, ses Îles.

La queue trapue de Kivi frappa la cheville de Svarde, le repoussant alors que le barbare se préparait à une troisième menace. Au-dessus du précipice, juste là où Svarde se tenait, arriva un autre carreau de fer noir. Il se logea dans la pierre au-dessus, dispersant des roches autour d'eux. Svarde se redressa, secouant la poussière de ses cheveux.

Le ferrite renifla, regardant vers le tunnel.

— Ouais, tu as peut-être raison. Va pour les tunnels.

Et Svarde, Gardien Foti, champion des Fosses de Whent, se retourna et s'enfuit.

# 31
## UN REFUGE ET UNE RAISON

Les grenouilles de glace, comme les avait surnommées Torny, les suivaient à travers la neige, leurs globes dansants et leur ligne omniprésente dans l'obscurité derrière le quatuor. Wax et Eujo menaient la marche, si l'on pouvait appeler ça ainsi, à travers les congères sombres, chaque pas poussé par la panique. Les skars changeaient à nouveau de mains quand la respiration devenait superficielle, quand le rythme commençait à ralentir, mais même avec les pierres de Foti et de Vis faisant de leur mieux pour repousser l'épuisement, Wax se surprenait à trébucher tous les quelques pas.

Eujo et Torny, cependant, étaient encore pires. Ni l'une ni l'autre, ayant vécu toute leur vie dans des villes, n'avaient beaucoup d'expérience pour naviguer sur un terrain naturel difficile. Ils n'avaient pas de torches, seulement la faible lumière rose de Sochi qui perçait les nuages, et ce manque rendait difficile l'estimation des bosses, des rochers ou des trous de neige plus profonds.

Sans les poteaux métalliques le long de la route, Wax pensait qu'ils seraient depuis longtemps perdus, destinés à geler ou à mourir de faim dans les champs désolés de Whent.

— À quoi bon ? haleta Torny après un temps indéterminable de fuite. On ne peut pas continuer à marcher éternellement. Ils nous attendent juste maintenant.

— Et faire quoi ? rétorqua Eujo. Les combattre ?

— Je pensais qu'on pourrait s'allonger bien gentiment, leur offrir un repas pour tout le dur travail qu'ils ont fait.

Wax rit, se lançant à travers une autre congère à hauteur de genou.

— Tu trouves ça drôle, Wax ? demanda Eujo.

— Ce soir, je m'en contenterai.

Wax ne pouvait pas vraiment distinguer le visage d'Eujo, pouvait à peine voir les bouffées de neige alors qu'elle peinait à côté de lui, mais il sentait le regard noir, la déception assez facilement. Exigeant un certain leadership ou quelque chose, un discours fort sur la nécessité de continuer face au danger et à la défaite.

Eh bien, Eujo pouvait le faire aussi bien que Wax. Mieux probablement.

De plus, ses bottes étaient trempées, ses pieds couverts d'ampoules, et la défaite semblait diablement probable.

Bliss, parmi eux tous, avait de l'énergie à revendre. La sœur de Wax partait en éclaireur, assumant ce rôle sans qu'on le lui demande. Elle les attendait de temps en temps, pour leur rapporter que la seule chose plus loin était encore plus de neige sans relief. Rien à tenir, à défendre, pour aider contre les grenouilles poursuivantes.

Ces choses, au moins, semblaient se contenter de laisser leurs proies s'allonger et mourir.

— Il ne s'agit pas d'être drôle, dit Torny. Ce n'est pas parce que j'aime où nous sommes, ce qui se passe. Il s'agit d'essayer de distraire et de réjouir.

— Réjouir ? rétorqua Eujo. Tu gaspilles ton souffle en remarques intelligentes alors que tu devrais l'utiliser pour marcher plus vite.

— C'est mon souffle, je l'utilise comme je veux.

Encore un froncement de sourcils que Wax pouvait sentir, mais ne pouvait pas voir. Il était temps, apparemment, pour le médiateur d'intervenir.

— Vous pouvez toutes les deux faire ce que vous voulez, tant que vous continuez à avancer, dit Wax. Gardienne, Renouveau, bandit, Reine, je me fiche de ce que vous êtes et ces choses qui nous poursuivent s'en fichent aussi. Alors gardez vos lances pour ce qui compte vraiment.

— Des lances ? demanda Torny. Qui a une lance ?

— Une question que je me pose aussi, ajouta Eujo.

— C'est une expression.

— Une expression bizarre, marmonna Torny, à la gauche de Wax.

— Insensée, acquiesça Eujo.

Wax soupira, sourit, même si ses jambes brûlaient et que la sueur gelait le long de son dos. Ils pourraient mourir de mille choses ici, mais au moins ils ne mourraient pas en colère les uns contre les autres.

Comme un fantôme givré, Bliss apparut, se tenant avec un bras pointé devant et vers l'Ouest. Lorsque le trio la rattrapa, Bliss essaya de faire des signes, une série difficile à déchiffrer sans beaucoup de lumière. Néanmoins, Wax saisit l'essentiel et dit aux autres : — Bliss dit qu'il y a une auberge au bord de la route pas loin devant. Déserte, mais c'est un abri.

— Alors qu'est-ce qu'on attend ? demanda Eujo. Allons-y. Si on est assez rapides, on peut la préparer pour ces grenouilles.

Wax était sur le point de demander pourquoi une

auberge au hasard se trouverait ici au milieu de nulle part, mais il se souvint alors de la Dent du Jarl sur Foti. Un petit endroit qui s'élevait juste là où une journée de voyage depuis la ville vous mènerait. Les voyageurs auraient besoin de repos, quelqu'un ne serait pas contre en profiter.

Mais pourquoi était-elle déserte ?

— Parce que personne ne traverse Whent en hiver, voyons, dit Torny lorsque Wax aborda la question, le groupe piétinant durement dans la neige derrière Bliss. On ferme l'endroit, on va s'amuser quand la neige tombe, on revient et on fait sa fête d'été.

— Fête d'été ? demanda Wax.

— Bien sûr, le moment où tu récupères toutes les bonnes choses de tout le monde.

— Tu es étrange, Torny.

— Regarde qui parle.

Les indications de Bliss s'avérèrent exactes, l'auberge surgissant exactement là où elle l'avait indiqué. Une ombre plus profonde que celles qui l'entouraient, Wax distingua le bâtiment de plusieurs étages, un petit mur couvert de neige et quelques structures voisines alors qu'ils trébuchaient vers eux. Les grenouilles poursuivantes ralentirent leur rythme, bien que les lumières commencèrent à encercler l'Est et l'Ouest.

— Elles nous piègent, dit Eujo alors qu'ils pataugeaient à travers une porte que Bliss ouvrit en escaladant le mur et en soulevant une barre transversale. Elles ne nous laissent pas partir.

— C'est mieux que de se battre à découvert. Wax serra fort le skar de Vis alors qu'ils traversaient une cour tachetée entrecoupée d'un puits, d'enclos pour animaux et d'endroits pour garer les chariots et les calèches qu'il avait vus en ville. J'aimerais bien voir l'une d'entre elles passer par la porte de l'auberge.

Bliss mena le chemin vers cette construction particulière, mettant son épaule contre la dalle de bois givrée. Une poussée prouva qu'elle était verrouillée, un tournant peu surprenant étant donné l'apparence abandonnée. Torny ne prit même pas la peine de sortir ses gadgets, marchant plutôt vers le côté droit de l'auberge. Dans la faible lueur de la nuit, de larges fenêtres en verre reflétaient la tache givrée de l'hiver et, alors qu'elle bougeait, l'ombre de la voleuse. Wax demanda ce qu'elle faisait, et Torny dit de la suivre.

— Cette porte est barricadée, dit Torny. Le seul moyen d'entrer sera par la fenêtre ou par le passage secret.

— Le passage secret ? demanda Eujo, jetant un coup d'œil à Wax et Bliss comme s'ils connaissaient l'esprit de la voleuse.

Bliss haussa les épaules, un large sourire aux lèvres. Une expression audacieuse pour un groupe à moitié gelé et traqué, mais Wax admirait sa confiance en la bandit. Les deux étaient devenues si proches que cela faisait presque penser Wax à Vis, à Sawi, et...

— Tu vois ? dit Torny alors qu'ils contournaient la base en pierre et mortier de l'auberge vers le côté ouest. C'est de ça que je parlais.

Une butte enneigée s'étendait en pente le long du sol, montant à peu près jusqu'au genou de Wax. Ils fixèrent la neige immaculée tandis que Torny se penchait et balayait la surface de sa main. Le déblaiement ne révéla que plus de neige et un commentaire sarcastique de la reine, mais Torny ignora ses paroles et balaya à nouveau.

— Une porte, dit Wax. Comment ? Pourquoi ?

— Vous n'avez pas de caves sur Vis, n'est-ce pas ? demanda Torny.

« Quoi ? » signa Bliss, et Wax fit écho.

— Des endroits sous terre. Ça permet de stocker des choses quand il fait froid et misérable dehors, continua Torny en poursuivant son balayage, maintenant avec l'aide des autres qui se penchaient pour participer. Ils jetaient tous des coups d'œil en arrière entre chaque coup de main, s'assurant que ces lumières mortelles ne se rapprochaient pas. C'est aussi un excellent moyen de sortir discrètement si on le souhaite.

— Pourquoi quelqu'un vivant si loin s'en soucierait-il ? demanda Wax.

— Soit nous le découvrirons à l'intérieur, soit nous devrons deviner.

La porte de la cave avait aussi un verrou, mais celui-ci était équipé d'un loquet métallique conventionnel autour de deux petites poignées. Torny, demandant un Foti skar pour réchauffer ses doigts, travailla avec ses outils sur le trou de la serrure, appuyant au bon angle pour faire sauter les boulons. Elle renifla alors que le verrou glissait de la porte dans la neige.

— Un verrou bon marché en plus, dit Torny en rangeant ses outils. Ils ont probablement pensé que quiconque trouverait cette porte et voudrait entrer y arriverait.

Wax ouvrit les portes, leur grincement cédant la place à une odeur de renfermé, mais propre. Une échelle attendait de l'autre côté, bien que ses barreaux inférieurs disparaissent dans une obscurité totale.

— Laisse-moi faire, dit Torny, ne prenant pas la peine d'attendre l'approbation avant de se glisser dans les ténèbres.

Les secondes s'écoulèrent, le vent de Whent commençant à se lever à nouveau alors que la nuit basculait vers le matin. Ces lumières avaient encerclé le groupe, et Wax pensait qu'elles se rapprochaient. Saut par saut glacial.

— Ce n'est pas que moi, hein ? demanda le Vis. Ces choses se rapprochent ?

— Je préfère risquer l'obscurité plutôt que... Les mots d'Eujo s'évanouirent alors que la lumière jaillissait derrière eux.

Bliss frappa dans ses mains une fois, puis se balança dans la cave. Wax et Eujo suivirent, plissant les yeux face à la lueur dorée de la lanterne, tandis que la neige s'infiltrait derrière eux. Torny tenait la lampe en l'air au milieu de la cave, sifflant devant les sacs, les tonneaux et les épais coffres en bois.

— On dirait que cet endroit était bien approvisionné, dit Torny, puis elle ramena la lampe vers la porte de la cave. Ça vous dérange de fermer ça, à moins que vous ne vouliez que nos amis entrent ?

L'auberge avait des provisions et de la sécurité. Wax et les autres explorèrent ses pièces de haut en bas, confirmant que l'endroit semblait prêt pour un hiver actif. Un hiver probablement anéanti par l'appel de ce seigneur de guerre à retirer une armée de la surface pour l'envoyer sous terre. Pas une âme n'attendait ici, bien que les lits, les tasses et le bois soient tous prêts à être utilisés. Bliss et Eujo auraient été partantes pour monter la garde, mais Wax les laissa s'échapper, prétendant avoir trop d'énergie après la précipitation pour s'effondrer tout de suite.

Un mensonge, mais un mensonge gentil.

À la place, il alluma un feu dans la salle commune de l'auberge, une tâche rendue facile grâce à la lanterne de Torny et à sa mèche prête. Le bois brûlait joyeusement dans les limites de sa cheminée en pierre, faisant fondre la tension, la peur, sinon la frustration, qui traquaient l'humeur de Wax.

— Tiens, dit Torny, revenant de derrière le bar avec de la viande séchée, des noix et deux petits verres. Ce n'est pas tout à fait un Foti skar, mais ça te réchauffera tout autant.

Wax fit tinter son verre contre celui de Torny, une autre coutume qu'il avait adoptée depuis qu'il avait quitté Vis, et les deux partagèrent une gorgée. Wax plissa les lèvres, cligna des yeux et se surprit à approuver l'évaluation de Torny en haletant. La bandit, cependant, ne rit pas, ne fit pas grand-chose sauf fixer les flammes crépitantes.

— Il y a une raison pour laquelle tu ne vas pas dormir, n'est-ce pas ? demanda Torny.

Wax hocha la tête.

— Ça a quelque chose à voir avec moi, n'est-ce pas ?

Un autre hochement de tête.

— Si tu me mets dehors maintenant, Wax, je...

— Je ne veux pas que tu partes, Torny. Crois-moi, je ne le veux pas. Mais, Wax ralentit, jeta un coup d'œil à l'étage, ou plutôt aux planches de bois marquant le plafond, c'est déjà assez difficile comme ça. Eujo, Bliss et moi avons tout abandonné pour ça. Absolument tout.

— C'est un monde de merde.

— C'est ça le truc, Torny. Ce n'est pas le cas. Pas entièrement. Je ne l'ai vraiment compris qu'après avoir dû quitter Vis, mais ce n'est pas le cas. Ça vaut la peine d'être sauvé, même si cela signifie me jeter sur cette chaise de pierre. Wax baissa la voix en un murmure, affichant un sourire malicieux. Bien que je ne serai pas fâché si Eujo gagne ce prix.

— Espèce de salaud. Les yeux de Torny, cependant, pétillaient.

— Je n'ai jamais prétendu le contraire. Mais je ne peux

pas, Torny, je ne peux pas perdre parce que tu ne t'engages pas comme nous l'avons fait. Alors je veux que tu choisisses. Abandonne tout, mets tout en attente, ou quoi que tu doives te dire, parce que ce journal a failli nous tuer. Nous ne pouvons pas risquer cela à nouveau.

Torny, au moins, fit un signe de tête à Wax pour ça. Elle se leva de sa chaise devant le feu, erra devant Wax vers les fenêtres.

— Ils ont fait ce verre épais, dit Torny, tapotant la fenêtre devant elle. Ça garde la chaleur. Ça garde les choses dangereuses dehors. Elle jeta un coup d'œil à Wax, un regard aussi dur que Wax n'en avait jamais vu d'elle. Tu m'as demandé de venir avec toi, Wax. Tu m'as, et tout ce qui vient avec moi. Si ça n'en vaut pas la peine, alors je serai dehors avant qu'il ne fasse jour.

# 32
# RESTER OU PARTIR

Si Quik pouvait avoir un skar Rana en main chaque fois qu'il prenait l'eau, il serait ravi de vivre comme un poisson. La petite pierre transformait les vagues en mains secourables, les crêtes blanches se repliant autour du chasseur Vis et le propulsant vers Annalyse. Ensemble, le duo glissait à travers les eaux agitées comme des dauphins joueurs, chaque mouvement étant un délice sans effort. Même le froid glacial de l'océan restait à distance, comme Bliss avait décrit la bave du démon la recouvrant après le combat au large de la côte.

Malgré ce qui se passait derrière eux, la probable capture et mort d'Ami, Quik ne pouvait réprimer un large sourire. Il n'avait jamais été un grand fan du Gardien de toute façon, Ami étant plus enclin à lui asséner une claque sur le crâne ou un coup de pied dans les tibias qu'un compliment, peu importe à quel point Quik utilisait bien la force du skar. Annalyse ne partageait pas cet enthousiasme lorsqu'il s'approcha de la scientifique qui se maintenait à flot, mais il aurait juré avoir vu ses lèvres s'incurver alors qu'ils glissaient dans les vagues.

Leur destination était évidente : les quais Najahn séparés des ports commerciaux de la Cité des Anneaux par une intimidante digue. Les pontons privés Najahn n'étaient jamais vraiment animés, bien que les navires aient tendance à aller et venir à des heures étranges, et principalement de petits bateaux. Maintenant, l'après-midi étant bien avancé et l'hiver ayant pleinement pris possession des mers, les quatre pontons étaient vides, sans rien d'autre qu'un ciel gris et menaçant au-dessus. Les habituels barils et caisses manquaient, signe que les Najahn maintenaient leurs quais en ordre. Aucun bar n'offrait de musique, aucun marin ne lançait de jurons au vent.

L'absence aurait été lugubre si les circonstances avaient été différentes.

— Allez, dit Quik alors qu'ils approchaient du premier ponton, un quai de pierre s'avançant comme une planche émoussée dans la mer, utilisons-le.

— Où est tout le monde ?

— Occupés ailleurs. Pas avec nous.

Quik n'était pas un expert en information et en sa transmission, mais si Fassle voulait détruire Gladdring, s'en vanter à l'avance semblait un mauvais choix. Particulièrement s'il voulait tous ces skars. Un raid secret, un nettoyage subtil avait plus de sens.

Du moins, c'est ce que Quik expliqua à la scientifique alors qu'il se hissait sur le rebord de pierre couvert de bernacles. Tendant la main, Quik saisit celle d'Annalyse et l'aida à monter. Presque immédiatement, alors que l'effort de la nage s'estompait, l'emprise glaciale du jour les saisit terriblement. Les dents de Quik commencèrent à s'entre-choquer, tandis que les lèvres d'Annalyse viraient à une teinte bleutée malsaine.

— Il nous faut un feu et des vêtements secs, claqueta-t-elle, rejoignant Quik dans son inspection du quai.

Plusieurs entrepôts les accueillaient, tous paraissant sombres et solitaires. Derrière ces grands blocs attendaient des ruelles aux issues incertaines. N'importe laquelle pouvait les mener à des gardes Najahn et des questions déplaisantes. Un instant, Quik envisagea de replonger dans les eaux, de nager jusqu'au port proprement dit et d'émerger par là, une idée lancée et écrasée par Annalyse.

— Il y a toujours des yeux au port principal. Des collecteurs Najahn, des gardes. Ils nous verront et se poseront des questions. Essayons celui-là.

Annalyse pointa du doigt une maison trapue à gauche des entrepôts, ce qui semblait être un lieu de cantonnement pour les gardes et officiels tenant le port. Des fenêtres sombres et une cheminée sans fumée suggéraient une existence aussi calme que partout ailleurs ici, une confirmation obtenue lorsqu'Annalyse frappa brièvement à la porte en bois salé. Quik se tenait derrière elle, les bras croisés autour de lui dans un frisson incontrôlable.

— Pas de réponse, Annalyse jeta un coup d'œil à Quik. On entre, d'accord ?

— C-c-comment ?

— De la même façon que nous avons fait tout le reste.

Quik ne comprit ce que cela signifiait que lorsqu'Annalyse plongea la main dans la sacoche détrempée attachée à sa taille. La scientifique en sortit un petit rubis, le serra dans sa main gauche et pressa sa main droite contre la poignée verrouillée de la porte. L'anneau de fer commença à grésiller, brûlant l'embrun marin, avant de fondre. La poignée déformée heurta le sol avec un bruit sourd, une fine rivière de métal s'écoulant de son logement le long de la porte, traçant les motifs du bois en noir.

— J'ai fait fondre la serrure elle-même, médita Annalyse. On peut vraiment être précis avec ces choses.

— Tu essayais de faire ça ? Quik força ses dents à arrêter de claquer un moment, mais de justesse.

— Il voulait faire sauter tout l'endroit. Annalyse poussa de sa main libre, la porte s'ouvrant nettement. Je lui ai dit de se contrôler.

À l'intérieur, le poste de garde leur offrait des options. Plusieurs lits étroits, un fourneau à charbon, une table, et des coffres remplis de viandes séchées, de fromages, d'eau fraîche et, le meilleur de tout, des vêtements. Des robes fraîches violettes et noires. Toute pudeur s'envola rapidement alors que Quik et Annalyse arrachèrent leurs tenues ruinées et trempées pour enfiler des options fraîches et sèches. Aucune ne s'ajustait parfaitement, mais des robes restaient des robes : le tissu se tordait et flottait même dans les meilleurs moments.

Avec un morceau de viande séchée et salée sans nom dans la bouche, Quik se dirigea vers la fenêtre du poste de garde et surveilla l'extérieur pendant qu'Annalyse finissait de se changer. Toujours calme dehors, et il se faisait tard pour qu'un navire arrive.

— On a peut-être réussi, dit Quik. D'une manière ou d'une autre.

— Pas d'une manière ou d'une autre, répondit Annalyse. Nous avons agi, nous l'avons bien fait. Et nous avons eu de la chance que Fassle choisisse un jour sans accostage pour faire son raid.

— Donc tu admets que la chance a joué un rôle.

Quik jeta un coup d'œil vers Annalyse, prêt avec un sourire arrogant, seulement pour la voir finir de remonter sa nouvelle robe sur son dos. Sur Vis, par temps chaud, la peau nue était une apparence commune. Depuis son arrivée sur la plus froide et plus à la mode Noctia, Quik avait perdu cette familiarité. Bien que voir quelqu'un aussi marqué que l'était Annalyse l'aurait fait hésiter de toute façon.

— Que t'est-il arrivé ? demanda Quik, se levant avant de pouvoir s'en empêcher. Ton dos ?

Annalyse ne tourna pas la tête, haussant les épaules dans la robe et la remontant autour de son cou. — Tu as tes cicatrices, Vis.

Fronçant les sourcils, Quik tendit la main vers la robe d'Annalyse, ne se rappelant de lui-même que lorsque ses doigts touchèrent le tissu. Il retira sa main brusquement, s'assit plutôt sur un lit de camp, attendant qu'Annalyse se tourne vers lui. Elle le fit, croisant les bras au passage, la pochette de skar déjà rattachée autour de sa taille, la détermination évidente sur un visage pour une fois dépourvu de lunettes, de taches d'encre et de la crasse générale qu'ils accumulaient tous dans les expériences de skar.

— Mes cicatrices ne ressemblent en rien à celles-là, contra Quik. Elles viennent de l'apprentissage des armes, de me tester contre les hanoko. Les tiennes ne semblaient pas si aléatoires.

— Le progrès est douloureux. Comment penses-tu que j'ai appris à travailler avec les skars ? À construire toutes ces choses que nous avons utilisées ? Pour chaque succès, j'ai dû me battre à travers une centaine, un millier d'échecs.

— Seule ?

Un léger reniflement, un rapide hochement de tête. — J'ai travaillé avec les personnes les plus intelligentes de Whent. Certaines ont subi des blessures pires que les miennes. Quelques-unes n'ont pas survécu. Leur sacrifice m'a amenée ici.

— Comment ?

— Gladdring a dit que les bonnes rumeurs étaient

parvenues à ses oreilles. Il est le Tenet du Commerce, il apprend quand une île commence à offrir quelque chose de nouveau. Alors il est venu, m'a trouvée et m'a achetée.

— Achetée ?

— Mon temps et mes talents. Annalyse fit un signe de tête vers la porte. Tu as une idée d'où nous devrions aller ensuite ?

— Bois un peu d'eau. Mange quelque chose d'abord. On ne sait pas quand nous en aurons à nouveau.

La scientifique s'adoucit. — Voilà une suggestion que je peux suivre. Elle passa devant Quik, sortit sa propre portion des coffres et s'effondra sur le lit de camp à côté de lui. Ce n'est pas exactement mon repas préféré, mais si ça doit être mon dernier...

Quik resta silencieux, mangeant son propre morceau de viande séchée mais le goûtant à peine. Il avait vu Annalyse comme une seule chose jusqu'à présent, sa geôlière et une geôlière étrange de surcroît, obsédée par les skars et leur potentiel à, comme elle le disait, sauver les îles. Maintenant, une vie s'étalait, pas si différente de la sienne, avec des rêves et des déceptions, des hauts et des bas soudains. La mort souvent proche, même si pour Annalyse, elle pouvait venir avec un skar explosant plutôt que les mâchoires d'un prédateur. Wax ou Bliss auraient peut-être fait le lien plus tôt, mais Quik... Vis n'était pas si compliquée. Tu avais ton rôle, tu le jouais, tu buvais le vin de fruits sous les étoiles avec un sourire.

— Tu réfléchis très fort là-bas ? demanda Annalyse. Parce que j'attends des idées. Nous sommes carrément sur ton territoire maintenant, Vis.

— Je ne me suis jamais échappé de quoi que ce soit auparavant.

Annalyse rit, un son clair pour une fois non lié à une

expérience. Plus pur, d'une certaine manière. — Faux, Quik. Tu t'es échappé de notre cage ce matin même.

— Certes, mais... Quik s'arrêta, sourit. Tu as raison. Je suppose que je l'ai fait.

— Alors, quel est le plan ? Tu n'es plus un novice maintenant.

Que Annalyse ait raison à ce sujet était sujet à interprétation, mais Quik pensa qu'elle avait un point. Après s'être échappé de leur cage, Quik avait adopté une posture furtive, certes, mais la partie importante était l'objectif clair : savoir où il devait, voulait aller donnait une direction à chacune de ses actions, et il donna ce plan à Annalyse maintenant.

— Nous devons décider où nous allons, dit Quik. Que veux-tu faire ?

— J'ai quelques pochettes remplies de skars et quelques babioles à échanger. L'hiver a fermé les routes maritimes vers chez moi, Annalyse grimaça, pas que je veuille aller à Whent de toute façon. Si Fassle essaie de m'attraper, il visera là-bas en premier.

Quitter la Cité des Anneaux, quitter Noctia. Bien sûr qu'Annalyse devrait faire ça. Toujours une autre liane à saisir.

— Vis, dit Quik. C'est là que tu devrais aller. Personne ne te cherchera là-bas, et ils t'accepteront.

— Vis ? Sans vouloir t'offenser, Quik, mais je ne suis pas sûre que ton île soit le bon endroit pour quelqu'un comme moi.

Une douzaine de réponses possibles à cette remarque grossière, mais Quik les ignora. La panique nous rendait tous idiots.

— Tu y es déjà allée ?

Annalyse baissa les yeux sur ses mains, semblant

comprendre qu'elle avait dit quelque chose de stupide. — Non, je n'y suis jamais allée.

— À moins que tu ne veuilles aller dans les forges puantes de Foti ou participer aux jeux meurtriers de Kance, commença Quik, cette dernière suggestion attirant un regard curieux de la scientifique, je dirais que notre île est la plus agréable. Tu y auras aussi un foyer. Nous trouverons mes parents, ils nous aideront.

— Tu ferais ça pour la personne qui t'a mis en cage ?

— Mon frère risque sa vie pour les îles. Ce que tu fais peut l'aider. Peut tous nous aider. Je ne suis pas si stupide pour ne pas voir ça.

Un autre rire. Léger. Quik sourit avec.

— Tu n'es pas stupide, Quik, dit Annalyse en se levant, lui tendant la main. Quand il la prit, elle le tira sur ses pieds. Peut-être un peu bourru, mais tu es gentil là où ça compte.

— Merci ?

Leur objectif fixé, atteindre le port principal sans éveiller les soupçons s'avéra plus facile que prévu. Les quais de Najahn et le chemin montant restaient presque déserts, une explication venant de quelques érudits pressés que Quik et Annalyse croisèrent en montant : les Tenets avaient annulé la plupart des travaux pour la journée, Fassle prévoyant une grande annonce ce soir-là sur la place princi-pale, et pas une joyeuse.

— Tout le monde est préoccupé par soi-même, dit Annalyse après que l'homme en robe se soit précipité, prétextant avoir du travail à faire. S'assurant qu'ils ne sont pas les cibles, que leurs initiatives sont en sécurité.

— En sécurité ? Je ne pense pas...

— Si le Cercle décide que ton travail ne vaut pas la peine d'être fait, ils retireront leur soutien. T'assigneront à autre chose, dit Annalyse alors qu'ils approchaient de la dernière porte de Najahn, des gardes distraits faisant passer les quelques personnes. Gladdring nous protégeait de toutes ces bêtises.

— Pouvoir et politique.

— Toujours.

Les gardes aperçurent leurs robes violettes et noires, ne leur causèrent aucun problème, donnant du crédit à l'idée d'Annalyse sur le raid secret de Fassle. Une fois qu'ils eurent dépassé les frontières de Najahn, Quik se sentit étrangement libre. Plus d'yeux surveillant ses mouvements, pas d'épée prête à jaillir des ombres, pas de rangs ni de rituels. Annalyse, aussi, gardait son attention, le bombardant de questions sur Vis, auxquelles il répondait avec plaisir.

Parler de chez lui donnait un peu l'impression d'y retourner, chaleureux et réconfortant. Un sentiment qui dura jusqu'à ce qu'ils atteignent les quais, jusqu'à ce qu'ils trouvent une goélette marchande de Foti prête à partir cette nuit même. Visant à battre une tempête à venir et atteindre l'anse de Kitaye avant que les glaces flottantes, que les eaux agitées ne puissent perturber sa cargaison de luxe de Noctia.

— Encore de la chance, dit Annalyse alors qu'ils se tenaient sur le quai, la rampe du bateau à seulement quelques pas. Difficile de dire comment cela aurait pu mieux se passer. Prêt ?

Quik commença à dire oui, mais s'arrêta. Toute cette discussion sur Vis avait fait une chose de travers, lui avait rappelé pourquoi il avait quitté l'île en premier lieu, pourquoi il était resté à Noctia alors que son frère avait pris la mer.

— Je, je ne suis peut-être pas prêt, dit Quik.

Devant le regard interrogateur d'Annalyse, le chasseur expliqua la dette, la raison, le besoin d'obtenir l'aide du

Najahn pour que son frère affronte les démons. Partir le coincerait avec le scientifique, maudirait Wax aux yeux du Najahn. Une trahison que Wax ne pouvait se permettre, et dont Quik ne prit conscience qu'en en parlant, là, sous le soleil couchant, les appels à l'embarquement et les cris des mouettes.

— Tu m'abandonnes, alors ? demanda Annalyse.

— J'ai prêté serment. Je ne peux pas le rompre. Pas maintenant.

Quik ne savait pas à quoi s'attendre, mais certainement pas à une main pressée contre son cœur. La paume d'Annalyse, cependant, apportait avec elle une chaleur intense, que Quik découvrit être plus que sa simple peau lorsqu'il saisit sa main. Deux skars reposaient à l'intérieur, une pierre de Vis et une de Foti.

— Garde-les, utilise-les si tu en as besoin, chuchota Annalyse en rapprochant sa tête de la sienne. Reste en vie, Quik, et quand tu auras obtenu ce pouvoir que tu recherches, reviens me chercher.

— Je le ferai.

— Bien. Annalyse fit un grand pas en arrière. Elle agita lentement un doigt. Parce que si tu ne le fais pas, je donnerai tous tes nouveaux jouets à tes chasseurs. Alors le Vis ne sera plus jamais le même.

# 33
## POSSIBILITÉS EN CAGE

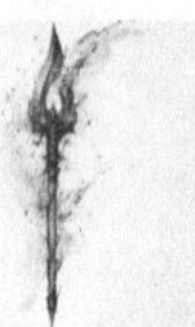

Jusqu'où pouvait la mener sa bravade ?

Au cours d'une vie passée en marge de Noctia, Torny avait appris qu'une insulte pouvait trancher aussi net qu'un couteau, éviter une bagarre ou ouvrir une porte autrement fermée aux timides et aux doux. Manipuler les intérêts pour qu'ils correspondent aux siens fonctionnait aussi, particulièrement avec les esprits crédules trop habitués à obtenir ce qu'ils voulaient. Comme, disons, la plupart des Najahn.

Wax et Bliss n'étaient pas comme ça. Torny faisait face à cette réalité, passant un doigt le long des épaisses fenêtres intérieures de l'auberge tandis que sa bière reposait dans son autre main. Ni l'un ni l'autre ne semblait disposé à la suivre, à l'ignorer et à se concentrer sur leurs propres désirs. En d'autres termes, la voleuse ne cessait d'être rappelée à l'ordre pour ce qu'elle était, qui elle était.

Et maintenant Wax l'avait encore fait, ici dans ces étendues enneigées avec des prédateurs qui attendaient juste dehors. Une situation à peine équitable : rejoins-nous ou fais-toi dévorer par une horrible grenouille des glaces. Ne serait-il pas facile de renoncer à son passé et de s'adapter à un nouveau présent ?

Sauve le monde, Torny !

Elle renifla. Regarda de nouveau vers le feu. Wax fixait les flammes ardentes, sa propre bière à peine touchée. Le Renouveau semblait tout aussi susceptible de s'évanouir que de rester assis là toute la nuit, plongé dans une profonde réflexion. Était-ce à cela que ressemblait quelqu'un portant le poids du destin ?

Tu parles. Au-dessus d'eux se trouvait la véritable gagnante, celle qu'ils s'attendaient tous à voir prendre le trône maudit de Noctia. Eujo avait aussi l'allure, hautaine et froide. Comme si elle avait oublié le caniveau d'où elle venait. Parfaite pour se retrouver coincée seule dans un horrible cratère, attendant de mourir quelques décennies trop tôt.

Wax n'avait aucun souci à se faire. Il était, comme Torny, un accessoire.

Elle s'approcha de la porte barricadée de l'auberge, une solide barre de fer traversant l'épaisse porte en bois. Une hache et beaucoup d'efforts pourraient peut-être la briser, mais sinon personne ne pourrait l'ouvrir sans aide de l'intérieur. L'épais verre signifiait aussi que ces grenouilles auraient du mal à tirer avantage de la situation. Bien qu'elles puissent simplement attendre, campant dehors et se demandant quand leur nourriture ferait un mouvement.

Cela, au moins, pourrait arriver quand Wax et Eujo le voudraient. L'auberge avait de la nourriture en abondance. Du bois de chauffage et des couvertures. Ils pourraient passer l'hiver ici s'ils décidaient d'abandonner complètement le jeu du Renouveau.

Bien que Torny pourrait se retrouver à glisser une dague

sous les côtes d'Eujo si elles restaient si proches pendant si longtemps.

L'auberge n'offrait pas grand-chose d'autre comme distraction non plus. Les seules œuvres d'art, si on pouvait les appeler ainsi, étaient des os d'animaux accrochés ici et là sur les murs. Pas de livres, pas de luths traînant, suppliant qu'on les pince. Le strict nécessaire.

Wax étant dans la lune, Torny poursuivit sa visite, passant devant les escaliers menant à l'étage et renonçant à ces marches froides. Enfin, peut-être pas. Bliss était là-haut. Elle, au moins, comprenait Torny, mais la Vis avait disparu rapidement, épuisée après ses efforts d'exploration. Mieux valait la laisser se reposer.

Le rez-de-chaussée comportait une cuisine, un bar, les tables dans la grande salle principale et un lit de paille solitaire tout au fond, une pièce mieux utilisée comme placard. Là où le propriétaire pourrait dormir pendant ces rares moments où une auberge pouvait être calme. Jusqu'à leur court séjour à Rana, Torny n'avait jamais eu de vrai boulot, à s'échiner sur la vaisselle et la soupe renversée pendant des heures.

Elle ne le ferait plus jamais, bon sang. C'était une torture réservée à des gens plus résistants qu'elle.

La descente de Torny à la cave se fit en silence, ses pieds effleurant les marches sans bruit. Une seconde nature à ce stade, une compétence affinée par Yarvick il y a des années. Il se tenait derrière elle, bâton prêt à frapper si Torny faisait le moindre craquement. Ils trouvaient des maisons silencieuses, les cambriolaient, puis formaient des voleurs jusqu'à ce que quelqu'un les chasse, et chaque nouvelle cible apportait de nouveaux défis.

La construction solide de l'auberge rendait la marche silencieuse facile, les planches robustes menant à la cave supportant son poids sans un craquement ni un couinement. Au-dessus, quelques araignées courageuses tissaient des toiles pour attraper les acariens et les mille-pattes se faufilant dans le sol. Le sol de la cave n'était guère plus que de la terre battue, maintenue en place par ces tonneaux, sacs et caisses. Des étagères enfoncées dans la pierre brillaient alors que Torny promenait sa lanterne — chipée lors de son tour du rez-de-chaussée —, des bocaux promettant des délices en saumure à quiconque les ouvrirait.

C'étaient toutes des choses ordinaires. Moins ordinaire était la pièce de bois plate et carrée gisant sur le sol près des doubles portes inclinées qu'ils avaient utilisées pour entrer. Saupoudrée de neige soufflée, Torny ne l'avait pas remarquée jusqu'à présent, un oubli pardonnable étant donné la précipitation dans laquelle ils s'étaient tous trouvés.

Torny sourit intérieurement. Yarvick ne lui pardonnerait pas ce faux pas : Ne rate jamais une opportunité, quel que soit le moment.

La bandit se pencha, posa la lanterne au sol et traça le contour du carré de bois. Une boucle en fer sombre s'élevait jusqu'à son poignet à une extrémité, suppliant d'être tirée. Une chose curieuse, une trappe dans une cave. Que pouvait-il y avoir de si précieux pour creuser si profond ?

Torny jeta un autre long regard autour de la cave, recompta la nourriture, les bocaux, et eut une idée. Bien que la bière et quelques alcools plus forts attendaient en haut derrière le bar, il n'y avait pas eu de vin. Tamas était assez proche de Whent, et Torny pensait que les mangeurs de roche en fabriquaient eux-mêmes, il aurait dû y avoir quelques bouteilles dans un endroit comme celui-ci.

Peut-être qu'ils gardaient les bonnes bouteilles tout en bas ici.

Pourtant, alors que Torny tendait la main vers cette

boucle, sa tête s'embruma, son bras vacilla. L'épuisement. La marche nocturne, le peu de sommeil revenaient maintenant qu'ils étaient passés de risquer leur vie à la vivre à nouveau.

Remonter, faire un somme, laisser l'ultimatum de Wax se jouer dans ses rêves ?

Pas encore.

Torny se pinça. Une autre astuce, celle-ci apprise avant Yarvick, un moyen de rester éveillée et de s'emparer de la nourriture juste au moment où les restaurants de Noctia la jetaient enfin. S'endormir en cachette et il n'y aurait même plus de miettes à son réveil.

Une traction sur la boucle ouvrit la porte sans résistance. La porte bascula vers le haut, frappant le mur de la cave avec un bruit sourd et poussiéreux. Une petite échelle reposait à l'intérieur, appuyée contre une terre délabrée, avec de vieilles racines et des vestiges noueux qui en dépassaient. L'odeur qui s'en dégageait rappela à Torny le navire du marchand Noctia, les vieux trésors attendant d'être vendus dans sa cale.

— Quels secrets gardes-tu ? marmonna Torny, se penchant et tenant la lanterne au-dessus du trou.

Les reflets donnèrent le premier indice. Vifs et irréguliers, comme la Cité des Anneaux au lever du soleil. Pas quelque chose créé par la nature, et pas quelque chose que Torny avait déjà vu. Quelque chose qui méritait un examen plus approfondi.

La voleuse balança ses jambes sur l'échelle, testa les barreaux. Le bois étroit passa l'épreuve comme tout le reste dans cette auberge bien construite et bientôt Torny atteignit le sol du niveau inférieur, celui-ci pas si plat. Entre les murs de terre, des poutres en bois étayaient l'espace, donnant à Torny suffisamment de hauteur et de largeur pour travailler. Heureusement d'ailleurs, car ce qui l'attendait en bas n'avait aucun sens.

Des cages. Quatre, réparties le long des bords de la pièce avec un étroit passage entre elles. Assez grandes pour contenir une personne — Torny, ayant été dans une cellule il n'y a pas si longtemps, le savait — mais assez petites pour s'assurer qu'elles ne seraient jamais confortables. Chacune avait un banc et rien d'autre. Une seule lanterne éteinte pendait du plafond. À gauche de l'échelle, enfoncée dans le mur, attendait une petite planche avec quatre clés accrochées à des ergots.

La voleuse déglutit.

Une auberge, certes, mais qui appartenait ici ? Des gens qui ne pouvaient pas payer ?

Torny se retourna pour atteindre l'échelle à nouveau, sortir de là. Un certain niveau d'étrangeté était bien dans le domaine d'un voleur. Ça ? Non.

Un bruit arrêta son premier pas. Un bruissement, un soupir, plus profond, au-delà de la portée de sa lanterne. Torny se retourna brusquement, la lanterne se balançant. Elle avait laissé sa chope de bière un étage plus haut dans la cave, et la remplaça maintenant par un couteau dégainé. Seules les ombres attendaient, silencieuses. Torny força sa respiration à ralentir, se dit que sa lanterne exposait suffisamment pour que tout ce qui se trouvait là-bas devait être petit.

Quand même.

— Il y a quelqu'un ? demanda Torny dans le vide.

Avec la lanterne levée, elle ne pouvait pas vraiment se cacher. Autant voir si quelque chose allait se montrer.

Un autre soupir, un autre bruissement. De la poussière s'éleva, captée par la lumière de la lanterne. Torny garda une prise ferme sur le manche du couteau. Se dit que c'étaient des cages. Elles retiendraient tout ce qui était à l'intérieur. Rien ne venait pour l'attraper.

Elle fit un pas en avant. Répéta son appel.

Cette fois, un souffle lui répondit. L'air bougea. Quelque chose changeait de place dans cette cage arrière gauche.

Ne sois pas lâche, Torny. Vois ce que c'est.

Ou retourne en arrière. Va chercher Wax, et—

Wax. Le gars qui ne pensait pas que Torny était assez engagée ? Pas question.

La voleuse secoua la tête, plissa les yeux et fit un autre pas en avant. Leva la lanterne, effaça toutes les ombres, et jura.

# 34
## SAUT

Le problème avec les tours, c'est qu'elles avaient plus d'un étage. Une maison dans les arbres Kitaye vous aurait permis de descendre par une corde ou une échelle et d'être libre, au sol et à l'air libre en un instant. Au lieu de cela, alors qu'Ami et Sawi dépassaient la salle de repos, elles se retrouvèrent dans le même escalier en colimaçon qu'elles avaient toutes deux emprunté pour monter ici. Des marches de pierre et des torches. Des voix au-dessus et en dessous, bavardant nonchalamment.

Au moins, leur évasion restait secrète.

— Par où ? demanda Sawi alors qu'Ami hésitait.

— Descendre est plus évident, mais ils auront plus de gardes, marmonna Ami, plus pour elle-même que pour son acolyte Vis. Pas de garantie qu'il y ait une sortie en haut...

— Une petite chance vaut mieux que pas de chance du tout ?

Ami cligna des yeux et secoua la tête.

— Ce n'est pas comme ça que ça marche, Sawi. On monte.

— Mais ?

Ami passa devant la Vis, tenant fermement l'épée volée tandis qu'elle montait d'un pas déterminé. Sawi la suivit, leurs robes Najahn assez proches pour se frôler alors que l'orage qui approchait envoyait ses rafales tourbillonner dans la tour. Un autre signe de son statut : peu de fenêtres scellées avec du verre. La tour de Gladdring semblait confortable. Celle-ci, les prisonniers pouvaient souffrir.

Cette pensée faillit faire trébucher Sawi en pleine montée, et lui valut un regard noir d'Ami.

Avant d'être prisonnière, Sawi n'avait jamais pensé à ce qui arrivait aux gens emmenés dans des endroits comme celui-ci. On pouvait en partie l'excuser, car les choses se passaient différemment sur Vis, mais elle était sur Noctia depuis assez longtemps maintenant pour remarquer les gardes emportant tout le monde, des voleurs de rue aux déserteurs potentiels en passant par les marchands aux mœurs légères. Ils disparaissaient de la vue et c'était tout.

Sauf que maintenant, elle savait qu'ils seraient étendus sur des lits de camp, grelottant, jusqu'à ce que les Najahn leur accordent un exil propre ou une coupure plus nette.

— Concentre-toi, chuchota Ami alors qu'elles atteignaient le niveau suivant, un autre ensemble de cellules. La porte menant à la zone des gardes était fermée, des rires étouffés se faisaient entendre de l'autre côté. Si ils l'ouvrent, tu dois frapper en premier.

Sawi murmura une prière à Vis pour que, dans l'intérêt de tous, la porte reste fermée, et en effet, le dieu fit sa part pour garder les gardes intéressés par leurs cartes ou leur dîner.

Le niveau suivant ne leur accorda pas la même chance, bien que des mots et des gonds grinçants aient averti le duo furtif.

Ami bondit alors que le palier apparaissait, un garde

tenant un panier de dîner sortant. Les yeux de l'homme allèrent dans la mauvaise direction, vers ses camarades, et avec les deux mains occupées, l'homme n'eut aucune chance. Sawi pensait qu'Ami allait lui infliger un coup brutal, l'éventrer, mais la Gardienne retourna sa prise, écrasant plutôt le pommeau de l'épée sur le visage du garde et le faisant s'effondrer dans l'embrasure de la porte.

— Cours ! cria Ami, son agression n'ayant pas échappé aux deux autres gardes qui attendaient à l'intérieur.

Sawi leur jeta un bref coup d'œil en passant à toute vitesse, leurs yeux écarquillés et leurs pieds maladroits étant leurs principales caractéristiques. La victime d'Ami gisait inutilement en gémissant, le panier et son eau de vaisselle sale éparpillés sur tout le sol.

Mieux que du sang.

Le palier suivant mit leur stratégie à l'épreuve, les escaliers se terminant sur un sol de pierre et plusieurs portes. Toutes les trois semblaient identiques : du bois caramel solide, avec les poignées en fer noir prisées par les Najahn. Ami faillit tourner sur elle-même, essayant de décider, mais Sawi la dépassa et choisit celle de droite.

Un choix facile, car les autres menaient probablement vers la mer. Peut-être qu'Ami ne pouvait pas garder son sens de l'orientation dans ce tourbillon, mais se repérer au milieu d'une couverture dense était quelque chose que tout Vis devait apprendre, sous peine de se perdre dans les lianes oscillantes.

Derrière la porte les attendait une pièce déserte remplie de coffres, de lourds coffres étiquetés avec des numéros. La seule lumière de la pièce — une lanterne près de la porte pendait, éteinte — provenait d'une large fenêtre en arc à l'arrière. Contrairement aux étroites meurtrières dans les escaliers de la tour, celle-ci avait du verre, son éclat correspondant à la neige tombante dans le jour déclinant à l'extérieur.

— Pas de sortie, dit Ami, regardant autour de Sawi dans la pièce. Il faut qu'on...

Un carreau d'arbalète s'écrasa dans le bois au-dessus de la tête d'Ami, vibrant dans la planche éclatée. Ami jura, se tira à l'intérieur tandis que Sawi s'enfonçait plus profondément parmi les coffres. Ami claqua la porte, se retourna et commença à tirer un coffre.

— Aide-moi, grogna la Gardienne, et Sawi s'exécuta, le duo travaillant rapidement pour déplacer un coffre devant la porte et en empiler un autre par-dessus.

— Qu'est-ce que c'est que ça ? demanda Sawi alors qu'elles bougeaient, la simple question faisant sa part pour atténuer le fait que des Najahn venaient d'essayer de leur tirer dessus.

Leur tirer dessus. Comme dans, ne pas essayer de les capturer vivantes.

Si Sawi retrouvait un jour Gladdring, l'homme regretterait qu'elle ne l'ait pas laissé pourrir à Mottilan.

— Aucune idée, dit Ami, reculant de leur barricade improvisée, l'épée prête, comme si cela allait servir à quelque chose contre une arbalète. Essaie-en un. Il y a peut-être quelque chose qu'on peut utiliser, parce qu'on pourrait vraiment avoir besoin de quelque chose.

Sawi en choisit un au hasard, l'ouvrit pour découvrir des vêtements divers. Des vêtements décents, pas Najahn, mais rien qui ne pourrait les aider. Le contenu, cependant, correspondait aux numéros à l'extérieur.

— Ce sont les affaires des prisonniers. Ce qu'ils avaient sur eux, dit Sawi, refermant le coffre. Pas... génial.

— À moins que l'un d'eux n'ait eu une grande épée, jura Ami. Réfléchis, Vis. Tu es censée être intelligente, non ?

L'était-elle ?

Sawi jeta un coup d'œil autour de la pièce, mais les malles étaient les seules choses présentes. Un bruit sourd résonna contre la porte. Quelqu'un secoua la poignée. Ami jura — elle jurait toujours, mais leur barrière tenait bon. Pour l'instant.

La fenêtre fut la suivante, et lorsque Sawi pressa sa tête contre la vitre, elle faillit crier. La tour avait certes de la hauteur, mais elle avait été construite dans les falaises de Noctia. Dehors, à un saut de distance, se trouvaient des rochers escarpés et une pente ouverte. Il y avait bien un écart entre la fenêtre et cette liberté, mais rien qu'une bonne Vis ne puisse gérer.

Sawi n'hésita pas, prenant sa propre épée volée et fracassant sa garde contre la vitre. Le coup fit une première fissure, puis une deuxième — Sawi n'avait jamais brisé de verre auparavant, mais elle avait vu une Ami ivre se couper sur une bouteille de vin brisée, alors elle traita ces éclats avec prudence — et finit par faire voler la fenêtre en éclats.

— Qu'est-ce que tu fais ? cria Ami alors que la porte s'agitait à nouveau. La Gardienne avait le dos pressé contre les malles empilées, poussant avec ses jambes. La sueur coulait sur le visage d'Ami malgré le froid qui envahissait maintenant la pièce. Je ne suis pas venue jusqu'ici pour sauter.

— J'espère que tu aimes te faire tirer dessus, alors.

Le problème avec la fenêtre, c'est qu'elle n'atteignait pas le sol, et sa hauteur signifiait que le saut serait une affaire de plongeon en avant. Prendre un bon élan, cambrer son corps et prévoir un roulé-boulé en touchant le sol. Plus difficile qu'une fronde de fougère, mais le même principe. Sawi prit une profonde inspiration, le vent frais et glacé entrant en elle et la remplissant d'une vie extatique.

Quelque chose fendit la porte. Sawi jeta un coup d'œil, aperçut le bord argenté d'une grande hache alors que l'arme se retirait.

— Allez, dit Sawi. On n'a plus le temps !

— Si tu penses que je vais sauter par une fenêtre, tu es folle.

Sawi était sur le point de faire une remarque standard sur la lâcheté des Vis quand elle saisit le ton d'Ami, la peur sensée qui se nichait dans ses mots. Une Gardienne Foti, voilà ce qu'était Ami. Elle n'avait jamais sauté à travers la jungle, voyait probablement chaque saut comme un risque pour ses chevilles, pas comme une chance de voler librement. Sauter par une fenêtre, et encore moins dans le vide, ne serait pas son premier, deuxième ou cinquantième choix.

— Tu dois le faire, Ami, dit Sawi alors que la hache frappait à nouveau, se retirant rapidement pour laisser l'œil clignotant d'un garde jeter un coup d'œil à travers le trou. Soit ça, soit ils te tueront, skar ou pas.

— Ouais, je me doutais que c'était une possibilité. Ami sourit, saisit son épée à deux mains en se levant des caisses. Mieux vaut ça que de laisser Fassle avoir son exécution de luxe.

Sawi sentit sa bouche s'ouvrir alors qu'Ami prenait une posture de combattante à une enjambée des malles. Elle n'allait pas sauter ? Elle allait juste balancer cette lame jusqu'à ce que les gardes la mettent en pièces ?

— Ne gâche pas ta vie, dit Sawi.

— Nous prouvons quelque chose, Sawi, répondit Ami, se secouant pour se détendre. La hache frappa à nouveau, arrachant une planche entière. Quelqu'un glissa une arbalète dans l'ouverture, alors Ami souleva le couvercle de la malle du dessus, attrapant le carreau au vol.

— Quoi donc ? Que tu es une idiote ?

Basculant son épée courte dans sa main faible, Ami saisit quelque chose dans la malle. Un garde dans la pièce poussa, faisant tomber le couvercle de la malle vers l'avant. La Gardienne lança l'objet, une sorte de relique, à travers la planche brisée, riant alors que quelqu'un dans l'autre pièce jurait.

La hache frappa à nouveau, tirant sur une deuxième planche.

— Je suis une Gardienne, répondit Ami, soulevant à nouveau la malle. Mourir pour mon Aegis, Sawi. C'est ce que j'ai juré de faire. Elle rit à nouveau, tirant un autre objet. Les chaussures de ce type sont vraiment les trucs les plus rigides.

Le couvercle de la malle claqua, Ami lança la deuxième chaussure.

Et Sawi sauta.

Le vent nagea à travers ses robes, les bords de la fenêtre frôlèrent les siennes, mais Sawi s'envola dans l'air sombre. Pendant un long moment, Sawi sentit son estomac se soulever, sentit l'emprise du dieu se relâcher sur elle. Alors que le battement s'éteignait, Sawi replia ses bras sur sa tête, balança son visage vers son ventre et heurta le flanc glacé de la falaise dans un roulé-boulé. La douleur et la panique jouèrent d'abord un motif, l'élan de Sawi la portant rapidement sur les rochers gelés tandis que les écorchures et les contusions perçaient les robes Najahn. Ses doigts, ses jambes, ses pieds s'écartèrent largement, cherchant une prise et la trouvant par morceaux, chaque saisie, chaque coup de pied ralentissant sa vitesse jusqu'à ce que Sawi s'arrête, étalée. Sur le dos, en sang, avec une épaule lui indiquant qu'elle n'était peut-être plus à la bonne place, Sawi contempla une paroi de cratère large et sinueuse s'éloignant de l'extrémité Najahn de la Cité Annulaire.

Libre. Sawi sourit, ignorant sa lèvre mordue et son sang qui coulait.

— Où es-tu passée ? L'appel d'Ami traversa la fenêtre, stressé et confus. Ne me dis pas que tu as décidé d'en finir sans combattre ?

Sawi se retourna, grimpa sur les rochers. — Je suis ici dehors. Tu peux faire le saut !

Ami le pouvait-elle ?

Mieux valait qu'elle essaie, au moins.

— Tu es folle, répondit Ami, la Gardienne invisible à travers la fenêtre, mais plus proche.

Un fort craquement laissa présager que les derniers moments de la porte approchaient rapidement.

— Tu dis qu'une Vis peut faire quelque chose que tu ne peux pas ? demanda Sawi. Suis-je meilleure que toi, Gardienne ?

Ami ne répondit pas. Le bruit sec du métal contre le métal retentit, suivi d'un cri. Sawi se leva, était sur le point de se retourner et de fuir en survivante, quand la silhouette de la Gardienne apparut à la fenêtre, non pas seulement en train de mesurer la distance, mais volant à pleine vitesse. Ami avait de la force, n'avait pas de précision, et son saut à travers la fenêtre érafla le côté de la pierre, transformant son bond en un tourbillon déformé.

Sawi jura, se poussa jusqu'au bord et tendit la main, visant la main d'Ami et attrapant à la place la botte de la Gardienne alors que la Foti tournoyante et tombante heurtait la falaise plus raide que Sawi elle-même avait franchie. Le choc sembla briser des os, et les bras de Sawi brûlèrent alors qu'elle doublait sa prise sur la botte d'Ami, essayant de reculer sur ses genoux.

— Allez, Ami, dit Sawi, ses dents grelottantes de froid. Ne sois pas morte. Ne sois pas morte.

La cheville d'Ami dépassa la pente alors que Sawi tirait, puis la cuisse de la Gardienne, les robes Najahn tombant partout. Le progrès, cependant, donna espoir à Sawi : elle ferait passer Ami par-dessus le bord, et avec le skar Vis, elle serait —

Un déclic. Sawi leva les yeux, vit l'arbalétrier viser à travers la fenêtre. Droit sur elle.

— Désolée Ami, dit Sawi, faisant la seule chose qu'elle pouvait.

Lâcher prise et rouler, le long des rochers gelés dans l'obscurité.

# 35
## UN EFFORT SANS FIN

Les corps pouvaient bouger.

Svarde et Kivi se précipitèrent dans la caverne où la bande du Roi Mort avait été éparpillée, se tenant dans un silence lugubre. Le duo s'arrêta net, Svarde murmurant une prière foti en voyant les formes se traîner. Certaines marchaient aussi bien que n'importe quel homme, tandis que d'autres, privées d'un pied, d'une jambe ou des deux, se tiraient sur le sol de pierre et de terre. Comme une fourmilière dérangée, les corps semblaient bouger au hasard. Pourtant, en les observant, Svarde vit émerger des schémas et une logique.

Certains disparaissaient dans le tunnel latéral menant à la ville déserte. D'autres empilaient des pierres autour de l'entrée de Svarde, les débuts d'une barricade. D'autres encore s'affairaient à aiguiser les armes restantes, ou à briser des roches pour en fabriquer de nouvelles versions grossières. Si c'était une force normale, Svarde aurait déclaré qu'il n'y avait pas de temps pour de telles choses, qu'ils devaient plutôt se précipiter vers la ville, fermer les portes et prier pour que les démons les laissent tranquilles.

Au lieu de cela, il vit ces corps travailler sans fatigue, sans besoins, sans hésitation ni distraction. En faisant abstraction de leurs imperfections physiques, les morts constituaient la force la plus efficace que Svarde ait jamais vue.

Ce qui suscita une question, que Svarde lança à Kivi.

— S'il a eu tous ces corps autour de lui depuis si longtemps, comment se fait-il que tout cet endroit ne soit pas scellé ?

Effondrer les tunnels, remplir tout ce qu'on ne pouvait pas bloquer avec des piques, des pièges et du matériel anti-démons. Assez facile avec des années et des années à disposition, alors pourquoi n'était-ce pas fait ?

Svarde aperçut le Roi Mort au milieu de la chambre. Il se tenait debout, son épée plantée dans la pierre comme une statue sculptée. Maena tournait autour de lui, marmonnant pour elle-même comme elle le faisait souvent ces derniers temps.

— Allez, Kivi, dit Svarde. Voyons comment on peut aider.

Le ferrite renifla. Une question alors qu'ils contournaient la barricade en formation.

— Parce que l'armée de Jochi vient à nous, répondit Svarde. Ils nous rejoindront ici, et ensemble nous détruirons les démons. Simple.

Un autre reniflement. Si fort qu'il attira un regard interrogateur du Foti.

— Ouais, je sais que c'est idiot de rester ici, mais quelqu'un doit le faire. Comme l'a dit le type à l'épée, les démons peuvent aller n'importe où une fois qu'ils dépassent cette salle. Tu as vu les dégâts que trois de ces monstres pouvaient faire à une grande ville défendue. Lâche-en un ou deux sur une ville normale, et...

Svarde s'interrompit en atteignant le Roi Mort, son approche interrompue quand Maena se planta devant lui, une question intrigante dans les yeux.

— Tu as vu quelque chose d'intéressant ? demanda Maena.

Svarde examina la capitaine Rana, son regard malicieux bien loin de la soldate qu'elle avait été à bord du *Croc de Rat*. Une folie désespérée, peut-être, s'emparant d'elle après si longtemps dans ces tunnels sans fin. Elle n'avait pas le rempart de Svarde, l'amour délabré pour une femme mourante si loin de sa portée et son feu purificateur.

Bien qu'une folie comme celle-ci...

— Tu vas répondre à ma question, ou utiliser celles-là ? demanda Maena, faisant un signe de tête vers les mains de Svarde. Il n'avait pas réalisé qu'elles avaient glissé vers les manches de ses haches. Tu penses à prendre l'épée de mon ami pour toi ?

La référence ramena Svarde au Roi Mort et à sa posture solennelle, l'homme silencieux sous son armure alors qu'il dirigeait les corps dans la défense. S'il avait entendu la remarque de Maena, l'homme n'en montrait rien. Qu'il remarque ou non si Svarde essayait d'arracher la lame ou de planter une hache dans son armure, qui sait.

Svarde n'allait pas essayer de le découvrir.

— C'est toi, dit Svarde. Les démons brûlants n'avaient pas encore fait d'incursions. Un moment pour savoir si son amie pouvait encore être digne de confiance semblait précieux. Tu as changé.

— Il s'est passé beaucoup de choses depuis notre départ, Svarde. Es-tu le même qu'avant ?

— Même objectif.

— Moi aussi. Tailler ces démons en chair à pâté et voir

si on ne peut pas utiliser leurs os pour boucher les portails. C'est mon plan. Quel est le tien ?

Kivi renifla doucement au pied de Svarde. Un peu sinistre en effet.

— Si c'était aussi facile...

— Ça ne l'est pas ? Maena recula, se baissa et ramassa une pierre sur le sol, la lançant facilement d'une main à l'autre. Cette pierre, tes haches, son épée et ces cadavres miteux sont tout ce que nous avons, Svarde. Nous les lancerons tous sur ces salauds que tu as vus sortir de l'eau là-bas et nous essaierons, essaierons et essaierons jusqu'à ce que nous soyons soit immolés, soit écrasés sous leurs carapaces métalliques. Assez simple.

— C'est comme ça que tu planifiais tes raids pour Rana ? Une charge aveugle sur un navire Whent, advienne que pourra ?

— C'était avant. C'est maintenant. Maena, toujours en lançant la pierre d'une main à l'autre, s'écarta et ouvrit le chemin de Svarde vers le Roi Mort. Tu veux élaborer une stratégie, je t'en prie. Tu verras que notre ami n'est pas du genre bavard.

— Tu mets fin à cette conversation ici ? Tu ne me donnes aucune réponse.

Maena renifla et cracha sur le côté. — Tu n'en mérites aucune, Gardien. Qui je suis est mon affaire, et la mienne seule. Concentre-toi sur tes propres problèmes.

Svarde était sur le point d'argumenter que ce n'est pas ce que font les amis, particulièrement ceux sur le point de partir au combat. Quelque chose dans le regard rigide de Maena, cependant, repoussa la fissure et tua la conversation. La capitaine Rana s'était effacée au fur et à mesure qu'ils parlaient, passant d'espiègle et joueuse à cassante et hérissée.

Au moins, vu qu'elle n'avait pas de véritable arme, Svarde n'avait pas à la considérer comme une menace.

Le Roi Mort offrait une conversation différente, à savoir une qui commençait et se terminait par le salut de Svarde. L'homme en armure ne répondit pas, sauf par le doux va-et-vient de sa respiration. Quand Svarde réessaya, le silence persista, bien que le travail continuât autour d'eux. Le Roi Mort semblait être un roc jusqu'à ce que son travail soit terminé, alors Svarde se mit à faire ce qu'il pouvait pour se préparer.

Des heures passèrent tandis que les corps travaillaient à leurs remparts de pierre. Des chariots roulaient depuis le tunnel de la vieille cité, leurs roues fracturées raclant le sol, poussés avec un effort inlassable par leurs pilotes décomposés. À l'intérieur se trouvait la chose même que Svarde ne voulait pas que Maena possède : des armes.

Des épées rudimentaires, des lances, des boucliers et des couteaux. Forgés et aiguisés avec une habileté pitoyable, leurs tranchants avaient plus de creux que la peau de Svarde couverte de cicatrices de bataille. Les hampes des lances n'étaient pas en bois solide mais en vieux os, assemblés avec du goudron et de la salive. Beaucoup n'avaient pas de gardes du tout, maniées en enfonçant simplement une extrémité dans la chair molle et à peine présente qui pendait des soldats du Roi Mort.

Svarde marmonnait juron sur juron en observant ce spectacle, tandis que toute la chambre se remplissait de ses rangs fétides, ceux qui ne travaillaient pas à renforcer le mur de fortune s'alignant en formations de combat.

— Tu m'as posé une question, dit le Roi Mort, sa voix plus calme qu'auparavant, épuisée et pourtant, immuable. Immortelle comme ses sujets.

— Je voulais connaître ta stratégie. Savoir si tu envisagerais de porter le combat vers eux pendant que nous avons l'avantage du terrain. Les repousser vers la mer.

— Pour les forces de ton amie, c'est envisageable. Pour les miennes, les morts ne nagent pas, et l'eau dévore leur chair jusqu'à ce qu'il ne reste qu'un tas d'os. Il vaut mieux que nous combattions ici, où chacun des nôtres abattu a une chance de se relever. Le Roi Mort se déplia en parlant, se redressant de sa position agenouillée pour atteindre une taille supérieure à celle de Svarde. Parmi les mousses de la chambre, le Roi Mort scintillait de bleus et de verts, une ombre fleurissante. — Ils peuvent charger, comme ils le feront, mais ils découvriront que chaque pas gagné leur poignardera le dos, les jambes, les pieds jusqu'à ce qu'ils soient aussi morts que leurs ennemis.

Svarde sursauta.

— Peux-tu les vaincre ? Où sont les autres ? Svarde balaya la chambre du bras, et pour une fois Maena semblait être de son côté, faisant écho à la question. — Ne devrais-tu pas avoir des démons partout ici, prêts à nous défendre ?

— Ce n'est pas si simple. Le Roi Mort hocha la tête vers la barricade. — Êtes-vous prêts ?

— Attends. Encore une chose. Tu dis que tu es ici depuis si longtemps. Pourquoi les démons ne sont-ils pas murés ? Pourquoi ne pas avoir des murs plus épais, des épées plus solides ?

— Demion m'a chargé de protéger les îles. Murer une voie ne ferait que renvoyer les terreurs dans une autre direction, vers des tunnels plus profonds que je ne peux pas protéger. Au moins ici, dans ce creuset, nous pouvons en arrêter quelques-uns. Si le Roi Mort avait autre chose à dire, quelque chose lui sapa ses mots. Le heaume de fer noir et la tête à l'intérieur se tournèrent vers le tunnel barrica- dé. — Les démons approchent.

Le Roi Mort n'avait pas besoin d'un éclaireur habile pour faire ce constat : un grondement sourd avait commencé il y a quelques minutes, les vibrations picotant les pieds de Svarde. Maintenant, une lointaine lueur dorée teintait l'extrémité du tunnel, comme une aube rampante et chaotique.

Maena, portant deux cimeterres difformes, ces armes incurvées prisées par les soldats Tamas, ce peuple fantasque si peu nombreux, testa sa portée avec une danse. Kivi, avec la bénédiction de Svarde, abandonna le sol pour un endroit au plafond, une embuscade attendant son moment. Les morts se bousculaient, les porteurs de lances se dressant à l'avant, tandis que les rares dotés de membres capables de manier des frondes pour lancer des pierres se ménageaient de l'espace.

Le barbare Foti prit une dernière gorgée de sa gourde, dégaina ses haches et choisit son cri de guerre.

— Quand ils arriveront, attendez, dit le Roi Mort, sa puissante épée toujours plantée pointe en bas dans la terre. — Laissez-les s'épuiser contre mes vieux amis d'abord.

— Tu ne veux pas que nos corps s'ajoutent à ta collection ? demanda Maena.

— Ils s'y ajouteront, répondit le Roi Mort. — Mieux vaut tirer le meilleur parti de votre vie avant de la céder.

— Tu n'es pas très doué pour l'inspiration, n'est-ce pas ?

Le Roi Mort se tourna vers elle, son casque grinçant sur l'armure. — C'est notre but, danseuse. Nous combattons ici pour sauver le monde. Quelle inspiration de plus te faut-il ?

— Eh bien, quand tu le présentes comme ça...

Svarde siffla. Ramena leur attention sur la barricade, où l'or était devenu jaune puis orange. La chaleur se précipita dans la chambre, faisant perler la première sueur que Svarde avait ressentie depuis des jours dans la fraîcheur souterraine. Le mur de pierre bancal bloquait leur vue, mais pas le son : plus seulement le grondement du sol, maintenant, mais le grincement régulier des machines, ces véhicules appuyant contre la pierre meuble. Avec cela venait le cliquetis, le tintement des chaînes frottant le sol ou crissant contre les parois pressantes de la cave.

À un ordre silencieux, les frondeurs morts lancèrent un barrage, les pierres s'arquant par-dessus la barricade avec plus de violence que Svarde ne s'y attendait. Une force inlassable, un effort total donné à chaque rotation et lancer. Des coups et des fracas se répercutèrent. Des étincelles jaillirent, s'élevant dans leur éclat chaud au-dessus du mur sombre. Une autre volée puis une troisième, un assaut ininterrompu maintenu tandis que d'autres morts rassemblaient et déposaient davantage de munitions.

Un vague espoir trouva son ancrage.

Car alors que la quatrième volée s'envolait dans les airs, un craquement grondant, une vive gerbe enveloppa le mur, et ses simples pierres fondirent. Le rugissement incandescent ne s'estompa pas, ne se calma pas alors que la barricade mourait. Il avança, la seule trouée dans l'enfer venant de ces triangles d'obsidienne, marchant en avant dans un silence brûlant.

# 36
## UN PETIT COUP DE POUCE

Une jambe cassée et une bête malmenée. La découverte de Torny effaça la fatigue de Wax et la remplaça par un sentiment de possibilité : il avait vu ces grandes créatures sur Foti et savait ce qu'un bon animal de trait pouvait faire. Quant à la raison pour laquelle il avait été laissé dans la cage avec de grands tas de paille à portée de main, la réponse vint avec sa forme boiteuse et haletante lorsque le grand bœuf regarda les deux personnes au-delà de ses barreaux.

— Mais attends, dit Wax, son esprit embrumé retrouvant peu à peu ses esprits. Comment est-il même arrivé ici ? On a utilisé une échelle, non ?

— Aller simple, marmonna Torny, jetant un coup d'œil à la large porte. Je parie qu'ils ont assommé ce pauvre garçon et l'ont poussé ici.

—Aller simple ?

— Tous les endroits n'ont pas autant de nourriture que Vis, Wax. Un gros gaillard comme celui-ci pourrait nourrir une famille presque tout l'hiver. Je parie qu'ils détestaient le laisser derrière et ont essayé de gagner du temps avec la paille.

La raison de leur départ semblait assez évidente : avant que Wax n'ait fait exploser la fête, toutes les conversations tournaient autour du seigneur de guerre fou et de sa frénésie de conscription. Si Wax osait suggérer un autre sujet, les invités bavards se tournaient vers l'assaut des démons sur la ville, la défense rassemblée à l'avance. Tous ceux qui restaient dans la région auraient été entraînés, on leur aurait donné une arbalète ou une épée et on leur aurait dit de défendre leur foyer et leur pays.

Plus d'îles avaient besoin d'une force comme la Lira, prête à intervenir.

— On ne va pas l'utiliser comme nourriture, cependant, dit Wax, tapotant du doigt la cage vide à sa gauche.

— Non ? Wax, réfléchis. Entre ce bœuf et les boissons à l'étage, on pourrait attendre que ces grenouilles s'en aillent et faire une belle promenade de printemps jusqu'à la Balafre.

— Torny, si je dois passer des mois enfermé ici avec toi, ma sœur et Eujo, je vais devenir fou.

La bandite fronça les sourcils.

— Ce n'est pas très gentil de dire ça de tes Gardiens, mon pote.

— Je suis réaliste.

Wax fit un signe de tête vers le bœuf.

— Non, on va ramener notre ami là-haut, parce que j'ai un plan.

— Pourquoi ça me rend encore plus nerveux ?

— Aucune idée, Torny. Aucune idée.

Les espoirs de Wax d'excaver le bœuf moururent rapidement face à la réalité, comme la façon dont ils allaient sortir l'énorme bête de sa cage et la faire monter par une échelle. Bien que des cordes et des outils divers encombraient le sous-sol de l'auberge, aucun ne semblait être une option viable pour faire monter un animal tout en haut, encore moins avec seulement deux personnes pour les manipuler.

Mais s'il ne pouvait pas faire la première étape, il fallait passer à la deuxième. Wax prit un chiffon, y enveloppa son skar de Vis, puis retourna vers le bœuf. La créature, soit tellement docile, soit désespérée, ne bougea pas plus que ses yeux lorsque Wax entra, enroula le skar autour de la jambe blessée du bœuf. Il donna une légère tape à la bête, murmura une prière à son dieu, demandant santé, bonheur et espoir, puis partit pour échafauder des plans avec la voleuse.

L'idée brillante de Wax, là dans l'obscurité du petit matin, continuait à susciter le scepticisme de Torny, mais la bandite joua le jeu tandis que Wax décrivait le plan, qui commencerait sérieusement... après une sieste. Même le bœuf semblait d'accord, reposant sa tête sur la paille et fermant ses grands yeux bruns.

L'auberge avait une odeur différente et savoureuse quand Wax se réveilla, ayant échangé son lit avec Eujo. La Reine et, plus tard, Bliss avaient mis à profit leur réveil plus matinal pour piller les provisions de l'auberge et préparer un petit-déjeuner de galettes d'avoine. La neige, fondue sur le feu, fournissait de l'eau fraîche, tandis que les pommes de terre et les carottes hachées poursuivaient l'acclimatation de Wax aux aliments courants dans les autres îles mais introuvables dans la jungle plus chaude et marécageuse de Vis.

Le quatuor se rassembla en fin de matinée, les grenouilles maintenant leur distance oisive tandis que des bourrasques de neige tourbillonnaient à l'extérieur. Les nombreuses tables et chaises de l'auberge semblaient un peu vides, mais confortables à leur façon, et Wax trouva qu'un repas sans le balancement d'un bateau était un changement agréable. Le joyeux crépitement du feu, une chose également évitée sur le *Tranchant de la Tempête*, ajoutait à l'ambiance, lui permettant de commencer la journée en douceur.

— Et attendez d'essayer ça, dit Torny, portant une marmite bouillante à la table et la posant. Une odeur terreuse et amère s'éleva, une que Wax reconnut. Du café. Vous pouvez y croire ? Ils ont du vrai café ici. Vous savez ce que c'est ?

Wax et Bliss se regardèrent, le Renouveau faisant signe à sa sœur de révéler la terrible vérité à la bandite.

« On en cultive tout le temps, signa Bliss tandis que Torny commençait à verser la boisson fumante dans plusieurs grosses tasses grises. Kitaye en fait le commerce avec tout le monde. »

Torny cligna des yeux devant les signes tandis qu'Eujo ricanait.

— D'accord, eh bien, personne ne parle d'où il vient. Et je ne vous ai jamais vus en boire.

« Parce qu'on n'en a pas besoin. »

Maintenant, Torny et Eujo échangèrent un regard, accompagné des premières gorgées prudentes. Bliss arborait un sourire grandissant face à l'incrédulité des deux autres, une blague que Wax décida de gâcher pour pouvoir orienter la conversation vers ce qui importait vraiment : la créature dans le sous-sol.

— On mâche les grains, dit Wax. C'est beaucoup moins de travail, et beaucoup moins chaud que de faire bouillir le café. Mais on n'en a pas apporté quand on est partis. Peutêtre une erreur.

— Vous pouvez juste manger les grains ? demanda Torny.

— Essaie.

La bandite fit exactement cela quelques minutes plus tard, après qu'ils eurent fini les galettes et les carottes. Son visage se plissa et Wax jura avoir vu une larme se former dans un œil à cause de l'amertume, mais la bandite l'avala et tendit même la main pour en prendre un second. Qu'elle l'ait mangé ou simplement dissimulé dans sa paume, faisant étalage devant le trio qui l'observait, Wax n'en était pas sûr.

— Tu veux essayer, Eujo ? demanda Wax alors qu'ils utilisaient plus de neige fondue pour nettoyer leurs propres assiettes. Même Torny avait approuvé l'idée, étant donné qu'ils avaient utilisé l'auberge gratuitement et qu'ils étaient sur le point de, eh bien, voler son vieux bœuf. Un grain de café ?

— Je le garderai comme je le connais, merci.

Le petit-déjeuner terminé, Wax dévoila le plan : utiliser les skars avec le bœuf, faire en sorte que la bête, propulsée par Vis et Foti, les éloigne de l'auberge jusqu'à la Faille.

— Sur quoi ? demanda Eujo. Ou tu penses qu'on va simplement chevaucher la bête tout le long du chemin ?

— À cela, je réponds : qui veut faire une promenade ?

Bliss se porta volontaire, tandis que Torny et Eujo continuaient le nettoyage et préparaient plus de provisions pour le voyage. Le fait que personne n'ait rejeté l'idée de Wax avec un sarcasme cinglant ou du doute mit du baume au cœur du Vis, suffisamment pour que, avec son épais manteau, Wax ignore le froid mordant et s'aventure dans la neige avec un sourire. Bliss le suivit, calquant ses pas sur les siens alors qu'ils se dirigeaient vers l'ouest, s'éloignant de l'auberge et se rapprochant de la grange au loin.

Les grenouilles, invisibles pendant la journée, ne firent aucune incursion. Peut-être, Wax osait espérer, avaient-elles décidé de poursuivre des proies plus faciles.

L'intuition qui poussait Wax dans la neige, soutenue par la connaissance désinvolte des Îles de Torny, suggérait que cette grange abritait du bétail pendant la récolte, mais pourrait aussi stocker du matériel que l'auberge n'avait pas la place de garder. Comme, disons, une sorte de traîneau. Les grandes portes doubles à l'extrémité proche de la grange s'élevaient à plus de deux fois la hauteur de Wax, tout le bâtiment étant aussi haut que l'auberge qu'il desservait, mais aucun verrou ne fermait les poignées. Le Vis, avec un haussement d'épaules à l'attention de sa sœur, saisit l'anneau de fer et tira.

Les portes ne bougèrent pas d'un pouce. Elles frémirent sous son effort, mais ne se déplacèrent pas du tout, une impasse déroutante jusqu'à ce que Bliss pointe du doigt le problème évident : la neige, toute la neige, amoncelée contre la base de la porte.

— Ne me regarde pas comme si j'étais un idiot, dit Wax alors qu'ils se penchaient, dégageant la poudreuse avec leurs gants. Je n'ai jamais vu de neige comme celle-ci auparavant, encore moins essayé d'ouvrir une porte qui en était recouverte.

Bliss répondit en lui lançant les flocons au visage, une pleine poignée qui laissa la peau de Wax froide et scintillante au soleil.

Une attaque qui ne pouvait rester sans réponse.

Les frères et sœurs dégagèrent la porte de la grange de la meilleure façon : en se lançant des poignées de neige, Wax criant et jurant chaque fois que Bliss réussissait à lui glisser un tas glacé dans le cou ou à l'intérieur des manches de son manteau. Bliss perdit ses cheveux sous les flocons, sa tête bientôt couverte de duvet avant que tous deux ne réalisent qu'ils allaient au-delà des bords de la porte pour trouver leurs munitions. Ensemble, presque d'un seul mouvement, ils se retournèrent l'un vers l'autre les mains vides, le visage rouge et souriant.

— On peut presque comprendre pourquoi les gens vivraient dans tout ça, marmonna Wax quand Bliss fit un signe de tête vers la porte.

Cette fois, le bois tiré émit un gémissement, frottant contre la fine couche blanche encore au sol. Une odeur terreuse accueillit le duo lorsqu'ils entrèrent, découvrant un rez-de-chaussée disposé en stalles sous un étage supérieur couvert de balles de foin, un terme que Wax venait tout juste d'apprendre depuis son arrivée à Whent, les voyant empilées ici et là dans la ville.

Sans le vent, la bataille de neige du duo les avait rapidement réchauffés alors qu'ils se déplaçaient dans la grange, confirmant que toutes les stalles étaient vides. Vers le fond, quatre grandes sections avec des portes verrouillables semblaient trop ouvertes pour des animaux, une suspicion confirmée lorsqu'ils atteignirent la dernière, près des portes arrière de la grange.

Wax ne put s'en empêcher, le cri de joie lui vint facilement. Bliss fit encore mieux, sautant sur le petit traîneau délabré et levant les mains en signe de triomphe. Le traîneau avait deux longs et épais patins, de la place pour leurs sacs, et bien qu'un seul banc soit placé à l'avant — peut-être la raison pour laquelle il ne conviendrait pas à une famille en évacuation — ils voyageaient assez léger pour que Wax puisse les voir s'y entasser.

La découverte fit passer le plan à la phase suivante, sauver le bœuf de la cave. Wax avait une idée là aussi, une idée à laquelle Eujo se rallia avec la réticence prudente de quelqu'un poussé par les circonstances. À savoir que marcher plus loin vers la Faille Dorée se terminerait par leur mort gelée et dévorée par les grenouilles.

Le skar Vis enveloppé n'avait pas miraculeusement rendu au bœuf sa pleine santé, mais la créature parvint à se tenir debout en tremblant. Eujo ajouta sa propre pierre Vis à celle enveloppée de Wax, le bœuf restant son doux lui-même, bien que des renâclements confus se firent entendre lorsqu'Eujo révéla le skar Kance blanc. Avec Torny guidant le bœuf hors de la cage, la Reine Kance saisit la fourrure de la bête et se hissa dans une étreinte chevauchante.

— Doucement maintenant, dit Wax, appelant depuis la cave. Ne l'effraie pas.

— Tu as déjà monté un bœuf avant ? répliqua Eujo, sa voix un chuchotement crié. Non ? Alors je ne veux pas entendre un mot.

Non pas que Wax ait eu besoin de dire autre chose : Torny guida le bœuf jusqu'à la base de la trappe, la bête la regardant comme pour déclarer qu'il n'était en aucun cas question qu'elle grimpe à l'échelle.

— D'accord, Eujo, c'est ton moment, dit Torny.

— J'essaie.

D'en haut, la Reine semblait essayer de donner au bœuf l'étreinte la plus serrée possible, agrippant l'animal autour de ses épaules, sa main gauche coinçant le skar entre eux. Ses yeux étaient fermés. Wax crut apercevoir un frisson.

L'épais manteau d'Eujo se gonfla, ses bords se soule-vant alors qu'un vent, semblant venir de nulle part, remon-tait de la cave vers le sous-sol. Les étagères tremblèrent. Un bocal de quelque chose de mariné heurta le sol et se brisa. Wax commença à reculer ; tout vent assez fort pour soulever un bœuf à travers cette porte déchirerait cet endroit.

Sauf que l'air mourut. Le vent disparut aussi soudainement qu'il avait commencé, pour être remplacé par un renâclement paniqué. Wax revint au bord de la porte, seulement pour reculer à nouveau lorsque la grosse tête de la bête s'éleva, les yeux du bœuf tournoyant et sauvages. Eujo, les yeux ouverts et disant au bœuf de rester calme, suivit avec le corps du bœuf, toute la créature, ses sabots heurtant l'échelle, le sol, traversant le sous-sol comme soulevée par une main douce.

— Eh bien, regardez ça, plaisanta Torny d'en bas. Je pensais avoir tout vu, mais on dirait que je me trompais.

# 37
## LA MISSION DE TENET

Un nid de frelons dérangé, et Quik devait s'y frayer un chemin. Les Najahn couraient, criaient, cachaient leurs visages et murmuraient entre eux alors que le soir tombait et que les couteaux sortaient. Quik lui-même n'attirait guère l'attention, ses robes sans ornements ne donnant à personne de raison de le regarder de plus près, pas quand leurs propres vies pouvaient être en danger.

Une question innocente à un garde nerveux donna à Quik la mise à jour dont il avait besoin : Gladdring et toute la tour du Tenet du Commerce étaient en train d'être rassemblés, interrogés, leur loyauté remise en question. Fassle prendrait chaque réponse incorrecte, chaque regard fuyant comme une raison de vous jeter dans une tour prison. Quelques-uns, chuchota le garde, avaient été tués cette nuit même.

Les rues de Najahn semblaient vivantes de tension, les torches brûlant plus fort, les pierres frissonnant sous les pas, une tempête imminente faisant tourbillonner la neige entre les tours. Sichi offrait une pâle lumière violette, la projetant sur les falaises là où les nuages ne les couvraient pas, cicatrices sur les rochers.

Quik les observait de plus en plus tandis qu'il s'approchait de sa destination, son supposé foyer avec la Troisième Main. Un endroit où il avait passé si peu de temps après l'ordre de Masayo et son emprisonnement subséquent dans la cage côtière d'Annalyse. Néanmoins, il se souvenait des mots pour entrer, et les guetteurs à l'extérieur ne considéraient le chaos que comme une simple curiosité.

Masayo ne laisserait jamais une telle chose déranger la Troisième Main, du moins c'est ce que Quik supposait.

Sa chambre apparut telle qu'il l'avait laissée, avec les restes de ses affaires de Vis, l'équipement du *Tranchant de la Tempête* rangé intact dans son coffre. Personne n'avait supposé qu'il était mort, malgré des jours et des jours de disparition. Son lit fait, l'oreiller attendant une tête épuisée, une que Quik voulait planter directement sur le doux tissu.

Voulait, mais ne le ferait pas.

Parce que quelqu'un se tenait dans sa porte, enveloppé et attendant.

— Vous êtes de retour, dit Masayo, sa voix forte et éraillée par un âge vigoureux.

Ces deux mots invitaient une explication, et Quik la donna. Pas la peine de se demander comment Masayo savait qu'il était revenu, si elle savait s'il avait aidé Annalyse à s'échapper de l'île. Les deux ne changeraient pas la situation, qui, pour le moment, était que Quik était vivant et que Masayo ne semblait pas sur le point de le tuer.

— Les skars comme réponse ? Masayo renifla. Que leur pouvoir soit connu est un fait établi depuis longtemps, qu'ils soient trop difficiles à contrôler l'est aussi. À chaque Renouveau, quelqu'un s'excite et se fait exploser, vole trop haut et atterrit sur la tête. Le Tenet de la Troisième Main n'avait pas bougé de la porte de Quik, bien qu'elle ait sorti une petite pipe, frappant une étincelle dans son foyer. Les bouffées entre les phrases avaient une langueur, une odeur terreuse différente de tout ce dont Quik se souvenait de Vis. Gladdring pense qu'il est sur quelque chose de nouveau, mais c'est seulement parce qu'il n'a pas regardé assez attentivement le passé.

— Vous pensez que Fassle sait ?

Masayo hocha la tête. — Mon petit Najahn, Fassle et le Cercle en savent plus que n'importe quel Tenet. Il met fin au travail de Gladdring avant qu'il ne mette l'île en danger, avant qu'il ne nous mette en danger.

— Nous ?

— Donnez aux gens un espoir déraisonnable et ils s'entretueront en essayant de le saisir. Les Najahn contrôlent les skars pour cette raison même, même si nos soldats ne le savent pas. Pouvez-vous imaginer une horde de gens effrayés s'emparant de skars Foti et brûlant des villages entiers ?

Quik fronça les sourcils. — Ils ne le feraient pas.

Masayo pointa un doigt osseux vers lui. — C'est votre naïveté qui parle. Le désastre, c'est tout le monde avec une arme, au lieu de quelques-uns qui savent comment les utiliser. Nous protégeons les îles, Quik, à la fois des démons et d'elles-mêmes. Si les Najahn tombent, alors les îles sombrent dans le chaos.

Si loin d'Annalyse, ses mots et ses idées visant la force, la sécurité donnée à tous. La distance entre eux, l'épuisement de la journée, mirent Quik dans un tourbillon et il s'assit sur son propre lit.

— Vous êtes fatigué ? demanda Masayo, puis répondit elle-même alors que Quik soupirait. Bien sûr que vous le seriez. S'échapper des griffes d'Ami a dû demander un effort extrême. La pipe fuma. Vous avez deux heures. Ensuite, vous vous levez et nous bougeons.

— Pourquoi ?

— Parce que votre vieille amie de Vis s'est échappée, et Ami avec elle, bien que les gardes insipides de la prison insistent sur le fait qu'ils les ont toutes les deux laissées blessées.

Incroyable comme le péril d'une amie pouvait chasser toute fatigue. Quik scruta Masayo pour obtenir des détails et les reçut, bien que chaque phrase fût imprégnée de condescendance envers les Najahn qui avaient laissé le duo s'échapper. Masayo pensait que toute la bande devrait être massacrée avec l'équipe de Gladdring, l'incompétence étant aussi fatale à toute organisation que la trahison.

— Mais où vont-elles aller ? demanda Quik, ramenant Masayo au sujet, à la vie de Sawi.

— L'anneau du cratère n'est pas inhabité. Il y a de petits endroits, où vivent de petites gens. Ils font pousser leurs mousses et leurs champignons, attrapent leurs poissons, et attendent qu'un démon, une tempête ou l'usure du temps les réduise en poussière, dit Masayo, terminant par un rire rauque. Sawi et Ami, si elles sont en vie, en trouveront un. Elles y resteront, juste assez longtemps pour que nous les rattrapions.

— Pourquoi ?

— Parce que c'est l'hiver. Il n'y aura pas de navires. Leur seule option sera les grottes, et il leur faudra des jours pour réaliser qu'elles n'ont pas d'autre choix.

Un autre rire. Grinçant. Quik regarda au-delà, au-delà de la pipe et de sa fumée, de la forme encapuchonnée de Masayo. Pourquoi était-elle encore là, à dire tout cela à Quik ? Quel était le but ? Il devait y avoir une raison...

— Tu veux que je vienne avec toi, dit Quik, ses instincts de chasseur déduisant la vérité. Tu veux que je les traque.

— J'ai toujours pensé que les Vis étaient plus intelligents que ne le laissaient entendre les rumeurs, répondit Masayo. Oui. Ils auront une certaine avance, mais il n'y a pas d'autre Vis ici. Je suis sûre que tu sauras comment pense ton ami. Tu m'aideras à les trouver.

— Tu veux que je tue mon amie ?

— Trouve-les, Quik. C'est tout. Le travail au couteau viendra plus tard.

Quik jeta un coup d'œil à l'oreiller, au lit, aux robes pourpres et noires qu'il portait. L'enjeu tacite était évident. Faire ce que Masayo disait ou il se retrouverait avec un couteau dans le dos, traître à la cause Najahn. Pas d'aide pour Wax, pas de sauvetage à la tête d'une force armée pour le bien. Mais, tuer Sawi ? Ou s'en approcher suffisamment pour que cela ne fasse aucune différence ?

— Elle a été mon amie toute sa vie, dit Quik. Je ne peux pas.

— Tu peux et tu le feras, ou crois-tu que nous n'avons pas remarqué ta petite évasion ? La scientifique sera suivie, bien sûr. Qu'elle vive ou non, maintenant, dépend de toi. Une vie pour une vie.

Quik se retrouva debout avant même de s'en rendre compte, une brume rouge voilant ses pensées. Il fit un pas vers Masayo pour voir un poignard, long et tranchant, sorti et pointé vers son ventre.

— Vous êtes des monstres, gronda Quik.

— As-tu écouté ce que j'ai dit ? Tes amis, qu'ils le sachent ou non, détruiront tout si on les laisse faire. Nous sommes les seuls à pouvoir les arrêter. Ton frère suit le même chemin que toi, confronté aux mêmes choix, et il continue à faire passer les îles avant ses propres sentiments. Le peux-tu ?

Comment Masayo pouvait-elle savoir ce que pensait Wax, ce qu'il choisissait et pourquoi... C'était un coup de bluff, mais cela fit néanmoins vaciller Quik. Il avait vu les skars, leur puissance, et pouvait imaginer une ville, une cité brûlant tandis que les gens faisaient ce que Wax avait fait maintes et maintes fois avec ce skar Foti. Donnez-leur des épées, des lances, ou les étranges appareils d'Annalyse, et quels dégâts supplémentaires pourraient-ils causer ?

— Je suis trop fatigué pour ça, dit Quik, en se balançant sur ses pieds. Je ne sais pas.

— Tu n'as pas besoin de savoir. Pas encore. Nous trouvons les Vis, le Gardien. On verra ensuite. Masayo rangea le poignard, prête à abandonner les menaces et à offrir une échappatoire à Quik. Fais ta sieste. Je ferai préparer des sacs.

Alors que le Troisième Bras du Tenet s'éloignait, Quik retrouva sa voix, une question à poser :

— Pourquoi ?

— Chercher une raison est une quête de fou, mon jeune ami, répondit Masayo en continuant à s'éloigner. Mieux vaut faire comme les oiseaux et voler là où le vent souffle.

Peu importe ce que cela signifiait.

Quik se rassit sur le lit de camp, posa sa tête sur l'oreiller, certain qu'il ne dormirait pas plus d'un instant. Au lieu de cela, les rêves vinrent rapidement et troublés. Lorsque la main rugueuse de Masayo réveilla Quik, il ne se sentait pas plus reposé qu'avant et le dit.

— Néanmoins, dit Masayo, la pipe à nouveau incandescente pendait à ses lèvres desséchées, nous partons. Habille-toi, Vis. La chasse commence ce soir.

# 38

# SIROTAGE EN TRAÎNEAU

Nichée entre les sacoches et les provisions chapardées dans les réserves bondées de l'auberge, Torny adoptait une nouvelle perspective sur les voyages hivernaux : à savoir que lorsqu'on n'avait rien d'autre à faire que de siroter une vodka de pomme de terre raide et brûlante pendant que le paysage gelé défilait en soubresauts, ce n'était pas si mal.

La seule chose qu'elle aurait changée aurait été la compagnie : Wax et Bliss étaient assis à l'avant, étant les seuls à avoir de l'expérience avec la faune sauvage. Le plus proche que Torny ait été de s'occuper d'une créature, c'était avec l'occasionnel furet de Foti, et Eujo, tapie sous son manteau en face de la bandit, n'avait pas eu le temps de dresser des bêtes dans les rues de Kance ou en flânant dans le Palais des Vents.

— C'est vraiment le nom, alors ? demanda Torny en passant la bouteille, l'une des nombreuses qu'elle avait fourrées dans le traîneau sous les sourcils de plus en plus froncés de Wax. Palais des Vents ? Un peu prétentieux, non ?

— La prétention et la royauté vont bien ensemble.

Eujo but une gorgée, sans tousser une seule fois face à ce qui devait être une descente savoureuse et âpre dans sa gorge.

La Reine gagna un iota de respect de la part de Torny.

— Mais ce n'est pas vraiment toi, n'est-ce pas ? La royauté ?

Torny tendit la main pour récupérer la bouteille, frissonnant alors que le traîneau prenait de l'air et que son estomac flottait un instant.

Le bœuf, son endurance boostée par les deux cicatrices Vis et ses sabots allégés par la gemme de Kance d'Eujo, filait vers le nord avec une ferveur frénétique et joyeuse qui, autant que l'ennui, poussait Torny, et, elle le soupçonnait, Eujo à taper dans la bouteille malgré le fait que la journée atteignait à peine l'après-midi. De l'arrière, les deux ne pouvaient pas voir où se dirigeait le traîneau, et mieux valait absorber le choc de l'inconnu avec un solide tampon d'alcool.

— Ça dépend des jours, répondit Eujo.

Sa conversation, comme un nœud qui se défait, avait commencé aussi raide que d'habitude, mais l'alcool faisait son effet.

— Parfois, je me réveillais sous des draps plus précieux que toute la rue où je mendiais et j'avais envie de courir dans le couloir, de sauter par les fenêtres et de voir si je pouvais voler un biscuit pour le petit-déjeuner. D'autres fois, j'avais une cérémonie, une raison d'être devant des gens qui devaient placer leur espoir en moi simplement par accident. Alors, j'essaie d'être ce dont ils ont besoin.

— Très gentil de ta part.

Eujo avait un regard lointain, le genre que Torny suspectait de perdre la Reine dans un endroit bien plus chaud et accueillant que celui-ci.

— Les gens comptent sur moi, dit Eujo. Ils n'ont pas pu me choisir, mais je suis ce qu'ils ont. Je ne veux pas les décevoir.

— En quoi est-ce ta faute, cependant ? Ce n'est pas de ta faute si tu es dans cette situation.

— J'aurais pu refuser, Torny. Ou laisser l'un des autres assassins de la Reine m'éliminer, m'exiler de l'île.

Torny renifla. But encore un peu. À ce rythme, la bandit et la Reine seraient bien éméchées au moment d'atteindre la Faille Dorée. Une bonne première impression sur les imbéciles qui se retrouveraient coincés là-bas aussi. Torny, après avoir rendu la bouteille à Eujo, tapota la poche sous les fourrures, sentit le journal toujours là. Tant qu'elle avait ça, qu'importait ce que pensaient quelques crétins dans un avant-poste ?

— Alors, tu veux même l'Égide ? demanda Torny. C'est ce que tu recherches, ce que ton peuple veut ? Tu leur dois assez pour griller une courte vie assise sur cette chaise de pierre ?

— Je leur dois un répit face aux démons aussi vite que je peux le leur donner.

Eujo avala une plus grande part que ce que Torny avait réussi à boire. Elle y retourna.

— J'ai eu mon temps pour obtenir le meilleur que nous avions. Maintenant, il est temps que je rende la pareille.

— Bon sang, tu es vraiment noble.

Eujo secoua la tête.

— Juste équitable.

— Et tes gardes, alors ? Ceux qui voulaient ta mort ? Ils ne semblaient pas beaucoup t'apprécier.

Eujo fronça les sourcils, ses mains agrippèrent le manteau comme si elle voulait étrangler quelque chose.

— C'étaient des traîtres.

— Ils pensaient faire ce qui était juste.

Ce n'est pas ce que Torny aurait dit si elle avait été sobre, mais mieux valait dire la vérité que de rester assise à souffrir les proclamations saintes d'Eujo plus longtemps.

— Tu as lu les lettres, dit Eujo, l'énonçant comme un fait et rien de plus.

— Absolument. Il y a beaucoup de règles pour être un voleur, mais l'une des plus importantes est de ne pas laisser passer des informations gratuites.

— Ça ne change pas le fait qu'ils étaient des traîtres, même s'ils avaient leurs raisons.

— Alors, qu'est-ce que tu vas faire ? L'ignorer ?

— Je ne suis pas sûre.

Un coup d'œil vers les nuages gris au-dessus, la neige qui tombait toujours.

— Soit je le cache. Je prétends qu'ils sont morts à cause d'un démon. Soit je le révèle, j'accuse l'autre Reine. Je divise mon île en deux.

— Le chaos est rentable.

— Pour certains.

Torny rit.

— Pour tes vieux amis, je parie. Pour les miens aussi.

Un sourire malicieux remplaça le froncement de sourcils de la Reine. Malgré la course du traîneau, la neige continuait de s'amonceler autour d'elles, sur leurs têtes encapuchonnées comme une couronne d'argent.

— Les Doigts Agiles, dit Eujo en rendant la bouteille. On vous détestait.

— Parce qu'on était les meilleurs. On est les meilleurs.

— Je...

Eujo rit.

— Tu as raison. Je ne peux même pas argumenter. Vos voleurs s'infiltraient sur nos îles et prenaient nos cibles, subtilisaient nos objectifs avant même qu'on ait une chance.

— Parce que vos cœurs n'y étaient pas, dit Torny. Facile. Vous tous à Kance avez ces idéaux plus élevés, même les chiens des caniveaux pensent qu'ils sont dans une quête noble. On essayait d'en recruter certains des meilleurs d'entre vous, mais c'était toujours une lutte pour les faire voler ne serait-ce qu'une tomate. Ils marmonnaient tout du long, se demandant si ce légume allait paver la voie vers un monde plus heureux ou une connerie du genre.

— Comme si c'était une mauvaise chose.

— Si tu veux être un bandit, ça l'est.

Torny avala une autre gorgée, se prélassant dans la chaleur. Le traîneau heurta une autre bosse, prit de l'air. Wax poussa son cri Vis.

— Alors ce n'est pas toi. Pas d'os de bien commun dans ton corps ?

— Juste le prochain coup, c'est tout.

Un regard de fer, curieux. — Alors pourquoi es-tu encore là ? Tu as pris ce que tu voulais, ce journal. Tu aurais sûrement pu t'éclipser. Eujo hésita, jeta un coup d'œil vers l'avant. — Ou bien Bliss t'a-t-elle suivie de trop près ?

— J'aurais pu la semer, si je l'avais voulu.

— Mais ?

Torny leva la bouteille. Elle décida de ne pas boire davantage et opta plutôt pour sa gourde d'eau. Être un peu éméchée était une chose, être inconsciente à l'arrivée en était une autre. De plus, elle avait maintenant assez de courage pour ouvrir cette porte particulière.

— Il y a des règles quand on travaille en groupe, dit Torny, et Eujo acquiesça. Certaines sont souples, comme qui peut s'attribuer le mérite d'un travail bien fait. D'autres ne le sont pas, comme ce qu'on fait si on se fait prendre.

Eujo resta silencieuse. La Reine était intelligente.

— C'était moi. J'ai accepté un boulot qui a mal tourné. Malchance. Le type est revenu avec ses potes des heures avant qu'il n'aurait dû, tout ça parce qu'il avait oublié sa vouge najahn. J'ai essayé de sortir par la fenêtre de la cuisine, l'un d'eux m'a attrapée par la jambe, m'a tirée à l'intérieur et m'a mis une lame sous la gorge. Maintenant, Torny but une gorgée. L'histoire, le souvenir l'exigeait. — Ils m'ont traînée chez Masayo cette même nuit, et elle m'a fait une offre. Trois voleurs pour un.

— Tu n'as pas fait ça.

— Je suis là, non ? rétorqua Torny. Peut-être que tu es faite d'acier, Eujo, mais je préfère garder mon cou intact. Je leur ai donné un autre coup, et ils ont attrapé leurs coupables. Le mot a circulé, et Yarvick m'a chassée de l'île.

— Il aurait dû te tuer.

— Il l'aurait probablement fait, si je n'avais pas sauté sur le prochain bateau. Exil volontaire.

— On dirait plutôt de l'instinct de survie.

Torny lança la bouteille à Eujo, assez légèrement pour qu'elle puisse l'attraper, mais assez fort pour lui donner un bon coup, mais la Reine la saisit sans problème.

— Juge-moi tant que tu veux, je m'en fiche, dit Torny. Mais maintenant tu sais pourquoi. Le journal, c'est pour rembourser une dette que je ne pourrai jamais effacer. L'histoire du Gardien, c'est pareil. Des gens sont morts à cause de moi, et je vis avec ça.

— Tu vivras toujours avec. C'est un poids qui ne disparaît jamais.

Au tour de Torny d'être curieuse. — Tu as une histoire à raconter ?

Une autre gorgée. Eujo semblait vouloir en dire plus, mais Wax poussa un autre cri, disant que la Faille était en vue, qu'ils avançaient si vite. La Reine rangea la bouteille, lança à Torny un seul regard triste, puis grimpa hors de son nid de fortune pour aller voir. Torny suivit, se penchant par-dessus les sacoches empilées.

La Faille Dorée ne s'étendait pas comme les montagnes déchiquetées de Foti, mais s'élevait plutôt en une ondulation douce depuis la terre, montant doucement au-dessus de l'horizon avant de redescendre au loin. Malgré la journée grise, la Faille méritait son nom avec une vaste bande courant le long de son bord supérieur, comme si quelqu'un avait peint des paillettes tout le long de la courbe. Elles captaient la lumière comme un million d'étoiles, presque aveuglantes dans leurs scintillements dorés.

À ses pieds, visible comme une tache avec une fumée vaporeuse, se trouvait leur objectif, un autre avant-poste najahn. Avec lui viendraient des instructions, un test et un autre skar. Une autre ligne sur une dette que Torny ne rembourserait jamais.

# 39
## SUR LES ROCHERS

Noctia n'était pas confortable. Une chute de falaise sur Vis et Sawi aurait pu se retrouver à câliner le sable au milieu d'un îlot tranquille, prête à s'abandonner à un sommeil bienheureux pendant des heures, des jours à guérir des traumatismes. Elle aurait aimé cela, l'aurait accepté sans problème, sauf que les rêves n'étaient pas la réalité, ne l'avaient pas été depuis longtemps.

Ses yeux s'ouvrirent brusquement, la roche rugueuse pressant contre son côté, sa joue. Elle avait atterri sur une étroite corniche, une pente descendant jusqu'à une plage couverte de galets qui se fondait dans des vagues glacées déferlantes. Au loin contre l'horizon, regardant vers le nord, Sawi pouvait distinguer des taches nacrées, des banquises en mouvement. Assorties, ne serait-ce que par la couleur, aux flocons tombant du ciel. Le soir, tard. Le froid et l'obscurité allaient bientôt arriver, et Sawi ne portait guère plus que des haillons de prisonnière.

Personne n'était jamais mort de froid sur Vis, mais cela ne signifiait pas que Sawi n'avait pas entendu des histoires de quasi-accidents dans les montagnes, de chasseurs pris trop loin, se cassant une cheville et devant se traîner pour redescendre. Ici, elle n'avait nulle part où trébucher : partout ce serait le même froid, la même mort mordante.

Ami, cependant, pourrait avoir une solution. Pourrait savoir où les deux fugitives pourraient aller.

Cette idée fit se redresser Sawi de sa chute improvisée, une esquive désespérée pour éviter les carreaux d'arbalète tout en s'accrochant à la jambe d'Ami. Elle avait perdu cette prise quelque part dans la chute, une seconde ou deux avant de s'effondrer sur les pierres et de rester là, les yeux fermés, les ecchymoses bouillonnant, attendant le coup fatal qui n'est jamais venu.

Pas qu'il ne viendrait pas éventuellement.

Sawi secoua la tête, un acte de légère défiance qui déclencha néanmoins une vie désespérée. Elle s'était battue jusque-là. Elle n'allait pas s'arrêter maintenant. Pas maintenant.

Se lever prudemment — les bottes najahnes fonctionnaient suffisamment bien pour garder l'adhérence sur les pierres — permit à Sawi de regarder derrière elle, vers les falaises heureusement désertes. Au-delà des pierres en pente, elle aperçut le tout sommet de la tour de prison. Pas de fenêtre, pas de ligne de vue pour permettre aux poursuivants de savoir où le duo avait atterri. Quelques minutes de liberté, donc.

Pour courir, pour secourir.

Le corps d'Ami gisait recroquevillé plus bas et à gauche, une plongée plus abrupte vers un bassin tumultueux se remplissant de glaçons alors que les gouttes abandonnées gelaient. La silhouette d'Ami ponctuait la roche noire et grise, des coraux vert boueux s'agglutinant dans les crevasses. Sawi descendit prudemment, mains et pieds alternant les prises inégales.

La tâche aida à réveiller la Vis, sa nature simple et déterminée équilibrant Sawi. Les étapes pour s'approcher du corps d'Ami se déroulaient en ligne, que Sawi prolongea en atteignant le côté d'Ami, s'agenouillant sur l'étroite bande au-dessus des vagues déferlantes.

Relever la Gardienne, s'enfuir de la Cité des Anneaux. Récupérer, fourrager, survivre. Construire un petit abri avec des pierres. Utiliser les skars pour rester en vie.

Ami avait déjà prise sur ce dernier point. Alors que Sawi retournait le corps de la Gardienne, une main légère sur l'épaule et une torsion, le demi-visage doré d'Ami apparut. Les égratignures qui auraient dû parsemer son corps ressemblaient déjà à de douces taches roses, s'estompant tandis que les deux skars verts nichés dans son masque facial faisaient leur travail. Sentant ses propres douleurs, Sawi tendit la main vers l'un d'eux puis s'arrêta.

Ce qu'on ne pouvait pas voir d'une chute comme celle-ci pouvait être bien pire que ce qu'on pouvait voir.

— Gladdring t'abandonnerait, marmonna Sawi, traçant un parcours le long des rochers. Il ferait une remarque acerbe sur le fait que c'est dommage et ne lèverait pas le petit doigt.

Cela dit, Gladdring était probablement déjà mort. Ça, ou en train de se faire habiller pour une exécution publique. À sa propre surprise, Sawi se surprit à murmurer une prière à Vis pour l'âme de l'homme. Il avait été horrible, certes, mais il avait aussi sauvé sa vie, donné à Sawi quelque chose de plus que la cueillette de fruits pour remplir ses journées.

Élargi, si elle pouvait appeler ça comme ça, ses horizons.

Les impacts tourbillonnants du Tenet sur la vie de Sawi

se jouaient en souvenirs fugaces tandis que la Vis hissait Ami sur ses épaules, puis entamait une randonnée hésitante loin de ces vagues et sur le flanc de la falaise proprement dit. Loin des chutes abruptes sur Vis, le monde naturel de Noctia semblait construit, si bas, de galets. Comme si un espiègle filou avait empilé tant de pierres les unes sur les autres qu'elles avaient formé l'île. La vérité, telle que Sawi la connaissait, était quelque chose de plus sinistre : ces pierres faisaient toutes partie de Noctia elle-même, la déesse, séparées d'elle dans le même coup qui avait formé la Blessure, le cratère.

Une guerre entre dieux, pour des raisons inconnues. Des gens, des créatures, Sawi n'était pas sûre de comment les appeler, mais malgré toute leur puissance, ils avaient suffisamment de défauts pour tous se faire tuer. Humains, démons, animaux, tous laissés après la querelle divine pour peupler un monde brisé.

De grandes pensées pour une cueilleuse. Sawi eut un sourire narquois, grimaça alors que le froid tirait sur ses propres lèvres. Les anciens de Kitaye lui lanceraient des regards en coin s'ils savaient ce qu'elle pensait, ce qu'elle se demandait. À quoi bon, diraient-ils, essayer de comprendre les dieux ? Mieux valait marmonner une prière et passer à autre chose.

Alors pourquoi prier des dieux morts, pourrait demander Sawi.

— Parce qu'on ne sait jamais.

La voix d'Ami n'était qu'un murmure, mais un murmure avec du cran. Sawi ne l'aurait pas entendue si la tête d'Ami n'avait pas reposé près de la sienne tandis qu'elles avançaient péniblement, chaque pas un mouvement pesant, le long des pierres. Le sol inégal les faisait rebondir à chaque mouvement, une progression lente forcée par les embruns du ressac, les surfaces rondes et glissantes. Sawi avait dû être tellement concentrée qu'elle avait parlé à voix haute.

— Tu es vivante, dit Sawi. Je pensais...

— Aucun foutu Najahn ne va me tuer. Jusqu'où sommes-nous allées ?

— Quelques pas.

— Trop lent.

Sawi roula l'épaule, déchargeant Ami contre les rochers. La Gardienne s'étala avec un grognement, mais elle adressa à Sawi un sourire empreint de menace. Ses yeux se focalisèrent. Leurs cheveux, comme ceux de Sawi, restaient un désordre enchevêtré et toutes deux portaient des vêtements désormais plus adaptés au feu qu'à leur peau, pourtant elles étaient vivantes, et ce moment poussa Sawi à un rire à moitié fou.

— Ils nous suivront, dit Ami, après s'être jointe à Sawi pour un instant de joie. Et pas ces gardes écervelés non plus. Ce seront de vrais soldats, ou pire.

— Pire ?

— Je te le dirai plus tard, quand ça te donnera de vrais cauchemars, dit Ami, en se remettant sur pied, une position chancelante qui ne se stabilisa que lorsque Sawi lui offrit son épaule.

Pour s'appuyer, pas pour la porter. Plus jamais.

— Tu vas me le dire maintenant, parce que je ne te fais pas confiance pour rester dans les parages.

— Où d'autre pourrais-je aller ?

Le duo reprit sa marche laborieuse, suivant le bord de l'eau vers l'est. La lumière déclinante promettait un chemin traître, que les nuages s'assureraient de garder caché après le lever de Sichi. Une préoccupation que Sawi écarta pour elle-même : les balades nocturnes dans la jungle offraient autant de risques. L'ennemi le plus mortel ici, de loin, serait le froid.

— Si les cartes de commerce de Gladdring sont correctes, dit Ami, il y a un petit village pas loin devant. Une demi-journée de marche tout au plus.

— Il fait presque nuit.

— Alors nous marcherons dans l'obscurité.

— On pourrait aussi mourir dans l'obscurité.

Ami ne s'arrêta pas, mais Sawi sentit sa tête tourner. — Tu n'es pas inquiète, malgré ce que tu dis.

Il y avait des gens à bluffer, des situations à cacher, mais ce n'en était pas une.

— Nous sommes ici, Ami. S'inquiéter ne changera rien.

— Première chose intelligente que tu aies dite.

Encore une insulte, mais Sawi laissa passer. Ami, toute en épines. Gladdring avait laissé entendre que ça n'avait pas toujours été ainsi, que l'amie préférée de l'Aegis était autrefois une présence réconfortante dans toutes les îles. Les années, cependant, avaient érodé les blagues et les sourires, une vitalité finalement assassinée par le démon brûlant et son visage balafré.

Malgré tout ce que Sawi avait traversé, Ami avait vu pire.

Sur le conseil de Sawi, le duo descendit presque jusqu'au ressac, où les galets se réduisaient en fin gravier, leur offrant une surface parsemée uniquement de trous de crabes. Au moins là, les trébuchements ne les amenaient qu'aux genoux, dans une eau peu profonde, quoique glacée. Une cheville tordue valait mieux qu'un crâne fracassé, particulièrement quand les skars de Vis étaient dans les parages.

Alors que l'obscurité s'emparait de la soirée, réduisant le monde à un rose très pâle là où Sichi pouvait se faufiler,

Ami passa un skar à Sawi. La chaleur de la pierre, ses murmures réparant ses muscles endoloris, massait ses contusions pour les guérir. Bien que l'estomac de Sawi grondait encore et que sa gorge la grattait, le collecteur tenait la froide emprise de Noctia à distance.

— Quand on atteindra la ville, qu'est-ce qu'on va faire ? demanda Sawi. Construire un bateau ?

— Trouver un moyen d'en partir. Les Najahn sauront où nous allons, mais nous n'avons pas d'autre option.

— En partir comment ?

Ami rit, un de ses ricanements secs et sinistres qui servaient à la fois d'insulte et de soulagement. — Aucun bateau ne vient dans ces villes en hiver. Non, on demande, et parmi les options qu'ils nous donneront, on choisira la pire.

— Pour que les Najahn aillent dans l'autre direction.

— Sawi, nous sommes chassées maintenant. Chaque seconde, chaque minute, chaque heure que nous gagnons sur les Najahn est une que nous avons à vivre. Alors nous mentons, nous égarons, et nous brouillons les pistes autant que possible.

Les mots s'écrasaient avec les vagues, le vent. Sawi les laissa tourbillonner. Elle s'interrogea sur la force derrière eux, où Ami trouvait sa force.

— Jusqu'à quand, Ami ? Quelle est la fin ?

La Gardienne prit son temps pour répondre, les pierres douces crissant sous leurs bottes.

— Je pensais en avoir une autrefois. J'avais une amie qui en avait une aussi. Une fin, un but, un rêve.

La voix d'Ami, comme celle de Sawi, était devenue rauque par manque d'eau. Dans la pénombre glaciale, la Gardienne semblait moins une personne qu'un esprit, une bête éthérée. Comme dirait Wax, Sawi laissait son imagination prendre le dessus, mais ici, quelle importance ?

— Et maintenant ?

— J'en choisis un nouveau, répondit Ami, sa voix rauque changeant, prenant un ton familier tranchant. Nous allons trouver un moyen de nous venger de Fassle, de ces monstres de Najahn, et de sauver mon amie par la même occasion.

— Et comment allons-nous faire ça ?

Ami resserra sa prise sur l'épaule droite de Sawi, forçant la Vis à se tourner vers elle. La plaque dorée de la femme captait le peu de lumière possible, scintillant presque comme du verre ensanglanté alors que le reste disparaissait dans l'ombre.

Mais Sawi put voir assez facilement quand Ami tapota la pierre près de son œil gauche, le skar de Vis.

— Avec ça, Sawi. Avec ça, nous briserons leur monde.

# 40

# FLAMME D'OUVERTURE

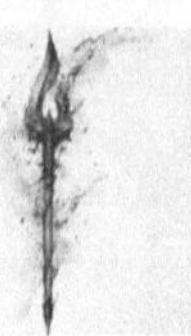

Face aux démons ardents, les soldats du Roi Mort n'avaient guère de chance. La barricade se brisa et avec elle vint une vague de chaleur étouffante, la lueur orange-jaune se déversant dans les rangs putréfiés assemblés. La sueur recouvrit la peau de Svarde en un instant, le froid habituel de la caverne disparaissant tandis que sa vision se troublait, son souffle se desséchait et ses yeux le démangeaient. Une aube naissante sous terre, le monde embrasé dans une flamme glorieuse.

L'armée de fortune du Roi Mort, simples ombres contre l'aura, lança sa charge et mourut à nouveau pour cela. Les haillons restants s'enflammèrent à l'approche des démons et des alliés. Les guerriers chanceux armés de lances et de frondes frappèrent l'ennemi à courte distance, marquant ces idoles brûlantes de taches noires et blanches.

Le reste disparut, leurs vestiges cendrés soufflés vers Svarde, Maena et le Roi Mort comme le blizzard de Foti lui-même.

Derrière et à côté des démons eux-mêmes, ces monstres maniant des fléaux et couronnés d'obsidienne, venaient leurs machinations. Crachant bruit et feu en parts égales, les constructions grondèrent par-dessus les restes de la barricade et broyèrent les débris du Roi Mort, transformant les effectifs en pâture pour leurs roues à chenilles.

— Ce n'est même pas une bataille, cria Maena alors que le Roi Mort levait sa lourde épée, la pointant vers les démons. Il faut fuir et attendre Jochi pendant qu'on le peut encore !

Svarde ne pouvait qu'approuver et le dit, mais le Roi Mort ne semblait pas écouter. Au lieu de cela, l'âme en armure, son sceau noir maintenant recouvert des restes flottants de son camp, s'avança d'un pas indomptable, un contrepoint cliquetant aux démons que Svarde aurait respecté si ce n'était pas si stupide.

Le courage face à des obstacles impossibles n'était pas de la bravoure, juste un suicide déguisé.

— Il va se faire tuer, dit Maena en se plaçant à côté de Svarde. Je dis qu'on devrait se replier. Attendre Jochi. Ce type est fichu.

— Et l'épée ? S'ils peuvent l'utiliser, alors...

— Elle va probablement fondre.

Svarde était sur le point d'argumenter, au milieu de la chaleur croissante de la caverne, que ces démons ne pouvaient probablement pas égaler les feux d'une forge, mais ses mots s'évanouirent alors que le Roi Mort se fondait parmi ses soldats et entrait dans la mêlée.

L'homme avait dit qu'il avait été le Gardien de Demion quand les îles étaient sombres, après la mort des dieux et que rien d'autre que le chaos ne régnait sur le monde. Svarde n'y avait pas réfléchi jusqu'à ce moment, mais le voyage à travers les îles à cette époque avait dû être périlleux, rempli d'âmes désespérées et de créatures libérées par la Blessure. Survivre à tout cela, survivre tant d'années ici-bas sans rien d'autre que la mort pour vous tenir compagnie...

Le Roi Mort esquiva le premier fléau qui fila vers lui, inclinant son pas sur le côté pour que la tête griffue de l'arme passe à côté. Laissant sa main gauche tenir la lourde épée, le Roi Mort bondit avec sa main droite gantée et saisit la lourde chaîne du fléau. Avec une force qui fit jurer Maena, le Roi Mort tira sur le lien, attirant le démon qui le tenait vers l'avant. Ce faisant, le Roi Mort s'élança avec la lame dans sa main gauche, portant un coup directement à la poitrine du démon chancelant.

Des braises jaillirent dans toutes les directions alors que l'épée s'enfonçait, le noir et le blanc se répandant sur le démon tandis que son triangle d'obsidienne projetait des motifs sauvages. Le manche du fléau heurta le sol de pierre, suivi par le corps noircissant du démon. Tenant toujours la chaîne du fléau dans sa main droite, le Roi Mort retira son coup, leva la lame et ajusta sa prise, inclinant la pointe vers le bas tout en continuant d'avancer.

Une seule poussée vers le bas mit fin au monstre, la lueur de la caverne vacillant alors qu'un feu s'éteignait.

Le Roi Mort n'aurait pas pu attirer plus l'attention que s'il avait sauté sur place en criant son propre nom. Svarde vit presque tous les démons tourner leurs regards noirs vers l'homme en armure, les vit s'écarter, gardant leurs fléaux dirigés vers des cibles plus faciles. À la place, l'une des trois machines broyeuses, chacune plusieurs fois plus grande que les monstres de haute taille, pivota vers le Roi Mort et avança. Le museau en forme de buse à l'avant de la machine fuma, trouva son énergie et déversa un liquide brûlant.

Pivotant son épaule gauche vers l'avant, le Roi Mort encaissa l'éclaboussure sur son armure. Le Roi Mort fit tournoyer son fléau capturé, sa main droite remontant la chaîne pour saisir le manche près du corps de son proprié-taire. Le mouvement entraîna la tête griffue le long du sol, repoussant plus d'un soldat mort. Le fléau dégagea le démon tombé, et alors que le tir enflammé s'étei-gnait — l'épaule gauche du Roi Mort rougeoyait de chaleur, mais l'homme semblait par ailleurs inaffecté — la tête du fléau chanta à travers l'espace pour s'écraser contre la buse de la machine, griffant, brisant net la pièce. Comme un tuyau laissé inachevé, le prochain souffle de la construction se déversa sur elle-même, se consumant dans sa propre ruine.

— Il nous fait gagner du temps, dit Maena après un autre juron impressionné. Il faut qu'on file, Svarde.

— Alors va-t'en. Svarde souleva ses haches, croisa le regard de Kivi alors que la ferrite maintenait sa position au plafond. Va chercher Jochi et ramène-le ici. On tiendra la ligne.

— Tu vas mourir.

Svarde rit alors que le Roi Mort trouvait un autre démon, trouvait une autre victime pour sa lame géante.

— On meurt tous, Maena. Mieux vaut le faire pour quelque chose que pour rien du tout.

Aussi bon que cela faisait de dire ces mots, la familière montée d'adrénaline de Foti que Svarde attendait alors qu'il prenait ses premières foulées, haches levées, mourut aussi vite que son cri de guerre dans la fournaise de la caverne. La chaleur sapait sa volonté, mais restaurait ses sens, le pous-sant à se diriger vers la gauche, contournant le bataillon de cadavres du Roi Mort vers le bord de la caverne. Au-dessus, Kivi suivait le barbare.

Derrière, Maena s'éclipsait.

Les démons ardents semblaient avoir compris que la véritable menace résidait dans le Roi Mort et non dans sa horde déclinante de morts. Svarde n'avait pas besoin de voir les démons eux-mêmes pour remarquer le changement de tactique, la lumière orangée et dorée se déplaçant pour suivre leurs mouvements, les auras se concentrant sur le Roi Mort. L'ancien Gardien encaissait maintenant des coups de tous côtés, en parant certains avec son armure, en en bloquant d'autres avec ses mains et sa lame. La défense, pour un homme si massif, face à des attaques venant à portée de fléau, ne laissait guère de place à l'offensive.

Seulement à l'opportunité. Du moins pour Svarde.

Deux démons tenaient le flanc gauche, régnant sur une étendue de cadavres fumants. L'un s'enflamma en direction de Svarde tandis que l'autre dépensait son énergie à frapper le Roi Mort. Une douzaine de corps armés de lances restaient debout, leur nombre diminuant rapidement alors que les balayages du fléau sectionnaient les jambes et déchiquetaient les torses desséchés. S'approchant, les yeux presque fermés à cause de la chaleur, Svarde lança ses haches. Les armes le mettaient trop en danger s'il restait près, et leurs tranchants abîmés étaient plus efficaces à distance.

Les deux armes tourbillonnantes frappèrent leur cible, se logeant dans le corps bleu-orangé du démon et provoquant une pluie d'étincelles. Des taches noires et blanches apparurent là où elles avaient frappé. L'obsidienne du démon miroita, son fléau levé. Un coup destiné à Svarde, et qu'il prévoyait de contrer avec une lance ramassée.

Le bras médian massif du démon, l'un des quatre, partit en arrière, le fléau cliquetant derrière lui. Ses autres membres balayèrent les lances et les épées gênantes des corps inférieurs comme s'il s'agissait d'insectes. Svarde fléchit les genoux, se préparant à esquiver. Éviter et frapper, puis-

Kivi tomba, la ferrite atterrissant de tout son poids de pierre sur le bras tenant le fléau du démon, le plaquant au sol. Les griffes de la ferrite s'enfoncèrent, ses mâchoires se refermèrent, et le crâne d'obsidienne brilla plus fort qu'avant, dans un étincelant éclat bleu et or.

Donnant ainsi son signal à Svarde.

Le Foti chargea sur deux longues enjambées, saisissant sa lance et la projetant alors que son pied gauche touchait le sol. Le projectile vola, invisible et sans obstacle, dans une trajectoire rectiligne vers la poitrine du démon, s'y enfonçant au-dessus des haches en fusion de Svarde. Un tir parfait, un tir dévastateur, et dont Svarde ne put célébrer le succès, car les amis du démon l'avaient remarqué.

L'allié de gauche du démon se retourna, attiré par une communication que Svarde ne pouvait comprendre — la chaleur émise par les démons changeait-elle ? Les autres pouvaient-ils voir les étincelles d'obsidienne vacillantes de leur ami ? — et arracha Kivi du bras de son compagnon. Le démon qui l'avait attrapée lança la ferrite, envoyant Kivi s'écraser contre la paroi de la caverne loin derrière les lignes des démons, là où la lueur ne brillait que plus intensément.

— Tu vas payer pour ça, marmonna Svarde, ramassant une deuxième lance à un propriétaire qui n'en aurait plus jamais besoin, ni de quoi que ce soit d'autre d'ailleurs.

Le démon que Svarde avait frappé s'effondra, son corps brûlant se refroidissant en une roche noire et dure. Les haches et le manche de la lance se détachèrent tandis que Svarde, accompagné d'un trio de cadavres, faisait face au second démon. Derrière le monstre, le Roi Mort poursuivait son effort désespéré, bien que la libération d'un côté semblait lui redonner de la vigueur : bien que son armure portât des traces de coups, bien qu'elle brillât de frappes brûlantes, le Roi Mort avançait maintenant contre une autre des constructions, sa lame menant une attaque croisée vrombissante pour fendre le blindage frontal de la machine.

Survivre, comprit Svarde, dépendait du fait de maintenir le Roi Mort debout. Mourir serait bien trop facile.

Son propre démon fit tournoyer son fléau bas, dans un mouvement de balayage visant les jambes que Svarde évita en grimpant sur le cadavre à côté de lui. Les jambes du corps se brisèrent, mais la griffe et sa chaîne passèrent au moment où Svarde roulait au sol. Depuis sa position accroupie, Svarde souleva et lança la lance. Pile sur la cible, et pile au bon moment pour être attrapée par le bras plus petit du démon, à hauteur d'épaule. Le démon commença à ramener son fléau, déplaçant la lance en même temps, visant à empaler Svarde si le barbare faisait un autre mouvement.

Reculer signifiait se faire frapper par le fléau. Monter signifiait une lance dans la poitrine. Avancer, eh bien, c'était ce qu'un Foti se devait de faire. Svarde s'élança en avant, plongeant alors que la lourde chaîne du fléau revenait, la griffe raclant le sol derrière lui. Svarde tendit les mains, sentit la douleur irradier dans son dos alors que la lance lancée passait trop près, et ses doigts se refermèrent sur les maillons de la chaîne. Tout sentiment de triomphe à cette prise mourut rapidement alors que le fléau continuait sa trajectoire vers la droite, traînant Svarde sur le sol rugueux, déchirant son cuir.

Mais, malgré la douleur, le mouvement donna de l'élan à Svarde. Alors que le démon ralentissait son balancement, Svarde lâcha prise, roula hors de la chaîne et rebondit au milieu des corps en ruine près du dos du Roi Mort.

Pas exactement un endroit sûr. Svarde appuya ses paumes contre le sol, se leva alors que les bruits métalliques familiers du Roi Mort suggéraient que l'homme se mettait en position de garde. La raison en apparut autour d'eux : plusieurs autres démons et la seconde construction gisaient morts et froids. Derrière eux en attendaient davantage, leurs fléaux prêts, leurs bras se mouvant pour dévier les quelques pierres lancées par les rares corps encore capables de le faire.

Svarde toussa, repoussa les douleurs lancinantes, et se tint aux côtés de leur seul espoir. Il chercha un signe que Kivi avait survécu et ne vit rien d'autre que du feu vers le tunnel.

— Tu es en vie ? gronda le Roi Mort dans le silence brûlant.

— Pour l'instant, répondit Svarde. Je vais chercher ma ferrite.

— Un geste insensé.

— Toute cette affaire est insensée. Autant en faire quelque chose qui en vaille la peine.

— Nous ne pouvons pas gagner.

— Non, mais on peut faire saigner ces salauds. Ça me suffit.

Le Roi Mort, dans la caverne ardente, hocha lentement la tête. Comme en réponse, du fond du tunnel où attendaient les portails, vint un grondement roulant, un brasier trouvant son tonnerre, se dirigeant vers eux.

# 41
## SOUPE D'OS

Si les skars n'étaient qu'une infime partie des dieux, leur puissance mettait en perspective celle des dieux eux-mêmes. Wax et Bliss passèrent des heures derrière le bœuf, filant à travers le paysage de Whent — sans aucun signe des grenouilles — à parler de Vis, de leur voyage, des deux passagers qui s'enivraient progressivement derrière eux, mais Wax revenait sans cesse aux pierres et aux divinités qui les avaient créées.

D'une certaine manière, les skars confirmaient que les humains comme lui n'étaient que des jouets cosmiques, de minuscules grains de poussière dans un univers vaste et dangereux. Les propres blessures de Wax, les cauchemars persistants qui hantaient son sommeil, ses fréquents moments d'absence où il fixait le vide, tout cela trouvait sa place dans cette relation : Wax n'était rien, ses traumatismes n'étaient rien, il n'était qu'une particule aléatoire dans un tourbillon aléatoire.

— C'est pour ça que je continue, dit Wax alors que le bœuf s'approchait, la nuit tombant, de la Faille Dorée et de l'avant-poste à sa base.

« Quoi ? » signa Bliss d'une main, l'autre tenant les rênes tandis que le traîneau traversait un banc de neige après l'autre.

— Je dis qu'on n'est rien, Bliss, alors il n'y a pas de pression.

« Pour faire quoi ? »

— Obtenir ces skars, devenir l'Égide. Sauver les îles. Les dieux s'en fichaient manifestement, sinon ils auraient arrêté tout ça. Wax leva le collier, son pouce frottant le skar rubis de Foti, ses murmures étant un compagnon omniprésent dans son esprit. On se débat tellement juste parce que ceux qui ont fabriqué ces trucs n'ont pas su garder la tête froide. Ils ont fait une erreur, et ils avaient toute la responsabilité.

« Je n'ai pas bu assez d'ale pour te suivre. »

— Ce que je veux dire, Bliss, c'est que si on réussit, tant mieux. Si on échoue, ce n'est pas notre faute. Wax s'adossa contre le dossier du siège du traîneau, une surface rugueuse et gelée dont le froid ne pénétrait pas l'épais manteau de Vis. Quoi qu'il arrive, amusons-nous simplement.

Bliss ne répondit que par un froncement de sourcils plissés à l'intention de son frère. Ce qui, très bien, elle pouvait avoir ses opinions. Bliss, et Quik, avaient toujours tendance à prendre les choses plus au sérieux, essayant de transformer ceci ou cela en une signification plus large, une leçon plus générale. Eh bien, Wax faisait ça maintenant, et si elle n'aimait pas ses conclusions, c'était son problème.

Il appréciait plutôt le sentiment d'insignifiance.

L'avant-poste de Najahn, cependant, ne partageait pas l'opinion de Wax. Contrairement à ses homologues de Vis et Foti, qui fonctionnaient dans un calme relatif, le fort de Whent avait de hautes palissades aux sommets pointus, dont plus d'une portait la tache rouge délavée du sang. Des drapeaux pourpre-noir claquaient au vent, leurs ombres ondulantes scintillant sur la douzaine de gardes qui se tenaient devant la porte principale pour les accueillir. Vouges et chakrams étaient prêts, et une tour de guet surplombant la scène abritait deux autres arbalétriers avec des carreaux armés et ciblés.

À leur approche, Bliss tira sur les rênes, le bœuf commençant à ralentir. Ce qui aurait dû être une approche calme faiblit lorsque le bœuf perdit sa prise sur la neige. Le skar de Kance, toujours désireux de flotter et de voler, ne prit pas bien la réaction du bœuf, et la grande créature perdit pied, tombant et glissant tandis que le traîneau tournoyait. Torny, Eujo et Wax lancèrent des jurons, cherchant des prises. Bliss essaya de tirer plus fort sur les rênes, un geste paniqué qui ne servit qu'à la soulever du siège du traîneau alors que l'ensemble s'enfonçait de côté dans la neige et se retournait.

Comme les destins pouvaient changer rapidement.

Wax s'envola, plongeant loin du traîneau et heurtant la neige à grande vitesse, soulevant une gerbe froide tandis qu'il culbutait à travers les congères. Les sacoches et les provisions pleuvaient partout, accompagnées de craquements et de claquements de bois alors que le traîneau se disloquait. Quelque part dans ce chaos, le bœuf renifla, gémit sa propre confusion, roulant sur lui-même pour s'arrêter contre la palissade dans un lourd fracas. Wax se retrouva assis, essuyant la neige de son visage, pour se retrouver face à la pointe d'une vouge abaissée vers lui.

— Salut, offrit Wax au regard casqué qui le fixait dans le soleil couchant. Son cœur battait la chamade, ses épaules étaient un peu endolories, mais aucune blessure sérieuse ne se manifestait. Nous sommes deux Renouvellements, et nous adorerions un dîner chaud.

La soupe de farine d'os arriva, en effet, bien chaude une fois que le quatuor eut rassemblé ses provisions, que leurs corps fatigués eurent été escortés à la pension de l'avant-poste, et que les skars eurent été récupérés du bœuf très confus et très épuisé. Servie, comme toujours sur Whent, avec des pommes de terre tendres et des carottes, le repas était néanmoins accompagné d'une ambiance différente : à savoir, le bruit d'autres voix les ignorant.

Pas depuis Noctia, Wax n'avait été aussi dépourvu d'attention, et même là, la présence d'Eujo leur avait attiré suffisamment de regards inquisiteurs pour faire se tortiller le Vis sur son siège. Ici, cependant, ils avaient une concurrence plus rude : d'abord, le Renouvellement de Foti les avait devancés, mais s'était blessé à la jambe pendant le voyage. Wax offrit à l'homme, un costaud blagueur avec de la poussière de forge apparemment incrustée à jamais dans sa peau, un skar de Vis pour accélérer la guérison, mais il le refusa. Un clin d'œil, une blague sur le fait que rester coincé ici garantissait de ne pas se retrouver attaché au siège de l'Égide, et Wax vit son offre repoussée. L'entourage de l'homme montrait de toute façon plus d'enthousiasme pour l'ale du nord que pour quoi que ce soit en rapport avec le Renouvellement, et leurs rires résonnaient parmi les immenses poutres de bois.

Deuxièmement, et plus sérieusement, venait l'arsenal exposé. Les discussions stratégiques bruyantes, les affichages détaillant les quarts et les rapports d'éclaireurs. Whent, à l'extrémité nord, était apparemment une île dangereuse. Les incursions de démons augmentaient, expliquant les palissades ensanglantées, et des combats avaient lieu tous les quelques jours. Les Najahn avaient réagi en conséquence, renforçant les effectifs ici à plusieurs centaines, bien plus que Wax n'en avait jamais vu ou entendu parler à l'avant-poste de Vis.

L'effet militaire donnait une ambiance différente, ceux qui se joignaient à l'équipage Foti pour célébrer le faisaient moins par ennui ou amusement que pour leur propre survie, leur espoir d'un lendemain tranquille. La soupe de farine d'os reflétait les maigres rations, moins soutenues maintenant que le Seigneur de guerre de Whent attirait tant de commerçants de l'île dans sa campagne suicidaire sous terre.

La chef de l'avant-poste, une femme trapue vêtue de cuirs noir-violets, les rejoignit à leur longue table. Utna portait son devoir avec force, comme si les fardeaux du commandement flottaient au-dessus de ses épaules. — Au moins Jochi emporte les démons avec lui. Nous avons pu aller plus loin, balayer certains de ces maudits monstres de la Balafre.

Torny et Eujo s'étaient éclipsés rapidement après avoir avalé leur soupe, le crash et l'alcool d'avant ayant épuisé leur sommeil déjà court. Bliss semblait prête à les rejoindre, ses yeux mi-clos. Wax, cependant, embrassait la chaleur communautaire autour de lui, les feux rugissants, les rires et les odeurs de civilisation. Tout comme le casino Foti de Cassignol, la pension Najahn vibrait sur la fréquence de Wax.

— Vous dites qu'il y a des démons dans la Balafre ? demanda Wax, Utna hochant la tête comme si elle s'attendait à la question.

— C'est une entaille à même le sol, dit Utna. Faite quand Whent a essayé d'empêcher Vis de tuer Noctia. Ça aurait pu être une autre Blessure, mais on a de l'or à la place.

— Pourquoi ?

Utna secoua la tête, but le thé chaud donné à quelqu'un avec trop de responsabilités pour des boissons plus fortes. — C'est une question pour les érudits. Tout ce que je sais, c'est qu'il y a des grottes là-dedans où les démons peuvent grimper.

— Vous pensez qu'on en trouvera ?

— Vous voulez y aller demain ? demanda Utna.

— Je ne pense pas que les Îles veuillent qu'on attende. Wax jeta un coup d'œil vers l'équipage Foti et Utna soupira.

— Une tache sur les Renouvellements, celui-là, marmonna la commandante Najahn. Nous enverrons un détachement avec vous. Ils vous couvriront jusqu'à la section des skars. Cette partie, vous devrez la faire seuls.

— Pourquoi ? Pourquoi devons-nous le faire ? Vous ne pourriez pas avoir tous les skars assis dans une pièce à Noctia, prêts à être pris ?

Utna cligna des yeux. Sa main dériva sous la table, et pendant un moment Wax se demanda si elle allait sortir un couteau. À côté de lui, Bliss s'éveilla brusquement. Bien que sa propre arme l'attendît dans la chambre, la sœur de Wax semblait prête à sauter sur la table pour donner un coup de pied. Le skar Foti, de retour dans le collier de Wax, vibrait du désir d'immoler la capitaine et tous ceux autour d'eux.

— La tradition, répondit Utna, après un temps trop long. La tradition, et la compréhension. L'Égide est un honneur, c'est aussi un sacrifice. Seul celui qui l'a gagné, qui le mérite.

"Ça sonne comme un discours", signa Bliss avec ses doigts, une danse qu'Utna remarqua.

— Vous n'y croyez pas, dit Wax. Il n'avait pas besoin de pousser Utna, mais ça avait été une longue journée, leur voyage avait été si dangereux, que sa nécessité semblait soudain sans intérêt. — Pourquoi risquer autant ?

Utna serra les lèvres encore plus si possible. Elle repoussa sa chaise de la table et se leva.

— Si vous voulez une réponse à cette question, posez-la quand vous reviendrez à la Cité Annulaire. Peut-être que le Cercle vous le dira quand ils vous placeront sur le siège de la Blessure, quand il sera trop tard pour que ça compte.

— Qu'est-ce que ça veut dire ? demanda Wax, mais les mots s'évanouirent contre le dos de la chef Najahn alors qu'elle s'éloignait vers une autre table.

"Ça veut dire que j'aime de moins en moins tout ça", signa Bliss, fronçant les sourcils vers Utna.

— D'accord avec toi. Wax avala sa bière, une saveur caramel et forte qui se mariait bien avec le froid extérieur. — Je suppose que ça veut dire qu'on devra aller jusqu'au bout pour le découvrir.

"Peut-être."

Bliss, cependant, n'élabora pas sur le chemin vers leurs chambres, disant à la place qu'elle avait besoin de réfléchir.

Toujours dangereux, quand sa sœur se mettait à cogiter sur quelque chose.

Utna était, au moins, fidèle à sa parole : vingt Najahn au complet attendaient Wax, Torny, Eujo et Bliss le lendemain matin. Leurs sacoches avaient été remplies, leurs estomacs rassasiés d'un petit-déjeuner de galettes de pommes de terre, et leurs bottes remplacées par des versions à crampons plus aptes à agripper le terrain glacé sur le flanc en pente de la Grande Veine. Le matin les accueillit avec une lumière solaire vive, sans nuages pour salir le ciel bleu. La porte arrière de l'avant-poste s'ouvrit, leur souffle fumant guida tout le groupe dehors, et Wax mit de côté la conversation déconcertante de la veille.

Regarder la Grande Veine de si près ramenait la familière montée d'adrénaline de l'aventure. Les skars bondirent

pour se joindre à eux, leurs murmures s'élevant en pépiements rapides alors que Wax faisait ses premiers pas. Les
Najahn entonnèrent un chant de marche, un que Wax ne
reconnaissait pas, mais qu'il saisit assez vite. Les pieds
martelaient, la neige s'écartait, et leur groupe grimpait.

À sa droite, pendant qu'ils marchaient, Eujo regardait
un outil donné à chacun d'eux ce matin-là par Utna elle-
même. Un burin de diamant, ses bords brillant plus fort que
la neige. Nécessaire, selon la capitaine Najahn, pour creuser
assez profondément pour trouver les skars. Nécessaire
aussi, ajouta-t-elle, pour en sortir.

— La Balafre Dorée contient le pouvoir de Whent, et sa
vengeance, déclara Utna alors que les portes s'ouvraient.

Cette fois, quand Eujo demanda plus d'explications à la
commandante, Utna esquissa un sourire. Elle rencontra
non pas les yeux de la Reine, mais ceux de Wax.

— C'est à vous, les Renouvellements, de le découvrir,
pas à moi de le dire. Bonne chance, et ne donnez pas à ce
maudit dieu une autre âme à garder.

# 42
## TOUJOURS UN VIS

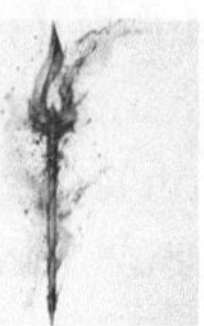

Se balancer à travers la jungle de Vis, s'agrippant aux lianes et aux troncs, regardant le sol défiler sous ses pieds, rendait le lent voyage à travers les falaises rocheuses du nord de Noctia un exercice de patience. Quik endurait en silence les glissades, les égratignures sur la pierre dure, l'engourdissement croissant de ses doigts tandis qu'il suivait Masayo. La Tenet embrassait les déplacements nocturnes avec une aisance expérimentée, ne trébuchant jamais autant que Quik pouvait le voir. Ses multiples couches d'étoffes, flottant autour d'elle en un mélange de robes que Quik ne pouvait suivre, captaient la lumière éparse de Sichi quand le vent se levait, une teinte argentée-rosée dans l'obscurité.

Quik lui-même avait délaissé les robes pour une tenue de traque plus traditionnelle, s'équipant de cuirs Najahn — il n'avait ni gagné la lourde cotte de mailles ni ne la désirait pour cette expédition — et sa randonnée dans un épais manteau fourré le gardait suffisamment au chaud. Ses gantelets, abandonnés dans sa chambre lors de sa première expédition d'espionnage, reposaient contre ses cuisses, une présence réconfortante au milieu des rochers glacés. Comme de vieux amis, ces griffes de bois, qu'il ne laisserait plus jamais derrière lui.

Leur cible, selon Masayo, était un hameau à une demi-journée de marche soutenue le long de la côte. Ils avaient perdu du temps à confirmer que ni le corps de Sawi ni celui d'Ami ne gisaient dans les pierres au-delà de la tour de prison, ne trouvant rien d'autre que quelques éclaboussures de sang et des lambeaux de tissu. Masayo affirmait que les preuves suggéraient que la paire était vivante, qu'ils marchaient vers la liberté. Quik, observant les vagues grises s'écraser, voulait dire qu'ils avaient roulé dans les eaux et s'étaient noyés.

Son propre instinct de chasseur lui disait que c'était faux, mais mieux valait un mensonge que de devoir observer, devoir déchirer son vieil ami.

Cette pensée, plus que tout, était responsable des pas errants de Quik, de sa marche plus lente que prévu dans l'obscurité. Masayo ne l'avait pas fait remarquer, mais Quik supposait qu'elle gardait la question, et peut-être la réponse, à l'esprit : pourquoi un chasseur Vis expérimenté comme lui aurait-il tant de mal à traquer dans la nuit ?

Parce que chaque pas ne rapprochait pas Quik de sa proie, de quelque chose qu'il désirait.

Ils s'arrêtèrent tôt le matin, avant l'aube, pour un repas. Masayo et Quik avaient chacun leur propre sacoche approvisionnée par les cuisiniers Najahn. Des petits pains et des fruits secs, depuis longtemps refroidis. Des gourdes pleines et fraîches. Ils mangèrent en silence, Masayo tirant sur sa pipe, ne brisant l'ambiance qu'une fois qu'ils eurent tous deux remballé leur équipement.

— Nous approchons, dit Masayo. Peu après l'aube, je

m'attends à ce que nous voyions la ville. Alors nous verrons qui tu es.

— Quoi ?

— Tu n'es pas stupide, Quik, alors ne joue pas à ça maintenant. La Troisième Main, mon Tenet, qui existait bien avant moi et qui perdurera longtemps après, ne tolère pas d'autres loyautés, d'autres sentiments.

— Pas même envers le Cercle ?

Masayo sourit, une ombre orangée derrière la fumée de sa pipe. — Nous ne sommes pas une marionnettiste de Tamas, nous ne tirons pas les ficelles, si c'est ce que tu insinues. Mais nous prenons, si les Îles en ont besoin, si notre survie en dépend, les choses en main avec nos propres couteaux.

— J'avais cru comprendre.

La Lira, sur Vis, opérait dans l'ombre tout comme le culte de Masayo le faisait ici. Une société prête à agir pour sauver les Îles, une force de réconfort pour ceux qui préféraient ne pas s'inquiéter de telles choses. Pour les gens qui ne creusaient pas un peu plus profond, qui ne se demandaient pas qui, parmi la Lira, décidait que les Îles étaient en danger. Une pensée que Quik lui-même n'avait pas eue jusqu'à ce qu'il soit assis là, à regarder Masayo calculer.

Si elle pouvait décider qui vivait, qui mourait parmi les Najahn, alors pourquoi pas à travers toutes les îles ? Un poignard planté entre les côtes à Kance pourrait être une fléchette empoisonnée à Kitaye, une chute de pierre à Foti. Tout ce qui importait était que Masayo pense que quelqu'un, quelque chose était une menace.

— Tu n'approuves pas, dit Masayo en hochant la tête, bien que Quik ait essayé de garder une expression aussi impassible que possible. Pas que tu puisses comprendre. C'est trop tôt. Tes compétences sont précieuses, ton potentiel est grand. Ton cœur et ton esprit sont les seuls problèmes maintenant.

— Ou mon seul espoir.

— Oh, je t'en prie. Je suis aussi encline aux discours dramatiques que n'importe qui, Quik, mais nous sommes sur une falaise froide à traquer deux traîtres. Dispensons-nous des grands mots et allons droit au but. Elle pointa sa pipe vers lui. Je t'ai amené en espérant que tu pourrais m'aider à traquer ces deux-là, une assurance dont je n'avais pas besoin parce que vous, les Vis, laissez une piste aussi évidente que n'importe qui. Maintenant tu es un risque, un que je ne tolérerai pas.

De sa main gauche, Masayo atteignit sous ses robes, sortit d'une poche ou d'une bourse cachée un enchevêtrement de fils enroulés.

— Ceci est un lien de Kance. Tu vas t'attacher les pieds, puis les mains avec. Fais-le, maintenant. Masayo lança le paquet à Quik. Il l'attrapa, sentit les fibres lisses sans aucune des faiblesses d'une corde. Quand tu auras fini, je vérifierai. Si c'est correct, si ça te retiendra bien, je ne te tuerai pas maintenant.

La première fois que Quik avait entendu une menace lancée à son encontre, c'était à Foti, après plus de vingt ans sur les Îles. Sa vie jusqu'à ce point marquant où Sledge, arc en main, avait défié Quik de bouger et de mourir, avait été construite sur la coopération, sur des escarmouches légères et de lourdes chasses. Sa taille dissuadait tout ce qui était plus sérieux. La société même de Kitaye, où quiconque se rendait gênant était relégué aux marges, maintenait les choses suffisamment sûres.

À l'époque, à Foti, Quik avait dû décider sur-le-champ ce qu'il allait risquer. Continuer à affronter les bandits signifiait que son frère, le Renouveau, pourrait recevoir une flèche en plein cœur. Une équation simple, même pour quelqu'un ayant peu d'intérêt pour les mathématiques — malgré ce qu'Annalyse avait essayé d'enseigner à Quik pendant leurs quelques jours ensemble.

Ici, il était seul. Personne à protéger, du moins personne que Masayo pourrait tuer sur-le-champ. Pas de témoins non plus. Si la Tenet de la Troisième Main disparaissait parmi les rochers, Quik pourrait blâmer Ami, le mauvais temps et un faux pas dans l'obscurité.

— Qu'est-ce que tu attends ? dit Masayo, bien que le petit sourire qu'elle arborait en tirant sur sa pipe semblait dire qu'elle comprenait, qu'elle le mettait au défi.

Eh bien, peut-être avait-elle défié le mauvais homme.

Quik lança le fil de fer vers Masayo alors qu'elle tirait une autre bouffée. Il se recula en jetant l'enchevêtrement, s'appuyant sur ses mains contre les pierres froides pour se relever. Tandis que ses jambes se redressaient, il enfonça ses mains dans ses gantelets, glissant ses paumes le long des sangles tendues, ses doigts trouvant leur place dans ces griffes lisses.

Masayo laissa le fil de fer rebondir sur ses robes et tomber sur les rochers. Elle tira une autre bouffée, observant Quik se préparer.

— C'est donc votre choix ? demanda Masayo. Votre loyauté envers ces traîtres est plus grande qu'envers les Najahn et tout ce qu'ils peuvent apporter à votre frère ?

— Je ne fais pas de mal à mes amis.

— Dommage qu'ils n'aient pas ressenti la même chose, dit Masayo en se levant enfin. Elle laissa la pipe, fumante et orangée, sur les pierres. Ils vous ont fait du mal, Quik. Ils vous ont enfermé dans une cage et vous ont presque battu à mort. Pourquoi les protéger ?

— Sawi ne m'a rien fait.

Il y avait des failles là-dedans, si Quik voulait creuser, mais pas ici. Pas maintenant. L'introspection et l'interrogatoire pourraient attendre après cela, quand il irait retrouver Sawi et Ami dans la ville. Ils pourraient alors en discuter, trouver une solution.

Masayo ne manipulerait plus son esprit.

— Si c'est ainsi que vous le voyez. Masayo soupira. Allez, venez. Montrez-moi ce dont vous êtes capable, Vis.

Une fois de plus, Foti revint à l'esprit de Quik tandis qu'il pliait les genoux, évaluant la courte distance entre lui et Masayo. Cette île rocheuse, ravagée par la lave, avait été son premier vrai combat contre un autre humain, et il avait appris une chose : les humains ne se battaient selon aucune règle.

Les mains de Masayo disparurent sous ses robes. Attendant de dégainer un couteau, une pierre, une aiguille enduite de poison. Quik fit deux suppositions : premièrement, que Masayo ne voulait pas le tuer. Et deuxièmement, qu'il avait plus besoin de fuir que de gagner. Une alliance avec Sawi et Ami rééquilibrerait largement les chances.

Alors il passa son gantelet droit au ras du sol, laissant les griffes racler et ramasser plusieurs pierres. D'un lancer puissant par en dessous, Quik envoya les cailloux, quelques galets et une pierre plus conséquente, voler vers Masayo. La Tenet tourna l'épaule, encaissant les projectiles comme Quik aurait pu se protéger d'une brise légère. Une esquive facile, mais c'était le but.

Le mouvement de Masayo mit ses bras en mauvaise position, ce dont Quik profita en poussant sur son pied gauche tout en lançant les pierres. Il rebondit sur sa droite, atterrissant sur sa jambe droite pliée et se lançant dans un coup de haut en bas vers l'épaule tournée de la Tenet. Les robes ombrées bougèrent dans l'obscurité, et Quik sentit ses griffes mordre dans le tissu, vit Masayo se tourner davantage, laissant le coup de Quik passer inoffensivement dans un enchevêtrement avec ses robes.

Tout se déroulait comme prévu. Elle avait contré un gantelet, mais la main gauche de Quik arrivait haute et rapide, frappant droit par-dessus sa droite et visant la tête encapuchonnée de Masayo. Rapide, mortel.

Sauf que la Tenet s'accroupit en tournant, le coup de Quik ne récoltant que plus de tissu tandis que le corps de Masayo s'abaissait, sa main gauche terminant sa rotation pour asséner un coup non protégé à l'estomac de Quik. Le coup s'accompagna d'une piqûre glacée, ni un coup sourd ni une entaille tranchante.

Quik essaya de reculer, mais ses gantelets étaient pris dans les robes. Masayo resta proche, s'insinuant dans les interstices tandis que Quik tentait, en vain, de se libérer. Le tissu flottant semblait être partout, comme s'il se battait contre une couverture. Ces coups acérés continuaient, de petites piqûres remontant et descendant sur son ventre, ses jambes, sa poitrine.

Assez.

Quik écarta largement les bras, arrachant les robes avec ses gantelets, le mouvement forçant Masayo à reculer d'un pas. Les robes tombèrent sur les rochers, révélant Masayo dans des cuirs moulants parsemés de brassards, de ceintures, et là, alignées sur un collier que Quik n'avait jamais vu, plusieurs pierres familières.

L'ombre de Masayo vacilla et Quik sentit une autre piqûre, près de son épaule. Il jeta un coup d'œil et remarqua une fléchette familière. Bois fin, de minuscules plumes lacées à son extrémité. Fabriquée par les Mottilans.

— Lâche, dit Quik, sa langue devenant raide dans sa

bouche, ses jambes et ses bras tremblant. Vous avez des skars.

— Se battre sans connaître son adversaire est une grave erreur, dit Masayo en s'approchant, bien que ses mains restassent prêtes.

Pas que Quik puisse porter un coup, plus maintenant. Ses genoux heurtèrent durement les pierres, et sa tête aurait suivi sans l'intervention de Masayo, qui le rattrapa et l'aida à s'allonger au sol.

— Il y a plus dans les Îles que des Renouvellements et des démons, murmura Masayo. Des jeux se jouent, le pouvoir change de mains. Certains veulent contrôler, d'autres veulent survivre. Quelques-uns, Quik, quelques-uns peuvent faire les deux.

La Tenet trouva le paquet de fil de fer, et tandis que Quik luttait pour rester éveillé, pour contrer l'obscurité qui dansait dans son esprit, il sentit les lignes serrées s'enrouler autour de ses poignets, de ses chevilles.

— Je peux aider votre frère à vivre, je peux vous aider à prospérer, tant que vous m'aidez, poursuivit Masayo. Mais plus de jeux. Quand ce sera fini, je reviendrai vous chercher, et je vous donnerai une dernière chance de faire votre choix. Réfléchissez bien, Vis.

La lueur orangée de la pipe, reprise et tirée, s'éloigna dans la nuit. Les vagues en contrebas s'écrasaient contre les falaises, un rythme régulier entraînant Quik dans un sommeil qu'il ne voulait pas, ne méritait pas, et ne pouvait éviter.

# 43
## LA FAILLE DORÉE

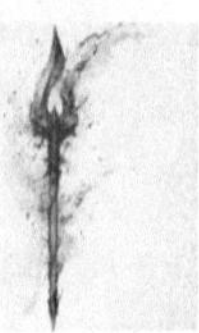

Incroyable ce qu'un bon soleil et un vent cinglant pouvaient faire pour une gueule de bois. Le mal de tête de Torny, persistant malgré la longue nuit de repos, finit par céder face au baiser glacé de la nature alors que le groupe grimpait le sentier menant à la Faille Dorée. Être entourée d'une autorité armée aurait dû rendre Torny nerveuse, mais après les grenouilles chasseresses, toute cette armure et ce métal ressemblaient un peu à une couverture réconfortante.

Elle et les trois autres portaient ce linceul najahn tout au long du chemin, passant les deux heures avec leurs blagues habituelles, des conversations tranquilles, et leur souffle silencieux et fumant. La Faille comblait le silence par elle-même, avec des grondements, des craquements et des murmures alors que la neige et la glace se formaient, tombaient et trouvaient de nouvelles demeures.

— J'aime ça, signa Bliss, marchant à côté de Torny et répondant à la question de la bandit qui demandait si la Vis trouvait tous ces bruits inquiétants. La jungle chez moi chante aussi. Une chanson différente, mais ça donne la même sensation.

— Tant que ça ne m'écrase pas, répondit Torny.

Bliss sourit, « Nerveuse ? »

— Après la lave, la rivière et l'océan, ouais, je suis nerveuse. J'en ai presque assez de la nature.

Ce n'est pas que la Cité Annulaire de Noctia n'avait pas sa propre musique, que ce soit le chant libre d'un concert, d'un coin de rue, d'un bar, ou les sifflements et les cris des navires et des marins. C'est juste que Torny les connaissait tous, comprenait comment ils s'alignaient dans son monde, mais ici chaque craquement pouvait être quelque chose de mortel. Comme ça avait été le cas sur Rana et Foti.

— Alors tu aimeras Tamas, intervint Eujo, laissant Wax une foulée devant près de l'avant-garde najahn. L'île est envahie de gens et de leurs jouets.

— Et de bons spiritueux, à ce que j'ai entendu.

— Les meilleurs. Tu auras du mal à revenir à la piquette de Noctia.

— Tu surestimes mes goûts.

— Sans aucun doute.

La Faille Dorée grandissait à mesure qu'ils s'approchaient de l'entrée, obstruant leur vue de rochers et de falaises enneigées. Quelques pins décharnés bravaient l'altitude, leurs cimes frissonnant alors que la brise sifflait à travers les crêtes rocheuses. La gueule béante d'une grotte, renforcée de colonnes de pierre taillée, offrait un abri et le véritable début de l'aventure. Les Najahn anticipaient le moment, avec un site de campement en miniature répandu autour de l'ouverture : des souches et des pierres lisses servant de chaises, deux foyers, et des coffres remplis de provisions.

Tout était gelé, mais alors que les Najahn allumaient

des feux avec des silex transportés, la méthode de décongélation devint évidente. D'autres soldats déposaient des sacs contenant des cordes de bois, des nattes de couchage, et des outils pour faire briller et affûter l'équipement.

— Nous resterons ici pour la journée, dit le capitaine de la garde najahn à Wax, Eujo et leurs Gardiens alors que le camp s'assemblait. Quand le crépuscule approchera, nous retournerons au poste avancé, puis reviendrons demain près de l'aube. N'essayez pas de descendre dans l'obscurité. Il y a de la nourriture et un abri ici.

— Vous pensez que ça prendra autant de temps ? demanda Wax tandis que Torny regardait d'un air dubitatif les nattes froissées. Rien ne valait les lits de la pension. C'est si loin que ça ?

Le capitaine de la garde regarda vers l'ouverture, retroussa la lèvre, — Loin, non. La distance n'est pas ce dont vous devez vous inquiéter. Gardez la tête froide, ne paniquez pas, et tout ira bien. C'est pareil pour n'importe quel skar.

— Jamais très généreux en conseils utiles, hein ? demanda Torny alors que Wax acquiesçait. Vous tous les Najahn, partout où nous allons, vous parlez avec ces phrases vagues. Vous voulez qu'on meure ? C'est ça ? Garder ce siège vide pour que les démons aient plus de temps de jeu ?

— Je suis les ordres. Le visage de l'homme se durcit, le froncement de sourcils devenant un regard tranchant vers Torny. L'Égide ne peut pas être faible. Vous devez gagner le droit.

— Bien sûr, mon pote. Dites ça aux villes qui brûlent en ce moment. Je parie qu'elles sont vraiment préoccupées par la « faiblesse ».

— Torny, dit Eujo, laisse tomber. Allons-y.

Wax acquiesça, les deux Renouvellements commençant à descendre dans la grotte. Torny pensait qu'elle avait le temps de lancer une ou deux piques de plus aux Najahn, et l'aurait fait si Bliss ne l'avait pas attrapée par le bras, tirant la bandit derrière ses supposés protégés.

« Ce ne sont pas les ennemis », signa Bliss alors que Torny se débattait pour se libérer. « Ils nous protègent. »

— Allez. Tu ne crois pas vraiment ça, hein ? demanda Torny. Le Cercle a probablement un millier de skars dans la Cité Annulaire, ils ne veulent simplement pas en céder.

« Tu le penses vraiment ? »

Torny était sur le point de répondre qu'elle ne le pensait pas, elle le *savait*. Les Doigts Agiles, et quiconque prêtait vraiment attention, comprenaient que les Najahn « protégeaient » les trésors de skars sur les îles moins pour le Renouvellement et plus pour leur propre bénéfice. Quel était ce bénéfice avait été un mystère pour Torny jusqu'à ce voyage, jusqu'à ce qu'elle ait vu ce que les skars pouvaient faire.

Maintenant la question changeait : si les Najahn avaient tout ce pouvoir assis dans la Cité Annulaire, pourquoi ne l'utilisaient-ils pas ?

La grotte scintillante, une pause par rapport à la pierre noire et aux cendres de Foti, ne répondit pas à Torny, mais la distraya avec ses reflets prismatiques. La glace et la neige recouvraient tout sur le premier tronçon, une brise raide suivant le quatuor à l'intérieur et claquant à travers les stalactites de glace, les congères dures, et un chemin éraflé avec des empreintes de bottes gelées. La lumière du soleil mourut assez rapidement pour que Bliss et Wax craquent des torches, les flammes dansant avec mille reflets d'elles-mêmes.

— Au moins c'est beau, dit Eujo. Le Tourbillon était

sombre et humide. Foti, étouffant. Vis avait tous ces insectes dans les toiles.

— Mais la vue, ajouta Wax alors qu'ils se baissaient sous un ensemble d'icicles menaçants. Au sommet, tu as dû apprécier ça, non ?

— Avec Silvrin et son épée qui me respiraient dans le cou à chaque seconde.

Torny laissa la conversation se dérouler, préférant sortir son burin et faire tourner l'instrument en diamant entre ses doigts. À peu près aussi long que les couteaux avec lesquels Torny travaillait, le burin avait un bon tranchant. S'il pouvait vraiment couper la glace comme ça, il pourrait faire un bon outil pour forcer un coffre ou une porte récalcitrante.

Utna ne remarquerait pas s'il en manquait un, n'est-ce pas ?

— Quelqu'un d'autre trouve que ça devient plus étroit ? demanda Wax, détournant Torny de ses pensées de vol de burin. La glace se resserre.

"Et ça devient doré."

Les signes de Bliss projetaient des ombres à travers la lumière des torches, et quand ses mains retombèrent, Torny vit ce que Bliss voulait dire : la neige et la glace n'étaient plus seulement bleues et blanches, mais parsemées de gouttes couleur miel. Elles devenaient plus denses à mesure que le groupe avançait, l'espace se rétrécissant effectivement jusqu'à ce que Wax s'arrête brusquement, face à un mur de glace aussi doré qu'argenté.

— Je suppose que c'est là que les burins entrent en jeu, dit Torny. Au boulot, Wax.

— Pourquoi moi ?

— Parce que tu es devant.

Wax rit, sortit le burin et le regarda longuement. Puis il

appuya l'instrument contre la glace. Un léger coup. Un autre, avec de minuscules flocons de glace tombant au sol. Il n'eut pas le temps d'en donner un troisième.

— Permettez-moi, déclara Eujo, arrachant le burin de la main de Wax et ajoutant le sien, faisant pivoter la prise vers l'extrémité plus lourde et émoussée du burin. Vous ne les utilisez pas sur Vis ?

— Jamais.

— Alors regardez.

Appuyant l'extrémité tranchante contre le mur de glace, tout en utilisant le dos émoussé de l'autre, Eujo martela le long du haut. Torny, prenant le burin de Bliss pour copier le mouvement, commença à travailler sur le côté droit. Elle n'avait pas beaucoup buriné, mais travailler avec de petits outils lui venait assez naturellement en tant que bandit, et ensemble, le duo et ces bords en diamant fendirent la moitié du mur. Une forte poussée d'épaule — Wax et Bliss aidèrent — fissura la barrière, l'envoyant s'effondrer devant eux.

Au-delà, le sol de la grotte disparaissait, plongeant dans un gouffre couvert de veines dorées pas plus épaisses qu'une corde. Les lignes droites semblables à une toile d'araignée s'entrecroisaient dans la chambre, formant un étrange labyrinthe où un faux pas vous enverrait tomber qui sait où. Comme pour souligner ce point, Wax donna un coup de pied à un fragment de glace par-dessus le bord, le groupe regardant, écoutant beaucoup trop longtemps avant que son craquement fatal ne remonte à leurs oreilles.

— Eh bien, c'est charmant, dit Torny. Des volontaires ?

La destination, au moins, n'était pas difficile à comprendre : traverser le gouffre, dont le bord opposé était visible à la limite de la lumière des torches, laissait entendre que la grotte continuait.

— J'y vais, dit Wax en souriant. Enfin, un défi qui me plaît.

Le Vis n'attendit pas, ne passa pas non plus sa torche. D'un seul coup, il testa une corde de glace dorée. La trouvant solide, Wax s'avança au-dessus du vide, sa main libre trouvant d'autres cordes pour s'équilibrer tandis que le Vis marchait talon-pointe le long de la ligne, passant à d'autres avec une poise impeccable.

Yarvick aurait adoré avoir Wax dans son équipe.

— Ça continue définitivement par ici, cria Wax en atteignant l'autre côté sans difficulté. Allez, les Gardiens. On bouge.

Bliss suivit son frère à l'invitation, traversant, sans torche, plus vite que Wax ne l'avait fait. Torny rejoignit Eujo au bord du gouffre, regardant dans cette obscurité. Son estomac se noua. Les deux Vis, et Eujo avec les hauts sommets de Kance, avaient probablement vu assez de hauteurs pour éviter d'être secoués par la distance vers le bas, mais...

— Tu peux passer en dernier ? demanda Eujo. Ce... n'est pas mon fort.

Torny lança un regard sceptique à la Reine. — Je croyais que Kance était tout en agilité.

— Avec les deux mains libres. Pas sur de la glace avec des manteaux encombrants. La Reine tendit la torche vers Torny. S'il te plaît.

La bandit était sur le point de répliquer, de dire qu'elle n'était pas non plus très à l'aise avec cette traversée, mais l'inquiétude dans le visage habituellement d'acier d'Eujo fit taire sa réplique. Faisant plutôt ressortir une lueur plus douce, plus nouvelle : le travail d'un Gardien, comme Bliss et tout le monde ne cessaient de le souligner, était d'aider à amener le Renouveau aux skars.

Eujo avait besoin que Torny prenne la torche, et Torny était sa fichue Gardienne.

Elle avait peut-être volé le journal, mais, comme Wax le lui avait dit, Torny était toujours là. Elle avait une responsabilité.

— Je t'ai, dit Torny, prenant la torche chaude et son enveloppe imbibée d'huile. Un pas à la fois, d'accord ?

— D'accord.

La Reine suivit le chemin choisi par Wax et Bliss, posant un pied hésitant sur la corde de glace. Il glissa à son contact, Eujo retirant vivement le pied. Une profonde inspiration. Un déglutissement. La confiance sur le point de basculer. Eujo frotta ses poignets, l'un portant un bracelet particulier avec des pierres particulières.

Une chance que Torny ne manqua pas.

— Hé, dit Torny, tu t'en sortiras. Tu as ce skar de Kance, tu te souviens ? Il te sauvera si tu tombes.

Comme si la bandit avait retiré un poids des épaules d'Eujo, la Reine se redressa, sourit. — Tu sais quoi, je pense que tu as raison.

Cette fois, Eujo avança avec force et conviction. Son pied planté ne bougea pas, ses mains trouvèrent la même aide que Wax et Bliss avant elle. L'un après l'autre, de grandes enjambées emmenèrent Eujo à travers le gouffre et dans la main tendue de Wax. Une traction, et ils étaient là, un trio prêt à partir.

— Allez, Torny, appela Wax. Facile.

Si seulement. Torny n'avait pas de skars magiques prêts à lui sauver la vie. Cette pensée résonna avec les battements de son cœur, le crépitement proche de la torche alors qu'elle faisait le premier pas. La corde tint bon, tout comme celle que Torny agrippa de sa main gauche, s'avançant dans le vide. De vieux instincts prirent le dessus, guidant ses pas silencieux un par un, tout comme elle l'avait fait d'innombrables fois sur les minces rambardes des toits de Noctia. Son esprit était silencieux, ses muscles travaillaient en douceur, le gouffre roulant sous elle, un puits noir qui ne valait pas la peine d'être remarqué.

Bliss attendait, le bras et la main prêts à saisir alors que Torny approchait de la fin, un dernier enchevêtrement de cordes.

— Tu vois ? dit Torny en s'orientant vers le dernier ensemble, la torche joyeuse près de sa tête. Aussi bonne que vous, les grimpeurs de lianes.

Encore deux pas. Torny tendit le bras, saisit une corde dorée transversale, se baissa pour passer dessous et faire le prochain mouvement avec sa jambe droite. Elle sentit quelque chose goutter sur son épaule. Elle jeta un coup d'œil, vit la marque humide, vit une autre goutte la frapper.

Un regard vers le haut. La torche. Sa flamme rongeait une corde déjà amincie par le passage antérieur de Wax. Le cœur de Torny se glaça lorsque la flamme perça un trou, que la ligne se fissura, bascula et percuta celle sur laquelle se tenait le bandit, tel le pendule de la mort elle-même.

Sa corde se rompit, le pied de Torny glissa et, sans même un juron digne de ce nom, le bandit chuta.

# 44

## CHARMES DU BORD DE MER

Si vous tombiez sur un village de Vis, on vous viendrait en aide sans hésiter. L'île comptait si peu d'intrigues, si peu de manigances, qu'un étranger dans le besoin ne serait ni un pion, ni un suspect, ni une future victime.

Du moins au début.

Lorsque Sawi et Ami trébuchèrent, enveloppées dans l'aube sinistre du matin, dans l'amas de huttes en pierre grimpant le flanc nord du cratère, Sawi ne s'attendait pas au même accueil. Le temps passé sur Noctia l'avait amenée à croire que les premiers yeux qui les verraient seraient méfiants, que les mains tendues vers elles tiendraient des couteaux plutôt que du pain.

Ses attentes ne furent pas comblées.

Un pêcheur, chargé de son attirail, les vit en premier. Il venait d'ouvrir la porte en bois déformée de sa hutte, s'était avancé dans son épais manteau sur les sentiers lisses et parsemés de pierres qui marquaient les avenues de la ville, et s'était arrêté net à la vue du duo, toutes deux s'appuyant l'une sur l'autre en avançant péniblement. Il les observa un long moment, se demandant peut-être s'il voyait un fantôme, jusqu'à ce qu'Ami croasse d'une voix fatiguée et rauque pour demander de l'aide.

L'action qui s'ensuivit fut comme Sawi n'en avait jamais vu.

Le pêcheur porta deux doigts à ses lèvres et siffla, un son strident s'élevant au-dessus des vagues qui s'écrasaient en contrebas. Il posa sa canne et son sac, puis vint à leur rencontre, avec une connaissance des rochers aussi sûre que celle qu'aurait Sawi des lianes de la forêt, dévalant la pente pour les rejoindre. Il posa peu de questions, une acceptation tacite reprise par les autres villageois qui sortirent rapidement pour les aider. Un feu, alimenté moins par du bois que par des mousses, des arbustes et des huiles, fut allumé dans la structure centrale de la ville, toujours une hutte mais dont les murs de pierre empilée étaient deux fois plus hauts que les autres.

Sawi et Ami se retrouvèrent installées sur un banc de pierre trapue, une soupe chaude et légère leur fut mise entre les mains. Les gens s'affairaient autour d'elles, essayant de soigner des blessures pour finalement découvrir que le duo, malgré leur épuisement, semblait largement indemne. Sawi faillit expliquer pourquoi — la plaque faciale d'Ami portait maintenant les cicatrices de toute façon — mais garda le silence en voyant la Gardienne secouer la tête, acquiesçant plutôt lorsqu'Ami déclara qu'elles avaient fait naufrage et qu'elles étaient affamées et perdues.

Au début, le village sembla croire à ce mensonge. Le petit-déjeuner et la matinée s'écoulèrent paisiblement tandis que le village reprenait son cours normal. Enveloppée dans une couverture, le mince feu crépitant, Sawi s'autorisa presque à se détendre. À penser que peut-être elles avaient réussi, qu'elles avaient échappé à la hache de fer des Najahn.

— Pas une seconde, dit Ami, gardant sa voix basse, quand Sawi ferma les yeux. Ils sont gentils avec nous maintenant, mais ça changera quand les Najahn arriveront.

— Tu penses qu'ils viendront ?

— Je suis une ancienne Gardienne. Tu es l'élue de Vis de Gladdring. Le Cercle ne nous laissera pas partir si facilement, surtout s'ils savent que nous sommes toujours sur l'île.

Ami en était à son deuxième bol de soupe maintenant, l'attaquant comme elle l'avait fait avec le premier, des filets coulant sur son menton et gouttant sur le sol de pierre encroûté. Ces fines taches s'ajoutaient à la masse salée qui recouvrait presque tout, une peau de mer humide portée sur la pierre nue à l'intérieur. Comme dans une forge de Foti, tout ici semblait fait de roche, bien que dépourvu de l'habileté de cette île. Les bols et les tasses portaient des ébréchures, manipulés avec des côtés rugueux. Un chaume moisi couvrait ce qui ne pouvait être géré en écrasant des roches, comme un étroit espace dans le toit pour laisser échapper la fumée du feu. Une ville vivant de peu, mais Sawi trouvait peu de gens malheureux.

Une vie choisie, tout comme celles des villages extérieurs de Vis. Une lutte silencieuse, certes, mais dans ce silence, une dignité, une indépendance.

Elle sourit. Wax aurait perdu la tête dans un endroit comme celui-ci. Trop peu d'action, trop peu de drame.

Et elle ?

— Si nous avons de la chance, nous aurons aujourd'hui,

poursuivit Ami après sa dernière bouchée. Nous devrons prendre ce que nous pouvons ici et partir.

— Pour aller où ?

Les yeux d'Ami se plissèrent, se tournant vers la porte et sa vue sur la mer d'ardoise au-delà. — C'est la vraie question. Nous pouvons essayer de faire le tour de l'île, voir jusqu'où nous pouvons aller avant qu'ils ne nous rattrapent.

— C'est un plan.

— Un mauvais, je suis d'accord. Il y a une autre façon, mais je l'aime encore moins.

— Dis toujours.

— Faire notre chemin jusqu'au sommet du mur du cratère et redescendre de l'autre côté. Éviter d'être détectées aussi longtemps que possible. Atteindre l'Aegis et implorer sa protection.

Ami retourna à sa soupe, pêchant une autre cuillerée. Sawi avait renoncé aux ustensiles, buvant directement au bol comme tout le monde sur Vis. Ces mains libres trouvaient maintenant plus de chaleur sous les plis de la couverture, où personne ne pouvait voir ses doigts pétrir.

— L'Aegis ne sait pas qui je suis, dit Sawi. Ça ne marchera pas...

— Je sais que ça ne marchera pas. Ils nous tueraient. L'Aegis n'a plus de pouvoir. Aucun qui compte vraiment en tout cas.

— Alors quoi, on a fait tout ça juste pour gagner un jour de plus dans nos vies ?

— Ça n'en vaudrait pas la peine ?

Sawi haussa les épaules. — J'espérais plus, je suppose.

Sa propre mort restait un concept que Sawi refusait d'envisager. Elle s'en était trop approchée dans cette tour

Najahn, et maintenant qu'elle avait trouvé un brin d'espoir, retourner à ce miasme terrifiant était un voyage qu'elle ne ferait plus jamais. Mieux valait trouver son destin final en croyant qu'elle resterait en vie. Mieux valait ça.

— Il y a une autre option, dit Ami. Une aussi susceptible de nous tuer que n'importe quoi d'autre, bien que peut-être pas par une lame Najahn.

— Tu continues à faire allusion à ces choses, Ami. Crache le morceau.

— C'est parce que je n'aime pas cette idée, et que j'essaie d'en trouver une autre, répondit Ami en mettant la soupe de côté, restant recroquevillée près du feu. Les mousses et les provisions dont ces villes dépendent ne viennent pas uniquement de l'océan. Je le sais, car j'ai vécu sur cette île trop longtemps. Je l'ai parcourue suffisamment de fois.

— Encore une fois, tu tournes autour du pot.

Ami lança un regard noir à Sawi. — Tout le monde est-il si grossier sur Vis ?

— Nous avons des choses à faire.

— Il y a des grottes, alors. Une juste en haut de la pente, pas loin d'ici. Elles auront des barricades pour ralentir les démons, mais nous pourrons les franchir. S'échapper dans les tunnels.

Sawi rit. Un rire sombre. — Tu dois avoir les pires idées de toutes les personnes que j'ai jamais connues, Ami. Chacune d'entre elles va nous faire tuer.

— Pas forcément, répliqua Ami en secouant la tête. Plus j'y pense, plus les grottes me semblent être la meilleure option. Nous savons qu'elles s'étendent sous les îles, les tunnels les relient toutes. C'est comme ça que les démons se déplacent. Nous pourrions atteindre Tamas, Kance, ou même Vis. Après quelques heures là-bas, les Najahn ne nous retrouveraient jamais.

Les Ténèbres d'en Bas. Un murmure réservé aux puissances supérieures chaque fois que Sawi en entendait parler chez elle. Les démons y vivaient, des choses étranges jamais vues ni entendues. Le domaine des Najahn, de l'Aegis et des téméraires. La seule fois où Sawi s'était approchée de cette obscurité totale, c'était dans cette piscine, ce dernier moment d'innocence avec Wax avant le monstre, avant Svarde, avant tout ça.

Pourrait-elle y faire face à nouveau ?

— Il n'y a pas de bateaux ? demanda Sawi. Et si on traversait la glace de l'océan ? J'ai entendu dire-

— Tu as entendu parler de jeux et de défis lancés par des gens qui meurent en essayant. De plus, nous sommes encore au début de l'hiver. S'il se forme assez de glace entre Noctia et Tamas pour tenter le coup, il faudrait attendre encore un mois. Ça n'arrivera pas. Ami se leva, épousseta ses vêtements en lambeaux et sa couverture. Elle fit un signe à l'unique habitante de la ville, une femme âgée, qui montait la garde. — Plus j'y réfléchis, Sawi, il n'y a pas d'autre option. Je me dirige vers les grottes. Je te suggère de venir avec moi.

— Nous n'avons rien, Ami. Rien. Comment allons-nous-

Ami fouilla dans sa visière et en sortit le rubis Foti rouge clair. — Avec ça.

Une heure de démonstration du skar attira la moitié de la ville, émerveillée, et leur procura en échange de nouvelles sacoches, des vêtements secs (autant que possible ici) et des provisions. Ami choisit un harpon féroce et dentelé tandis que Sawi, sans grande confiance, prit un grand couteau destiné à découper d'énormes poissons. De l'eau fraîche provenant de tonneaux de pluie et de neige fondue remplit leurs nouvelles outres. De nouveaux manteaux et de nouvelles bottes, tous fabriqués avec des peaux d'animaux épaisses et chaudes, complétaient l'ensemble, une sélection lourde qui fit douter Sawi de leur capacité à marcher longtemps.

— Tu t'y habitueras, répliqua Ami, et comme Sawi ne voyait pas d'alternative, elle n'insista pas.

Tout ça pour un seul skar, la capacité d'allumer un feu, de chauffer une maison, de faire fondre une pierre avec un peu de concentration et d'efforts ciblés. Ami et Sawi démontrèrent toutes deux la capacité de la pierre, la concentrant du mieux qu'elles pouvaient sur de petites actions pour les habitants, comme chauffer de la soupe ou faire fondre une plaque de glace sur un chemin. Dans ses murmures, le skar Foti semblait moins enthousiaste à propos de ces usages banals, mais une pierre reste une pierre, elle servirait.

— Ne t'emballe pas avec ça, dit Ami comme dernier avertissement après une pause déjeuner. Tu pourrais blesser quelqu'un, te blesser toi-même ou détruire une maison. Travaille avec lentement, laisse-la t'enseigner, et ne fais pas l'idiote.

— Très utile, Ami, marmonna Sawi en ajustant une fois de plus sa sacoche.

Comment les gens pouvaient-ils faire de longs voyages avec des charges si lourdes... Sur Vis, on pouvait fourrager suffisamment pour ne pas avoir besoin d'autant de provisions. On ne pourrait jamais se balancer sur les lianes avec un sac pareil.

— Ils font l'échange, répondit Ami, hochant la tête alors qu'un habitant, les yeux fermés et tenant le skar dans son poing serré comme si la pierre était un appareil mortel, faisait scintiller l'air d'une chaleur soudaine. Les spectateurs acclamèrent, sifflèrent et tapèrent dans le dos de l'homme. — J'essaie juste de les garder en vie.

Sawi ne saurait jamais si l'éducation rapide d'Ami suffirait. Elles commencèrent à gravir la falaise rocheuse dans l'après-midi, laissant derrière elles la ville bourdonnante et les embruns salés de la mer. Leurs nouveaux vêtements tenaient le froid à distance, Sawi commençant même à transpirer avec l'effort de l'ascension. Ami menait la marche, utilisant le bout de son harpon comme une canne de marche en métal bosselé. Le silence s'installa, ponctué seulement par les cris des oiseaux marins et les bruits épars en direction de la ville.

Pourtant, loin du calme de la nuit précédente, quand la mort semblait si proche, Sawi retrouva cet espoir. Un skar, un échange, et elles étaient passées de ruinées à avoir une chance. Quant aux grottes, à l'appréhension que cette idée faisait naître dans ses nerfs, Sawi y ferait face lorsqu'elles entreraient dans ces horribles tunnels.

Elle affronterait sa peur, et-

— Arrête-toi, dit Ami, juste avant que Sawi ne lui rentre dedans. Quelque chose cloche.

— Tout cloche, Ami.

— Non. La Gardienne regarda à gauche, à droite. Hésita. La grotte est juste devant, mais quelque chose ne va pas.

— Un sens mystique de Gardienne te dit ça ?

— Tu n'as jamais eu l'impression d'être observée ?

Sawi commença à répondre, à dire que quelque chose vous observait toujours dans la jungle, mais Ami tendit brusquement un bras en arrière et plaqua la Vis au sol dur. Avec le sac, Sawi heurta violemment le sol, un juron montant et mourant dans sa gorge alors qu'un dard noir sifflait au-dessus de leurs têtes.

— Qu'est-ce que c'était ? demanda Sawi tandis qu'Ami se débarrassait de son sac d'un mouvement fluide, la Gardienne balançant les sacoches devant elle comme une sorte de mur improvisé.

— Le premier coup de la mort, répondit Ami. Sors ton couteau, Vis. On nous a trouvées.

# 45
## UN COMBAT DANS LES FLAMMES

Svarde et le Roi Mort lancèrent leur charge impossible. Flanqués de cadavres fragiles, le duo fonça comme la pointe d'une lance vers le tunnel et les flammes crépitantes. Pour Svarde, le raisonnement était simple : Kivi était là-bas, et mourir aux côtés de sa ferrite valait mieux qu'un lent dépérissement sans elle. Les motivations du Roi Mort restaient un mystère, mais peut-être était-il las de son séjour dans l'obscurité éternelle.

Quoi qu'il en soit, le seigneur massif et son épée tout aussi imposante furent les premiers à entrer en contact avec les démons, une large entaille transversale tranchant un fléau tournoyant et traçant une ligne sur le torse du démon derrière. Svarde, la chaleur brûlante de tous côtés, se rua sur une troisième construction, dont les roues et les engrenages métalliques faisaient pivoter la tourelle dans leur direction. Il bondit, plantant ses haches, récupérées de leur première victime, comme des griffes dans le blindage noir brûlé à l'avant de l'engin. Le cuir du barbare grésilla au contact, une sensation désagréable que Svarde ignora dans son escalade tête sur queue à l'avant de la chose roulante.

La tourelle se dressait devant lui, presque aussi haute que Svarde et prête à le balayer avec son canon fumant. Svarde esquiva le canon rotatif, le frappa une fois avec une hache et constata l'inefficacité de ses armes. Le rebond, les étincelles, provoquèrent une grimace, une seconde d'aperçu du monde autour de lui tandis que Svarde cherchait sa prochaine action.

Le combat impliquait sept démons autour des deux carcasses de machines détruites lors de l'assaut initial. Ces démons faisaient tournoyer leurs fléaux, frappaient de leurs poings à quatre bras ou donnaient des coups de pied aux cadavres plus petits et fragiles. Pourtant, ces mêmes corps, quand ils le pouvaient, se relevaient, trouvaient des lances brisées, des pierres ou des maillons de chaîne cassés et repartaient à l'assaut pour piquer, poignarder ou simplement se jeter sur les démons. Distrayants, parfois mortels, les zombies du Roi Mort épargnaient la vie du duo.

Du moins pour le moment. Alors même que Svarde s'attaquait à la liaison de la tourelle, là où le canon se connectait au sommet rond et volumineux, la caverne s'illumina d'une nouvelle flamme. La source de cette lueur, aperçue par hasard par Svarde alors qu'il chargeait la tourelle, semblait identique aux autres démons, mais plus grande et vêtue de ce qui ressemblait à des rubis fluides, une parure cramoisie qui fondait et se reformait. Le monstre occupait toute la largeur du tunnel, portait deux fléaux plus courts dans ses deux bras les plus grands et, avec l'éblouissant spectacle qui traversait sa couronne d'obsidienne, semblait diriger l'assaut.

— Voilà notre objectif, marmonna Svarde, se baissant à nouveau sous la buse alors que la construction la ramenait en arrière. Une défense désespérée, plus efficace contre, disons, ces démons plus grands que contre le petit humain. Non que Svarde s'en plaignait.

Le sommet de la tourelle offrait une porte blindée, presque bloquée par de la cendre durcie. Svarde ne voyait aucun moyen d'ouvrir la chose, pensant que son propre assaut était perdu, jusqu'à ce qu'une forme de pierre agile, reniflant en grimpant à l'arrière de la construction, fasse naître un sourire.

— Kivi ! cria Svarde à personne, à tout le monde, une source familière du genre qui jaillissait chaque fois que lui, Ami ou Catya défiaient les probabilités, s'élevant dans son cœur échaudé. Il te reste de l'appétit ?

La ferrite, dont les griffes faisaient un meilleur travail que les haches de Svarde, rejoignit le barbare au sommet de la construction. La machine, décidant que la paire ne pouvait être frappée par son canon, recentra ses efforts sur le Roi Mort, qui était occupé à donner le coup de grâce à un autre démon. La buse commença à briller de son orange préliminaire, mais Kivi se précipita autour de Svarde vers l'articulation du canon avec le corps de la machine. La ferrite ouvrit sa mâchoire de pierre, mordit et arracha le métal.

Et attira l'attention indésirable.

Un démon, à peine entré dans la grande caverne et se débarrassant des cadavres accrochés, se retourna, faisant tournoyer son fléau dans un large mouvement vers la ferrite. Svarde, hurlant un juron foti, bondit pour intercepter le coup, balançant ses deux haches pour attraper la chaîne avec son corps et sa lame. Le poids du barbare, la force de son coup, dévia l'attaque en un rebond glissant sur la plaque frontale de la machine, la tête métallique du fléau se coinçant contre la tourelle, piégeant Svarde contre la construction.

Des côtes avaient peut-être été brisées, des contusions et des brûlures transparaissaient à travers son cuir fondant, mais Svarde était au-delà de la douleur.

La machine trembla, l'air que Svarde pouvait voir ondulait. Kivi prit une autre énorme bouchée, les éclats de métal s'effritant autour d'eux.

Un crâne d'obsidienne, embrasé d'étoiles scintillantes, apparut dans le champ de vision de Svarde. Le monstre tira sur son fléau, arrachant un halètement au barbare piégé alors que le métal s'enfonçait dans sa taille. Svarde essaya de travailler ses haches sur les maillons, les trouvant peu utiles avec ses bras coincés. Il se contenta à la place d'une autre malédiction rauque, d'un regard suintant vers un démon qui, sans doute, ne s'en souciait pas, ne comprenait pas.

Kivi mordit à nouveau.

La construction tira.

Orange, rouge, noir explosèrent en un jet arqué, sans direction, sans intention. Cela éclaboussa devant Svarde, frappa le démon qui s'approchait en plein visage d'obsidienne et l'envoya basculer en arrière dans une lourde chute. Des fragments incandescents lacérèrent le plafond du tunnel, brûlant à travers les roches suspendues pour les faire s'écrouler vers le sol. Certains atteignirent le Roi Mort et sa cible actuelle, les plongeant tous deux dans une impasse alors qu'ils évaluaient leurs nouvelles blessures.

Et Svarde, observant tout cela, se retrouva épargné alors que le canon gisait à sa gauche, les ruisselets de son tir raté passant loin au-dessus de sa tête ou dégoulinant directement vers le bas en un ruisseau ruiné.

Le barbare éclata de rire. Un rire rauque. Un succès, une petite victoire dans ce qui semblait être une guerre perdue, mais qu'il revendiquerait néanmoins. Son rire devint sincère lorsque Kivi, ce lézard invincible, roula près de lui, fumante et couverte de l'orange lumineux, ses yeux saphir toujours aussi brillants.

Elle mordit la chaîne une fois, deux fois, trois fois. Brisa les maillons. Svarde les repoussa, essaya de se lever, mais en fut incapable. Des brûlures zébraient sa taille, et tout ce qui se trouvait en dessous était engourdi, dans une douleur si intense que son esprit la bloquait. Il semblait bloquer plus que cela d'ailleurs, car Svarde se trouva incapable de ramasser ses haches tombées, ses mains n'arrivant plus à bouger suffisamment pour former une prise.

Une condamnation à mort aussi sûre que n'importe quoi d'autre.

— Cours, Kivi, haleta Svarde, mais il vit la ferrite, trébuchant maintenant alors que le jet du canon faisait fondre davantage sa carapace de pierre, cogner sa tête contre le côté de Svarde.

Il roula contre son gré, poussé par la ferrite le long de la plaque frontale de la machine. La grotte tonna, crépita à nouveau alors que le monstrueux démon et son vêtement rubis reprenaient le combat contre le Roi Mort. Une bataille que le vieux Gardien devrait mener seul.

— Je ne vais pas... commença Svarde alors que la ferrite le poussait à nouveau, sa voix s'interrompant lorsqu'une forme plus petite et plus récente apparut dans son champ de vision.

— Arrête de parler, lança sèchement Maena. Pour une fois, tu as une bonne excuse pour rester silencieux. La capitaine Rana, toujours aussi bien équilibrée sur le front incliné de la construction morte, abaissa son épaule pour que Svarde puisse s'y appuyer. Ma pire moitié ne me laisserait pas partir sans sauver ton imbécile de personne, alors ne la décevons pas.

Pire moitié ?

Svarde avait des questions, mais ne put formuler les réponses alors que leur trio dépenaillé descendait de l'avant de la construction et se dirigeait vers le côté le plus éloigné de la caverne, s'enfonçant plus profondément dans la grande salle et s'éloignant de la guerre perdue.

Les vestiges du Roi Mort étaient maintenant vraiment cela, menant une cause perdue avec leur douzaine délabrée contre la moitié de ces démons, avec plus de ces salauds brûlants remontant le tunnel derrière leur chef apparent. Le Roi Mort semblait encore debout, menant une défense désespérée contre les deux fléaux du plus grand démon, ces coups fluides frappant la grande lame comme le tambour d'un diable. Le métal grinçant, les étincelles et la fournaise sans fin brûlant l'air grésillaient dans les oreilles cuites de Svarde.

— Voici le plan, Foti, dit Maena, continuant à les maintenir contre le mur extérieur de la caverne. On retourne à cette ville, on se cache derrière cette porte, et on prie pour que Jochi arrive à temps pour sauver nos peaux. Elle le regarda, Svarde croisant son regard avec son visage encroûté, et elle jura. Tu as une sale gueule, Svarde.

Il essaya de sourire, mais trouva ses lèvres trop croustillantes pour bouger au-delà d'un frisson. Kivi renifla, faible et désespérée.

— Ne me dis pas qu'on ne va pas y arriver, dit Maena, commençant la traversée désespérée du centre de la caverne, par-dessus des corps brûlés et brisés depuis des décennies innombrables. Je ne suis pas revenue juste pour mourir ici.

Le Roi Mort ne l'entendit pas, mais ils l'entendirent, lui. Un cri déchirant, à la fois surpris et, pensa Svarde, soulagé. Leurs yeux se tournèrent vers lui alors que le grand démon brisait la garde du Roi Perdu, se glissant à travers avec un coup de fléau pour écarter le bras armé du vieux Gardien. Un second coup sauvage fracassa l'épais casque du Roi Mort avec assez de force pour projeter le soldat dans la caverne. Le casque se brisa lorsque le Roi Mort heurta le sol rocheux, sa main volant derrière lui, la grande lame sifflant dans l'air pour glisser le long des pierres.

— Eh bien, si ce n'est pas la pire des malchances, marmonna Maena, continuant à tirer.

Alors que le Roi Mort gisait là, la caverne sembla frémir, une sensation que Svarde ne comprit pas jusqu'à ce qu'il remarque les corps, ceux qui étaient encore debout, ceux qui rampaient sur le sol, et ceux qui essayaient et ne pouvaient pas, s'effondrant dans cette immobilité finale. Ne laissant que les démons à l'entrée du tunnel, leurs figures brutales et brûlantes, observant, comme s'ils soupçonnaient un piège.

— Allez, jura à nouveau Maena, tu ne peux vraiment pas m'aider du tout ?

Pas à pas, avec Kivi soulevant les pieds de Svarde d'une douce morsure, ils traversèrent la caverne. Svarde lui-même sentit son souffle se raccourcir, sa vue se troubler, la douleur s'estomper vers une fin glacée. Il voulait dire à Maena de le laisser tomber, de le laisser partir, mais il ne pouvait rien dire du tout, ne pouvait que regarder en silence flou alors qu'ils passaient devant le corps du Roi Mort.

Le casque brisé révélait un visage si pâle avec le temps, une peau livide et au-delà de la mort, se ratatinant déjà avec le barrage de la décomposition brisé. Les yeux de l'homme fermés, ridés, rétrécis. Une longue paix interdite ?

Non. Un mauvais repos, que Svarde pensait être mieux apporté par la finalité du feu plutôt que d'attendre ici dans cette caverne brisée. Cela, au moins, ces démons pourraient le délivrer.

— Ah, merde, dit Maena, attirant le regard faiblissant de Svarde vers le haut. Les démons s'enflammèrent, leur chef éclatant en nouvelles étincelles sur son crâne d'obsidienne. Des pieds brûlants s'avancèrent, s'éventant dans la caverne, le chef vêtu de rubis se dirigeant droit vers leur trio. Désolée, Svarde. J'ai essayé, mais je ne pense pas qu'on va y arriver.

La capitaine Rana tira Svarde pour un dernier effort, puis laissa tomber l'homme sur le sol rocheux. Maena fit un pas devant lui, tirant un cimeterre rouillé et le tenant à deux mains. Une arme faible pour un ennemi massif, mais Maena lança quand même un défi Rana dans un grognement. Brave, folle, et probablement aussi morte qu'il l'était.

Mais, peut-être, pas stupide. Alors que le démon massif approchait, Svarde aperçut un éclat sombre dans son reflet enflammé, près de sa propre tête. Une ligne dentelée usée par le temps, par le conflit, mais maintenue ensemble par un pouvoir au-delà de toute simple forge. Une possibilité, un espoir, et Svarde y mit tout son effort douloureux, un hochement de tête, un coup de coude, le plus léger mouvement de doigt.

Un indice que l'étonnante ferrite, elle-même meurtrie et presque brisée, vit. Avec ses mâchoires de pierre, alors que Maena esquivait le premier coup de fléau, Kivi apporta la lame du Roi Mort à la main de Svarde.

# 46

## LES BARRIÈRES MURMURANTES

Les cordes d'or gelées se brisèrent, Torny chancela et Eujo sauta. La Reine Kance n'hésita pas, ne remit pas en question sa décision, même lorsque Wax fit la chose totalement inutile de crier le nom de Torny. La Reine disparut par-dessus le bord. Bliss et son frère se précipitèrent vers cette même falaise glacée, la torche solitaire faisant de son mieux pour montrer où leurs amis étaient partis, mais ils ne virent rien d'autre que des ombres.

— Vivantes ! cria une voix, celle de Torny, juste avant que l'angoisse et le doute ne s'installent. Pas aussi bas que la pierre lancée non plus. Vivantes, d'une manière ou d'une autre.

— Comment ? appela Wax, la confusion et l'euphorie se mêlant dans sa voix. Bliss se coucha sur le ventre, la tête penchée dans le gouffre, comme si en se penchant un peu plus elle pouvait les apercevoir. Que...

— Le skar Kance, cette fois c'était Eujo, aussi confiante que jamais. Wax sourit en entendant sa voix. Deux en bas, deux en haut. Nous sommes sur une corniche, mais il y a une autre ouverture ici. Nous vous retrouverons.

— Vous n'avez pas de lumière ? demanda Wax, se sentant un peu étrange de crier dans le vide.

— Tu parles à deux gamines des rues, Wax, répondit Torny. Nous avons l'habitude de nous faufiler dans l'obscurité. Continuez votre chemin.

Torny avait maintenant cette teinte d'invincibilité, ce délice rieur qui vient après avoir échappé à la mort. Wax l'avait aussi, tout comme Bliss avec son large sourire quand sa sœur se releva. Encore une erreur fatale bien rattrapée par les skars. À un moment donné, Wax se retrouverait assis sur le siège de l'Aegis simplement parce qu'il devait tant aux dieux.

Mais d'abord, il devrait aller jusque-là.

— On y va, sœurette ? dit Wax en se tournant vers le tunnel qui s'étendait devant eux. Comme au bon vieux temps ?

« Pas si vieux que ça. »

C'était vrai, et ces souvenirs pas si lointains guidèrent leurs pas dans le tunnel de roche froide, la Faille Dorée perdant son revêtement de glace à mesure qu'ils s'enfonçaient dans la montagne. Leur torche captait les scintillements en abondance, faisant cligner des yeux Wax tant les étincelles ambrées et jaunes étaient éblouissantes. Une vue mystique et magique, marchant sur un trésor qui aurait rendu toute Noctia jalouse.

— Les Najahn contrôlent cet endroit, n'est-ce pas ? demanda Wax alors qu'ils marchaient, le tunnel restant juste assez large pour qu'ils avancent en file indienne, Wax devant se baisser ici et là pour éviter les plafonds bas. Pourquoi ne creusent-ils pas tout ça ?

Bliss tapota son épaule. « Parce qu'ils ne veulent pas offenser les dieux ? »

Un Wax plus jeune et plus naïf aurait peut-être été d'accord avec cela, mais après avoir passé ces nuits parmi les capitaines d'affaires de Noctia, ses marchands maraudeurs, il savait que ce n'était pas le cas. Les Najahn, les puissants et les riches ne se souciaient pas des dieux, du moins pas de manière sacrée. Non, si les Najahn ne creusaient pas ici avec les Whent, il devait y avoir une autre raison.

Aucune réponse ne se présenta d'elle-même au moment où le tunnel s'élargit, se terminant dans une chambre en colimaçon dont la large base menait à une montée en forme de cheminée à l'arrière, l'ascension disparaissant derrière un toit doré. Mais il n'y avait pas que de l'or ici : comme si Whent, le dieu mort, avait décidé qu'un seul métal précieux ne suffisait pas, des fils de pierres précieuses s'enroulaient et tourbillonnaient dans toute la pièce, formant des spirales de rubis éblouissantes et des cercles de saphir. L'or et les pierres précieuses s'élevaient aussi ici et là en d'étranges monticules, des bosses difformes de toutes tailles, bien qu'aucune ne soit beaucoup plus haute que Wax. Comme si la pièce avait autrefois bouillonné, pour être ensuite figée dans le temps. En regardant, Wax avança, manquant de marcher sur une étoile d'émeraude juste à l'entrée, jusqu'à ce que Bliss le retienne.

« Attention », signa Bliss. « Toutes ces chambres de skar ont des pièges. »

Bon point. Wax s'agenouilla, tenant la torche devant lui. Que ce soit la chambre du skar ne faisait aucun doute : les skars eux-mêmes reposaient sur un monticule central, s'élevant comme une excroissance naturelle et parsemés de petites pierres. La lumière de la torche semblait guidée vers lui, se reflétant sur les gemmes, les murs scintillants, pour baigner le centre dans un halo orange-doré. Magnifique, si on préférait les trésors aux choses plus naturelles.

La différence entre le tunnel aux pieds de Wax et la

chambre du skar s'avérait minimale : la pierre imprégnée d'or continuait, maintenant libre de glace. Les formes de pierres précieuses éparpillées partout à l'intérieur semblaient être la seule différence, et peut-être le marqueur d'un piège. Les éviter, ou ne viser qu'elles ?

« Laisse-moi passer en premier », signa Bliss.

— Pourquoi ?

« Parce que je suis plus rapide que toi. »

— Hé...

Elle se faufila devant Wax avant que son frère puisse énumérer tous les exemples, certes peu nombreux, où il avait surpassé sa sœur dans une course à travers la jungle. Bliss se dirigea vers le sol doré, marchant sur la roche, évitant les motifs de pierres précieuses, et traversa jusqu'au monticule central sans qu'aucun démon, mur s'effondrant ou autre horreur n'arrive pour séparer sa tête de son corps, ou lui infliger une autre fin atroce.

« On dirait que ça va marcher », signa Bliss.

— Facile, alors.

Wax fit un pas, la suivant. Son pied toucha le sol doré et un frisson traversa son esprit, les trois skars sur son collier se réveillant d'un coup et se mettant à chuchoter rapidement de manière inintelligible. Wax hésita, essayant de démêler les impulsions, ce que ces stupides pierres disaient, pour voir Bliss agiter frénétiquement ses doigts devant elle.

« Ton pied ! »

La pierre dorée ne se contentait pas de rester là. La roche scintillante ne semblait plus solide. Au contraire, elle grimpait le long de son pied comme une mousse rampante sur Vis. Wax essaya de soulever sa botte, la trouva immobile. Pas même un frémissement. Son pied gauche, aussi, semblait coincé. À ce stade, Wax avait trouvé que l'instinct et la réaction étaient de meilleurs guides pour la survie que la réflexion, et il ne s'arrêta pas pour réfléchir à ce que signifierait la perte d'une botte dans une montagne gelée, dégageant plutôt son pied droit chaussé d'une chaussette d'un coup sec et trébuchant en avant.

Ce même instinct guida son pas, la torche dans la main de Wax donnant assez de lumière pour repérer cette spirale d'émeraude. Wax atterrit sur les pierres lisses, traîna son pied gauche pour le rejoindre, ses orteils frétillants et leurs bandages de tissu ressentant immédiatement le froid, mais restant par ailleurs intacts au milieu des gemmes vertes. Wax vacilla, observa, mais les émeraudes ne se soulevèrent pas pour le dévorer. Derrière, ses deux bottes disparurent dans la pierre dorée, englouties dans de petits monticules.

Les monticules.

Ces formes informes prirent un nouveau sens tandis que Wax balayait du regard la chambre. Non pas de simples caractéristiques sans intérêt, mais des choses piégées par le sol étrange. Comme Bliss l'avait dit, chaque chambre de skar avait un piège. Maintenant, ils devaient comprendre comment celui-ci fonctionnait.

— Pourquoi ne suis-je pas attaquée ? signa Bliss, debout près du monticule central avec les skars dorés. Quelle est la différence ?

— Il t'aime plus ?

— Qui ne m'aimerait pas ? Mais soyons sérieux, Wax.

— Ce n'est pas parce que je fais des blagues que je ne réfléchis pas.

Une ligne rubis s'étendait à la gauche de Wax, menant vers le centre de la pièce, tandis qu'une croix de pierre brune brillait à sa droite. De l'or s'étalait entre les deux, bien que Wax estimât qu'un bon saut pourrait lui permettre de passer par-dessus. Néanmoins, mieux valait confirmer qu'il avait besoin d'acrobaties. Qui sait, peut-être que la pièce détestait simplement les bottes ?

Le Renouveau s'agenouilla, déplaçant un seul orteil de son foyer émeraude sur la pierre dorée. La roche trembla, comme de l'eau immobile commençant à onduler, et Wax ramena rapidement son pied. D'accord, ce n'était définitivement pas les bottes.

— Je vais devoir sauter, dit Wax.

— Évidemment.

— Je ne te vois pas aider !

Bliss fronça les sourcils, puis traversa la chambre pour se rapprocher de Wax. — Je peux peut-être amplifier tes sauts ?

— De quel côté, à ton avis ?

Ils examinèrent les deux options, rubis contre topaze, et finirent par faire face à la ligne couleur Foti.

— Dis-moi pourquoi et je te dirai si je suis d'accord, demanda Wax à sa sœur.

— L'émeraude ne te mange pas, et tu as un skar Vis. Peut-être que le rubis ne le fera pas non plus, parce que tu as aussi un Foti ?

— Mais tu n'as aucun skar, et tu n'es pas attaquée ?

Un autre haussement d'épaules. Néanmoins, l'idée de Bliss correspondait à celle de Wax, et toute chance valait mieux que rien. Avec un hochement de tête et un regard évaluateur, Wax sauta. Bliss suivit, tendant la main pour stabiliser Wax sur l'étroit atterrissage. Ses yeux se portèrent sur ses orteils, les trouvèrent intacts, et le sourire facile et arrogant revint.

— Un autre dieu conquis, dit Wax, les skars dans son esprit semblant tout aussi satisfaits. Regarde-nous, Bliss. Des Renouvaux professionnels.

— Bien sûr, Wax. Professionnels.

Le chemin en forme de pierres précieuses vers le centre nécessitait quelques choix hasardeux, les faisant tourner autour de la pièce et de plus d'un monticule, auxquels Wax refusait de penser. Lorsqu'il atterrit sur une éclaboussure de saphir près des skars centraux, Wax n'hésita pas, tendant la main pour arracher l'une des pierres dorées. Le skar quitta son foyer sans protestation, un nouveau murmure bas se joignant à ceux qui bouillonnaient dans son esprit. Wax le glissa dans le collier et hocha la tête à la question de Bliss.

— C'est le skar. Maintenant, il faut juste trouver Torny et Eujo.

— Il n'y avait pas d'autre tunnel.

— Alors elles sont peut-être revenues au gouffre, dit Wax. On va par là ?

Avant que Bliss ne puisse dire oui ou non, Wax retira son pied des saphirs, directement sur l'or. Le murmure du skar Whent s'accéléra, et aucun monticule ne se forma. Marche sûre et facile. Il adressa un sourire éclatant à sa sœur.

— Professionnels, répéta-t-il.

— De quoi tu jacasses ? demanda Torny, entrant dans la pièce à grands pas avec Eujo sur ses talons par le même tunnel que Wax et Bliss avaient emprunté. Vous les avez trouvés ? Bien. Parce que je suis fatiguée après-

— Arrête ! cria Wax alors qu'Eujo posait le pied sur le sol doré. Torny, restée seule, avait l'air simplement confuse. Eujo continua d'avancer, ses pieds dépassant à peine les bottes entassées de Wax avant de se figer. — Sors de tes bottes, Eujo !

— Quoi ? répondit la Reine, tirant sur sa jambe, puis baissant les yeux. La pierre dorée grimpa, s'engouffrant dans sa petite botte alors qu'elle se penchait pour défaire les lacets. Torny fit volte-face, bouche bée, tandis que Bliss et Wax traversaient la chambre. — Je ne peux pas-

Eujo s'interrompit dans un juron, la roche dorée coulant sur ses doigts alors qu'ils essayaient de libérer les lacets. Elle tenta de retirer sa main, la trouva solidement fixée tandis que d'autres jurons jaillissaient de sa bouche. Torny, armée de son ciseau, essaya de donner un coup à la roche, n'en détachant qu'un minuscule morceau. Lorsque Wax atteignit Eujo, la roche dorée avait consumé sa main, grimpant vers son poignet, tandis que sa jambe gauche avait un monticule couvrant sa cheville, grandissant rapidement.

— Prenez vos ciseaux, aboya Torny, frappant à nouveau la roche. Peut-être qu'on peut-

— Ce n'est pas suffisant, signa Bliss, bien qu'elle fît ce que la bandit demandait, donnant son propre coup inutile.

Wax, cependant, croisa le regard d'Eujo alors qu'elle tirait, les yeux écarquillés, le visage rouge d'effort. Une peur profonde s'empara d'elle, la même que Wax avait vue chez Sawi lorsqu'ils s'étaient enfuis du démon. La certitude que la mort n'était pas loin. Il y a quelques mois, Wax aurait peut-être cru à ce regard, aurait peut-être cédé à la peur, qu'ils étaient bien au-delà de leurs capacités, de leur place dans les îles.

Avec les skars tonnant dans son esprit, Wax n'entretenait aucune pensée de ce genre. Au lieu de cela, il écouta les murmures et libéra leurs désirs.

# 47
## LE CHASSEUR

Deshiva, chasseuse en chef de Kitaye et commandante, si l'on peut dire, des porteurs d'armes de la cité, se tenait au centre du cercle. Un bosquet taillé dans la nature sauvage, entouré d'ossements d'animaux, dont des hanokos, trophées des chasses réussies de l'année par les recrues qui l'entouraient à présent. La vingtaine d'âmes accédant cette année aux rangs des chasseurs de la cité arboraient leurs nouveaux tatouages qui brillaient dans les rares rayons de soleil perçant jusqu'au sol de la jungle, tous portant des colliers de dents issus de leurs propres prises, un silence gagné par leur propre honneur.

Les mots coulaient des lèvres de Deshiva en une cadence régulière que Quik entendait à peine, dont il ne se souvenait pas. Ses oreilles lui semblaient cotonneuses, ses yeux rougis par une nuit passée à fixer le ciel dans son hamac, submergé et émerveillé par lui-même. Par les semaines passées à traquer des créatures aux côtés d'un chasseur ou d'un autre, par sa première victoire en solitaire sur un hanoko trois jours plus tôt. Il avait pisté le félin jusqu'à sa tanière sans se faire repérer, lui avait prélevé une moustache pendant son sommeil et était revenu avec ce trophée, meilleure preuve de compétence qu'une mise à mort inutile.

Ces chasses, celles nécessaires à la subsistance ou à la protection, viendraient plus tard, bien que Quik en rêvât déjà.

Deshiva saisit sa lance, ornée de multiples plumes, et commença l'onction, invitant chaque chasseur qu'elle touchait de sa pointe luisante à déclarer son nom, sa famille et son arme. Beaucoup choisirent des lances tandis que Deshiva parcourait le cercle, peu optèrent pour des épées, et seuls quelques-uns se décidèrent pour l'arc et les flèches, considérés comme lâches, tout au plus un outil en cas d'échec des véritables compétences d'un chasseur.

Le hanoko qu'il avait pisté était une créature gracieuse, violette, grise et parsemée des cicatrices d'une longue vie parmi les lianes. Quik l'avait observé prendre son déjeuner, son dîner parmi les bestioles errant sur le sol de la forêt, ses griffes s'adaptant chaque fois au besoin, que ce soit pour une escalade rapide ou une poursuite dans des passages étroits.

Une utilité mortelle.

Son choix valut à Quik un regard évaluateur, éveilla la curiosité de Deshiva, sinon tout à fait son respect. Cela ne pouvait être gagné dans le cercle, cela ne pouvait être gagné qu'avec le temps, avec le succès, avec-

Un bec jaunâtre le picora, mordillant et tirant sur la joue de Quik. Il secoua la tête et l'oiseau poussa un cri, s'envolant dans la lumière de l'aube. Quelques clignements d'yeux chassèrent le rêve, les effets secondaires du dard Mottilan maintenant ses muscles léthargiques, son esprit plus encore. Repasser les raisons pour lesquelles il était

allongé sur la roche dure dans le froid ressemblait au lendemain d'une nuit avec trop de vin et trop peu d'eau.

Jusqu'à ce que Quik en vienne à la raison.

Le chasseur se recroquevilla. Il regarda autour de lui, vit
sa sacoche, ses gantelets empilés à une enjambée. Masayo,
donc, supposant que sa tâche serait accomplie bien avant
que Quik ne puisse la retrouver et frapper à nouveau. Peut-
être pensait-elle que tuer Sawi ferait changer d'avis à Quik.
Peut-être pensait-elle qu'il céderait.

Peut-être ne réalisait-elle pas à quel point un chasseur
Vis devait être patient et déterminé.

Quik laissa la sacoche derrière lui, enfila les gantelets et
se mit à courir d'un pas souple vers l'est. Une humidité
glaciale s'était formée pendant la nuit, recouvrant la falaise
déchiquetée d'une glace mortelle. Au début, le chasseur
trébucha, glissa, tomba, chaque erreur se muant en
maîtrise. Il repéra les sommets plus secs, où le soleil gris
avait créé des zones sèches. Il s'agrippa aux arbustes pour
garder l'équilibre, planta ses pieds à plat pour éviter de glisser. Les gantelets quittèrent sa taille pour ses poignets,
leurs griffes dures prêtes à jaillir pour le rattraper.

Il avança. Il poursuivit.

Bien qu'il n'y eût aucune piste.

La jungle laissait de nombreux signes. Les pierres dénu-
dées de Noctia en laissaient peu, hormis l'occasionnel
rocher retourné ou une trace de terre effacée. Au début,
Quik tenta de jouer au jeu du chasseur, de repérer le chemin
de Masayo, avant d'abandonner pour un objectif plus large :
Sawi et Ami se dirigeaient vers une ville. Masayo également.
Il ne manquerait pas cela.

Et bien que la journée fût déjà bien avancée lorsqu'il
aperçut la fumée, les bâtiments en contrebas, les villageois
se rassemblant sur la place du petit village, Quik ressentit

toujours cette même bouffée de satisfaction : une intuition correcte, la chasse continuait.

Il serait descendu au village, aurait essayé de parler aux villageois pour voir s'ils avaient aperçu ses cibles en fuite, mais Vis lui simplifia les choses : les jurons Foti d'Ami portaient clairement sur le vent hivernal et attirèrent Quik plus à l'est, contournant un éperon de pierre d'ardoise saillant.

La vue échangea le plaisir de la chasse contre la panique. Ami et Sawi étaient accroupis derrière leurs sacs tandis que Masayo les observait d'en haut. La chef de la Troisième Main ne parlait pas, n'émettait pas d'exigences, mais semblait plutôt travailler ses mains sous ces robes dévastatrices. Quant à savoir ce qu'elle faisait, la réponse vint rapidement, avec une étincelle vacillante sifflant des doigts de Masayo vers la sacoche, où la particule explosa en flammes, roussissant le cuir de la sacoche et s'attaquant aux coutures les plus fragiles.

Un coup dur, contré lorsqu'Ami pressa ses jambes contre la pierre, poussa la barricade de sacoches et chargea en avant sur la pente. La Gardienne utilisait son bras gauche pour soulever, son droit tenant à l'horizontale un étrange bâton de métal ressemblant à une courte lance. Sawi, abandonné, se faufila le long des rochers.

Se séparer et forcer Masayo à faire un choix. Malin.

Quik lui-même entama un lent mouvement de reptation, la poitrine presque collée aux rochers, se déplaçant au-dessus de Masayo. Une charge sauvage aurait pu fonctionner, mais l'instinct du chasseur lui disait qu'une attaque furtive avait plus de chances de réussir. Tout en rampant, les griffes de ses gantelets raclant les cailloux, Quik gardait ses paumes en alerte, cherchant une pierre à lancer.

La Tenante n'attendit pas qu'Ami arrive, se déplaçant plutôt vers la droite et lançant quelque chose sur Sawi. Une autre fléchette ? Quik ne pouvait le dire, bien que Sawi ait poussé un cri et soit tombé. Trébuchement ou non, ce n'était pas clair, et il ne pouvait rien y changer.

Le mouvement de Masayo donna à Ami le temps dont elle avait besoin pour atteindre la Tenante, et la Gardienne refusa d'envisager autre chose qu'un assaut frontal. Elle fonça sur Masayo par la gauche de la Tenante, de bas en haut avec une poussée au dernier moment pour projeter la sacoche brûlante dans les airs, frappant Masayo comme-

Non, la bouche de Quik s'ouvrit de stupeur alors que Masayo esquivait, contournant le sac lancé, semblant se plier autour de ses côtés comme l'eau ondule autour d'une pierre jetée. Masayo réapparut de l'autre côté, un petit couteau mystérieusement apparu dans sa main droite, et frappa Ami.

La Gardienne, cependant, n'était pas une simple Vis égarée, une recrue Najahn ou un noble malheureux marqué pour la mort. Ami avait son arme traversant son corps après le lancer, anticipant apparemment le mouvement de Masayo avec un instinct de bagarreuse que Quik ne pouvait qu'admirer. Masayo vit son coup dévié, le poing gauche d'Ami frappant le visage de la Tenante d'un coup sec.

Pour une fois, Masayo perdit l'équilibre, reculant d'un pas. Ami ramena son arme dans un revers, l'extrémité crochue hurlant vers le visage de Masayo, mais la Tenante tomba, plaquant son dos contre les rochers alors que le coup d'Ami passait au-dessus. Masayo donna un coup de pied gauche, frappant le genou d'Ami, envoyant la Gardienne à genoux en jurant, sa tête juste là où le pied de Masayo pouvait l'atteindre.

Ami roula avec le coup, dispersant des pierres partout.

Elle garda son arme, arrêta sa glissade, se releva juste à temps pour bloquer la suite de Masayo, un autre coup de poignard, avec son bras, repoussant la lame vers le haut et par-dessus son épaule. Cette victoire laissa Ami vulnérable à la défaite, un second coup de pied de Masayo au menton d'Ami, projetant la Gardienne en arrière, sur le dos. Masayo retourna le couteau en un instant, prête à en finir d'un coup fatal.

Sauf qu'elle avait pris trop de temps. Quik avait sa position, avait choisi sa pierre, et il la lança rapidement. Le rocher, de la taille d'une paume, frappa Masayo là où sa capuche ne la protégeait pas, heurtant son front et faisant basculer la Tenante. Ses robes grises tourbillonnèrent alors qu'elle tombait le long de la pente, Quik bondissant sur ses pieds et la suivant.

— Toi ? entendit-il Ami demander, étourdie, alors que le chasseur passait.

Une question à laquelle répondre une autre fois.

Masayo se libéra brusquement de sa chute, s'orientant vers la gauche de Quik, où un autre affleurement offrait un sol de gravier et une certaine stabilité. Elle se leva, le couteau maintenant dans sa main gauche, alors que Quik approchait. Le sang coulait, se séparant autour de son œil gauche. Plus de sourire maintenant, plus d'attitude arrogante, seulement la concentration d'une tueuse, la même que celle d'un hanoko acculé.

— Je t'avais donné une seconde chance, dit Masayo alors que Quik s'arrêtait en face d'elle. Je pensais que tu étais plus intelligent.

— Je ne suis qu'un Vis.

— Dommage.

Le poignet de Masayo tressaillit. Un mouvement que Quik ne traita pas vraiment jusqu'à ce qu'il remarque que le couteau qu'elle tenait n'était plus dans sa main, jusqu'à ce qu'une lueur rouge confirme que la lame était maintenant plantée dans sa cuisse, là où ses épais manteaux laissaient une ouverture au vent. Alors qu'il s'en rendait compte, Masayo bougea à nouveau, ses deux mains retournant dans ses robes pour en ressortir avec plus de couteaux. Elle se mit en position accroupie, attendant.

Et révélant à Quik ce qu'il avait besoin de savoir. Il balaya la lame d'un geste, arrachant le couteau, bien que la brûlure persistât.

— Ces choses si utiles, les couteaux, dit Masayo, maintenant sa position accroupie pendant que Quik mettait ses gantelets en avant. On peut les enduire de poison, les dissimuler pour un travail rapproché ou les lancer pour une fin silencieuse, pas besoin d'arbalète. La meilleure invention des dieux.

Quik ne daigna pas répondre. Il força sa jambe brûlante à le propulser en avant, un coup de haut en bas soulevant la poussière, exactement comme il l'avait fait auparavant, sur les pentes. Masayo s'avança pour le rencontrer, se précipitant en avant et vers le bas, prête à passer à l'intérieur, à frapper vers le haut et à en finir avec Quik d'un seul coup.

Seulement, Quik ne visait pas le coup par-dessus la tête, effectuant plutôt un balayage de bas en haut avec sa main gauche et son gantelet. Le mouvement força Masayo à un pas de côté désespéré, le gantelet de Quik accrochant et déchirant ses robes. L'élan du chasseur le porta au-delà de la contre-attaque de Masayo, les couteaux trop petits pour faire plus qu'entailler son manteau. Quik planta sa jambe droite, la brûlure se propageant sous son genou, jusqu'à sa taille, et pivota pour, cette fois, un coup de haut en bas.

Masayo ne s'était pas encore retournée, sa tentative de contre-attaque laissant ses bras et ses jambes penchés vers l'avant et non sur le côté. Elle lança son bras gauche, le couteau levé pour rencontrer le gantelet qui arrivait, mais la petite lame n'était pas conçue pour bloquer. Quik la repoussa au sol et continua, pressant contre Masayo et coupant à travers ses robes déjà déchirées, dans son côté. Alors que la légère résistance ralentissait le coup, Quik ramena à nouveau sa main gauche dans un mouvement ascendant, seulement pour sentir la morsure d'une nouvelle aiguille dans son avant-bras.

Le couteau de Masayo déchira son cuir, écorcha sa peau. Cela aurait dû arrêter le mouvement, aurait dû mettre fin à l'attaque de Quik sur-le-champ, mais Deshiva formait bien ses chasseurs : quand on peut tuer, on ne s'arrête pour rien, ni pour la douleur, ni pour une blessure, ni pour une menace.

Quik poussa le gantelet gauche pour rejoindre son jumeau, acceptant la profonde entaille pour attraper Masayo au milieu, les griffes de bois acérées s'enfonçant profondément, arrachant un halètement, un spasme, puis le silence. Quik croisa le regard faiblissant de la Tenante, leurs visages à un souffle l'un de l'autre, et n'y vit rien, pas de réponses, pas de secrets, pas de promesses.

Comme toute autre proie, dans la mort, Masayo était silencieuse.

Dans la vie, la brûlure se répandait, le sang de Quik coulait, et il s'effondra sur sa victoire, les faisant tous deux basculer sur les rochers alors que les premiers flocons de neige de la journée commençaient à tomber.

# 48
## LA PUISSANCE DE LA MONTAGNE

Bien que son métier de voleuse, à rôder en secret, ait préparé Torny à toutes sortes de choses malveillantes — coups de poignard dans le dos, trahisons, pièges et ruses — il ne l'avait manifestement *pas* préparée aux maudits skars. Elle avait vu Wax faire exploser des monstres et des navires avec la pierre Foti, elle avait senti la roche Vis refermer ses coupures, et Torny avait chevauché le traîneau sans problème pendant que le skar Kance d'Eujo permettait au bœuf de glisser sur la neige. Tout cela était terrifiant, merveilleux et en décalage avec le monde rationnel dans lequel elle avait grandi.

Alors quand Wax posa sa main sur le corps d'Eujo qui se pétrifiait rapidement, Torny recula. Vite. Plus vite encore quand la chambre commença à trembler, quand des morceaux dorés se détachèrent et s'écrasèrent, martelant les dessins en pierres précieuses — qui les avait faits, d'ailleurs ? — et se brisant. Luttant contre l'envie de saisir quelques-unes de ces pierres précieuses, et elle aurait peut-être pu empocher une émeraude ou deux qui s'étaient détachées dans les craquements, Torny se tapit derrière le grand monticule central de skars et observa.

Eujo, qui était à moitié transformée en pierre dorée lorsque Wax avait posé sa main sur elle, se libéra de sa prison alors que la roche se détachait. Des fissures couraient le long de l'enveloppe, des fissures qui ne s'arrêtaient pas lorsqu'elles atteignaient le sol de la chambre, mais se propageaient le long, vers le haut et tout autour. Quand les lignes craquantes et saisissantes frappaient une pierre suspendue, elle tombait. Quand elles ne frappaient rien, les fissures continuaient simplement leur chemin.

— Arrête ça ! dit Eujo en trébuchant alors que la pièce tremblait. Je suis libre, Wax !

Mais elle n'était pas libre. Au moment où elle prononçait ces mots, le sol à ses pieds s'agrippait à nouveau à ses bottes, tandis que la chambre continuait de trembler. Wax le dit aussi, le Renouveau Vis essayant de suivre les progrès d'Eujo avec sa magie skar et tombant après une violente secousse. Bliss attrapa son frère, le traîna loin alors qu'un autre morceau de roche s'écrasait à l'endroit où il se trouvait.

Pire encore, au-delà d'eux, la seule sortie de la pièce semblait perdue derrière d'imposantes pierres.

— Torny ! cria Wax, la bandit jetant un coup d'œil autour du monticule pour le voir assis. Lance un skar à Eujo !

Ça, elle pouvait le faire. Torny saisit un skar doré, repoussa les murmures grondants dans son esprit et le lança à travers la pièce. Eujo, à nouveau emprisonnée jusqu'aux cuisses, attrapa le skar. Elle le glissa dans son bracelet. Sa prison, comme déclenchée par un interrupteur, s'arrêta. Eujo ferma les yeux, la Reine paraissant plus royale que jamais aux yeux de Torny dans la chambre scintillante, toujours éclairée par la torche de Bliss. Les pierres dorées qui la retenaient se détachèrent, s'écoulant comme de l'eau.

La chambre trembla plus fort. Suffisamment pour forcer Torny à se mettre sur la pointe des pieds, dansant avec le sol mouvant. Une énorme fissure fendit le plafond, le cri d'avertissement de Wax poussant Torny à reculer. Le rocher s'abattit entre la bandit et ses amis, les coupant, écrasant le monticule de skars et plongeant la moitié de Torny dans une obscurité tremblante.

Enfin, sauf pour ces skars.

Ces mouchetures dorées se détachaient au milieu du grondement, de la chute, du mouvement. Torny se dirigea vers elles, un esprit désespéré s'accrochant à quelque chose, n'importe quoi, qui pourrait la sortir de l'obscurité avant qu'un autre rocher plongeant ne la réduise en bouillie. Elle trébucha sur des gemmes lisses, sur des pierres acérées, se coupant en chemin vers les mouchetures.

Ce qu'elle en ferait, qui sait, mais dans l'obscurité, au milieu de la panique qui aurait dû la paralyser mais qui maintenant, après trop d'épisodes avec ce choc particulier qui lui secouait les nerfs, se transformait simplement en concentration, Torny vit dans ces mouchetures une opportunité.

Le premier skar qu'elle saisit, le corps au sol, recroque-villée sauf pour ses bras tendus pour minimiser les chances qu'une pierre errante ne lui brise la jambe, lui donna une idée. Pas en mots, non, mais en vagues impulsions fortes à travers l'esprit de Torny, comme un rêve spasmodique persistant après le réveil, l'appelant à laisser le skar libre.

Torny tint bon. Ne céda pas. Pas encore.

Elle avait vu ce que Wax et Eujo avaient fait avec un seul, mais faire fondre un peu de poussière dorée ne suffi-rait pas. Pas ici, pas maintenant. Au lieu de cela, Torny tendit la main gauche, saisit un deuxième skar. Lutta contre ses murmures, s'ajoutant au premier. Elle passa la pierre à sa main droite, en saisit un troisième, un quatrième.

Le grondement continuait. Quelques cris étouffés venaient de l'autre côté de la grande pierre. Là où Torny devait être.

Les skars prirent cette pensée et s'en emparèrent, le quatuor devenant une force impétueuse poussant Torny sur ses pieds et vers le rocher qui faisait barrage. Elle ne pouvait pas voir et frappa la pierre avec son épaule, une ruée violente qui aurait dû faire rebondir Torny, la faire tomber, meurtrir à la fois ses os et son ego. Au lieu de cela, l'impact ressembla à un choc contre un doux matelas de paille. Des lignes blanches dorées s'étendirent à partir du point d'impact, ce que Torny prit pour de la magie avant qu'elles ne s'éteignent, se révélant être des étincelles produites lorsque le rocher se fendit.

N'étant pas encore de l'autre côté, les skars continuèrent de pousser, faisant avancer les pieds de Torny sur le sol, à travers le rocher battu et brisé et dans la lueur de la torche de Bliss, le trio du Renouveau près de la sortie de la chambre, essayant de faire fondre les rochers qui bloquaient leur chemin. Ils se retournèrent tous au milieu des décombres qui s'effondraient, diverses expressions de choc et de joie se peignant sur leurs visages alors que Torny déboulait dans la pièce.

Une fois de plus, les skars attrapèrent la bandite, percevant son désir de quitter la chambre et s'y agrippant. Le sol parsemé de roches amortit la chute de Torny et la releva, faisant rouler ses pieds en avant tandis que la bandite jurait et ordonnait aux trois autres de s'écarter. Les gemmes, la pierre dorée, roulèrent derrière elle, formant une cape de pierre qui suivait Torny et l'enveloppait alors qu'elle entrait en collision avec les débris bloquant le tunnel.

Comme avec le rocher, des lignes brillantes crépitèrent à l'impact, projetant le barrage dans le tunnel. Les skars, confrontés à une ouverture, murmurèrent une question indistincte, à laquelle Torny sut répondre : les libérer, elle et ses amis.

Les skars s'exécutèrent, Wax et Eujo ajoutant leurs cris à ceux de Torny tandis que les skars emportaient le groupe dans le tunnel, faisant onduler la terre pour les déplacer dans une cascade roulante. Là où le tunnel s'avérait trop étroit, là où un coup rapide contre la roche dure se présentait, les skars rugissaient dans l'esprit de Torny et repoussaient l'obstacle, le faisaient fondre, le transformaient en une coquille lisse propulsant le groupe le long de leur chemin.

Les skars prirent le gouffre comme un simple contre-temps, projetant l'extrémité du tunnel en avant, la roche elle-même poussant comme une mauvaise herbe pour former un pont. Un mouvement spectaculaire que Torny accompagna d'un cri de joie, empruntant l'habitude de Wax, alors qu'ils volaient vers l'autre côté. Leur déchaîne-ment fit tomber les cordes dorées restantes en une pluie scintillante, rejointe par d'autres pierres tombant d'en haut, grandes et petites.

Le plus infime doute effleura Torny alors qu'elle s'en-gouffrait dans le tunnel de l'autre côté du gouffre. La montagne grondait toujours, tremblait et s'agitait. Des fissures suivaient leur ruée. Ces crocs de pierre au-dessus continuaient de tomber.

Combien la Balafre pouvait-elle en supporter avant de s'effondrer ?

Mais la montagne ne s'écroula pas sur eux. Les skars

recrachèrent le quatuor à la sortie du tunnel sur le chemin qu'ils avaient emprunté des heures plus tôt. Courant devant eux, plus bas vers l'avant-poste, se trouvaient les gardes qui avaient été leur escorte. Fuir une montagne tremblante semblait prudent, mais Torny ne put s'empêcher de sourire lorsque les roches la déposèrent à l'entrée de la montagne.

— Alors, qu'est-ce que vous en dites ? lança Torny, adressant le même sourire à ses amis, tous trois semblant un peu nauséeux et très confus. Ne dites jamais que je ne peux pas nous sortir de n'importe quelle situation.

— Comment ? croassa Eujo en s'agenouillant au sol, respirant difficilement. Qu'as-tu fait ?

— Vous n'avez jamais réalisé que ces petits trésors peuvent travailler ensemble ? Torny leva les skars, maintenant répartis par paires entre ses mains droite et gauche. Leurs murmures la firent presque grimacer, mais elle pouvait le supporter. Comme n'importe quelle conversation qu'elle voulait ignorer. Je ne sais pas pourquoi vous n'en avez pas attrapé une poignée à chaque endroit. Nous serions...

— Les Najahn te tueront, dit Eujo en secouant la tête. Tu n'es pas avec eux, et tu n'es pas un Renouveau. C'est la loi.

— Eh bien, certes. Si on le leur dit.

Torny s'attendait à recevoir de l'aide de Wax et Bliss, mais les deux Vis la regardèrent simplement avec un doute nerveux.

— Oh, allez. Torny agita ses mains. Le pouvoir était évident. Vous ne voyez pas à quel point tout cela serait plus facile ? Regardez ce que nous venons de faire !

Les skars bondirent à ses mots. Leur murmure s'intensifia, inondant Torny d'une envie de montrer leur pouvoir, leur énergie, ce que les fragments de Whent pouvaient faire. La bandite essaya de résister, tenta de dire aux pierres de rester tranquilles, mais comme le rocher roulant le long d'une colline, les skars ne pouvaient pas ralentir.

La montagne, toujours grondante, trembla plus fort. La neige aux pieds de Torny se mit à bouger. La glace craqua. La bandite déglutit.

— Que se passe-t-il ? demanda Eujo, se retournant avec les autres pour regarder la Balafre dorée, la neige et la glace tombant de son sommet, suivies de près par des rochers.

« Il est temps de partir », signa Bliss.

— D'accord. Wax joignit le geste à la parole, saisissant la main de Bliss et dévalant le chemin.

Eujo les suivit, fit un pas avant de remarquer que Torny ne bougeait pas.

— Tu viens, voleuse ? demanda Eujo.

Les skars... ils ne la laisseraient pas partir. Ils montreraient à Torny, si elle attendait juste ici, tout le pouvoir qu'ils possédaient. Quatre skars, ensemble, travaillant de concert, ils pourraient faire s'écrouler ce flanc de montagne, tout ensevelir, et libérer Torny. Inarrêtable, incroyable, toute la puissance de Whent au bout de ses doigts.

Le silence total. Torny sursauta, ses propres pensées seules dans sa tête. Elle regarda ses mains, trouva ses doigts libres. Eujo, devant elle, agrippait les poignets de Torny. La colère et la compréhension brillaient dans les yeux de la Reine.

— Ce ne sont pas des outils, dit Eujo. Ils ne sont pas faits pour toi. Va-t'en, maintenant.

Pendant une fraction de seconde, Torny chercha les skars, instantanément enfouis sous les congères. Puis Eujo la poussa, et la bandite, ses pieds retrouvant leur vieille magie habituelle, trouva ses marques sur le chemin glacé.

Les deux coururent, et derrière elles, la montagne trembla. La neige gronda.

— D'accord, peut-être que tu as raison, dit Torny alors qu'elle et Eujo s'agrippaient l'une à l'autre dans la descente, se poussant et se tirant pour continuer à avancer, à rester debout. Mais nous étions morts si je n'avais pas pris ces skars.

— Tu n'as pas tort ! cria Eujo par-dessus le grondement qui ne faisait que s'amplifier. Mais nous pourrions être morts quand même !

Torny aurait regardé derrière elle, mais elle n'en avait pas besoin. Le sol tremblant donnait une terrible réponse, et la terreur sur le visage de Wax, juste devant, le confirmait : les skars avaient raison, les pierres pouvaient faire s'écrouler une montagne.

Et maintenant, ils n'avaient aucun moyen d'y échapper.

# 49
## VERS LES TUNNELS

Sawi observait, sentant les sensations revenir peu à peu dans ses membres, tandis qu'Ami et Quik enveloppaient la petite silhouette de Masayo dans les robes du Tenet. Quik retira un collier du corps de Masayo, les quelques skars scintillant, et le fourra dans sa sacoche. Une preuve, dit-il, qu'elle était morte. Ami et Quik descendirent au village, vers le grand feu que les villageois avaient allumé avec leur skar Foti, et y jetèrent le corps. Quels accords furent conclus, quelles promesses furent murmurées là-bas, Sawi l'ignorait.

Et s'en moquait.

Pour la deuxième fois en trop peu de mois, elle avait été touchée par une fléchette empoisonnée. Elle avait frôlé la mort, avait passé plus de jours à se demander si la personne à côté d'elle pourrait lui planter un couteau entre les côtes, que Sawi ne l'avait jamais imaginé possible. L'aventure, ce que Gladdring avait promis, s'était avérée être une anxiété constante, de la suspicion, des menaces. Peut-être que Wax avait vécu les choses différemment, lors de son voyage à travers les îles, mais d'ici, tout ce que Sawi voyait, c'étaient des raisons de rentrer chez elle et d'oublier que tout cela s'était produit.

Cueillir des fruits au soleil semblait parfait à cet instant, alors qu'elle était assise entourée de sacoches, ses cheveux parsemés de sel flottant dans le vent.

Quik et Ami revinrent d'humeur sombre. Tous deux étaient blessés, apparemment sans gravité. Tous deux avaient des idées sur la marche à suivre, alignées de façon terrible.

— Vous ne venez pas avec nous ? demanda Sawi alors que le trio se tenait devant l'entrée déchiquetée d'une grotte, qui, selon les villageois, mènerait aux tunnels sans fin sous les îles. Pourquoi ?

Quik, pour sa part, semblait aussi épuisé que Sawi. Sa démarche habituellement assurée, ses épaules hautes et son visage fier s'étaient flétris sous les cuirs najahn malmenés. Les gantelets, maculés de sang, pendaient à sa taille comme les griffes meurtrières d'une bête. Les mains de Quik restaient enfouies dans les plis, comme s'il ne savait qu'en faire. Un homme pris entre deux rêves.

Comme Pan. Toutes ces fois où on l'avait poussé à être plus qu'un simple cueilleur.

— J'ai fait une promesse à Wax, dit Quik, à peine fortifié par ce serment. Les Îles sont dangereuses, et il a besoin d'aide.

— Et tu penses que les Najahn, ces Najahn, lui en apporteront ?

Ami, occupée à remplir leurs sacoches avec quelques objets pris dans le sac de Masayo, renifla. Sawi hocha la tête dans sa direction.

— Il n'y a pas d'autre alternative, poursuivit Quik. Ils ont besoin qu'un Renouveau réussisse. Nous aussi. Et nous avons besoin que ce soit Wax.

— Pourquoi ? Pourquoi ne peut-il pas simplement abandonner et rentrer ?

— Il ne le fera pas, Sawi. Il y a eu un moment où j'ai pensé qu'il pourrait, après Rana. La Reine Kance l'a convaincu.

Les détails que Sawi avait entendus de seconde main, transmis par Ami et Annalyse pendant les jours où ils avaient gardé Quik dans la cage, dans le sable, tandis que Sawi faisait avancer la petite rébellion de Gladdring. Le voyage périlleux de Wax, sa quasi-mort en mer et dans le Tourbillon. Il aurait dû rebrousser chemin à la Cité des Anneaux. Prendre un bateau pour retourner à Vis. Comme Annalyse.

Une échappatoire que Sawi aurait saisie, si elle en avait eu l'occasion.

— J'aurais dû partir avec lui, dit Sawi, détournant le regard en le disant, comme si les vagues pouvaient apaiser à la fois la culpabilité de ces mots et la vérité non dite que, maintenant, elle voulait tout sauf cela.

— Ne regarde pas en arrière. Quik fit un signe de tête vers la grotte. Tu auras besoin de toute ta concentration là-dedans.

— Il a raison, intervint Ami, s'immisçant dans la conversation, son sac et ses sacoches sur le dos, tendant ceux de Sawi vers elle. La plaque frontale de la Gardienne portait à nouveau des skars de Vis. Il est temps de bouger, pour qu'on puisse faire un peu de chemin avant la tombée de la nuit.

Sawi fronça les sourcils. — Qu'est-ce que la nuit change là-dedans ? Il fera noir tout le temps.

— L'épuisement, alors. Plus vite nous nous éloignerons de cette île, mieux ce sera.

— Elle a raison, ajouta Quik. Il est temps. Je mettrai

quelques jours à rentrer. Après ça, je ne sais pas ce que les Najahn feront.

— D'un danger à un autre. Dis au revoir, Sawi. Allons-y.

La Gardienne leur laissa de l'espace, se dirigeant vers l'entrée de la grotte et allumant une torche de fortune. Un morceau de tissu déchiré de la robe de Masayo, trempé dans l'huile de poisson du village, enroulé autour d'un bâton. Cela leur durerait un moment, après quoi, selon Ami, ils trouveraient de la mousse, ou avanceraient à tâtons.

— Ne meurs pas là-dedans, dit d'abord Quik. Ce serait dommage de gâcher tous mes efforts.

— Tous tes efforts ?

Quik sourit. — Je ne t'ai pas vue faire grand-chose. Juste rester allongée là.

— J'étais... Sawi soupira, fronça les sourcils, mais laissa son expression se transformer en un sourire. Je suis désolée, Quik. Désolée de n'avoir rien fait quand je t'ai vu. J'étais surprise, et Gladdring m'avait dit de rester à l'écart.

— On dirait que je devrais avoir une petite conversation avec ce Gladdring. Quik fit tinter ses gantelets.

— Fassle va le pendre, s'il ne l'a pas déjà fait. Sawi mit sa sacoche sur son épaule. Nous étions sur la bonne voie, Quik. Tu le sais, n'est-ce pas ? Les skars sont notre seule chance.

— Ce n'est pas quelque chose dont tu dois t'inquiéter. Rentre chez toi vivante. Quik commença à s'éloigner, puis s'arrêta, inclinant la tête. Tu crois vraiment ça, que les skars sont tout ?

— Pas toi ?

Quik hocha la tête, ses yeux semblant perdus dans le vague. Des idées bouillonnant.

— Alors, quand tu retourneras à Vis, trouve Annalyse. Aide-la. Elle en aura besoin.

Cueillir des fruits. Regarder le soleil se lever sur sa jungle bien-aimée. Se balancer sur des lianes. Des espoirs ternis par l'instant présent, alors que Sawi sentait à nouveau les fils de l'aventure l'enlacer, la ramenant en arrière.

— Ça ne finit jamais, n'est-ce pas ? dit doucement Sawi, contre le bruit lointain des vagues qui s'écrasaient.

— Plus maintenant, pas pour nous.

La torche tint effectivement pendant les deux premières heures, bien que la dernière partie fût moins une flamme vive qu'une lueur vacillante. Pendant ce temps, leur grotte passa d'un endroit bien fréquenté et exploré à un dédale tortueux et errant, le sol alternant entre pierre poussiéreuse et pentes humides et glissantes avec des ruisselets coulant à proximité. Sawi et Ami passèrent devant de grandes chambres, choisissant des chemins presque au hasard, la Gardienne et la Vis mettant en commun leurs instincts pour viser une direction particulière : le sud.

Vis devint leur objectif, bien que Sawi ne demandât pas à Ami ses raisons pour choisir l'île jungle et que la Gardienne ne les énonçât pas. Le silence, sauf aux intersections, devint la caractéristique principale de leur marche, et Sawi n'essaya pas de le rompre. Elle avait amplement de quoi réfléchir, rejouant les dernières semaines dans sa tête, concentrant ce qui lui restait d'attention sur le simple fait de mettre un pied devant l'autre. Elles trouvèrent des mousses, certaines d'un bleu ou d'un violet vif. Les sacoches devinrent des réceptacles pour ces plantes, tout comme leurs bottes, et Sawi se demanda si elles finiraient par se couvrir entièrement de cette matière.

Leurs repas se composaient de poisson séché et de maigres légumes-racines, complétés par les rares champignons qu'elles trouvaient parmi les rochers. Les champignons pouvaient être toxiques, mais Ami donna à Sawi un skar de Vis à tenir après en avoir mangé, et ses murmures apaisèrent les maux qui affligeaient leurs estomacs.

Elles marchèrent, marchèrent et marchèrent encore, jusqu'à ce qu'elles atteignent, guidées par la douce aura de la mousse, une petite bifurcation. Une seule entrée menait à une pièce arrondie, juste assez grande pour le duo et leur équipement. Des marques de griffes et des os éparpillés indiquaient qu'un démon ou une autre créature en avait fait son repaire, mais la poussière et les toiles d'araignée suggéraient que ce foyer avait été abandonné depuis longtemps.

— Nous nous arrêterons ici pour la nuit, annonça Ami, une décision unilatérale, comme tant d'autres avec elle.

Une responsabilité que Sawi était heureuse d'abdiquer, pour l'instant.

— À quelle distance penses-tu que nous sommes arrivées ? demanda Sawi une fois qu'elles se furent débarrassées de leurs fardeaux et eurent partagé un autre maigre repas, le poisson coriace aussi appétissant que de la terre mais qui, au moins, calmait sa faim.

— Sawi, il faut des jours pour naviguer entre les îles. À notre rythme, nous aurons de la chance si nous sommes sous Vis d'ici une semaine. Et c'est seulement si nous allons dans la bonne direction tout du long.

— Attends, notre nourriture ne durera pas aussi longtemps ?

Dans la lumière violette de la mousse, la plaque dorée d'Ami prit un aspect éthéré, la lueur rose de Sichi frappant l'entrée de Kitaye. Un meilleur aspect que le sourire narquois de la Gardienne.

— Nous en trouverons d'autre, dit Ami. Et ce que nous ne pourrons pas cueillir, nous le chasserons.

— Chasser ? Tu veux dire les démons ?

Ami tapota légèrement le harpon sur la pierre à côté d'elle. — Les monstres sont faits de chair, tout comme toi et moi. Si nous voulons traverser cette épreuve, Sawi, nous devrons être pires qu'eux. Nous ferons en sorte que les démons aient peur de nos pas, de nos armes, de notre odeur. Ils pensent que c'est leur maison. Nous en ferons la nôtre.

Une Sawi plus jeune, plus habituée à s'asseoir sur Sanas et à regarder les couchers de soleil, aurait peut-être frissonné aux paroles d'Ami. Aurait peut-être reculé ou détourné le regard, lancé un démenti ou même ri. Au lieu de cela, la Vis soutint le regard de la Gardienne et le lui rendit, sale, fatiguée et, pour ces créatures tapies dans les Ténèbres d'En-Bas, mortelle.

# 50
## LA VIE SANS FIN

Dès le début, tout enfant des Îles comprenait que son foyer n'était pas ordinaire. C'est-à-dire que les choses n'avaient pas toujours de sens. La plupart du temps, les pierres roulaient dans les collines comme elles le devaient, mais de temps en temps, quelqu'un passait et ces pierres remontaient la pente. Les oiseaux pouvaient voler et les ferrites marcher, mais parfois, un démon pas plus léger que ces lézards prenait son envol. La mère de Svarde blâmait toujours les dieux pour ces entorses à la norme.

— Une erreur divine, marmonnait-elle.

Svarde entendit sa voix tandis qu'il touchait l'immense poignée de la grande épée, sa longueur s'étendant sur tout l'avant-bras du barbare. Les paroles de sa mère suivirent une soudaine diffusion, comme si Svarde avait des bouts de doigts courant tout autour de la chambre, surgissant ici et là, attendant son ordre frémissant. Un ordre qu'il ne pouvait donner que parce que la mort ne l'avait pas encore réclamé.

L'emprise de Noctia s'arrêta. Pas le sang qui coulait de

ses blessures, les douleurs dans ses os, ou le râle dans ses poumons tandis que Svarde se redressait, traînant l'épée le long des pierres. Toute la douleur persistait, mais elle semblait incapable de l'arrêter, de l'empêcher de bouger, d'agir, de combattre.

Les merveilles de la lame étaient gâchées par le grand démon devant lui, la chaleur ondulant de sa forme massive alors qu'il écartait la défense frénétique de Maena. Le cimeterre pourri ne présentait aucun danger pour le monstre, dont les fléaux repoussaient les lames de la capitaine Rana et la forçaient à battre en retraite précipitamment. Elle jeta un coup d'œil à Svarde, l'inquiétude et la curiosité se mêlant dans la lumière dorée de la chaleur. Kivi, le fidèle lézard de roche, se traîna à la place de Maena, moins une menace pour le démon qu'une particule à étouffer.

— Reculez, dit Svarde, sa voix à peine reconnaissable, une chose déchiquetée et éraillée qu'on aurait plutôt entendue d'un vieil homme que de celui qui se tenait maintenant debout, agrippant l'épée du Roi Mort à deux mains. Écarte-toi, Kivi.

La ferrite, tournant ses yeux saphir en arrière en signe d'interrogation, n'obéit que lorsqu'elle vit le barbare debout comme il l'avait été tant de fois auparavant. Le visage dur, le corps meurtri mais droit, une fureur silencieuse dans chaque muscle tendu. Un homme qui, à en juger par la flaque sanglante à ses pieds et les lignes rouges parcourant sa peau, aurait dû être mort, mais qui semblait trop vivant pour fléchir, pour échouer.

Et pourtant, malgré son défi, Svarde ne marcha pas vers le grand démon. Au lieu de cela, il poursuivit ces bouts de doigts, ces minuscules pulsations dans sa conscience. Certaines s'estompaient même alors que Svarde les trouvait, ces picotements les plus proches des autres démons, et alors qu'il faisait le lien, il en trouva la cause : ces morts-vivants, les combattants immortels, c'était eux qu'il sentait, et c'était eux qu'il pouvait commander.

Du moins, ceux qui restaient.

Une retraite. Svarde l'ordonna sans mots, juste une impression, même s'il disait la même chose à Maena et Kivi. Courez vers la ville. Fermez les portes. Attendez les renforts.

— Tu es sûr, Svarde ? cria Maena, bien que son cri indiquât qu'elle avait déjà commencé à courir.

— Allez-y, c'est tout.

Le démon, avec ses quatre bras, les deux du bas agrippant ces fléaux, franchit la distance jusqu'à Svarde en une seule enjambée. Il n'y eut ni révérence, ni étincelle, ni mots. Juste une frappe, venant de la gauche, la chaîne sifflant dans l'obscurité étouffante de la chambre. Svarde déplaça la grande épée, les pieds prêts à résister au poids d'une montagne, et para le coup. Le fléau s'enroula autour du métal, la tête griffue projetant des étincelles en heurtant l'antique lame. La force déplaça Svarde vers la droite, ses pieds glissant, mais tenant bon.

Alors il s'arc-bouta et balança l'épée.

La lame, entraînant le fléau piégé avec elle, traversa le corps de Svarde, amenant la chaîne de l'arme dans l'alignement du second coup du démon. Un fléau frappa l'autre, s'entrechoquant et sectionnant les durs maillons métalliques. Le feu du monstre s'embrasa d'un bleu et blanc vif, des vagues de chaleur ondulant, et le démon tira ses armes en arrière, l'une revenant entière, l'autre n'ayant plus que la moitié de sa chaîne.

Svarde balaya l'air de la grande lame en bas, laissant le fléau glisser. Autour de lui, donnant un large berth au conflit, allaient les corps restants, se traînant le long de la chambre latérale. Les poursuivant d'une démarche lente, les fléaux donnant des coups occasionnels aux victimes plus lentes, venaient les autres démons. Tous ignoraient le duel sur le côté droit de la chambre, tous leur laissaient de l'espace.

Parce que, supposait Svarde, ils devinaient tous l'issue.

Le barbare ne se battait pas avec des épées. C'étaient des armes Kance et Rana. Les combattants Foti préféraient les haches et les marteaux, sauf si, comme Ami, un quelconque destin vous donnait une lame trop bonne pour être ignorée. Pour lui, la grande épée semblait instable dans sa prise, trop lourde pour une estocade, trop encombrante pour être levée au-dessus de la tête pour un coup fatal.

Ses premiers moments merveilleux se dissipèrent dans un présent confus alors que le grand démon faisait tournoyer son fléau restant, préparant une autre attaque. Comment le Roi Mort utilisait-il cette chose ?

En attendant de trouver son équilibre, Svarde se contenterait de rester... vivant ?

Entier. Il se contenterait d'être entier.

Le démon lança une autre attaque. Svarde essaya de frapper vers l'avant, sous le coup, et se trouva ralenti par la chaleur intense alors qu'il s'approchait du démon. Immortel ou pas, le feu faisait toujours mal, et l'hésitation coûta cher à Svarde, le fléau s'abattant sur l'épaule du barbare et le projetant au sol. Les griffes mordirent ses vêtements de cendre, la peau en dessous, et s'arrachèrent quand le démon retira son arme.

Une douleur qui aurait dû laisser Svarde inconscient, mort, incapable de penser. Son bras droit, probablement pendant par des os brisés et des muscles déchirés, gardait néanmoins sa prise, bougeait quand Svarde le lui ordonnait. Plantant le pommeau de la grande lame dans la terre, Svarde appuya des deux mains, se releva sur des pieds stables. Ces skars noirs le long de la lame miroitaient, absorbant la lumière brûlante du démon.

Le don de Noctia, gardant Svarde en vie. Lui permettant de se battre pour son île.

Eh bien, il ferait mieux de se mettre au combat alors.

Poussant un cri de défi foti, Svarde leva la lame au-dessus de son épaule mutilée et chargea le grand démon, dont le crâne d'obsidienne crépitait de flammes confuses. Le fléau du monstre tressaillit, une défense tardive alors qu'un ennemi prétendument détruit avançait. Svarde abattit sa lame, devançant la réaction lente du démon, et entailla sa jambe gauche. Des écailles dures et blanches se formèrent le long de l'entaille, un contact aqueux sans l'os et le cartilage auxquels Svarde s'attendait. Il perdit l'équilibre, son élan l'emportant vers la droite, presque jusqu'au mur de la chambre, tandis que le démon s'affaissait sur un genou.

Le monstre sembla réaliser sa situation précaire alors que Svarde se stabilisait, trouvant la force de tenir la lame comme une lance. Svarde chargea, le démon fit claquer son fléau restant comme un fouet, envoyant la main griffue foncer vers son ennemi. Svarde se déporta sur la droite, passant derrière le bras du démon, le fléau le frôlant sans le toucher. Une ligne droite, maintenant, vers un coup fatal.

À travers la chaleur ardente, la chambre se remplissant de démons, de plus de constructions sur roues. Ses amis disparus, mais une victoire encore possible. Svarde allait y parvenir.

La pointe s'approcha, les pieds brûlants de Svarde quittant le sol, jusqu'à ce que quelque chose frappe son talon, envoyant le guerrier s'étaler, Svarde ne se concentrant plus que sur le maintien de cette lame, son unique chance.

Le fléau. Svarde le vit alors qu'il heurtait le sol, roulant une fois. Le démon l'avait ramené d'un coup sec, sa griffe l'effleurant à peine. Suffisant. Le monstre, boitant, accroupi, tira son arme en arrière et se pencha sur Svarde. Des braises brûlaient le long du crâne d'obsidienne, tout le reste n'était que rugissement orange et or. Le feu submergeait, consumait.

Tout sauf un de ces points minuscules, un bout de doigt, proche. Fort. Immobile. Svarde tendit la main vers lui, demandant, hurlant, suppliant de l'aide, un espoir quelconque avant la fin.

Un tressaillement.

Le bras inférieur droit du démon se plia, posa sa main flamboyante sur celle de Svarde, celles qui tenaient fermement la lame. Un autre geste, un autre acte qui aurait dû envoyer Svarde loin dans le royaume de Noctia, et qui pourtant le maintenait à distance. Le crâne d'obsidienne descendit, s'inclinant en approchant le corps brisé de Svarde.

Que disait-il ? Était-ce une vantardise victorieuse, dans ces étincelles ? Une fin respectueuse à une bataille bien menée ? Ou simplement une question criée à travers des lumières saphir ?

Svarde n'obtint pas de réponse, car les tracés du démon explosèrent, leurs motifs se désintégrant alors que le grand monstre s'effondrait. La pression du démon sur ses mains se relâcha, le géant de feu s'affaissant en cendres blanches et grises. Tombant sur le côté, révélant l'extrémité griffue du fléau brisé enfoncée à l'arrière de sa tête refroidissante. Le tueur, le tressaillement, se tenait derrière lui, vêtu d'une armure de fer lacérée.

La vengeance, bien que d'outre-tombe.

Le Roi Mort se pencha, extirpa la tête griffue du fléau alors que les démons de la chambre réalisaient que quelque chose avait mal tourné. La masse se tourna, presque comme un seul être, vers l'espace sombre sur la droite de la chambre, où l'air n'était pas tout à fait aussi étouffant, où la lumière du feu ne brillait pas si fort. Ils virent un homme qui aurait dû être mort cent fois, debout avec une lame fermement tenue à deux mains. Et un second, qu'ils avaient vu être abattu, s'emparant des armes du cadavre cendreux de leur chef.

Si ces réalités brisaient leur moral, les démons n'en montrèrent rien. Des étincelles blanc-or couraient sur leurs crânes d'obsidienne, les constructions tournèrent leurs buses, et Svarde se demanda combien de dégâts il pourrait encaisser avant que même l'épée ne puisse plus le sauver. Un test qu'il préférait ne pas rater.

— Vers le tunnel, dit Svarde, ou peut-être l'imagina-t-il. Difficile à dire.

Le Roi Mort, cependant, agit selon l'ordre, fouettant la tête brisée du fléau vers le démon qui se tenait sur leur chemin. En même temps, l'ancien chevalier fit tournoyer le fléau intact du grand démon, amorçant une avancée pivotante. Sa cible attrapa la griffe lancée avec son bras supérieur plus petit et la repoussa. Il prépara son propre fléau en réponse.

Mais un son de cor retentit dans la chambre. Fort, clair, un hurlement hivernal. Dans l'instant qui suivit son annonce, les quelques démons à l'extrémité opposée de la chambre, face à l'entrée du démon, s'écartèrent brusquement. L'un tomba, plusieurs gros carreaux de fer dépassant de son dos. Les claquements des arbalètes emplirent l'air, les traits bourdonnant. Des taches blanches apparurent là où les projectiles frappaient leurs cibles, les démons tourbillonnant, trébuchant, étincelant.

Svarde et le Roi Mort en profitèrent. Ils taillèrent dans les constructions, laissant les démons plus vulnérables aux trop nombreux archers de Jochi. Le duo quasi invincible fendit l'un après l'autre. La bataille tourna, les démons abandonnant leurs machines et courant vers le tunnel en pente, dans son obscurité, laissant, bien trop vite, une chambre calcinée dans le silence.

— Vous devriez être mort, dit Jochi après, le seigneur de guerre se tenant debout, suant dans ses fourrures devant Svarde et le Roi Mort. Je ne sais pas qui est celui-ci, mais il a aussi l'air de devoir être mort.

— C'est une longue histoire, répondit Svarde. Mais avec vous ici, je pense que nous aurons le temps de la raconter.

— Ces démons. Ils reviendront, n'est-ce pas ?

— Si nous leur en laissons le temps.

Jochi hocha la tête.

— Ils en auront un peu. Olgata est revenue, et nous avons couru. Le reste de mes forces est bien en arrière, trop loin pour faire une poussée maintenant. Et si notre intuition est juste, ce n'est qu'un lot de ces salauds. Nous nous fortifions, puis nous avançons. Ensemble, Svarde, nous mettrons fin à tout cela. À tout.

Avec le poids de la lame dans ses mains, Svarde le crut.

# 51
## LE PRIX DU POUVOIR

Bliss dut gifler Wax, dans un geste de panique, pour briser le regard figé du Vis qui fixait la montagne s'effondrant vers eux. La Faille Dorée de Whent se vidait, déversant sa pierre et sa neige le long de la pente vers leur petit groupe telle une vague déferlante. Le panache étincelant jaillissait haut dans le soleil de l'après-midi, se mêlant au ciel jaune tandis que des masses plus sombres et tourbillonnantes descendaient.

— On ne peut pas courir, marmonna Wax en reculant alors que Bliss le tirait.

Quelques enjambées plus haut sur la montagne, Eujo et Torny couraient à moitié, tombaient à moitié derrière les deux Vis. Leurs bras s'agitaient, leurs jambes trébuchaient, manquant les marches de pierre dans une descente maladroite. Ils ne pourraient pas distancer l'avalanche — était-ce le mot que Torny avait crié ? Aucun d'entre eux ne le pourrait.

Les skars le savaient aussi. Ils chuchotaient des suggestions à l'oreille de Wax, des pulsions sans mots pour faire fondre le monde à partir de la pierre Foti. Le skar Rana semblait confus, essayant de décider s'il pouvait utiliser la neige pour quelque chose. Le skar Vis faisait son travail habituel, fredonnant à propos des diverses égratignures et écorchures de Wax sous son lourd manteau.

Seul le skar Whent offrit une idée, une qui poussa Wax à tirer Bliss en retour, l'attirant pour s'agenouiller à côté de lui.

— Attrape-les, dit Wax en posant une main gantée sur la marche de pierre devant lui.

Bliss, toujours aussi futée, bondit, agrippa le bras de Torny alors que la bandit passait. Elle attira la voleuse élancée à leurs côtés. Eujo glissa dans le mouvement, tombant sur le côté et rebondissant sur le dur chemin. Wax détourna son attention de ses amis : ils se débrouilleraient. Il devait s'occuper du désastre.

Comme le contact d'une ondulation lorsqu'on plonge la main dans un ruisseau, le skar Whent permit à Wax de sentir la roche froide sous sa paume. Une ruée, oui, mais qu'il pouvait diriger avec une petite poussée, une légère pression contre le courant de la roche. Elle trembla sous lui, le grondement se rapprochant. Torny criait aussi, hurlant à Bliss, à Eujo, à Wax.

Ignore-la.

Wax leva les yeux. La masse grise tonnait en descendant. Pas de fuite possible, seulement de la force. Et ça, le skar Whent pouvait le fournir. Wax appuya avec ses doigts, puis arqua sa paume, comme pour ramasser la pierre telle une boule de neige ou une motte de boue sableuse. La roche frémit devant lui, les pierres se fissurant à la limite de l'influence du skar. Wax, alors que le skar rugissait dans son esprit, tira encore plus fort. Cette fois, le granit, la roche dure gris-noir, répondit par une secousse. Les genoux de Wax rebondirent lorsque, devant lui, le chemin explosa vers le haut en un épais coin pointu s'inclinant vers l'avalanche qui approchait.

Le Renouveau guidait la roche, se fiant au skar et à la sensation ondulante. Un mouvement vers la gauche étendit le coin de ce côté, une crête dentelée s'élançant le long de la pente glacée. À droite, le même phénomène se produisit, la neige se brisant en morceaux alors que son refuge stable se fracturait vers le ciel. Un abri improvisé et soudain, dans lequel Wax se retrouva serré alors que ses trois amis se blottissaient contre lui.

Personne ne dit un mot, pas même Torny, alors que l'avalanche oblitérait tout autre bruit. Le monde trembla. Le ciel disparut lorsqu'un torrent gris-argenté déferla sur leur mur. Les côtés les plus courts du coin disparurent, arrachés et emportés par la cavalcade. Les bottes de Wax, à peine plus bas que son corps contre la barrière, s'enfoncèrent dans plus de neige que le Vis n'en avait jamais vu. Mais il pouvait respirer, il pouvait voir, et l'avalanche n'était pas intéressée à s'attarder.

Les secondes s'écoulèrent et le ciel réapparut, le bruit s'estompa, et le chaos continua en contrebas, laissant dans son sillage un mélange aplati de glace, de pierre et de neige. Une plaine tachetée, s'étendant jusqu'à l'avant-poste.

— Il va être écrasé, dit Eujo alors qu'ils attendaient, observaient, reprenaient leur souffle.

— Peut-être pas, proposa Torny. Ces grandes palissades, vous savez, elles peuvent...

Les excuses de la bandit se fanèrent à mesure qu'elle les prononçait, mais elle les offrait néanmoins. Essayant d'échapper aux démons qui l'attendaient, ceux que Wax voyait chaque fois qu'il faisait appel aux skars, à leur pouvoir sans limites.

— Ce n'est pas grave, dit Wax alors que Torny tombait

dans un silence choqué, la ville Najahn tremblant, de petits points courant alors que l'avalanche frappait son étendue. Tu ne savais pas. Ce n'est pas ta faute.

Torny baissa la tête, fixant le sol. Par-dessus son dos, Eujo croisa le regard de Wax, le regard glacial de la Reine aussi dégelé que Wax ne l'avait jamais vu. Il y a quelques jours à peine, Eujo aurait pu qualifier les actions de Torny d'imprudentes, mortelles, voire monstrueuses. Maintenant, elle passait un bras autour des épaules de la bandit, l'attirant dans une étreinte.

— Tu nous as sauvés, offrit Eujo. Tu as sauvé nos vies, Torny. L'un de nous sera l'Égide, grâce à toi.

— Mais...

— Quand on accepte la responsabilité d'une Reine, poursuivit Eujo, piétinant les mots de la bandit, on en vient à comprendre qu'il y a des échelles pour tout. On pèse une vie contre une autre, peu importe à quel point cela semble horrible, parce qu'on n'a pas le choix. Les Îles contre un avant-poste. Tu as pris la bonne décision.

— Et tu ne savais même pas, ajouta Wax, jetant aussi son bras. Ce n'est pas ta faute. Je le répéterai encore et encore.

Un craquement devant. Bliss, se levant de leur abri et faisant les premiers pas dans la neige. Elle jeta un coup d'œil en arrière vers le quatuor, hocha la tête en direction du désastre.

« Allons-y. Il pourrait y avoir des survivants. »

Bliss, toujours avec la bonne approche.

Ils trouvèrent de la vie. Ce qui aurait pu être une horreur s'avéra seulement terrible, les morts se comptant à moins d'une douzaine alors que l'avalanche s'essoufflait près du fond de la vallée. Les bâtiments avaient été bousculés, les murs détruits, mais les Najahn avaient eu le temps de fuir, de se préparer. Torny commença à dire qu'elle aiderait à enterrer chaque personne perdue, mais Eujo la tira à part, lui donnant une façon plus prudente d'apaiser sa culpabilité.

Les avalanches sur Whent, dans les montagnes, étaient des choses terribles et naturelles. La bandit ne l'avait pas causée. Des tremblements aléatoires l'avaient fait.

Wax n'avait pas entendu cette conversation — il était occupé à déterrer des provisions, à chercher d'autres âmes piégées sous la neige, mais Bliss la lui avait répétée plus tard. Ils se blottissaient autour d'un feu, l'un des nombreux abrités sous des appentis hâtivement érigés avec du bois viable. En signant, Bliss fronçait davantage les sourcils, les lignes courageuses de sa sœur s'enfonçant dans une réflexion sérieuse. Wax, qui mangeait maintenant des pommes de terre givrées, méditait ces paroles.

— Intelligent, dit-il finalement. On ne sait pas ce que les gens feraient.

— Ils sont confus, signa Bliss en retour. Tu les entends. La Faille d'Or ne fait pas ça. Les avalanches ne viennent pas par ici. Ils ne sauront jamais pourquoi leurs amis sont morts.

Eujo et Torny étaient parties en trombe chercher de la bière dont on avait grand besoin — les tonneaux, soigneusement rangés dans les caves, avaient survécu — mais Wax passa quand même aux signes, tandis que plusieurs Najahn prenaient place autour du feu.

— Si Torny admettait avoir utilisé tous ces skars, que se passerait-il ? signa Wax. Ils la traiteraient de meurtrière et la tueraient sur-le-champ.

— Tu n'en sais rien.

— On devrait le savoir. Comment ont-ils traité les bandits sur Foti ?

À coups de flèches et de vouges. Pas de procès, pas de débat réfléchi.

Bliss regarda à nouveau le feu, les bords fumants là où la chaleur livrait sa guerre à la neige. Sa main gauche signa, lentement.

— Je m'inquiète, Wax. Nous sommes en train de nous perdre. Nous devenons des tueurs, et nous nous trouvons des excuses.

— On doit continuer. Quelqu'un doit devenir le prochain Aegis.

— Toi ?

— Eujo. Bien qu'en signant le nom de la Reine, Wax grimaça. Ou moi. Quelqu'un.

— Alors promets-moi, Wax. Promets-moi qu'on ne continuera pas comme ça. Si on doit combattre des démons, soit. Mais je suis venue avec toi parce qu'on devait aider les îles. Pas les détruire.

Le oui vint facilement, car Wax n'avait pas d'autre choix. Il ne pouvait pas perdre Bliss. Il avait besoin de son bâton, de ses compétences. Tout comme, peu importe le chaos qu'elle causait, ils avaient aussi besoin de Torny. Des gardiens pour les mener jusqu'au bout.

Eujo avait appris cela à Wax : l'Aegis était tout ce qui comptait. Ils réussiraient, quel qu'en soit le prix. Ce que ce prix signifierait pour lui, Wax s'en occuperait plus tard.

Les skars, leurs murmures toujours présents dans son esprit, leurs pulsions dansant dans ses os, semblaient d'accord.

# 52

# LA NOUVELLE GUERRE

Le pouvoir a horreur du vide. Une idée que Quik n'avait jamais envisagée jusqu'à son retour dans le quartier Najahn avec la nouvelle de la mort de Masayo. Il ne dit rien aux gardes à l'entrée, rien aux érudits dans les rues, réservant ses paroles uniquement pour plusieurs dirigeants de la Troisième Main que Quik lui-même ne connaissait pas, mais qui l'attrapèrent trois pas à l'intérieur du bâtiment adossé à la falaise du Précepte et commencèrent à l'interroger.

Leurs yeux, avides et brillants, montraient qu'ils accueillaient les mensonges de Quik avec un plaisir calculé. Masayo, à en croire leurs apartés murmurés, dirigeait le Précepte depuis trop longtemps. Voici enfin une excuse pour se débarrasser de ses couteaux et les remplacer par quelqu'un, peut-être même plusieurs personnes, de nouveau.

— Cela, cependant, ne vous concerne pas, dit l'un d'eux, encapuchonné comme les deux autres dans des robes pourpres, comme s'ils étaient en deuil de leur chef perdu. Vous allez quitter cette pièce, ne plus dire un mot à ce sujet, et poursuivre votre formation.

— Ma formation ? demanda Quik entre deux gorgées d'eau fraîche et quelques fruits, savourant la chaleur du feu crépitant dans la pièce. Une fois le risque d'un couteau sur sa gorge écarté, les bienfaits de la civilisation avaient percé sa prudence diminuée. Quik avait fait le bon choix, sinon il serait dans le froid des Profondeurs Obscures, errant perdu avec Ami et Sawi. Quelle formation ?

— Vos rotations. Les notes de Masayo indiquent que vous avez montré du potentiel, mais ce n'était que votre première mission, répondit le leader d'une voix enjouée, tel un professeur exposant la prochaine étape logique. Après aujourd'hui, vous pourrez passer à la suivante.

— Que se passe-t-il aujourd'hui ? Quik voulait aussi demander où et quel Précepte serait le prochain, mais c'étaient des détails qu'il pourrait découvrir plus tard.

— Le Cercle s'adresse à nous tous, et bientôt. Procurez-vous des robes propres, prenez peut-être un bain pour vous débarrasser de la crasse, puis suivez les autres. Des regards s'échangèrent entre le trio avant de se poser à nouveau sur Quik. Cela promet d'être intéressant.

Quik fit comme ils le suggéraient — le bain, en particulier, était nécessaire après des nuits passées sur les rochers, au milieu de l'eau salée et des fientes d'oiseaux. Il prit un rasoir et coupa les poils autour de ses joues et de son cou, attacha ses cheveux en arrière. Sans les robes, ses tatouages Vis transparaissaient, déplacés dans le monde Najahn par ailleurs orné. Il devrait les examiner davantage, se rappeler pourquoi il était ici et d'où il venait.

Mais le vent dehors était froid, la tenue était attendue, alors il couvrit son corps avec les mêmes couleurs pourpre et noir que tout le monde.

Les dirigeants de la Troisième Main avaient au moins raison sur un point : tout le monde était sur la place principale, une étendue pavée devant la tour principale du Cercle. Une statue de Demion se dressait au milieu, grande et fière dans la lumière grise du matin. Une estrade en bois sombre se tenait près de la tour du Cercle, érigée avec un podium pour les discours. Des chaises s'alignaient de chaque côté, deux érudits chargés de brosser la neige soufflée de leurs sièges.

L'attention de Quik, comme celle de la foule, se tourna vers les gibets. Un simple ensemble, plus haut et à droite de l'estrade, comportait quatre nœuds coulants. Les condamnés du jour attendaient déjà, encapuchonnés et agenouillés. Derrière eux se tenaient trois Najahn en armure étincelante, deux avec des vouges prêtes et le troisième, portant un casque entièrement noir ne laissant voir aucun visage, les mains gantées. Quik n'avait jamais vu de pendaison auparavant, il ne savait même ce que c'était que grâce aux chuchotements qui volaient autour de lui.

Qui, cependant, allaient-ils exécuter ? Gladdring était-il agenouillé là ?

N'ayant aucun ami à qui demander, ne faisant pas confiance à la foule autour de lui, Quik garda le silence et observa. Il se dit de jouer le jeu du chasseur et d'étudier les personnes qui pourraient être ses prochains ennemis, ou les alliés dont Wax avait tant besoin.

Les Najahn n'étaient pas friands de musique, du moins pour les affaires officielles, mais les gardes en service autour de la place commencèrent à frapper leurs vouges contre les pierres lorsqu'un signal que Quik ne perçut pas fit le tour. Les portes de la tour du Cercle s'ouvrirent en grand, la neige tourbillonnant dans leur sillage, révélant davantage de gardes. Derrière eux, marchant vers l'estrade, venait le Cercle : Fassle en tête, suivi des deux adeptes, et après eux les Préceptes. Ils s'approchèrent de l'estrade, prirent les chaises, et celle que Quik s'attendait à voir vide était déjà occupée, un visage aperçu quelques heures auparavant y siégeant déjà.

D'autres chuchotements, curieux, à cette vue. Quelques-uns évoquant le plus important, la chose plus étrange, la vision qui obligeait Quik à garder la bouche fermée, l'esprit bouillonnant de questions.

À côté de Fassle, vêtu des ornements dorés d'un Adepte, était assis Gladdring. Impassible, impérieux, silencieux, mais vivant. Comment ? Sawi avait dit que Fassle avait assassiné un Adepte, avait déclaré la mort aux potentiels traîtres. Pourtant Gladdring...

Le chef du Cercle s'avança vers le podium, provoquant le silence. Même la neige semblait calmer sa bourrasque, le vent s'apaisant comme pour laisser la voix de Fassle résonner durement et clairement à travers la place. Des traîtres, dit l'homme, avaient comploté pour voler les armes les plus sacrées de l'Île, les skars. Ils avaient comploté pour détruire les Najahn et livrer le monde au chaos. Ces traîtres, poursuivit Fassle, avaient été capturés. Certains avaient déjà payé le prix, et d'autres allaient maintenant le faire.

— La Gardienne, Ami, et la scientifique Whent renégate Annalyse, ainsi que leurs deux plus proches collaborateurs, annonça Fassle, partent maintenant pour Noctia, où ils souffriront dans l'obscurité éternelle pour leurs crimes.

L'homme fit un geste tranchant vers les gibets, où le bourreau saisit ses prisonniers agenouillés, glissant leurs têtes une par une dans les nœuds coulants. Pour des condamnés, ces personnes ne se débattaient pas, ne protestaient pas. Silencieux, presque amorphes, ils acceptaient leur sort. Pas de derniers mots, pas de discours, pas de colère ardente comme la véritable Ami l'aurait manifestée.

Seulement un claquement, une chute, une fin.

Cette vision déchira quelque chose en Quik, un muscle dont l'homme ignorait l'existence jusqu'à ce moment. Le bien et le mal étaient malléables. Seul un enfant croyait le contraire. Mais ceci ? Qui avait été choisi pour mourir à la place de la vraie Ami, de la vraie Annalyse ? Et pourquoi ?

— Ces dissidents, bien que traîtres, ne nous ont pas laissés sans valeur, poursuivit Fassle une fois que les victimes eurent fini leur lutte. Ils nous ont montré que les skars ne peuvent plus être laissés seuls, qu'on ne peut plus leur faire confiance sur leurs îles. Au lieu de cela, nous, les véritables gardiens, devons prendre la relève. Fassle balaya la foule de son regard pincé, hochant la tête tout du long. Les Renouvellements sont terminés. L'Égide est finie. Nous écraserons les démons, nous apporterons la paix au monde. Nous, les Najahn, nous élèverons et nos ennemis tomberont.

L'acclamation vint d'abord des gardes. De divers coins de la foule. Elle s'éleva en un rugissement, un claquement, un piétinement, une promesse hurlante de protéger, de combattre, de dominer.

— Tournez-vous vers vos Préceptes pour trouver votre direction, poursuivit Fassle après un moment, une fois le bruit apaisé. Son sourire s'étirait d'un bout à l'autre. Le nouveau Najahn, avec les skars entre *nos* mains, commence maintenant.

Plus d'acclamations, plus de cris, et au milieu de tout cela, Quik restait confus. Du moins jusqu'à ce qu'un garde croise le regard du Vis, fronçant les sourcils. Le chasseur ouvrit alors la bouche, se joignit aux chants, ses mains se mirent à applaudir.

Le Renouvellement était terminé. Les Najahn prendraient le contrôle. Wax et Bliss pourraient alors rentrer chez eux. Être en sécurité.

N'était-ce pas là une raison de célébrer ?

# 53
## CRIMINELS

La mort, la destruction, la perte, toutes ces choses auxquelles Torny avait déjà été confrontée. Mais pas de ses propres mains. Un bibelot volé, certes, mais Yarvick ne jouait pas au jeu du meurtre, donc ce n'est que lorsque Torny s'est retrouvée avec Eggrad et Sledge que les corps ont commencé à apparaître sous ses pieds. Ces bandits méritaient leur nom, appuyant leurs menaces par la violence. Malgré tout, Torny restait en retrait, ne dégainant ses couteaux que pour se défendre. Elle n'avait jamais joué le rôle de bourreau. Les corps n'étaient pas les siens.

Elle n'a pas dormi la première nuit dans l'avant-poste Najahn enseveli sous la neige. Elle a passé chaque instant à travailler avec Utna et les autres pour dégager la base. Pas une seule fois Torny n'a mentionné les skars qu'elle avait volés, ceux qui étaient maintenant dispersés le long de la montagne. Pas une seule fois Torny n'a dit qu'elle continuait à voir la neige tourbillonnante enterrer ses victimes vivantes. Au moins, avec les gardes de Kance qui se noyaient dans l'océan au large des côtes de Rana, Torny n'avait pas eu à regarder. Elle n'avait pas à s'en souvenir.

Elle s'est effondrée en fin de matinée du deuxième jour, Bliss l'aidant à rejoindre un lit de fortune dans un abri de fortune. Torny a dormi parmi les blessés et les malades jusqu'à la tombée de la nuit, se levant à nouveau pour continuer le travail. Pendant plusieurs jours encore, elle a apaisé sa culpabilité par l'effort, aux côtés de vieux amis et de nouveaux, des liens forgés dans le labeur. Des coureurs sont revenus d'autres villes de Whent avec des fournitures d'urgence, des traîneaux transportant des matériaux pour ériger de nouveaux abris, même si les blizzards et le froid glacial perturbaient la vie.

Les enterrements marquaient le passage du temps, un le matin et un l'après-midi pendant une semaine. Chacun recevait les honneurs appropriés par Utna. Torny assistait à tous. Une pénitence. Pourtant, pas une absolution : elle voyait toujours l'avalanche, et elle détenait toujours le journal, caché dans ses poches. Compartimenter. Un terme que Yarvick enseignait à ses voleurs, une façon de sceller la culpabilité pour pouvoir se concentrer sur le prochain boulot. Pas aussi facile que ça en avait l'air, mais le travail progressif faisait son œuvre, et à la fin de la semaine, Torny sirotait à nouveau de la bière, parlant avec Wax et Eujo de leurs prochains mouvements.

Se rendre à Tamas par bateau ne serait pas possible si profondément dans l'hiver, comme l'a dit Eujo et confirmé Utna. Cependant, traverser l'étroite mer orientale sur des banquises, des ponts temporaires, pourrait se faire si on était assez désespéré. Sinon, attendre plusieurs mois jusqu'à ce que le temps plus chaud rende la navigation plus sûre était la seule option.

— Eh bien, ce n'est pas envisageable, a dit Wax après qu'Utna ait évoqué le retard alors que tous les cinq étaient assis autour d'un feu du soir. L'avant-poste continuait à se dégager autour d'eux, certains bâtiments se remettaient debout, ces palissades formant un anneau hérissé contre le faible crépuscule. Les démons n'attendent pas. Ni les autres Renouvellements. Nous devons bouger.

« Nous ne savons pas comment traverser la glace », a signé Bliss.

— Nous apprendrons. Wax a levé la main, tapotant le collier autour de son cou avec les skars. Torny remarquait chaque fois qu'il faisait cela, si Eujo le remarquait, elle touchait son bracelet avec les mêmes pierres. Les porteurs de skars restent unis, ou quelque chose comme ça. Nous avons aussi les skars. Avec celui de Kance d'Eujo, nous pourrions probablement flotter presque tout le chemin jusque là-bas.

— Bien sûr, a dit Torny, jusqu'à ce qu'il décide de faire quelque chose de différent et nous jette tous dans l'océan. Devine combien de temps il nous faudrait pour geler ?

Wax a haussé les épaules. — N'as-tu pas déjà assez froid ici ? Tamas est au moins un peu plus au sud.

La bandit a levé un doigt. — Voilà un argument que je pourrais soutenir.

Bliss a signé son accord, exagérant un frisson tout en affichant un large sourire. Utna a pouffé de rire, s'interrompant quand un Najahn s'est approché et lui a tapé sur l'épaule. Elle s'est excusée, laissant les Gardiens et leurs Renouvellements poursuivre la planification.

— Deux a dit qu'il nous attendrait sur la côte est, a dit Eujo. Je dis qu'on y va, on voit s'il a atteint la ville. S'il n'y est pas, alors on essaie les banquises. Sinon, le *Storm's Edge* est un bon navire. Deux est un bon capitaine. Il pourrait avoir une solution.

— Et qu'en est-il de tes amis ? a demandé Torny. Ceux

qui vous ont chassés, toi et lui, de Noctia ? Et s'ils nous attendaient ?

Eujo a plissé les yeux, regardant droit dans le feu. — Ils pourraient être là. Ils nous retrouveront encore, et ils continueront à venir jusqu'à ce que je prenne le trône de l'Aegis. Il n'y a rien d'autre à faire que de rester prêts.

« Pourquoi ne s'arrêteront-ils pas ? »

— Parce qu'elle a peur. Elle a peur de moi. Des démons. Elle pense que quelques skars lui donneraient de la sécurité.

— L'autre Reine sait ce que les skars peuvent faire ? a demandé Wax. Comment se fait-il que tout le monde semble savoir sauf nous ?

— Pas tout le monde, a répondu Eujo. Pas moi, jusqu'à ce que j'en tienne un. Et même si vous le saviez, les Najahn gardent les skars protégés. Je ne l'ai compris qu'à Rana, mais le Renouvellement était une opportunité pour elle d'obtenir un vrai pouvoir.

— Eh bien, quand nous arriverons à Kance, nous pourrons lui montrer exactement ce qu'elle rate.

Torny était sur le point d'acquiescer, elle allait ajouter qu'après ce qu'ils avaient enduré, quelques assassins minables et une dirigeante confuse n'étaient pas si terribles, quand elle a remarqué que les ombres bougeaient. Bliss a signé quelque chose à Wax, le Vis a ri, a répété la blague, et Torny n'en a rien saisi. Les sons autour du camp, les creusements, les coups de hache, les conversations, tout s'est estompé.

Les Najahn bougeaient.

Et pas pour se mettre en file pour un dîner tardif.

— Les gars, a dit Torny, baissant la voix. Il se passe quelque chose.

— Quelque chose ne va pas, dit Utna en revenant près

du feu, une vouge à la main. Elle avait trouvé une armure najahn, encore enneigée mais qui lui allait néanmoins. Le Cercle a fait une déclaration. La situation a changé.

— En quoi ? demanda Eujo.

— Il n'y a plus de Renouveau. Utna enchaîna, ne laissant pas cette vérité s'installer. Les Najahn mèneront le combat contre les démons. Toutes les îles nous soutiendront, avec des soldats et des skars. Elle pointa sa vouge vers Wax, puis vers Eujo. Cela inclut ceux que vous avez déjà collectés.

— Attends, quoi ? demanda Wax en se levant, reculant d'un pas du tronc abîmé qui lui servait de siège. Qu'advient-il de l'Égide ?

— C'est fini. Il n'y en a plus. Utna le fixa d'un regard dur. Le regard d'une professionnelle, liée par le devoir. Je ne sais pas pourquoi, mais je sais que le Cercle ne ferait pas ça sans raison. Nous passons à l'offensive, Wax. Comme le seigneur de guerre whent ici présent.

Torny observa les deux tandis que Wax et Eujo continuaient de bombarder Utna de questions auxquelles elle ne répondait pas. Elle demanda les skars une fois, deux fois, puis une troisième fois. Pendant tout ce dialogue, les autres Najahn continuaient de bouger, encerclant le groupe. Quelques murmures hostiles se firent entendre, tous n'adhérant pas à la nouvelle mission.

Malgré tout. Dans un instant, les Renouveau - Torny n'abandonnerait pas ce nom si facilement, car s'ils n'étaient plus des Renouveau, alors elle n'était plus une Gardienne, et ça, hors de question - seraient encerclés.

"Choisis", signa Torny, assez clairement pour que Wax et Bliss le voient, pendant qu'Eujo posait encore une question inutile au capitaine najahn. "On part maintenant, ou ils nous prendront."

"Alors on part", signa Wax en retour, allumant un feu glacial dans le ventre de Torny. Le même qui l'avait saisie quand elle avait pris le journal. Un geste désespéré, sans possibilité de retour.

— D'accord, dit Wax à voix haute, interrompant Eujo et attirant le regard de la Reine vers lui, où elle put voir Bliss signer le même sentiment. Les mains de Torny glissèrent vers ses couteaux. Pourrait-elle combattre un garde najahn ? Une douzaine ? Nous allons le faire, Utna. Où les voulez-vous ?

La commandante n'était pas facile à duper. Elle ne se détendit pas, ne baissa pas sa vouge. Au lieu de cela, elle tendit la main.

— Donnez-les-moi. Nous devons les renvoyer ce soir, à Noctia. Vous quatre pourrez rester ici jusqu'au dégel, puis nous négocierons votre retour chez vous.

— Ça me semble juste, répondit Wax en tendant la main vers le collier, croisant le regard d'Eujo en le faisant. Comme toujours, Eujo alla chercher son bracelet.

Être une voleuse, rôder dans la nuit dans des endroits où l'on n'est pas censé être, avait entraîné Torny à être prête aux surprises, à contrôler ses réflexes, à faire des mouvements déterminés même lorsque l'inattendu se produisait. Comme, disons, quand le feu de camp explosa.

Les flammes joyeuses s'éteignirent dans un éclair brillant, la chaleur éclaboussant Torny qui grimaça, se levant et se mettant à courir. Alors qu'elle faisait le premier pas, pas encore complètement levée de son propre tronc, la neige se transforma en un tourbillon presque aveuglant. Des jurons et des cris s'élevèrent, le métal frappa le métal tandis que des vougues et des chakrams sortaient de leurs fourreaux et étuis de manière désordonnée. À travers tout cela, Torny garda l'équilibre, se dirigeant vers le seul endroit qui avait du sens : les écuries de fortune, où les carrosses étaient gardés.

L'écurie se dressait dans la lumière déclinante du jour près de la seule ouverture de la palissade. Un toit en planches et quatre grands troncs récupérés de l'avalanche. À l'intérieur, Torny devinait qu'il y aurait cinq ou six traîneaux et carrosses nichés près des bœufs qui les avaient amenés. Après leur terrible marche à travers la toundra whent, toute tentative de fuite signifiait maintenant voler un moyen de transport.

Dommage que ce vol signifie devoir passer devant trois soldats najahn, leurs bras armés de vougues levés près de leurs visages, protégeant leurs yeux de la neige dure. Néanmoins, trois soldats contre une voleuse, ce n'était pas de bonnes probabilités. Mieux valait éviter un combat que d'en choisir un mauvais.

— Ils sont devenus fous ! cria Torny alors que le feu explosait à nouveau derrière elle. Wax et Eujo s'acharnaient sur les skars pour rester en vie, pour tenir les soldats à distance. Combien de temps cela fonctionnerait-il, qui sait ? Aidez-moi !

La panique que Torny mit dans sa propre voix la rendit fière, et elle déconcerta les Najahn déjà nerveux. Il y a quelques minutes, ils se préparaient pour une nuit de travail, ou une bière et un sommeil difficile. Maintenant, une tempête de neige soudaine, une magie étrange et un ordre d'appréhender les personnes mêmes censées sauver leurs vies devaient leur donner le tournis. Quoi qu'il en soit, ils hésitèrent, leurs regards passant au-delà de Torny vers le feu, et la bandit passa en courant.

Un seul, après que Torny eut parcouru la moitié du chemin vers l'écurie, se retourna et se mit à la poursuivre, lui criant de s'arrêter. Avec la voie libre, Torny risqua un regard en arrière, vit le Najahn qui trébuchait, et derrière lui un filet se resserrant autour de ses amis. Bliss, toujours prête avec un bâton cassé lui servant de bâton, se tenait fermement tandis que Wax et Eujo brillaient à côté d'elle. Les deux Renouveau avaient alternativement les yeux fermés, les mains ondulant, ressemblant à d'étranges marionnettes alors qu'ils s'abandonnaient aux skars.

Ou plutôt, alors que les skars les prenaient. Comme les gemmes whent l'avaient fait dans la montagne, Torny pouvait imaginer les mots qui se précipitaient, les pulsions sauvages qui puisaient dans un pouvoir inconnu et le projetaient tout autour.

Certains, elle n'avait pas besoin de les imaginer. Le sol tremblait par à-coups brusques, faisant jaillir des pierres du sol et projetant les gardes najahn dans la neige. Cette même neige se lissait, gelait en quelques instants pour former une épaisse glace qui piégeait ses victimes. Le blizzard tourbillonnait, s'intensifiant chaque fois qu'un Najahn s'approchait, les frappant de flocons durs. Utna attirait toute l'attention du feu, les flammes jaillissant comme des fouets en colère pour frapper la capitaine najahn, la forçant à battre en retraite.

Un spectacle impressionnant, terrifiant, et Torny aurait pu regarder plus longtemps si ses pieds n'avaient pas gardé leur propre concentration. Les bœufs signalèrent à Torny son arrivée, leurs meuglements anxieux et confus tandis qu'ils se dressaient sur leurs sabots. Le garde najahn arriva aussi, semblant réaliser que la destination de Torny n'était peut-être pas tout à fait accidentelle. La vouge trouva ses mains, pointant son extrémité vers elle.

Torny se précipita à gauche, contournant un bœuf puis bifurquant à droite, regardant les carrosses de transport et essayant d'en trouver un encore prêt à partir. Pas le premier, ni celui qu'elle longeait maintenant, les rênes gisant dans la neige. Torny n'avait ni le temps ni les connaissances pour préparer un attelage, un manque qu'elle aurait pu déplorer si la situation n'était pas si absurde.

À quel moment de sa vie Torny aurait-elle pu s'attendre à cela, une fuite dans un avant-poste lointain dans l'étreinte morte de l'hiver ?

Elle contourna l'arrière du deuxième chariot et aperçut le quatrième. Sa paire de bœufs se tenait au-dessus du troisième, un petit traîneau, et portait les marques de l'effort. Le chariot lui-même contenait encore des provisions, les rênes attachées. Doré de violet et de noir, à la lumière des lanternes accrochées ici et là, le chariot semblait si prêt à partir que Torny en fut déstabilisée, jusqu'à ce qu'elle se souvienne des paroles d'Utna.

Les skars devaient partir ce soir. Pas question de jouer avec les gemmes, ni de les laisser entre les mains d'autrui. Tout comme le Cercle. Pas le temps pour la confiance.

— Arrêtez, bon sang, dit le garde en se plaçant dans l'étroit passage entre le troisième et le quatrième chariot, sa vouge pointée vers Torny. Je vous ai donné un ordre.

Respirant avec difficulté, Torny pencha la tête sur le côté.

— Vous avez déjà entendu parler de la panique ? Ça rend vraiment difficile d'écouter.

Le garde, dont les yeux étaient difficiles à voir sous le casque najahn, ne bougea pas.

— Alors écoutez maintenant. Venez ici, gardez vos mains bien visibles, et il ne vous sera fait aucun mal.

Pendant qu'il parlait, la terre trembla à nouveau. Un cri porté par le vent, un cri de douleur. Le garde tressaillit.

Torny fit un pas. Elle enfouit ses mains dans son manteau. Elle mesura la distance.

— Sortez vos mains, répéta le garde.

— Il fait froid.

Un autre pas. À mi-chemin le long du chariot maintenant. S'il le voulait, le garde pouvait bondir et la transpercer avec cette lance recourbée.

— Je me fiche que vous soyez sur le point de mourir de froid, grogna le garde. Sortez. Vos. Mains.

— Très bien, espèce de rustre.

Torny longea le bord de la vouge en sortant ses mains, tenant chacune un petit couteau. Avec sa main gauche, Torny frappa la lame longue d'un doigt contre la vouge, la poussant juste assez loin pour qu'elle puisse se précipiter. Son coup de poignard glissa sur l'armure du garde, l'homme se tournant pour placer sa plaque exactement là où il fallait.

Sur un sol stable, Torny aurait été morte. Le garde aurait pu corriger son coup, frapper Torny à la tête. Sur la neige glissante, tassée en glace par les roues des chariots et le souffle des bœufs, les bottes de l'homme ne tinrent pas quand l'épaule de Torny, suivant son coup de poignard dévié, heurta la poitrine du garde. Il recula sous le choc, glissa et tomba en avant, lâchant la vouge pour se rattraper sur la neige.

Ce qui plaça la tête du garde à la hauteur parfaite pour un coup de pied.

— Désolée, dit Torny en assénant le coup sec sur le menton non protégé de l'homme.

Il s'effondra en gémissant, et Torny pivota sur ses talons. Elle coupa la corde attachant le chariot au poteau latéral de l'écurie et sauta sur le banc du conducteur.

— J'espère que vous n'êtes pas trop fatigués,

marmonna Torny en saisissant les rênes et en les faisant claquer une fois.

La paire de bœufs souffla et la regarda.

— Vous m'avez entendue, bougez !

Au deuxième claquement, la paire fit un mouvement réticent en avant, donnant à Torny une nouvelle vue de la bataille au milieu du feu. Le filet najahn se resserrait, Bliss se balançant activement maintenant, essayant d'éviter les pointes, tandis que Wax et Eujo s'appuyaient l'un sur l'autre. Les fouets de feu étaient spasmodiques, les tremblements de terre silencieux, et la neige ne faisait que s'ébouriffer.

— Allez ! cria Torny en faisant claquer les rênes à nouveau. Bliss !

L'appel, le nom, résonna dans l'avant-poste gelé. Les mots trouvèrent leur cible, la Gardienne trouva ses Renouvellements. L'espoir stimula un renouveau, et bien que les bœufs s'écartassent du feu, ils ne purent échapper au sol, à la glace et à la boue montantes entourant Wax, Eujo et Bliss alors qu'ils couraient à moitié, trébuchaient à moitié à travers les Najahn projetés de côté par de soudaines rafales. Bliss jeta son frère et Eujo dans la partie arrière du chariot, parmi les sacoches et la paille, avant de rejoindre Torny tandis que la bandite essayait de diriger les bœufs vers la sortie.

— Comment fais-tu ça ? demanda Torny alors que Bliss prenait les rênes, guidant les créatures vers la liberté.

Derrière, plus de cris, plus de jurons, quelques bottes qui piétinaient, mais les Najahn ne lancèrent pas leurs chakrams, n'appelèrent pas à une poursuite acharnée.

« C'est facile », signa Bliss d'une main tandis qu'ils passaient devant les dernières lanternes de la palissade. « Tu les diriges loin du danger et tu leur dis de courir. »

———

En fuite face aux assassins et pire encore, Wax et ses amis traversent la glace vers une terre étrange et mortelle.

Avec plusieurs skars encore à trouver, le groupe se dirige vers Tamas à court de provisions et de moyens pour les acheter. Tamas a cependant d'autres façons de gagner votre séjour, bien que le coût puisse être plus que ce que Wax et Eujo peuvent supporter. Pourtant, s'ils veulent sauver leurs amis, leur famille, leur monde, la seule réponse est de jouer le jeu.

Continuez les aventures de Wax et Eujo dans *La Danse des Dieux*:

# REMERCIEMENTS

On a tendance à croire que l'écriture est un acte solitaire, mais rien n'est plus éloigné de la vérité. Chaque écrivain dépend de ses amis, de sa famille et, bien sûr, des lecteurs pour continuer à tisser ses histoires.

Plus particulièrement, je tiens à remercier ma femme, Nicole, dont l'amour et les encouragements sans fin illuminent chaque journée. Mes frères, Jonathan, Justin et Matthew, ainsi que mes parents, Bob et Mary, qui m'aident à garder le sourire.

Et, bien entendu, tous les lecteurs qui rendent cette vie possible.

Merci.

# À PROPOS DE L'AUTEUR

A.R. Knight écrit de la science-fiction et de la fantasy dans le nord glacial du Wisconsin. Accompagné de ses deux chats, il aime se plonger dans des aventures qui mettent autant l'accent sur le méchant que sur le héros.

Après avoir obtenu un diplôme en journalisme et parcouru le pays pour installer des logiciels de santé, A.R. Knight a pensé qu'il serait bon de revenir à ce qu'il aimait. Il dispose maintenant d'un petit bureau et de matinées précoces pour tisser les histoires qui naissent dans son imagination.

Quand il n'écrit pas, A.R. Knight a tendance à voyager partout où il le peut, que ce soit sur des îles au large de l'Équateur, dans la forêt tropicale, en snowboard dans les Rocheuses, ou en sirotant un whisky à Édimbourg. C'est l'avantage de la vie d'écrivain, on peut l'emporter partout.

Pour le contacter ou voir ce qu'il fait, visitez www.bla-ckkeybooks.com

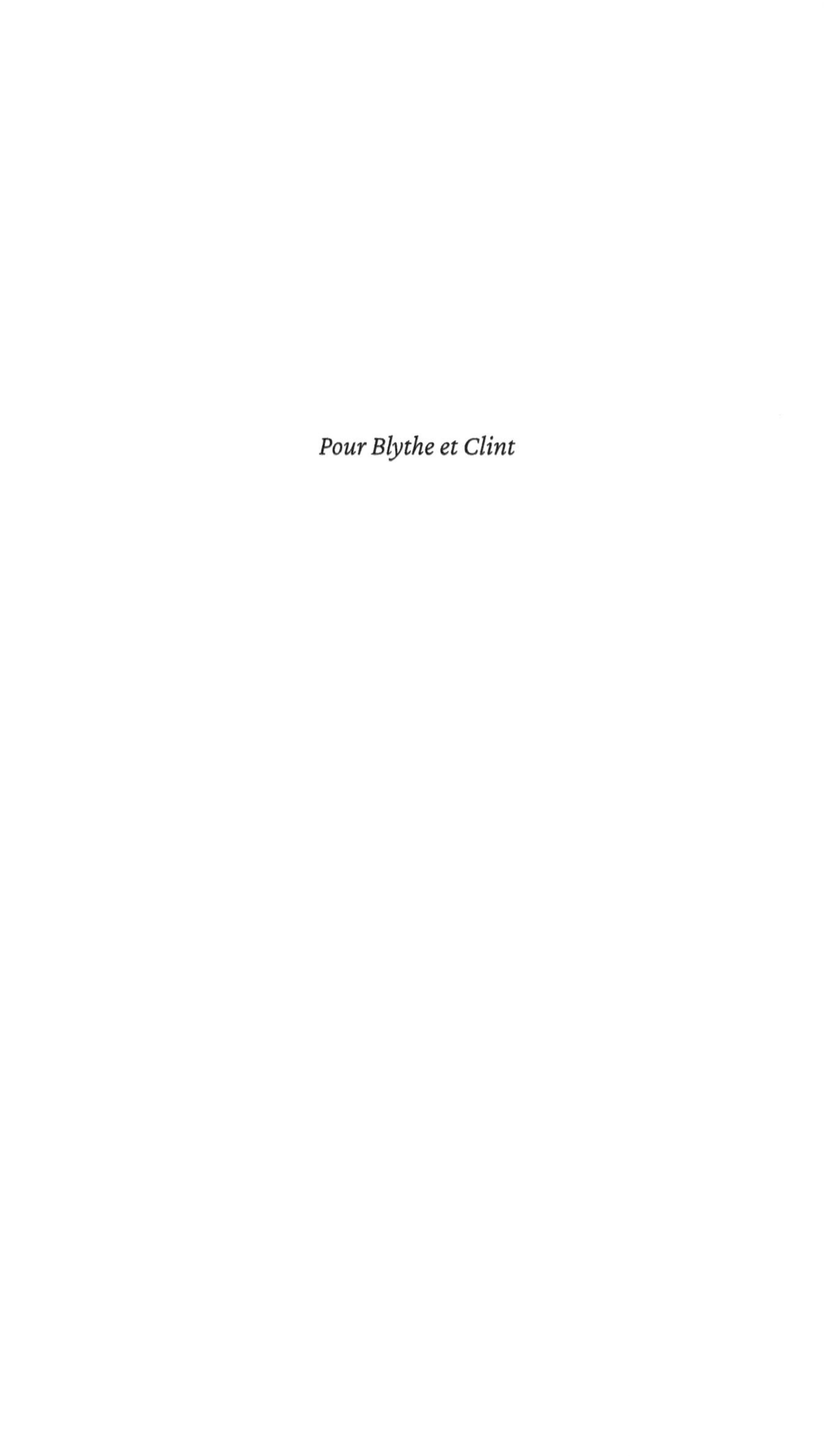

*Pour Blythe et Clint*